闇の警視　乱射

阿木慎太郎

祥伝社文庫

目次

新和平連合系列図

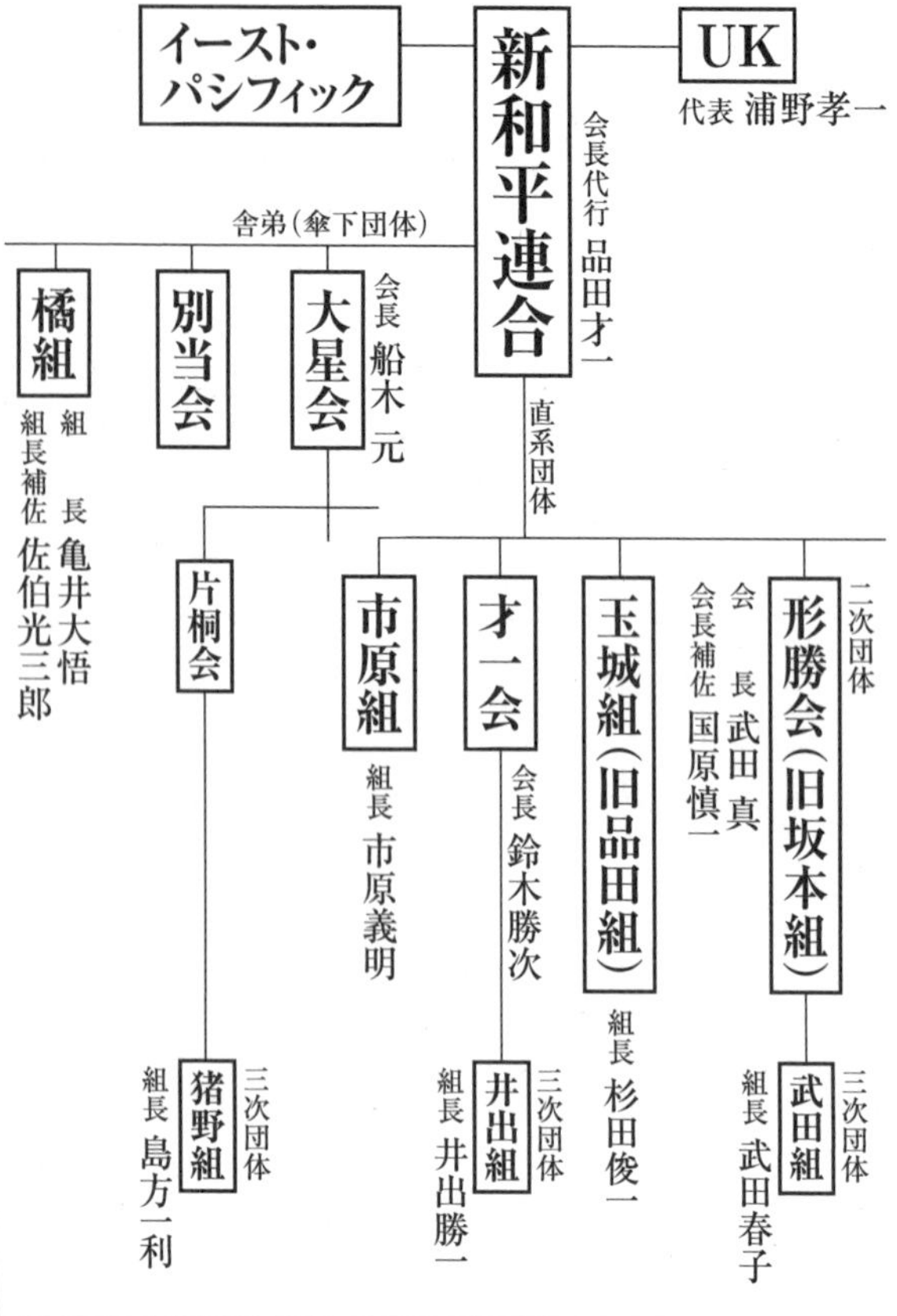
イースト・パシフィック
新和平連合
会長代行 品田才一
UK
代表 浦野孝一
舎弟（傘下団体）
橘組
組長 亀井大悟
組長補佐 佐伯光三郎
別当会
大星会
会長 船木元
片桐会
猪野組
三次団体
組長 島方一利
直系団体
市原組
組長 市原義明
才一会
会長 鈴木勝次
井出組
三次団体
組長 井出勝一
玉城組（旧品田組）
組長 杉田俊一
形勝会（旧坂本組）
二次団体
会長 武田真
会長補佐 国原慎一
武田組
三次団体
組長 武田春子

プロローグ

「着いたぞ……」

携帯電話を手にした井出《いで》が言った。襲撃は二人ずつ、二組。桂木《かつらぎ》と塚口《つかぐち》は東京駅の丸《まる》の内口《うちぐち》から、横井《よこい》と劉《りゅう》の組は八重洲口《やえすぐち》から駅構内に入る。師走《しわす》が近いとはいえ、同じコートを着た四人が並んで歩けば目立つ。それを避けるため、二人ずつ違ったところから駅構内に入ると決めたのは指示者の井出ではなく桂木だった。

特攻隊は総勢四人。全員コートを着ているのは、右肩からストラッパーで腋《わき》の下に吊《つ》るしている道具を隠すためである。道具は、イングラムM10。アメリカでFBIなどが対テロ用に使用する短機関銃。拳銃よりもほんの少し大きいだけで、全長五〇センチもあるかないか。大量生産を目的に鋼材で作られたために、見かけは安っぽい玩具《おもちゃ》のようなものだが、フルオートで引鉄《ひきがね》を引けば、弾丸が一分間に千発も発射される殺傷力抜群の凶器。ただし近距離からの射撃が条件である。発射速度が速いために発射時に銃身が跳ね上がり、弾丸がばらける。

もっとも、桂木にあるのはそんな知識だけで、実際にイングラムを撃ったことはなかった。それでも選抜要員の中では、桂木が一番銃器に詳しいことになっている。それは桂木が自衛隊上がりだったからで、他の三人はおそらく銃を手にするのは今回が初めてだろう。桂木の隣《となり》に座っている塚口も、ヤクザとはいえ刑務所入りの罪状が婦女子への監禁・暴行というように、言ってみれば女で食ってきたヤクザで、暴力とは縁のない男なのだ。八重洲口班のヤク中の横井も中国人の劉も、銃器に慣れていないのはどちらも似たようなものだ。この三人の選抜要員の中では、それでも横井が一番頼りになると桂木は考えていたが、なにせひどいヤク中だから、その時の状態で様子は変わる。けっきょくのところ、頼りになるのは自分だけで、仲間をあてにはできないと桂木は覚悟していた。

膝《ひざ》の上のイングラムに、すでに弾丸を装塡《そうてん》してあるマガジンを差し込む。マガジンの実包の数は三十発。イングラムのレバーを引いて実包を薬室に送り込むと、桂木はイングラムに特別に取り付けた長いストラッパーを右肩に掛け直した。イングラムの安全装置を解除する。コートを羽織れば、銃を肩から腋の下に吊るしていることは傍目《はため》からはわからない。コートの前を開き、そのまま構えれば時間をかけずに撃つことができる。すでに弾丸を詰めてある予備のマガジンをコートの左ポケットに押し込む。これで準備はできた。

「どうだ、大丈夫か？」

井出にそう言われて、桂木は頷《うなず》いた。

「ああ、大丈夫だ」

隣の塚口を見た。顔面は蒼白《そうはく》で、引きつったような顔をしている。井出が険悪な目で塚口に言う。

「塚口、なんだ、その面《つら》は。しっかりせんか！」

「大丈夫っす！」

「しっかり根性見せろや、ええな」

「はいっ！」

「よし、行け！」

運転席の橋本《はしもと》が車を降り、トランクを開けに後部に走る。桂木はベンツから降りた。塚口がそれに続く。

「頼むぞ、桂木」

「ああ」

と応《こた》え、塚口に、

「行くぞ」

と頷いてみせた。ここからはもう塚口に声を掛けることはない。桂木は橋本からキャリーバッグを受け取って歩き始めた。キャリーバッグには何も入っていない。旅行者に見せるただの偽装だ。五メートルほど距離を空けて、同じようにキャリーバッグを引き摺《ず》る塚口がついて来る。

構内に変わった動きはない。ただ旅客たちが急ぎ足で歩いているだけだ。どこにもヤクザ者らしい姿は見えない。桂木は大きく息をつくと、改札を抜け、そのまま新幹線乗り場に向かって歩き始めた。

東京駅の構内には、同じような格好をしたキャリーバッグを引く旅客が何人も歩いている。まず、疑《うたぐ》られることはないだろう。それでも不安がないわけではなかった。構内にはシキテンがいるかもしれない。シキテンとは見張りのことだ。ターゲットに付いているガードは二人だけだとわかっているが、構内には出迎えのガードがいるにちがいない。それが何人なのかがわからない。なかには武装しているガードもいるはずだった。ただ、すべてのガードがチャカを持ってはいないだろうと、井出は言った。

「今の武田《たけだ》にはべったり刑事が張り付いているからな、そいつらに調べられてチャカが出てきたら、武田もしょっぴかれるからよ。だから、チャカ持っているのはせいぜい多くて二、三人やな。まずガードを殺《や》れ。ガードを殺っちまえば、武田は丸腰だから簡単に仕留められる。武田がチャカを持っていることはねぇ。サツに臨検でもされたら、奴がチャカを持ち歩くことはねぇんだ」

たしかにこいつがあれば、ガードを排除するのは容易《たやす》い、と桂木はコートのポケット越しに腋の下にあるイングラムに触れた。硬く冷たい感触が伝わってくる。一連射で四、五人のガードは殺れるだろう。ただ、刑事がどこにいるか、それに気をつけなければならない。張っている刑事を撃ち殺すことはできないからだ。一般の乗客も同様だ。撃ち殺すのは武田とそのガードだけ。井出からこのことはしつこいほど念を押されている。だから桂木は、道具が配られた際に、生まれて初めてイングラムを持って興奮する男たちに言った。

「……いいか、こいつは恐ろしく獰猛《どうもう》な銃なんだ。ちょっと引鉄に触るだけで、フルオートだと弾丸がいっぺんに全弾飛び出す。発射時、衝撃で銃身が動いて弾丸がばらける。だから至近距離でしか撃てない。そのことを忘れるな。必ず近付いてから引鉄を引け。用心せんと、とんでもないところに弾丸が飛んでいくからな。ぎりぎりまで近付くんだ。それと、もう一つ、マガジンに入っている実包は三十発だ。多いようだが、拳銃と違ってフルオートで引鉄を引けば、さっき言ったように弾丸はあっという間になくなる。だから、三連射くらいで撃て。たぶん予備のマガジンに取り替えたりしている余裕はないだろう」

この注意を連中がどこまで覚えているか……桂木は今、不安を覚えている。

新幹線の改札が見える。どこかに『形勝会《けいしょうかい》』のシキテンがいないか。素早く周囲を窺《うかが》う。改札口の周辺を歩いているのは一般の旅客だけだ。ヤクザと思える者はいない。ほっとして塚口を振り返る。奴は変わらず五メートルほど後ろにいる。八重洲口から来る横井たちはいるか……？

仲間の横井と劉、二人が八重洲口の方角から歩いてくるのが見えた。この二人も桂木たちと同じように旅客に化けてキャリーバッグを引いている。色は違うが着ているコートも桂木たちに似ている。何だか揃《そろ》いの制服のようだ。服装にもっと神経を使わなければならなかったか……と、桂木は小さく舌を打った。横井がこちらを見つめているのがわかった。薬が効《き》いているのか、今の横井は落ち着いているように見える。

そんな横井に小さく頷き、桂木は乗車券を手に、改札を抜けた。そのまま上越《じょうえつ》新幹線のホームに向かう。エスカレーターを上がり、ホームを見渡した。ターゲットが到着する時刻までまだ二十分ほどもある。ターゲットが乗っているのは六号車だ。列車の停車位置はすでに頭に入れてある。

六号車が停車する辺りに黒服の一団が見えた。一目で『新和平連合《しんわへいれんごう》』の『形勝会』から来た迎えのガードだとわかった。人数は七、八人か。予想したよりも多い……。不思議なことに、『新和平連合』の連中は他の暴力団と違って、誰もがカタギのような服装をしている。着ているものは黒系のスーツばかりで、襟《えり》に代紋などはつけていない。おそらく墨を入れている者もいないのだろう。だから一般人は彼らがヤクザだということに気がつかない。それでも、見る者が見れば、わかる。目付きだけは違うからだ。

桂木はそのままホーム中央にある売店に入った。井出からそんな指示はなかったが、食うはずのない千円の幕の内弁当を買った。偽装のためである。予定にない行動だったから、後ろからついて来た塚口が不安の眼で見つめているのがわかった。視線を合わせるな、と事前に注意してあったにもかかわらず、塚口はそんなことも忘れている。

舌打ちしたい気持ちを呑み込んで、そのまま六号車の列に並んだ。前から三人目、いい位置である。二人置いて、塚口も同じ列に並ぶ。キャリーバッグの上に弁当の入った袋を載せ、コートのポケットからスポーツ紙を取り出した。紙面越しに四メートルほど離れた位置にいる黒服たちの数を数えた。左手のホーム中央に固まって四人、後ろの列近くに五人、総計九人。

ターゲットは六号車に乗っているとすでに連絡が入っていたが、降りる口は前か後ろかはわからない。だから桂木たちも二手に分かれている。有楽町《ゆうらくちょう》側に桂木と塚口、神田《かんだ》側に横井と劉。黒服たちもやはり桂木たちと同じで、四人と五人というように二組に分かれている。ターゲットが連れて降りるガードは二人。たぶん、そのガードはターゲットの前後に付くだろう。これで『形勝会』のガードの位置と数はわかった。

あとは刑事だ。ホームにも刑事はいるのか？　それらしい人影はない。いるのは一般の旅客だけだ。刑事が張り付いていると井出は言ったが、それではターゲットと同じ列車内にいるのか？　いるとすれば、たぶん、そうなのだろう。そのことも頭に入れておく必要がある。

腕の時計を見た。到着時刻まであと七分。黒服たちの様子を窺った。黒服の一人が携帯電話を耳に当てている。通話を終えると、黒服の一団が動いた。全員が横井たちのいる列の方に移動する。今の通話はターゲットの乗る列車からか？　おそらくどちらの乗降口から出るという連絡があったのだろう。だから、ガードたちが移動した……。

二人置いて列に立つ塚口に視線を移した。塚口が蒼白の顔で桂木を見つめる。その表情は緊張の極《きわみ》にあった。右手はすでにコートのポケットに入っている。ポケットの底は破いてあり、手はすぐイングラムを摑《つか》むことができる。奴の指はもう引鉄に伸びているのだろう。こんなに緊張していたら、このバカはそのまま引鉄を引きかねない。

横井の列を見た。横井の並ぶ列にはすでに十二、三人の旅客が並んでいる。横井と劉はその中ほどにいる。そして後ろに九人の『形勝会』組員。これで銃撃を開始するのは横井と劉に決まった。俺たちは援護にまわる……。

危険を承知で、塚口にそっと首を横に振ってみせた。焦って引鉄でも引かれたら、弾丸が周囲に飛び、跳弾《ちょうだん》になるからだ。

(何だ、これは！)

桂木が驚いたのは車内清掃員たちの出現だった。十人ほどの清掃員たちが現れると、一人ずつが各乗降口の位置についたのだ。桂木の待つ列の前に立ったのは、五十歳ほどに見える女性だった。清掃員が乗降口に立つことなど考えていなかった……。

無論、桂木もこれまで新幹線を利用したことがなかったわけではない。何回も乗っていたが、これまで清掃員たちに気を配ったことなどなかったのだ。井出も、この清掃員の存在には考えが及ばなかったのだろう。彼らに対する特別の指示はなかった。もしターゲットが列車から降りたところを銃撃すれば、間違いなく清掃員も銃弾を浴びることになる。清掃員たちを射程範囲から除くにはどうしたらいいか……。横井たちはこの新しい事態をどう捉《とら》えているか？　ターゲットが完全にホームに降り、歩き出してからでなければ銃撃はできない。

桂木がこのことを伝えようと一歩列から離れたその時、新潟発の列車がホームに入って来るのが見えた。もう間に合わなかった。桂木は舌を打ち、スポーツ紙をキャリーバッグの上に投げ、コートの前を開けた。

桂木祐介《ゆうすけ》は宮城刑務所で井出勝一《しょういち》と知り合った。井出は『新和平連合』三次団体『井出組』組長で、四年の刑期の内、一年ほど同房だった。配属も同じ木工工場で働いた。井出は傷害でパクられ、再犯だったから実刑四年と、傷害ではかなり長い懲役だった。

「あんた、何でパクられたんだ？」

と房の煎餅布団《せんべいぶとん》に寝ている時に訊《き》かれ、桂木は素直に自分の仕出かした罪状と海上自衛隊にいたことを話した。自衛隊では機密情報を中国に流したとの疑惑を掛けられ、頭にきて除隊した。刑務所務めになったのは、娑婆《しゃば》に出てから食うに困って、強盗で捕まったからだった。劉と塚口は違うが、横井吾郎《ごろう》も同じ宮城刑務所での仲間で、こちらは殺人未遂で七年の実刑。横井とは娑婆で再会し、一緒に働き口を探している時に、井出に仕事を頼まれた。

「一人五百万ずつ払う。仕事は……殺しだが」

と井出は言った。横井と同様、桂木もドヤ暮らしで、明日食う当てもない日々を送っていたから五百万は大層な金だったが、その額が仕事に見合うものかどうか、桂木にはわからなかった。

「一人で殺れる相手じゃないからな。何人か揃えないとならんのや。誰か頼りにできる仲間はおらんか」

井出は、この仕事は自分の所の組員は使えないのだと言った。

「殺るのは、同じ系列の男なんでな、面《めん》が割れていたら近付けん。それに、うちの者を使えばうちの会長に面倒がかかる。だから、なるべくヤクザ者でない奴が欲しい。ただ、仕事が仕事だ、度胸があって、信用が置けるのが要《い》る。誰かおらんか」

桂木の頭に浮かんだのは、やはり宮城刑務所で知り合った横井吾郎だった。横井は殺人未遂で刑務所入りになった男だった。惚《ほ》れた女房に浮気され、相手の男を半殺しにして捕まった過去を持つ。見た目は暴力とは縁のなさそうな男だが、度胸の据《す》わった男だということを桂木は知っていた。ただ、問題がなくはなかった。覚醒剤中毒で、薬が切れると使い物にならないのだ。

「横井か……あれは駄目だ。シャブ中は信用ができねぇ」

桂木が横井の名を挙げると、案の定、井出は渋い顔になった。井出も横井のことは知っていたのだ。

「シャブが切れればたしかにやばいが、あいつなら殺しでびびったりすることはない。それに、今の奴は金が要るから、何でもやる」

「奴が薬を買う金が要るのはわかっているわ……だから、信用が置けねぇんだよ」

「俺と一緒に仕事をするんだ、本当にやばかったら、俺があいつと組みたいなんて言うわけがないだろう、命懸《か》けるのは俺だ。あいつのことは、俺が責任を持つ」

ここまで言うと、井出は頷き、

「あんたがやってくれるなら安心だ。横井でいい、話を進めてくれ」

と了承した。

桂木はヤクザではなかったから、『新和平連合』が分裂し、旧『品田《しなだ》組』系と『形勝会』系とで血で血を洗う抗争を繰《く》り広げていることなど知らなかった。桂木の話に乗った横井が、薬の売人から、そんなヤクザ間の事情を聞き込んできて言った。

「桂木さん、あんたは知らんのだろうが、こいつは楽な仕事じゃないぞ。ターゲットはケチなヤクザと違う。狙うのは『新和平連合』の『形勝会』で、そこのトップの男だそうだ。『新和平連合』と言えば日本で一、二の暴力団だ。ガードも付いているだろうし、簡単には殺れん。五百万はでかい金だが、こっちも危ないぜ」

いったんは話に乗った横井が逡巡《しゅんじゅん》を見せた。たしかに横井の言う通りで、事は殺人だ。これでパクられれば、長期刑は覚悟しなければならない。

「十五年は食らうだろうし、それだけじゃない、『形勝会』側の報復も覚悟しないとならない。殺るのはカタギじゃないんだからな。まあ、上手く殺ったにして、今度はどこに逃げるかだ……五百じゃあ大した所には逃げられんよ。そんな金はすぐに消える。それにだ、『新和平連合』の内紛には警察も目を光らせている。なにせ東京のド真ん中でドンパチ繰り広げているんだ」

横井の言うことはもっともだった。仕事が上手くいけばいったで、新たな危険がそこに生まれる。桂木がこの横井の意見を自分のものとして井出に伝えると、

「ようしわかった、仕方ねぇ、一人一千万出そう。道具は要求通りのものを揃えてやる。ああ、あんたが言う物を、どんなものでもだ。助っ人《すけと》も出す。上手くやってくれたら、先のことも考えてやる。よかったら、うちの組で面倒をみてもいい。どこかに逃げたかったらその費用も出すし、手配も俺がしてやる。どうだ、これなら文句ねぇだろう」

桂木は引き受けようと思った。どう考えても、この先食えるような状況ではなかったのだ。この井出の返事に、横井も頷いた。

「一千万か……まあ、相手を考えたら、額はそんなものだろうな。問題は殺った後、どこに逃げるかだ。フィリピンか韓国か……日本にはいられなくなるのを覚悟しなきゃならんよ。鉄砲玉やってのんびり生きながらえている奴なんていないからな。必ず報復されるんだ。井出がどこまで本気で俺たちのことを考えてくれるかだが……こいつは信用しないほうがいい。あんたは信用しているようだが……俺たちは、まずは使い捨てだ。金は前払いにしてもらって、俺たちは逃げる所を別に考えておく必要がある」

横井の言葉には一理あった。仕事が済めば、井出にとって、今度は俺たちが邪魔になるだろう。後のことはこっちで考えておかなくてはならない。

「どこへ逃げる？」

と桂木が口にすると、横井が言った。

「マニラに知っているヤクザがいるが……ヤクザを頼るのはまずいだろう。そいつは『新和平連合』が桁違《けたちが》いにでかい組だからだ。報復するとなったら、『新和平連合』ならマニラにだって手を廻《まわ》す。桂木さん、あんた、知ってるか？『新和平連合』の会長だった男だって、新潟東刑務所の中で殺られているそうだ。そいつは新田《にった》という大物だったが、それでも殺られているんだ。奴らは刑務所の中だって、やろうと思ったら手を廻す。逃げるなら、そんな『新和平連合』でも手の届かない所に逃げるしかないぞ」

この話にはショックを受けた。刑務所の中まで手を伸ばせるのか……。恐ろしい勢力と言わねばならない。

　桂木の頭に浮かんだのは、韓国だった。海上自衛隊に勤務当時、ソウルに五度ほど行き、そこで知り合った女がいた。パク・テヨンという女で、クラブのホステスだったが、身体《からだ》を壊してクラブ勤めを辞《や》めた。この女の故郷は済州島《チェジュ》。ホステスとは思えない気立てのいい女で、今でも会いたいという手紙が来る。桂木がそのことを話すと、

「済州島か……いいかもしれないな。あそこなら一千万あれば充分暮らしていける。ただ、まっすぐ韓国に逃げるのはやばい。『新和平連合』の中にも韓国系のヤクザがいるだろう。韓国だって、あいつらの手の内だ。いったんどこかへ飛び、そこから韓国に入るくらいのことをしないと駄目だ。北京《ペキン》に飛んで、そこからソウルに入って……足跡を消すか……」

　と横井はやっと乗り気になった。

「よし、わかった。パスポートとマニラ行きのチケットを井出に用意させる。そして俺たちは別に北京行きのチケットを用意する。井出にはマニラに逃げたと思わせて、俺たちは北京経由で韓国に入る。それでいいか？」

「ああ、それでいい。そのくらいの用心をしておかないと駄目だろう。あんたと違って、俺は井出を信用していないんだ」

　桂木は井出に、マニラに逃げるから向こうのヤクザに連絡を取ってほしいと頼み、パス

ポートと航空券を用意させた。報酬の一千万は前金で、という要求には最初難色を示したが、最後には、

「仕方ねぇだろうな、用意してやる。ただし半分だ。残りは武田をバラしてからだ。チケットと一緒に、逃げる時に渡してやる」

と井出は、手金として二人分の一千万の金を事前に用意してくれた。

「助っ人も付けてやる。一人はヤクザ者だが、『新和平連合』の系列じゃねぇから、面は割れてねぇ。こいつには、仕事が上手くいったらうちの組で面倒みてやると言ってある。もう一人は中国から来た劉という学生だ。留学で日本に来たが、学校にも通わんで馬鹿なことをやっていた男でな。故郷に帰る前にどうしても一仕事したいらしい。金のためなら殺しでも何でもやりたいという男だ。金がねぇと国に帰れないのよ。こいつらには、仕事ではあんたがリーダーだと言ってあるから、自由に使っていい。三下《さんした》だが、度胸は据わっている野郎たちだから、役には立つはずだ」

こう言って選ばれてきたのがチンピラの塚口と中国人の劉だった。

井出が用意したマンションの一室で、桂木たち四人は道具が届くのを待った。道具はチャカなどではなかった。桂木が、どんなものでも用意すると言う井出の言葉を信じ、短機関銃を、と要求したのだ。そして井出が運び込んできた物がイングラムM10だったのだ。

こうして桂木は井出の描いた絵図で『形勝会』のトップを殺る仕事を引き受けた。

「上手くいったら、薬はやめろ。済州島には行ったことがないが、暮らす場所が変われば、薬もやめられるかもしれないからな」

と一千万の現金を手にした桂木が言うと、横井は笑い、

「そうだな。ヤク中の俺を信用してくれるのはあんただけだからな。俺もそこでかみさんでも見つけるか」

と言った。

予想通り、ターゲットは神田寄りの乗降口から降りて来たが、乗客の先頭で降りて来るとは桂木は思っていなかった。黒服のガードたちが頭を下げ、ターゲットの前に出た。清掃員が不安げな顔で黒服たちを見つめている。

桂木は列から離れ、横井のほうに速足で近付いた。今撃てば、ガードだけでなく清掃員を撃ち殺すことになる。ターゲットが歩き出してから撃て……今、撃つな……！

だが、この桂木の祈りは届かず、まず横井の後ろにいた劉が発砲した。あれほど言っておいたのに、この発砲はあまりに早すぎた。弾丸を浴びたガードが三人ほど倒れる。その後ろに立っていた、まだ若い清掃員の女性が列車の車体に叩《たた》き付けられるようにして倒れるのが見えた。馬鹿が、清掃員を撃ってしまった！

銃声と絶叫、そして悲鳴。続いてガードの何人かが倒れたが、ターゲットはまだ愕然《がくぜん》と

乗降口に立っていた。劉に続いて横井が発砲。駆け寄る桂木の背後から銃声が起こった。まだ距離のある後ろの塚口までが発砲を開始したのだ。銃弾が耳元を掠《かす》める。これでは自分が撃たれる……！

桂木は腰を落とし、ホームの上を転がるようにしてこの塚口の銃弾を避けた。ガードだけでなく、列に並んでいた乗客たちがばたばたと倒れた。塚口が発砲した弾丸に当たったのだ。

馬鹿が！　あれほど言っておいたのに！　銃弾が列車の壁面に当たり、甲高《かんだか》い金属音が響き渡る。ホームに腹這《はらば》いになった桂木の眼に、ガードの一人に腕を取られたターゲットが車両に逃げ込むのが見えた。横井と劉の発砲が止まり、続いて腰だめに発砲していた塚口のイングラムの銃声が止《や》んだ。連射してあっという間に三十発の弾丸が尽きたのだ。

起き上がった桂木は、ホームに伏せている乗客たちを飛び越えるように有楽町側の乗降口に走った。生き残ったガードの反撃が始まっていた。やはり何人かはチャカを持っていたらしく、彼らは神田側の乗降口から発砲を始めていた。桂木は呆然《ぼうぜん》と立ち尽くす清掃員の女性を突き飛ばすようにして車両に飛び乗った。連結部には五、六人の乗客が蒼白な顔で固まっていた。

「退《の》け！　伏せていろ！」

桂木の手に握られているイングラムに乗客たちが慌《あわ》てて床に伏せる。桂木は壁に身を寄せ、一息ついた。ここなら撃たれることはない。ホームを覗《のぞ》いた。膝をついてもたもたとマガジンを取り替えている劉が撃たれて横転する。横井はと見れば、彼は売店の後ろに駆け込み、そこから断続的な発砲を始めていた。塚口はどこか……？　塚口は弾丸が尽きたイングラムを手にエスカレーターの方角に走っていた。逃げる気だったのだろうが、神田側の乗降口から始まった銃撃で、塚口はエスカレーターに辿《たど》り着く前に仰《の》け反《ぞ》る形で倒れた。

そこまで確認すると、桂木はイングラムを抱え、客室に入った。何とかしてターゲットを始末しなければならない。

「おまえら、動くな！　動くと弾丸をもらうぞ！」

床に伏せている乗客たちにそう叫び、客室を窺った。ターゲットはどこだ？　まだ車両に残っていた乗客たちが座席に伏せているのが見える。前方の連結の辺りに人影が見えた。黒服のガードが二人。幸いそいつらは車両に侵入して来た桂木には気付いていない。

桂木は腰を屈《かが》め、イングラムを構えて通路を速足で進んだ。座席に身を屈めていた乗客たちが蒼白の表情でそんな桂木を見つめる。前方の連結部にいた黒服の一人が桂木を見つけ、何か叫んだ。そいつは素手だったが、後ろにいた別の黒服が発砲してきた。弾丸が何かに当たり、キーンという音を立てた。後ろで伏せている女性の乗客から悲鳴が上がった。

膝を落とし、桂木は引鉄を絞《しぼ》った。銃身が跳ね上がる。弾丸が上に集まる。今度は車両の床を狙うくらいで連射した。黒服たちが倒れるのが見えると、桂木は座席に飛び込み、ひとまず射線から逃れた。前方の連結部にターゲットがいるらしいことはわかったが、ガードの銃弾を避けて通路を進むことはできない。近付く前に撃たれてしまう。といって、戻るのも危険だった。

座席に隠れていることに気付かなかったのか、拳銃を手にした男が車両に入って来た。入って来たのは桂木が乗り込んだ有楽町側からだ。あっちの車両にもいたのか……！　危ないところだった。後ろから撃たれていたら、やられていた。立ち上がり、一連射でそいつを倒す。弾丸が車両の窓ガラスを派手に壊した。車両に悲鳴が上がる。

桂木は朱《あけ》に染まって倒れた男を見て舌を打った。そいつは黒服のガードではなかった。グレーの草臥《くたび》れたスーツを着ている。刑事か……？　刑事を殺っちまったか……！

この発砲に気付いたか、今度は黒服の男たちが神田側の連結から飛び込んで来た。そいつらも一連射で撃ち殺した。座席に伏していた乗客たちが耐え切れず、悲鳴を上げながら有楽町側の乗降口から逃げ出す。桂木は座席に伏す格好で、急いでイングラムのマガジンを交換した。レバーを引き、実包を薬室に送り込む。ここまできたら、やるしかなかった。車両の中ほどまで進んでしまった桂木は、どのみち離脱は有楽町側か神田側からしかできなかった。

腰だめにイングラムを構え、通路に飛び出した。黒服が一人、両手でチャカを構え、そのまま撃ってきた。桂木も撃ち返した。左腕に激痛……。だが、相手も連射した弾丸を十発も食らったか、後ろに吹っ飛ぶように倒れていた。激痛を堪《こら》え、進んだ。

連結には生きている者は誰もいない。隣の車両を覗いた。乗客たちが固まって通路を逃げて行く。その中にターゲットが混じっているのかもしれなかったが、そのまま撃つことはできない。

連結から外を見た。横井はどこにいる……？　売店からの発砲はすでに止んでいる。神田側の隣の車両から黒服のガードが一人、チャカを手に売店に近付くのが見えた。引鉄を引こうとしてやめた。遠すぎる……。

ホームには何十人という乗客が倒れていた。撃たれて倒れているのか、飛び交《か》う銃弾を避けて伏せているのか、桂木にはわからなかった。ただここにこうしているわけにはいかない。思い切ってホームに降りた。売店に近付く黒服のガードに向かって突進した。ガードが桂木に気付き、振り向きざまに撃ってきた。当たらない。桂木も引鉄を絞った。小気味のよい発射音で弾丸が飛ぶ。ガードが後ろに飛ぶようにして倒れる。やわな売店の壁面に綺麗《きれい》な弾痕《だんこん》……。

「横井！」

売店の後ろに叫びながら飛び込んだ。後ろには売店の店員らしい女性が頭を抱えるようにして蹲《うずくま》っていた。その横に朱に染まった横井が腰を落とし、イングラムのレバーを懸命に引いている。横井が飛び込んで来た桂木にほっとした顔で言った。

「弾丸が、詰まりやがった……」

「大丈夫か！」

「腹を……やられた……」

腹を押さえる横井の手から鮮血が噴《ふ》き出していた。

「歩けるか？」

横井が落ち着いた声で言った。

「いや……動けん……無理だな」

どこからか、弾丸が二発飛んできた。撃ち返して、マガジンを抜き取った。もう予備のマガジンがないことに気付いた。

「何とか歩け！　離脱だ！」

横井が微笑《ほほえ》んで言った。

「一人で行け！　おまえ一人なら逃げられる！　サツが集まって来る前に逃げろ！」

「弱気になるな、チケットは二枚あるんだ！　おまえのイングラムを貸せ！」

「……俺の奴は……レバーが動かん……俺がなんとか食い止めるから、おまえの銃を寄越《よこ》せ。すぐサツが大勢やって来る。そうなったら逃げられん……早く行け！」

階段方面に向かってバラバラと乗客たちが走って行く。

「早く逃げろ！　急げ！」

「わかった……」

弾丸の切れたイングラムを横井に渡すと立ち上がった。弾丸は飛んでこない……。そのまま雪崩《なだれ》を打つように階段に走る乗客たちの跡を追った。階段には逃げる乗客の誘導もできない駅員数人が恐怖の表情で固まっていたが、桂木を咎《とが》める者はいない。桂木は何とか乗客たちに紛《まぎ》れ込み、そのまま階段を下りた。

乗客たちに混じって改札を乗り越えると、警官が五、六名、走って来るのが見えた。新幹線ホームで銃撃戦があったことなど知らないのだろう、走って行く警察官たちは別にして、構内には一般旅客が慌《あわ》ただしく歩いている。

桂木は近くの洗面所に入った。洗面所はすいていた。空《あ》いているブースに入り、銃弾を受けた左腕を調べた。コートの袖《そで》が裂けて血で染まっている。コートを脱いで傷を調べた。幸いに弾丸は骨を避けている。皮膚が削《けず》り取られたようになっていたが、不思議に出血は止まっている。ポケットからハンカチを取り出し、口を使って傷口にハンカチを強く巻きつけた。便器の中の水でコートの袖を洗って血を落とした。濡《ぬ》れて血の色が消えたことを確認すると、再びコートを羽織った。

洗面所を出ると、桂木は井出の車が待っている丸の内口には向かわず、山手線《やまのて》のホームに向かった。今度は十名ほどの警察官が新幹線の改札口に向かって走って行くのが見えた。通路の乗客たちがそんな警察官たちを不思議そうに見送っている。まだ一般の乗客は銃撃戦のことは知らないのだ。銃撃戦騒ぎで電車が停まっていることが心配だったが、山手線は平常通り動いていた。

桂木は山手線に飛び乗り、上野《うえの》に向かった。こんな時のために、上野駅のコインロッカーの中にパスポートと北京行きのチケット、そして一千万の現金をしまってあるのだ。井出から残りの一千万を受け取れないのが残念だが、これはどの道捨てるしかない。本来なら手金の一千万も返さなければならない金だった。なぜなら、黒服たちは何人も射殺したが、ターゲットを殺してはいないのだ。

電車が走り出した。上野からそのまま京成《けいせい》電車の特急で成田《なりた》に向かおう……。井出が俺の死体がないことに気付くには、まだ間があるだろう。俺が無事に離脱したと知れば、奴は俺を追うにちがいない。奴がターゲットを殺さずに一千万を手にした俺を、そのままにすることはないだろう。必ず追っ手がやって来る……。

戸口に立ち、遠ざかる東京駅を眺めた。横井はどうなったか……？　奴には離脱のチャンスはないだろう。『形勝会』のガードに撃ち殺されずに済んでも、警察官に捕まる。

こんな杜撰《ずさん》な仕事に引っ張り込んで悪いことをしたな、と後悔した。それでも、とにかく、俺はまだ生きている。何とか逃げて、生き延びる……。何としてでもパク・テヨンのいる済州島まで辿り着かなければならない。殺られてたまるか。

電車が神田駅を過ぎ、桂木はほっと息をついた。左腕の傷が、思い出したように痛み出した……。

第一章　禁手《きんじて》

一

佐伯光三郎《さえきみつさぶろう》は開けられた後部座席から車を降りると、それまで掛けていたサングラスを外し、ガードの報告を待った。

乗っている車はクラウン、色は地味な紺色《こんいろ》。スーツはダークブルーのシングルで、ワイシャツも白、ネクタイも地味な柄である。ドアを開けている組員たちも黒のスーツ姿、見た目にはサラリーマンが役員に随行《ずいこう》しているようにしか見えない。

だが、佐伯はれっきとしたヤクザだった。『新和平連合』系列団体『橘《たちばな》組』の組長補佐が彼の肩書きである。

「大丈夫です」

半地下の救急患者の搬入口から戻って来た組員が告げる言葉に、佐伯は頷《うなず》いた。『愛心《あいしん》病院』の玄関口にはパトカーが停まり、警察官が常時二名立っているが、裏の半地下にある救急患者用の出入り口には警察官の姿は見えない。警察官の代わりに、ここには『新和平連合』の品田才一《さいいち》会長代行を護《まも》る『玉城《たまき》組』の組員が配置されている。『玉城組』は元『品田組』で、品田代行の出身母体であるから、言ってみれば品田の私兵のようなものだ。

佐伯は周囲に視線を走らせながら入り口に向かって歩き始めた。固めている組員の数は四名。その四名の男たちが、最敬礼で佐伯を迎える。

どの組員も、これは『新和平連合』の決まりで、きちんとスーツを着ているが、その眼は緊張と疲労で血走っている。いつ、『形勝会』系列の襲撃を受けるかわからないからだ。『形勝会』は『玉城組』と同じ『新和平連合』の直系だが、現在『新和平連合』は分裂状態にあり、この二つは敵対関係にある。

佐伯は二名のボディー・ガードを従えて病院内に入った。廊下は静かだ。医師や看護師の姿も見えない。佐伯は前後をボディー・ガードに挟まれる形で廊下の奥にあるエレベーターに乗った。救急患者をストレッチャーごと運ぶためか、普通のエレベーターよりも大きい。有難いことに、途中で乗り込んで来る者もなく、佐伯たちを乗せたエレベーターは五階まで直行した。

四階と五階が入院患者の病室だが、二十室ほどある五階には、現在『新和平連合』会長代行の品田しか入っていない。言ってみれば貸切の医師付きのホテルのようなものだ。入院患者の代わりに、品田のガードたちが病室を占拠している格好である。この『愛心病院』には『新和平連合』の資金が入っているから、こんなこともできるのだ。

五階で降りると、エレベーター・ホールにも屈強なガードが二人いた。携帯電話で佐伯の到着を告げられたのか、一人が携帯を持って、頭を下げた。ここのガードも『玉城組』の組員だが、誰もが『橋組』の佐伯を知っている。

「……ご苦労だな……」

佐伯はそう言い、先に立つガードの後ろに続いた。今はヤクザしかいないこの五階にも、病院らしい薬品の匂《にお》いが漂っている。

嫌な臭《にお》いだ、と佐伯は顔をしかめた。嫌でも佐伯は自分が入院していた頃のことを思い出す。あれはまだ『橋組』系列の『永山組《ながやまぐみ》』のパシリの時代だ。組の抗争で敵対する組の男にドスで腹を刺され、瀕死《ひんし》の重傷を負ったのは、まだ二十代の頃だった。あの頃が懐《なつ》かしい。将来どうなるかなど、考えたこともなかった。ただ必死に生きていた。今の佐伯はもう五十を越えている。腕よりも頭を買われ、今では雲の上の組織に見えた『橋組』の組長補佐まで上り詰めた佐伯だが、俺の運もここまでか、と内心思わぬではないこの何カ月だった。

どう見ても、情勢は悪い。一体どこで運が尽きたのかと、佐伯は考える。『橋組』が『新和平連合』系列に入ったのはわりと新しいが、関東のヤクザ組織としては由緒ある戦前からの組だった。だが、生き残りのために、多くの組織と同じように寄らば大樹の陰と、『新和平連合』の傘下《さんか》に入った。ここまでは間違ってはいなかった、と佐伯は思う。

『橘組』が『新和平連合』の傘下に入ったのは、組長亀井大悟《かめいだいご》が『玉城組』の前身だった『品田組』組長品田と兄弟分になったことからだった。五分の盃《さかずき》だった品田がその後『新和平連合』の会長代行に上り詰め、何となく『橘組』は品田の傘下のような形になった。

『新和平連合』の会長新田雄輝《ゆうき》が新潟東刑務所内で暗殺され、ここからすべてがおかしくなったのだと、今、佐伯は思う。『新和平連合』の中で最強の軍団といわれる『形勝会』が新田を殺害したのは品田だと思い込み、報復に出た。新田の葬儀会場で品田を銃撃したのだ。これで固い結束を誇っていた『新和平連合』が分裂状態になったのだ。

そして情勢はといえば、傘下の組織のほとんどが『形勝会』に集まっている。『形勝会』会長だった諸橋健《もろはしけん》も殺され、現在『形勝会』を率《ひき》いているのが諸橋の代行だった武田真《まこと》。今は『新和平連合』系列の八割の組がこの武田に付き、これはどうみても品田が不利。その品田に付かねばならなかった『橘組』は貧乏くじを引いたようなものだった。

だが、『橘組』の組長である亀井大悟が苦肉の策を見つけた。それが関西の大組織『河口《かわぐち》組』との縁組である。亀井は腹部動脈瘤《どうみやくりゆう》で病床にあったが、生き残るにはこれしかないと佐伯を呼び、

「佐伯よ、俺の代わりに『仙石組《せんごく》』のおやじさんに会え」

と言った。『仙石組』はI県にある旧《ふる》い組で、長いこと独立系の組として生きてきたが、少し前に関西の傘下になっている。組織は小さいが、組長の仙石有三《ゆうぞう》は業界では名の通った男だった。亀井が考えたのは、この仙石に仲介《ちゅうかい》を頼み、関東ではご法度《はっと》だった関西の傘下に入るという秘策だった。どう見ても劣勢の品田が生き残るには関西の傘下に入るしか方策がない、と考えたのだ。

「品田が関西と手を組めば、武田もこれ以上品田に手は出せんだろう。ただ、問題は、関西がこれに乗ってくるかどうかだ。関西も様子を見ていて、品田に分《ぶ》がないことはわかっているだろうからな。ただ、東京進出の駒として、品田は役に立つ。そう思ってくれれば、品田と盃を交《か》わすかもしれん。問題は、どんな形で縁組をするかだ。形勢の悪い品田だ、誰と、どんな形で縁組ができるか……難しいのはここだろう。品田はまだ『新和平連合』の会長気分でいる。まさか五分の盃と考えてはおらんだろうが、てめぇの格を気にはする。もう一つ。話は早くせんとならんよ。時間が経《た》てば品田に不利だ。このままでいけば、品田に目はなくなる。そこらを考えて、仙石のおやじさんに会って来てくれ」

ここで佐伯は逡巡《しゅんじゅん》した。

「仙石さんですか……。だが、『仙石組』は、『別当会《べっとうかい》』と縁戚《えんせき》じゃあなかったですかね?」

『別当会』は『橘組』と同じく『新和平連合』系列の組だが、今は『形勝会』側に立っている。はたして敵対する『別当会』の縁戚にある『仙石組』が、そんな話を受けるか？

「別に喧嘩《けんか》の助《すけ》っ人《と》を頼むわけじゃあねぇ、逆だろうが。関西の力借りて喧嘩を収めてもらう話だ。それに、おまえは知らんだろうが、仙石のおやじさんとは知らん仲じゃあねぇんだ。府中《ふちゅう》で世話をさせてもらった仲だしな。門前払いされることはねぇから、心配するな」

と亀井は笑って言った。府中とは再犯の連中が入る府中刑務所のことである。同房ではなかったが、その刑務所内で亀井は年長の仙石のためにいろいろ気を配った。仙石はその頃のことを忘れてはおらんだろう、というのが亀井の理屈だった。

「俺が仙石のおやじさんを頼ったと知っても、別当は文句なんか言わんよ。うちと別当のところとドンパチやっているわけじゃあねぇ。本来、同じ『新和平連合』なんだからな。ただ、関西を頼ったと知られるのはまずいわなぁ。そこらのところも仙石のおやじさんに釘《くぎ》刺しておかんとならんがな。話がまとまるまでは、口外は勘弁してくれと頼め」

秘策は秘策だが、危険な策だと佐伯は思った。口外してくれるな、と釘を刺せと言うが、そいつは結構難しい。極道社会はどんな所よりも情報が飛び交《か》うのが速いのだ。そして、関西の傘下に入るということは、関東の組織のほとんどと対立するということである。それは『新和平連合』系列の組織と対立するだけではない、他の関東の組織とも対立することを意味する。

そんな情勢の中で、『橘組』は一体どうなるのか。品田と縁があったというだけで、『橘組』は品田に付いたが、これが命取りになることはないのか……。まあ、現在、『新和平連合』系列の組はほとんどが『形勝会』に与《くみ》している状態だが、中立を護る組もないわけではない。そいつを取り込むことができれば、この劣勢をひっくり返すことができるかもしれないが……。

それにしても、『橘組』が中立でいることはできなかったのか。まあ、それは無理だっただろうな、と亀井の性格を知る佐伯はため息をつくしかなかった。組長の亀井は、時勢を見て動くようなヤクザではないからだ。機を見るに敏な今時のヤクザと違い、亀井はあくまでも旧いヤクザだった。

ヤクザとは厄介《やっかい》なものだな、と佐伯は思う。一度盃を貰《もら》ってしまったら、後に親分がろくでなしとわかっても、サラリーマンが会社をかわるように、組をかわるなんてことはできはしない。無能な親でも、親は親、ヤクザを辞《や》めないかぎり、どこまでも付いていくしかないのだ。なんだか、亀井と品田の関係に似ている。品田の器量を知っても、亀井は縁を切ることができない……。まったく、うちのおやじは……と、佐伯はため息をつきたくなった。

だが、それでも佐伯は亀井が好きだった。親分が亀井でよかった、と思う。小賢《こざか》しい男に命を預けたくはない。親が亀井なら、死ね、と言われれば死ぬことができる。

佐伯は太いため息を一つつき、品田のいる病室に向かった。病室の前に市原《いちはら》が立っている。『市原組』組長の市原は品田の腹心だ。普段はでかい態度の市原が頭を下げた。『新和平連合』では総務担当。市原は佐伯が現在どんな動きをしているかを知っているから、佐伯にでかい顔はできない。

「ご苦労さんです」

「ああ。代行はどうだ」

「お元気ですよ。佐伯さんを待っています」

「そうか、わかった」

佐伯は頷き、二人のガードを廊下に残して病室に入った。ベッドにいる品田は、腕に補液のチューブが見えなければ病人には見えなかった。三発の銃弾を食らったはずだが、顔色はいい。よほど腕のよい医者に巡り合ったのだろう。病室の中にも二人のガードがいたが、佐伯は彼らに病室から出てもらい、品田のそばに座った。

「おう、来たか……亀井のおやじはどうだ……腹切ったんだろう?」

と佐伯を迎えた品田は半身を起こして言った。亀井と品田は対等の盃のはずだが、品田の口調は『新和平連合』の会長代行のものだった。あくまでも亀井を下に見ている。カチンときたが、佐伯は顔色を変えずに答えた。

「まだ外には出られませんが、経過はいいですよ。代行もお元気そうで安心しました」

「そう簡単にくたばりゃあしねぇ。ところで、おまえが仙石のところに行ってくれたんだってな？」

「そうです。おやじがまだ動けませんので。I県から、そのままここに来ました」

やきもきして報告を待っていたのだろう、ずばりと訊《き》いてきた。

「で、仙石は、どう言っている？」

「感触は、悪くないです。条件さえ整えば、ですが……」

「そりゃあそうだろう。向こうにとっても、悪い話じゃねぇ……『新和平連合』と手を組むんだ、安く売ることはない、どんな条件でも向こうは飲むぞ」

と品田は笑みを見せた。

こいつは馬鹿か、と佐伯は品田ののっぺりした顔を見つめた。

たしかに『新和平連合』は関東の最強の組織である。『新和平連合』なら関西と対等に渡り合えると言われてもきた。だが、それは『新和平連合』が新田雄輝に率いられて一枚岩だった時の話である。分裂状態の今の『新和平連合』のことではない。それに、品田と新田雄輝ではそもそも格が違う。会長だった新田雄輝は本物のヤクザとして名を売った男だが、品田は違う。常に強者に付くことで、出世してきた男だ。本人は、『新和平連合』の正統な跡目《あとめ》は俺だ、と思っているのかもしれないが、『新和平連合』の傘下組織のほとんどは、それを認めていない。それどころか、新田雄輝を暗殺した逆賊だと思っている組織がほとんどなのだ。

そんな状況のなかで、関西と話をつけようと亀井がどれほど苦労したか、この男は肝心《かんじん》なところがわかっていない。

「代行……」

「なんだ？」

「その前に、条件のことで、代行の了解を得ておかんとならんことがあります」

「どんな了解だ？」

「仙石さんが、関西の誰にこの話を持ち込むか、そこらへんがまだわからんのですわ」

「どういう意味だ？」

「今、代行は、安めに売るな、と言われましたが……」

「おまえの話はまだるっこしいな。言いたいことは、どんな形で縁組するかだろう」

怒気を見せて品田が言った。

「そうです。こちらとしては、米山《よねやま》さんあたりと話を進めてほしいと伝えていますが……」

「米山と？」

満足げな顔ではなかった。米山吉蔵《よしぞう》は関西の組織では若頭《わかがしら》である。その若頭は米山だけではない。若頭は八人いる。

こいつ、まさか十代目と……佐伯はため息をつきたい気持ちになった。新田雄輝会長が健在なら、関西の十代目と親戚盃もできただろうが、品田ではあり得ない。仙石に懸命に努力してもらって、若頭の米山と五分の盃がやっと……現実には、これすら危ない。実際には、若頭補佐の誰かと五分の盃……上手く事が運んでも、これが精一杯だろう。なぜなら、今の品田は代行と言っているが、それは『新和平連合』で正式に承認された役職ではないからだ。会長だった新田雄輝が死に、代行の椅子《いす》も実際には空席というのが事実である。これもよく考えてのことだ。『新和平連合』でも八割の者が、今では品田を親殺しの逆賊だと思っている。そんな品田と、誰が盃を交わしたいか。仙石がよほど頑張ってくれなくては、縁組そのものが成立しない。

「返答は、いつ頃になるんだ？」

不機嫌な顔で品田が言った。

「三、四日はかかるでしょう。電話で済む話じゃあありませんから」

「またおまえが行くのか」

不満そうな声で言われた。

「ええ。おやじはまだ動けませんから、わしが行きます」

「だったら、仙石のおやじに言え。『新和平連合』をなめるな、とな」

なにを、と思ったが、何とか怒りを堪《こら》えた。たしかに関西も『新和平連合』には一目置《いちもく》いていただろう。だが、今の品田を関西がどう思っているか……。新田のいない『新和平連合』など、なんぼのものかと、そう思っていてもおかしくはない。

「伝えます。仙石さんも、そこらのことはよくおわかりだと思いますから」

これで終《しま》いだというように、品田はベッドに横たわり、佐伯に背を向けた。仕方なく立ち上がり、頭を下げて病室を出た。

「ご苦労さんです……どうです、様子は？」

廊下で待っていた市原が、すり寄って来て言った。

「どうって、代行のご機嫌のことか？」

「いや、仙石さんのほうですよ」

この市原も『仙石組』の反応を気にしている。関西の手を借りられなかったら、勝ち目はない、と本心ではそう考えているのだろう。

「まだ、どうとも言えんな。返事を貰うまで、数日はかかるよ」

「どうか、よろしく頼みます」

深々と頭を下げられた。

「ああ、できるだけのことはする」

と応《こた》えた。おまえだけじゃあねぇ、このままでいけば、俺のところも危ない。関西と繫《つな》がらなければ、『新和平連合』は武田の『形勝会』に取られて、それで俺たちは終いだよ、と佐伯は心の中で呟《つぶや》き、ため息をついた。

待っていたガード二人と一緒にエレベーター・ホールに向かった。エレベーターに乗ると、堪えていた怒りが蘇《よみがえ》った。それにしても、あの品田の馬鹿は、この情勢を一体どう思っているのか。自分がどんな立場に立っているのか、まだわからないのか……。地下に着き、また二人のガードに前後を護られる形で通路を出口に向かった。搬入口を護る『玉城組』の四名のガードに、ご苦労さんと声を掛け、待っていた車に乗り込んだ。

後部座席に腰を落ち着け、あの馬鹿が、と呟く佐伯に、運転席のガードが叫んだ。

「頭《かしら》、伏せてください！」

バリバリという音が聞こえ、窓のガラスが粉々に飛び散り、ガラス片が佐伯にかかった。運転席のガードが仰《の》け反《ぞ》り、佐伯はそのガードの頭半分が粉砕されているのにやっと気付いた。佐伯の車の脇を乗用車がタイヤを鳴らして走り去り、佐伯はやっと銃撃だと知った。走り去る車に、搬入口にいたガードたちが発砲しているのを、佐伯は舌を打つ思いで眺めた。幸い銃弾は当たらなかったが、このままここにいたら、警察の事情聴取は免れないだろう。

まだ車に乗り込んでいなかった『橘組』のガードが車の中に飛び込み、

「頭、大丈夫ですか！」

と叫ぶように言った。

「ああ、大丈夫だ……だが、そいつがやられた……」

佐伯はそう言って、運転席のガードを眺めた。間違いなく死んでいる、と思った。やっとそのガードの名前を思い出した。たしか田原《たはら》だったな、可哀想《かわいそう》なことをした……。

「急いで車を出せ。警察が来る」

と佐伯は蒼白《そうはく》な顔のガードに、落ち着いた声で命じた。こんなことは、まだまだ続く。交渉が終わるまで生きていられるかどうか、怪しいものだ。運転席のガードの死体を助手席に移し、やっと佐伯の車が走り出した。拳銃を手にしたまま佐伯を護るために乗り込んで来たもう一人のガードは、こちらも蒼白な顔で追尾の車がないかと外を窺《うかが》っている。そのガードに言った。

「モク、寄越せ」

ガードが震える指先で自分のスーツから煙草《たばこ》を取り出した。

「落ち着け。たぶん、もう追っては来ない」

佐伯はガードから煙草を受け取る自分の指先を見つめた。若いガードと違い、銃撃を受けても自分の指先は震えていない。俺もどうやらヤクザらしいヤクザになったな、と佐伯は苦い笑みを浮かべた。

二

目を閉じた吾妻五郎《あづまごろう》は、きちんと積まれている布団を背に、雑談する同房の受刑者たちの動きを窺っていた。

この雑居房は本来六人が定員だが、実際には九人の受刑者が収容されているから、かなり狭い。受刑者が溢《あふ》れ、定員を遥《はる》かに超えているのだ。今、そのうちの四人はテレビを観《み》ていて、残りの四人は座卓を囲んで雑談している。時刻は午後六時過ぎ、夕食を終えた九時の就寝までののんびりした時間。だが、同房の者たちの気配を探る吾妻の額《ひたい》にはうっすらと緊張の汗がにじんでいた。

この中に、『新和平連合』が送り込んできた刺客《しかく》がいるのではないか。そんな疑念が吾妻の頭の中を駆け巡っている。新しく入ることになった雑居房にはヤクザはいないと刑務官から聞かされていたが、四日前に入って来た浜田《はまだ》という男が気になるのだ。娑婆《しゃば》で仕出かしたのは傷害だと話していたが、なるほど喧嘩が強そうないい体をしている。

懲役六年という受刑者が関西訛《なまり》で、

「新入りよ、おまえ、娑婆でなにやってたんや？」

と訊くと、浜田という男は、

「仕事ですか？　警備員ですよ」

とへらへら笑って答えていた。なるほど、がたいがいいのは警備員だったからか……。だが、そんなことはない、やはりあいつは筋者《すじもの》だ、匂いが違う、と吾妻は思う。自分も元はヤクザだったから、同業の匂いには敏感なのだ。

この雑居房では、実は吾妻もまだ三週間という新入りだった。房に入ると、自分の罪状をやはりこの浜田と同じように尋ねられ、吾妻はどうせバレるだろうと正直に傷害致死と答えた。

吾妻の犯した罪は、だが、傷害致死などという穏《おだ》やかなものではなかった。最初に新潟東刑務所に入ったのはただの喧嘩で、飲み屋で暴れ、傷害で逮捕された。だが、これは新潟の刑務所に入ることが目的で犯した傷害である。傷害でパクられた吾妻は初犯で微罪ならその土地の刑務所に入れられると、仕事を指示した組から教えられていたのだ。なるほどヤクザの情報は大したもので、飲み屋の喧嘩で逮捕された吾妻は、刑が確定すると、話通りに新潟東刑務所に入れられた。これは計画通りだった。吾妻はここで一人のヤクザを集会場で刺した。刺した相手は日本で知らぬ者のないヤクザの大組織『新和平連合』の会長・新田雄輝……。つまり、吾妻は『新和平連合』会長の新田雄輝を殺すために新潟東刑務所に送り込まれたヒットマンだった。

刺された傷が原因で新田が死亡したことで、吾妻には新たに殺人犯としての刑が確定し、今度は無期懲役という判決を受けた。刑務所内での殺人ということで、刑が重くなったのだ。そして現在、吾妻はこの宮城刑務所にいる。これもただ新潟東刑務所から移送されたのではなく、三週間前までは広島刑務所にいた。新潟東と広島では、『新和平連合』の報復を警戒して、官は吾妻を独居房に収容してくれていた。また刑務所内で問題が起こってはと、官のほうも考えたのだろう。

だが、宮城刑務所に移送されると、ここならば吾妻を知る者はいないだろうという判断からか、彼は雑居房に入れられた。そしてその雑居房にいるのは小便刑の者ばかりで、ヤクザ者は一人もいないと、刑務官から聞かされていた吾妻だった。だが、それが、どうも怪しい……。

「吾妻さん、こっちに来ませんか？」

身じろぎをした吾妻にそう声を掛けてきたのは、もう三年もこの宮城刑務所にいるという川本《かわもと》という男だった。窃盗《せっとう》の常習だとかで、刑務所内のことなら何でも知っている男だ。

「いや、眠いので……すいません」

と吾妻はこの誘いをやんわりと断った。川本はそれ以上しつこく吾妻を誘うことはなかった。同房の者はすでに吾妻が殺人刑の受刑者でヤクザ者だということに気付いていて、吾妻はそれなりに一目置かれる存在になっているのだ。ヤクザであることは欠損した左手の小指を見れば明らかで、背中にもすじ彫りまでだが立派な刺青《いれずみ》があり、カタギだと言い抜けられるはずもなかった。

九時になり、電気が消され、房の全員が煎餅《せんべい》布団に入った。左右に四つずつ布団が敷かれ、真ん中に縦に一つ。吾妻は左奥から二番目の布団だった。便器から二つ目の床である。

吾妻は目を閉じ、他の受刑者たちの寝息を探った。雑居房になってからは満足に眠ることもできなくなった吾妻だった。いつ、どこで、どんな奴が襲って来るかわからない。無論、吾妻は『新和平連合』会長を殺した自分が生き延びることができるとは思っていなかった。自分の運命は知っている。殺した相手がヤクザだったからか、死刑は免れたが、長期刑満了で出所できるとは思っていなかった。その前に、必ず報復の手が伸びる。なにせ、自分が殺した相手は日本で一、二と言われる最強の組織『新和平連合』のトップなのだ。吾妻も『富岡《とみおか》組』という組の元ヤクザであったから、『新和平連合』という組がどれほど強大かは知っていた。関西と同格のヤクザ組織なのが『新和平連合』なのだ。

だが、考えてみれば、これも不思議な話だった。『新和平連合』の新田会長がターゲットであったことは、さほど不思議ではない。ヤクザのトップなら、命くらいは狙《ねら》われるだろう。だが、ここからがわからない。自分を直接送り込んだのは高崎《たかさき》の古いテキヤ組織の『猪野《いの》組』だが、この絵図は彼らが考えたものではなかった。その『猪野組』にやって来て『新和平連合』会長殺害の指示をしたのは東京から来た杉田《すぎた》という男だった。その時には知らなかったが、後に吾妻は、その杉田という男が東京にある『玉城組』の幹部であることを知った。しかも『玉城組』は、なんと『新和平連合』の二次団体だった。枝の組が上部団体のトップを狙う……！　吾妻の常識では考えられない出来事だったが、そんなことが現実に起こったのである。しかも、自分はそんな事件のヒットマンにさせられた……。

『新和平連合』の内部の事情がどんなものか、吾妻は知らない。知る必要もなかった。とにかく仕事が果たせ、金を貰えればよかった。殺した後、本当に金を払ってくれるか心配だったが、杉田という男は約束を守り、金を支払ってくれたと、面会に来た女房からそっと知らされた。その金で、難病で苦しむ子供の手術ができたのだ。だから、死ぬことは覚悟していたが……殺されると知っていて生きるのは楽ではない。持つはずのなかった生きることへの執着が、今、吾妻の心の中に忍び寄っている。

「……？」

吾妻は異様な気配に目を覚ました。すぐ隣に誰かがいる……！　女のいない刑務所にはおかしな野郎が多い。この房の中にもおかま野郎がいたのか？「誰だ？」と訊く前に手が伸びてきて口を塞《ふさ》がれた。慌てて外そうとしたが、恐ろしい力で、手を外すことができない……！　耳元で、誰かが囁《ささや》いた。

「静かにしろ。一つだけ訊くぞ。おまえに仕事をくれたのはどこの誰だ？」

「……！」

「死にたくなかったら、言え。誰がおまえに新田会長を殺《や》れと言った？」

耳元で囁く相手がわかった。新入りの浜田という男の声だった。跳ね起きようとする吾妻は、別の角度から伸びた誰かの手で押さえ付けられた。今、吾妻のそばにいるのは浜田一人ではなかった。何人かの男たちが音を忍ばせ、吾妻の布団の周りに集まっていた。手の一つが吾妻の喉《のど》に伸びてきた。絞《し》められた。息ができない。

「本当に殺すぞ！　生きていたかったら素直にウタえ！」

喉の圧迫がいくらか弱くなり、吾妻は何とか答えた。

「……わしに仕事をくれたのは『猪野組』だ、それ以上は知らん」

「ほう『猪野組』か……『猪野組』の誰だ？」

「組長だ……」

「それじゃあ『猪野組』に話を持って来たのは誰だ？」

「そんなことは……知らん……」

「知らんことはなかろうが。知ってること、全部ウタわんか」

杉田の名前は出せない。杉田は一千万円を払うという約束を守ってくれた……。何とか堪えて言った。

「知らん。それ以上のことは、何も知らん……嘘じゃねぇ！」

「死んでもいいんだな？」

また喉を絞められた。呼吸ができない。顔の上に布団が被《かぶ》せられる……。

「殺すぞ」

もう駄目だと思った。

「さあ、言え。誰に殺れと言われた？『猪野組』に来たのは誰だ？」

誰かが布団を剝《は》がそうとする吾妻の小指を取った。その小指を逆に折り曲げる……。あまりの痛さに絶叫した。だが、布団蒸《ふとんむ》しにされ、絶叫は小さな唸《うな》り声にしかならなかった。

「さあ、言え。『猪野組』に指令を出したのは、どこの誰だ？　東京から誰かが来ただろう？　おまえはそいつに会ったはずだ。さあ、ウタえ」

小指が折れるのがわかった。また叫んだ。だが、これもかすかな唸り声にしかならない……。布団が外され、喉からも手が外された。巡回する担当の足音が聞こえてきていた。

「まだ生かしておいてやる。だから、思い出せ。東京から『猪野組』にやって来たのが誰か、思い出せよ。思い出せなかったら、殺す。逃げられると思うな、どこへ逃げても必ず殺すからな。死にたくなかったら、話せ。いいな？　毎晩一本ずつ指を折ってやるからよ」

男たちが一斉に動いた。何事もなかったような静寂……。吾妻は激痛の呻《うめ》き声を歯をくいしばって堪えた。この暴行を官に告げても助からないだろう。舎房が変わっても同じだ。浜田が告げたように、どこへ逃げても奴らはやって来る。それにしても、自分がこの宮城刑務所に移送されたことを、あいつらはどうして知ったのか？　吾妻は小さく呻きながら、いつまでもそのことを考え続けていた。

吾妻は博徒《ばくと》団体『富岡組』のヤクザだった。間もなく若頭の補佐というところまでいっていたいい顔のヤクザが転落したのは、組の金に手をつけたからだった。

手をつけた動機は、当時七歳になる一人息子の手術代が必要だったからである。生まれた時からの心臓奇形で、手術をしないと長くはもたないと医師から宣告された。ヤクザ稼業の吾妻には医療保険の知識もなく、真っ先に頭に浮かんだのはみかじめ料として集金してきた組の金だった。だが、十万や二十万の金ではどうにもならない。ここで吾妻は組の金を競輪に注《つ》ぎ込んだ。当てれば使った組の金は返せる。そう踏んで博打《ばくち》に走った吾妻であったが、世の習い通りにこの金を簡単にすった。吾妻のやったことはすぐ組にバレ、吾妻は小指を落とした。だが、指を落としたくらいでは詫《わ》びにもならず、けっきょく、吾妻は組から追われた。ヤクザしかやったことのない吾妻が他の仕事で生きていくことはできない。それでなくとも不景気なカタギの社会が、ヤクザのために門戸を開いてくれるわけもなかったのだ。

あとは盗みか強盗でもやるしかなかったところに舞い込んできたのが殺しの仕事だった。その報酬は一千万。大した額だった。一千万あれば息子の手術代に苦労することもない。たとえ自分が死んでも、家族が暫《しばら》く暮らしていくこともできるだろう。

ただし、生きて帰れる仕事ではなかった。殺す相手が、なんと日本を代表する暴力組織の頂点にいる男だったからだ。半端《はんぱ》なヤクザだった吾妻でも新田雄輝の名は知っていた。現在の日本で三本の指に入る大組織『新和平連合』のドン。そんな男を殺して、自分が生き残れるはずがなかった。

「どうだ、びびったか？」

話を持ち込んだ男に連れられて行った先は高崎に縄張りを持つ『猪野組』で、組長の島《しま》方一利《かたかずとし》が吾妻の青ざめた顔を見て笑った。

「まあ、びびるのは当たり前だ。相手が相手だからな。ここででかい事を言う野郎だったら、こっちが信用せん。おまえも生きちゃあ帰れんと思っているんだろうが、そう思ってるのは、おまえだけじゃねぇ。わしらも、おまえと同じように命張ってる。おまえも俺も同じヤクザだ。ヤクザもんなら、一生に一度くらい命懸けた博打、打ってみたいのと違うか？

どうせ半端な人生送ってきたんだろう。そのままくたばるか、大博打を張って死んでいくか、違いはそれだけよ。最初から死ぬ気なら、たいていのことはやれる。命惜しがるから、やれることもやれんのよ。さあ、しけた面《つら》しとらんで、何とか言え。死ぬ気でやりますと、さあ、言ってみろ」

吾妻はこの島方という親分の言葉で決心がついた。そうなのだ、生き残って何とか、と考えるから何事も失敗する。順序が逆なのだ、と吾妻は思った。仕事が先で、自分が生き残れるか死ぬかは仕事の結果なのだ。

「やらせてください、お願いします」

と吾妻は頭を下げ、新田雄輝『新和平連合』会長の暗殺部隊に入った。

ヒットマンに選ばれたのは吾妻だけではなく、吾妻の他に二人いた。三人とも新潟県人で、前科者はいなかった。そのうちの一人は知った顔のヤクザで庄司喜美雄《しょうじきみお》と言った。こいつは『猪野組』の下部組織『金島《かなしま》一家』の元極道で、ヤク中で組を追われた半端者だった。新潟県出身者で犯罪歴がない者だけが選ばれた理由は、初犯で軽い刑だと入るのが地元の刑務所だ、というのが理由だった。三人とも、

「無事、仕事が済んだら、うちで面倒をみる」

と約束されたが、三人とも、そんな話は与太だと思っていた。『猪野組』の組長が苦い笑みで話してくれたように、面倒をみると言った組長自身も、おそらく自分と同じように『新和平連合』からの報復を覚悟しなければならない身になるだろう、と吾妻は思った。

仕事の指示は『猪野組』の島方ではなく、東京からやって来た杉田という男からだった。最初は杉田はどこのヤクザかわからなかったが、『猪野組』の島方より上にいることは確かで、明らかに貫目《かんめ》が違った。ただ、この話には解《げ》せないところがあった。

「何だかよ、おかしな話じゃねぇか。考えてみろ。『猪野組』はよ、テキヤの『大星会《たいせいかい》』の枝だぜ。その『大星会』は、今はたしか『新和平連合』の下に入ってるんじゃねぇのか？　つまりは系列だろうが。それが、何でてめぇの所のトップを殺るんだ？　一体あの杉田って野郎はどこから来たんだ？」

と、この指示の後で庄司が怪訝《けげん》な顔で言ったが、思いは吾妻も同じだった。系列のトップを狙うことは、言ってみれば親殺しだろう、と吾妻は思った。『大星会』がこのところ跡目のことで内部で揉《も》めていたことは吾妻も知っていたから、今度のこともやはり同じような内部の抗争なのだろうか、とも考えた。

「杉田がどこの組か、俺は知らん。いや、知らねぇほうがいい。知ったところで、何がどう変わるわけでもねぇからな」

と吾妻は庄司に答えた。だが、決行の二日前、庄司がどこから聞き込んできたのか、吾妻に教えてくれた。

「わかったぞ。杉田というのは、『玉城組』の組長補佐だそうだ」

無論『玉城組』がどんな組かは知っていた。『新和平連合』の二次団体のはずだった。

そこの組長補佐が上部団体のドンを狙う……！　これはどこにでもある話ではなかった。『大星会』内のトラブルではないのだ。だが、杉田の素性《すじょう》を知ったところで、最初に庄司に言ったように、何かが変わるわけではなかった。何とか任務を全《まっと》うし、約束の金を手にしなければ……。吾妻の頭には手術を待つ息子の顔しかなかった。

　杉田の指示で三人はそれぞれの方法で逮捕され、吾妻と庄司は杉田が言ったようにまんまと新潟東刑務所に入ることができた。情報は正確だったのだ。だが、うまいこと新潟東刑務所に入り込むことはできたが、初犯の吾妻は塀の中の暮らしがわからず、苦労を重ねた。まずターゲットの新田雄輝がどこにいるのかを突き止めなくてはならない。居場所がわかったら、何としてでもそこに近付く……。奴の舎房はどこか？　作業場はどこか？　吾妻は懸命に新田雄輝の所在を捜した。

　二ヵ月後、苦労の末、吾妻は新田が第三工場で働いていることを知った。第三工場は金属工場で、俗にサムライ工場と言い、ヤクザばかりが集まっている工場だった。吾妻はトラブルを起こして懲罰を食らえば工場も舎房も変わることを知り、辛《つら》い懲罰を繰り返し、四カ月後、ついにサムライ工場に移った。さすがに舎房までは近付けなかったが、同じ工場ならいつかチャンスが巡ってくる……。そしてチャンスがやって来た。吾妻は『猪野組』からこっそり送られてきた歯ブラシを改造したセラミックの刃物で、集会場にいた新田を見事刺した。即死とはいかなかったが、この時の傷が因《もと》で、新田は死んだ……。

殺せば一千万、と言った『玉城組』の杉田は約束通り吾妻の留守宅に一千万を届け、吾妻はこの人生最大の大博打に勝った。そして死ぬことを覚悟していたはずの吾妻だったが……。その時を迎えた今、吾妻は死ぬことがこれほど難しいことなのかとあらためて思わずにはいられなかった。

小指を折られた翌朝、吾妻は決心して舎房担当の刑務官に、指を骨折したため医務室で手当てを受けたいと申し出た。

「指を折った？」

担当の刑務官は吾妻の小指が紫色に腫《は》れ上がっているのを知り、

「どこでやった？」

と顔色を変えた。この刑務官は吾妻が何をして刑務所を転々としてきたか、その事情を知っていたのだった。

ここでも吾妻は口を割らなかった。

「粗相《そそう》したんですよ。転んで手をついて」

吾妻は医務室に連れて行かれる前に保安課に連れて行かれた。手当てを受ける前に保安課長直々《じきじき》に取り調べを受けた。刑務所側は、吾妻の履歴を熟知していたのだ。

「正直に言いなさい。本当に怪我か？」

「嘘じゃありません、転んで」

吾妻は医務室で手当てを受けると、作業を休み、代わりに独居房に収容された。刑務所側は、吾妻には知らせなかったが、ヤクザの報復を警戒して特別の調査を始めたのだった。

三

『大興会《だいこうかい》』会長の大伴勝蔵《おおともかつぞう》は、武田真の酒の飲み方をじっと見つめていた。前に座る武田は、『新和平連合』直系二次団体『形勝会』会長になったばかりの男である。童顔と言えなくもないが、その優しげな顔に騙《だま》されると、痛い目に遭《あ》いそうだ。場面によってその目は鋭く光り、ヤクザらしい輝きを見せる。

「頂戴《ちょうだい》します」

と言って盃を干す姿を、大伴は、いい酒の飲み方だなと思った。実は、酒にもいろんな飲み方がある。豪快な酒、味わいながら飲む酒、自棄《やけ》酒、涙酒、狂い酒……。武田の酒は、酒を口に含み、ゆるりと喉に流す間、この酒の味を忘れまいというような熟慮酒のように見える。この場にあっては気もそぞろで、酒を味わってはいられないのが普通だろう。だが、この男、しっかり酒の味を心に留めている……。並の男ではこの場でこんな酒の飲み方はできない。苛立《いらだ》ちを見せるか、緊張に強張《こわば》った顔を見せるか……。だが、この男、いささかの緊張もないように見える。噂の通り、大伴はなかなかのヤクザだと思った。問題は、この若さで大組織である『新和平連合』を束《たば》ねていけるかだが、この男ならばやってのけるかもしれない。そう思いながら、大伴はじっと武田を見つめた。

大伴が率いる『大興会』の発祥は、静岡は清水《しみず》。あの清水の次郎長《じろちょう》を生んだ土地である。もっとも『大興会』は、残念ながら戦後に出来たヤクザ組織で歴史は浅い。ただ足りないのは歴史だけで、今では全国で四番目の大組織と言えるまでに大きくなった。大伴はその五代目会長である。つい先ごろ新潟東刑務所内で殺害された『新和平連合』会長・新田雄輝とは五分の盃という関係にあった。まだ若い新田を助け、関東のヤクザ組織を束ねてきたほどの大物でもある。だが、武田は、若いくせに、その大物の大伴の前に座り、話次第では一歩も引きませんよ、と言うほどの貫目を見せている。まったく大したものだと、大伴はわずかに笑みを見せた。こんな男がいてくれたら、うちも後継に苦労しなくても済むのだが……。

この芳町《よしちょう》の割烹《かっぽう》の奥座敷には、今、四人の男が座っていた。目の前に座っているのは武田真、隣には『形勝会』のナンバーツーで会長補佐の国原慎一《くにはらしんいち》。そして大伴も客を一人連れていた。Ｉ県からわざわざ今日のために東京まで出て来てもらった男である。その男は『仙石組』若頭の由良美智雄《ゆらみちお》。老齢の『仙石組』組長・仙石有三を呼び出すわけにもいかず、大伴が立会人に頼んだのが『仙石組』ではナンバーツーである若頭の由良だった。

I県の由良に来てもらったのには無論わけがある。それは『仙石組』が品田才一の意を汲《く》み、関西と品田の縁組に動くと知ったからだ。品田が関西に頼るという情報を耳にした大伴は正直、慌てた。あの馬鹿がよりによって……と。大伴はここで初めて仲介に乗り出す決心をしたのだった。

『新和平連合』の内部抗争が長引けば、それは『新和平連合』だけでなく、関東のヤクザ組織全体の首を絞める。『新和平連合』では、すでに逮捕者は七十名を超し、末端の組員のシノギにも影響が出ていると聞く。それだけでなく、関西の東京進出に格好の花道を作りかねない。もしここで関西が動き出せば、関東のヤクザ組織は未曾有《みぞう》の危機に見舞われる……。これが大伴を始めとする関東ヤクザ集団の第一の不安だった。だが、大伴がこの抗争に仲介として乗り出せば、今、関西は動かない……。そのことは、『仙石組』組長の仙石有三から由良美智雄を通して密《ひそ》かに伝えられている。

「武田さん……」

返杯の盃を受けて、大伴は穏やかに言った。

「退《ひ》けない気持ちは重々わかっているつもりだ。もし、私が武田さんの歳だったら、何を馬鹿なことをと盃を放り出すか、投げ返すかだ。そこを堪えていただいて、正直、ほっとしている」

武田が大伴の盃に新たな酒を満たして微笑した。

「おっしゃっていることは間違っていませんから、そんな気持ちにはなりようがありません。ただ、二、三、問題があるだけです」

「そいつは何ですかね」

と、大伴は訊き返した。武田が穏やかな表情で言った。

「まず一番目ですが、おわかりでしょうが、うちも系列をすべて加えると相当な数になります。大伴さんの『大興会』と違って、うちの組織はいささか複雑です。うちは連合の組織ですから、指令系統は一本化されていません。しかも現在はご存じの通りの状態ですから、私の意志がきちんと下に伝わるかどうか、お恥ずかしい状況でもあります。これは、私のところだけでなく、品田のところも同じでしょう。四次団体、五次団体という枝では、まだ何が起こるかわかりませんから。そこらでゴタついたときに上がすぐそれを知って抑えられるか……たぶん、いくらか時間がかかる。向こうも同じだと思いますが、品田にもそこをきちんとしてもらわんとなりません。協定違反だ、と上がガタついたら大伴さんに仲介いただく意味がなくなる」

大伴は頷きながら自分の盃をゆっくり干した。武田の言っていることはよくわかる。抗争はたいてい小さな枝の組が衝突するところから始まる。血気にはやる若い者が、ここぞとばかりに動くからだ。相手の命《タマ》取ってなんぼのヤクザ世界だから、それを抑えるのにも苦労する。ましてや、最近の法律には使用者責任などというおかしなものが出てきたから、昔のように放っておくわけにもいかない。いい機会だと、警察組織は使用者責任を盾《たて》に、上部を狙ってくる。

「たしかにそこらへんのところをきちんとね、上が理解しておいてもらわんとならんわな」

と隣の由良が大きく頷く。

大伴も同感だと思った。この男ならたぶん約束は守るだろう。だが、品田にそれほどの器量があるかどうか。傍《はた》から見ていても、品田にはそこらへんに不安がある。親であった会長の新田に手を掛けたという噂の品田である。そんな品田だから、業界での評価は低い。新田殺しの首謀者は品田だというのはまだ噂だけだが、仮に噂だけであっても、噂になること自体が問題だろう。真っ当なヤクザなら、こうなると誰もが報復に立ち上がった武田の肩を持つ。

「私のほうはここで決められたことは守りますよ。ですが、今言ったように、他にも問題がないことはない」

「跡目のことかな?」

と言って大伴は、武田から彼の隣に座る国原慎一に視線を走らせた。国原の肩書きは『形勝会』の会長補佐。この国原は『新和平連合』三次団体『国原組』の組長だった男で、横浜《よこはま》が縄張り。武田が会長に就任すると、すぐに会長補佐に抜擢《ばってき》された、これもなかなかの男と聞いている。しかもこの男、自分の手で品田を殺さなければ生きてはいられないと叫ぶほどの強硬派だという。武田が納得しても、国原が納得しないかもしれない、と大伴は思った。

　武田が答えた。

「そうです。現状のまま、品田が『新和平連合』の会長の椅子に座ることは容認できんのです。この一点だけは、会長のお言葉でも譲れません。その点について、品田は了解しているのですかね」

　このことについて、問題になるだろうと、大伴はすでに品田側から、

「会長就任は、あらためて幹部会の承認を得て」

という言質《げんち》を取っていた。『新和平連合』の会長席については当分の間は空席のまま凍結。一年ほどの期間を設け、幹部会だけでなく『新和平連合』の全組長の投票で、あらためて会長を選出する。これが大伴が提案した仲介案で、品田にこの条件を飲ませるのに、大伴は相当の時間を食った。脅《おど》したりすかしたり、何度か交渉の席で怒鳴りつけそうになった大伴だった。

「そのことなら、品田さんも了承している。来年の遅い時期に選挙ででも決められたらよかろうと、そういう話にしてきた」

「それで結構です。ただし……」

武田が言った。

「何かな?」

「会長に手を掛けたのが品田だという確証を得た場合はその限りではない、という条件を付けさせていただきたい。会長殺しが『新和平連合』の会長に納まるのは道理に適《かな》いませんから」

これは仕方のないことだろうと大伴は考えている。親殺しの男に従え、というほうが無理だ。『新和平連合』二代目会長の新田雄輝は新潟東刑務所で受けた傷が因で非業《ひごう》の死を遂《と》げ、その新田をヒットマンを雇って殺したのは会長代行の品田才一だと囁かれ、『新和平連合』は武田派と品田派に二分する抗争が勃発《ぼっぱつ》したわけである。会長暗殺に対する報復に出た武田派に錦《にしき》の御旗《みはた》があるのは当然で、現在、八割方の組織が武田に付いている。そこを五分だと考えて、抗争を中止しろ、と関係のない自分が乗り出しているのだから、

「余計なことを言ってくれるな」

と面罵《めんば》されても仕方のない大伴だった。だが、武田は、そうは言わず、差し出した盃を静かに受けてくれている。

「そうでしょうな、それはわかりますよ。もし、それがはっきりしたら、私のところも黙ってはいない」

と大伴は言った。新田殺しが品田だと知って、それを擁護《ようご》するヤクザはいないだろう。

品田がまだ『新和平連合』の中でトップでいられるのは、その確証が今のところ摑《つか》めないからだ。『形勝会』が、今も証拠を摑む努力を続けていることを大伴は知っていた。ただ、新田が死んでからかなりの日数が経過している。ここまできてその確証が摑めるか……？　うやむやに終わってしまう公算が大だと、大伴は考えていた。

「ところで、そのことだが、何か進展がありましたか？」

と大伴は訊いてみた。もし証拠が挙がれば、この仲介そのものが馬鹿げたものに変わる。

「いえ、まだ……」

と武田が答えた。

新田会長殺しの下手人は、新潟東刑務所にいたヤクザだと大伴は聞いている。その男を捕らえてシバけば、どこに頼まれた仕事かがわかるだろうが、刑務所内にいる男だから締め上げることもできないだろう。しかもその男はすでに新潟東刑務所から姿を消しているらしい。官のほうも、刑務所内での報復を案じてその男を他の刑務所に移したのだろう。

「なるほど。ところで、会長に手を掛けたのは、たしか新潟の男でしたな」

「その通りです。吾妻というはぐれ者ですが、新潟東刑務所から現在は宮城刑務所に移されているそうです」

「それでは……」

大伴は不安になった。今の口調では、調査は相当のところまで進んでいる気配である。少なくとも吾妻というはぐれ者が宮城刑務所にいることまでは摑んでいるのだ。

「それでは、吾妻という男を捕まえたのですかな?」

「捕捉《ほそく》して、高崎の『猪野組』を通して依頼されたところまではウタわせましたが、それがどこから指示されたかまでは摑めておりません。まあ、しかし、遠からず、どこのどいつが会長に刃《やいば》を向けたか口を割らせることはできるでしょう」

と武田は穏やかに言った。捕捉したというのは、刑務所の中にすでに誰かを送り込んだ、ということか?

「首謀者がわかったら……」

と口にして、大伴は隣に座る由良に視線を向けた。由良がかすかに頷き、言った。

「関西は口は出しませんよ。うちの仙石がそのことは確認しています」

大伴は満足して頷いた。もし、噂の通り、品田が新田にヒットマンを送ったことが立証されたら、どこの組織も武田に付くだろう。まともなヤクザなら、親殺しを許すはずもない。一つ不安があるとすれば、これを好機と関西が動くことだけだが、これもないとすれば、武田が、首謀者が誰か、確証が摑めるか、そこだけだ。

だが、それにしては品田の強気が信じられない。関西を取り込もうとしているのだろうが、今もそれが上手くいくと、そう考えているのだろうか……? 関西が動いてくれなければ、品田には生き残れる目がないのだ。品田に加担している組は今は四つだけと聞いている。品田の出身母体である『玉城組』、『才一会《さいいちかい》』、『市原組』、そして傍系の『橘組』の四団体だが、この四団体で全国のヤクザ組織に立ち向かうことはできないだろう。それなのに、あの品田はまだ胸を張っている。もし武田が新田殺しの証拠を握ったら、品田は孤立する。それなのに、なぜ？

その時、国原の懐中の携帯が鳴った。

「失礼します……」

と国原が断って席を立った。

「ところで武田さん……」

と座敷を出て行く国原を目で見送った大伴が徳利《とつくり》を手にした。

「何でしょう」

大伴が苦笑して言った。

「今の話の続きだが、もし新田会長殺しが品田によるものだとわかったら、この手打ちの話はなかったことになる……」

「ええ、たしかにそう申し上げました」

大伴はため息をついた。ならばこれには一応期限をつけなければならないだろう。

「確証を得るのにどれくらいかかりそうかね」

「そう時間はかからないだろうと思っています。ですから、期間は一ヵ月。その間にこちらが確証を得られない場合は、手打ちにしても仕方がないと思います。会長が心配されるように、喧嘩が長引けば、どちらさんも迷惑されるでしょう。そいつは私の本意ではないんで。ただし、確証が得られたら、申し訳ありませんが、手打ちの話はご破算ということで了承を頂きたいと思います」

大伴は頷くしかなかった。由良の顔を見た。由良も小さく頷く。

「それでわたしのほうは構わない。確証が挙がったら、手打ちの話はなし。その時は、武田さん、あんたからの要請があれば、うちが動く。当てにされていいですよ。後ろに『大興会』がいると、そう考えていてください」

と大伴は言った。

車寄せから出て行く大伴勝蔵の車の列を、頭を下げて見送ると、国原が武田に言った。

「さっきの電話ですが……」

「なんだった？」

「島方の行方《ゆくえ》がわかったそうです」

「どこだ？」

「奴は新潟の金戸島《かなどしま》にいますよ」

「金戸？」

「高崎の『猪野組』の幹部で北野《きたの》というのがいるんですが、そいつの郷里が金戸でしてね。で、奴は金戸に逃げたんですわ」

『新和平連合』の新田会長殺しの下手人は、現在宮城刑務所にいる吾妻というヤクザである。問題はその吾妻というヒットマンを、誰が新田会長が収監されていた新潟東刑務所に送り込んだかを突き止めることだった。吾妻の収監されている刑務所を突き止めると、武田はそこに配下の浜田という男を送り込んだのだ。その浜田は指令通りに吾妻に接近、吾妻は簡単に口を割り、彼を送り込んだのは高崎のテキヤ組織『猪野組』の組長・島方一利だとわかった。だが、直後、品田に繋がる核心部分を訊き出す前に、吾妻は官によって隔《かく》離《り》された上、危険を察知した島方は行方をくらまし、武田は全組織を挙げてその行方を追っていたのだ。

「おかしなところに逃げたな。金戸は島だろう。いざという時に逃げ場がないだろうに」

『形勝会』の組員たちが武田の車を玄関口に廻《まわ》す。その間も、四人のガードが通りを警戒している。そんな組員の動きを油断なく眼で追いながら、国原が答えた。

「たしかに。まさか島方は、宮城刑務所の吾妻の口から簡単にてめぇの名前が出るとは思っていなかったんでしょう。それに、幹部の北野というのが簡単に口を割るとも考えていなかったんじゃないですかね。北野は古い幹部で、島方が一番信頼していた野郎らしいですから。ここまできたら、絵図は簡単に解けますよ。絵図を描いたのは品田の外道《げどう》ですが、采配《さいはい》はたぶん、『玉城組』の杉田あたりでしょう。こいつも島方を押さえちまえばすぐにわかります。これで品田は逃げようがなくなる」

新田会長殺しが品田の絵図だという確証を摑めば、大伴と約束した手打ちは反故《ほご》だ。そうなれば、大伴の『大興会』も品田制裁に動く。もう品田は死に体だ。

「で、どうする？」

「今、金戸で使える組を探しています。わしが向こうに着くまで、動きを押さえておかんとならんですから」

「向こうに使える組があるのか？」

「たぶん。こいつは『大星会』の船木《ふなき》さんがもう動いてくれてますわ」

『大星会』の会長・船木元《はじめ》は『新和平連合』系列で、最初は品田に従ったが、新田会長殺しが品田の絵図だとの疑念が浮かぶと武田派に付いた。おかしなことだが、高崎の『猪野組』はその船木が率いる『大星会』の下部組織だったのだ。すなわち枝なのだから、船木としては自分の系列下にある『猪野組』が新田会長殺しに加担したことで立場がなくなり、真っ先に高崎に乗り込むと、懸命に島方の行方を追っていた。

「……それならそう難しくはないな」

武田が頷く。そういう組を見つけるのは、博徒系よりも『大星会』のようなテキヤ系列のほうが横の繋がりが多くていいのだ。

「で、うちの椎野《しいの》と金井《かない》をもう金戸に向かわせました。わしもここからすぐに金戸に向かいます」

「俺も行こう」

「いや、会長が出張ることはないですよ。わしだけで充分です」

武田はかすかに笑みを見せ、言った。

「駄目だ、俺も行く」

「わしだけじゃ、心配ですか？」

怪訝な顔になる国原に言った。

「そうじゃあない。おまえ一人に行かせたら、何するかわからんだろうが」

国原が苦笑して応じた。

「たしかに。新田会長殺しに手を貸した野郎だ、ただじゃあおかんでしょうね。いずれにしても、落とし前はきっちりつけさせてもらいますよ」

「心配なのは、そこだ、国原。島方が大事な生き証人になることを忘れるな。事が済んだら、そいつの始末は俺がつける」

ばらばらと組員たちが車寄せに入る三台の車の周囲に集まる。車はどれもクラウンだが、女将《おかみ》と仲居たちに送られて武田が乗り込んだ真ん中のクラウンだけは造りが違った。

銃撃に備え、ガラスは防弾、後部のドアには分厚い鉄板をはめ込んである。三列縦隊で『形勝会』の車が走り始めた。

武田の隣に乗り込んだ国原の携帯が鳴った。国原が丁重《ていちょう》な言葉遣いで話す。

「国原です。ああ、どうも。そうですか、助かります。いや、金戸へはわしが行きます。ええ、そう。そちらはもうしばらく高崎のほうを。そうです、高崎で騒動が起こったら困りますんで。よろしく頼みます」

携帯を切った国原が言った。

「船木さんとこの結城《ゆうき》からです」

結城は『大星会』の幹部で船木の腹心である。

「金戸で使える組が見つかったそうですわ。『北見組《きたみ》』というのがすぐ動いてくれるそうです。それから、船木さんが金戸に行くというのを断りました。船木さんが乗り込んでいるんで高崎も大人しくしていますが、船木さんが高崎から離れたらまた『猪野組』がガタガタするかもしれんので。これでいいですかね？」

「ああ、それでいい」

と武田は頷いた。金戸に逃げた島方の『猪野組』にも、まだ島方に与して上部団体の『大星会』に立ち向かおうとする組員もいると聞いている。まだ何が起こってもおかしくない情勢なのだ。

「そうだ、国原」

「何です？」

窓から夜空に輝くビル群を見上げ、武田が言った。

「わしらがここを離れる間が気になる。若《わか》の警護を倍に増やせ」

若とは、『和平連合』を立ち上げた初代会長・浦野光弘《うらのみつひろ》の遺児、浦野孝一《こういち》のことである。『新和平連合』がこの日本で一、二の暴力組織になれたのは、ひたすら亡き浦野光弘が作り上げた資金力のお陰だった。その資金源は今でも浦野孝一が握っている。幸い武田はこの浦野孝一を品田の手から護ることができた。当然、品田は浦野孝一の奪回のチャンスを窺っているにちがいないのだ。

「わかりました、すぐ手配します」

と国原は再び携帯を手に取った。

四

島方一利は店を出ると、革《かわ》ジャンの襟《えり》を立て、星のない夜空を見上げた。白い、雪らしいものが舞い落ちてくるように思えた。だが、錯覚だったか、雪片がそれ以上落ちてくる気配はない。こんな夜に雪でも降られたら、滅入《めい》る気分に拍車がかかる。

「煙草……」

と、先に立つガードの池井《いけい》に言った。

時刻は夜の九時過ぎ。北の海からの寒風が肌を刺す。もう冬だ。ここなら追っ手も来ないだろうと選んだ土地だが、それにしても侘《わび》しい土地だった。夏場は観光客で賑《にぎ》わうのかもしれないが、こんな季節では時間の過ごしようがない。ガードの池井が差し出す煙草を咥《くわ》え、火を点《つ》けさせると、

「もう一軒行くか……」

と言った。今、出て来た店は『エデン』というしけたバーで、島方はここで毎晩のように酒を飲む。ここなら目につくまいと選んだ木賃宿《きちんやど》のような小さな旅館にいる島方は、昼も夜もやることがないのだ。なるべく人に会わないように昼は部屋で池井とテレビを観ているが、せめて夜くらいはと、宿の近くの飲み屋に出掛けるのが日課になっていた。

もう二軒ほど同じようなバーがあるが、『エデン』に通っているのは、ここのママが他と比べていくらか見られる顔だからだ。もっとも、だからいい女というわけではなく、潮《しお》に焼けた肌は化粧ののりが悪いのか、明るい場所で見たら、おそらくうんざりするにちがいない。それでも他の店よりましだというだけのことだ。どこの店もしけていて、大した女はおらず、中にはママ一人という店もある。

それでも、日に一度、夜になればそんな干からびた魚のような女の顔を見るために宿か

ら出て来るのだから、男というものは情けないものだと、島方は苦笑の思いで旨《うま》くもない煙草の煙を吐いた。

ガードの池井が気のない声で、

「どこにします？」

と訊いてきた。池井がそんな返事をするのも無理はなく、どこに行っても楽しいはずもない。女だけでなく、客もまた土地のしけた野郎ばかり。そしてその常連客は、島方たちが店に入ると腹の立つことに、余所者《よそもの》が、という顔をする。そのくせ島方たちが、何となく普通の客ではないとわかると、ぴたりと話をやめ、そそくさと席を立って逃げ出す。応対するママも、仏頂面《ぶっちょうづら》で客を迎えるだけで、まるで愛想がない。愛想のないのはバーのママたちばかりではなく、組の幹部に取らせた宿の女将も、やる気のない顔で帳場に座っている。たまたまバーの女と宿の女将が愛想がないのかと初めは思っていたが、それが土地柄なのか、どの店もまるで商売っ気というものがないのだ。煙草を買うスーパーのレジも、一度散髪に行った理髪店の女主人も、お愛想の一つも言わず、どっちが客かわからない顔で島方を迎える。まったく嫌な土地だ、と島方は思う。

「『シャトー』にでも行くか」

と島方は、気のない池井に発破《はっぱ》をかけるように言い、海岸から一本中に入った道をゆっくり歩き始めた。そこも、『シャトー』とは聞いて呆《あき》れるような、間口二間《けん》（約三・六メートル）の掘っ立て小屋のような店で、造りは『エデン』と同じ、カウンター席にボックスが二つというしけた店だ。ママはぞっとするほどの醜女《しこめ》だが、ホステスはまだ十代の小娘で、恵美《えみ》と言い、こちらは可愛《かわい》い顔をしている。恵美を見ていると、高崎に置いて来た家族を思い出す。島方には県立高校に通う娘がいて、二人に似たところなどないのだが、

「客に付き合って酒なんか飲むんじゃないぞ」

と、一万円札を握らせたりする。こんな店では一万円でも大層な金なのか、こっそり財布にしまえばいいものを、恵美は驚いて、

「一万円、貰いました！」

とママに報告に行く。そんな娘がいるから、なんとなくほっとした気分になれる店なのだ。

『シャトー』がやっと見える所まで来て、扉の上にある明かりを確認した。ここらの店は予告もせずに突然店を閉めたりするから、無駄足を踏むこともある。池井でもうんざりした顔をするくらいだから、心弾《はず》むわけもないが、寒さが堪《こた》え、島方はとにかく店に入ってしまいたかった。

軽自動車が一台やって来て、島方たちの脇を抜けていく。一〇〇メートルほど歩くと、『シャトー』の明かりが見えた。ベニヤで作ったような扉の上にある明かりが瞬《またた》いている。侘しさもここに極《きわ》まれり、という感じがした。

隣を歩くガードの池井が夜空を確かめるようにして言った。

「親分……雪ですよ」

島方も今度はひらひらと舞い落ちてくる雪片を確認した。

「……雪だな」

同じ新潟県でも、金戸は越後《えちご》とは違って大雪は降らぬと聞いている。それでも雪の中を傘なしで歩くのは嫌だった。こんなことなら近くでも車で来ればよかった、と思った。高崎からは自慢のベンツで金戸までやって来ている。一日動かずにいるのだから、夜くらい歩いたほうがよかろうと思ったのが失敗だったか。歩くのではなかったと、島方は雪片が舞い落ちる空を見上げた。

「帰るか……」

「そうっすね、飲んでる間に、積もるかもしれんですよ」

「そうだな……」

島方はうんざりするように歩く向きを変えた。歩き始めると、池井がジャンパーのポケットから取り出した携帯を手の平に打ち付けるようにして叩《たた》いている。

「どうした？」

「携帯が調子悪くて……ここらは電波、弱いんですかね」

そんなことはないだろう、と島方は思った、山間部ならともかく、この貴輪田《きわだ》は金戸の中でもかなり大きな街である。ここで電波が入らないはずがない。

「貸してみろ」

と島方は池井の携帯を取り上げてみたが、島方が池井より携帯に詳しいわけではない。メール操作もできず、ただ通話ボタンを押して話すか、掛かってきた電話を受けるだけしかできない。池井と同じように手の平に叩き付け、耳に当ててみたが、携帯はうんともすんとも言わなかった。

「いつから調子が悪いんだ？」

「昼すぎからですわ」

「ちゃんと充電はしてあるんだろうな？」

「してあります」

「ふーん、仕方ねぇ、明日一番に買い換えろ。携帯がなかったらどうにもならん」

と島方は携帯を放って池井に返した。貴輪田の宿に入っているのは島方とガードの池井の二人だけだが、双津《そうつ》の港にもう二人、組員が高崎から来ている。この二人には新潟から着くフェリーを見張らせている。おかしな車が入って来たら、彼らは携帯でガードの池井にそれを知らせてくることにしてあるのだ。だから、携帯は島方の命綱で、その肝心の携帯がおかしくなったらどうにもならない。夜空から落ちてくる雪が大粒なものに変わった。

「どか雪じゃねぇか……こりゃあ、積もるな」

島方はわずかに歩く足を速め、咥えていた煙草を白くなった歩道に投げ捨てた。

島方一利は群馬県は高崎にあるテキヤ組織『猪野組』六代目組長だった。高崎から逃げ、この金戸の貴輪田を潜伏の場所に決めたのは、組の幹部の郷里だったからで、

「金戸なら奴らにもわからんでしょう」

と勧められたからだった。この島に来るには、空路もないわけではないが、普通は船を利用する。船の場合はフェリーかジェットフォイルを使うのだが、来てからの移動を考えれば、追っ手は車で来るだろう。そうなると監視しなければならないのはカー・フェリーだ。現に島方もこの金戸に車で来ている。それは島内の移動を考えてのことだ。つまり、新潟港からの船が着く双津の港を見張るだけで、追っ手の動きがわかる。

ただし、デメリットもあり、いざ追っ手が現れた時に、島だから逃げ場がなくなる。袋のねずみになったらどうするのか。

「いざという時は、漁船をチャーターすればいいですよ。双津港を塞がれても、漁船で逃げればいい。そいつは、わしの実家に手配させます」

という幹部の言葉に、島方はやっと金戸を潜伏先に決めたのだった。

それにしても、と島方は思う。人の人生はふとしたことで変わる。運と不運は人智では

選択ができないものだということが、この歳になってよくわかった。何が間違っていたか、今ならわかるが、あの時、俺にその選択ができたか……と思う。高崎の名門であった『猪野組』の六代目組長の座に就《つ》けたのは、間違いなく幸運だった。六代目は兄貴分の渡《わた》辺孝雄《なべたかお》という男が継ぐことにほぼ決まっていたが、その渡辺が脳梗塞《のうこうそく》で急死し、跡目が渡辺の下にいた島方に転がり込んできたのだった。ここまでは、ツキの人生だ。

では、どこから人生が狂ったのか……。たぶんそれは、上部団体の『片桐会《かたぎりかい》』がおかしくなった頃からだろう。関東テキヤの大組織『大星会』の幹部だった二次団体『片桐会』の高井《たかい》からきた話に乗ったのが悪かったのだ。だが、高井は当時『大星会』の二次団体『片桐会』会長補佐という地位にあり、島方はこの高井に目を掛けられ、それなりの恩義があった。だが、この『片桐会』が跡目争いでおかしくなり、その後凋落《ちょうらく》の一途を辿《たど》った。

ここから不運が始まったわけだが、これは島方にはどうすることもできない運命だった。ヤクザ社会では、親亀こければ子亀も同じ運命を辿るのが決まりだからである。カタギの社会のように簡単に、あそこが駄目だからこちらに付く、というようなわけにはいかないからだ。『大星会』では第一の組だった『片桐会』がその勢力を失って、高井がただのヤクザに落ちぶれても、弟分の島方には、それならサヨナラというわけにはいかなかった。

その高井がわざわざ高崎まで、一人の客を連れてやって来て、言った。

「あんたの力が借りたい、わしらに、力貸してくれんか」

この時、高井が連れて来た男は、ただのヤクザではなかった。日本国中知らぬ者はない『新和平連合』の幹部の杉田俊一《しゅんいち》という男だった。正確には『新和平連合』二次団体『玉城組』のやり手の組長補佐ということで、島方もその名は知っていた。『新和平連合』はそもそも博徒系のヤクザ集団でテキヤ系の『大星会』とは稼業違いだが、それでも『大星会』は地殻変動のように『新和平連合』の傘下に入っていた。だから地方の名門とはいえ、組員総数が三十八名の『猪野組』からすれば、『玉城組』の組長補佐の杉田はまぶしいほどの客だった。現に『片桐会』会長補佐の高井ですら、この杉田には頭が上がらないのか、その態度はまさに子分そのものだったのだ。

ただ、その杉田は温厚な男で、島方にも横柄《おうへい》な態度を取ることもなく、言葉遣いも丁重だった。

「島方さん、あんた、今のわたしらの状況、知っていますかね」

と杉田は切り出した。当時、関東で最強の『新和平連合』の会長・新田雄輝は新潟東刑務所の獄中にあり、『新和平連合』は会長代行の品田才一という男が切り回していることは、地方ヤクザの島方でも知っていた。

「ご存じだと思うが、現在の『新和平連合』は、品田代行がトップで運営されている。まあ、この新体制は盤石《ばんじゃく》でしょう。だから、間もなく品田代行が会長に就任する。さて、そうなると、何が変わるか……いいですか、そうなると高井さんも、その下にいるあなたたちも変わる。それは、品田代行が会長になれば、『大星会』も変わるからですよ。いや、変わるんじゃあなくて、変えると言ったほうがいいかな。品田代行は『大星会』の八代目の船木を買っていないからね。つまり、品田代行が『新和平連合』の会長になったところで、『大星会』ももう一度改革せんとならんと考えている。その中には二次団体の『片桐会』をもう一度再興することも入っているわけでね」

と、杉田は島方に説明してくれた。これは大した話だった。島方の『猪野組』は系列でいえば『大星会』の中では二次団体『片桐会』の下にある。その『片桐会』が凋落し、島方の組もその割を食っている。『大星会』の三次団体でも上が『片桐会』であったがために、総会でも俯《うつむ》いていなければならない存在になったのだ。情けないことだが、これが成り行きなのだから仕方がない。だが、ひょっとしたら、この不運から逃れられるのかもしれない……。杉田の話は、そんな不運からの脱却ができるかもしれない、一《いち》か八《ばち》かの話だった。

「細かい事情は省くが、品田さんがすんなり会長として跡目を継ぐには、その前に、やらんとならんことがある。『新和平連合』も残念ながら一枚岩ではないんだ。八分《ぶ》通り品田さんの会長就任は決まっているが、反対勢力がまだいる。あんたも知っているでしょう。

新田会長の出身母体の二次組織『形勝会』がそれだ。品田体制を完全なものにするには、この『形勝会』を何とかしないとならないわけでね」

もちろん島方も『形勝会』の存在は知っている。『新和平連合』直系の中で『形勝会』は最大の組だ。たしか組員も、百名近くいるのではなかったか。武闘派として名を挙げた組で、『新和平連合』では戦闘部隊として知られている最強の軍団である。

「その『形勝会』を、わたしらが潰《つぶ》す……これに、あんたのところで一役買ってもらいたいんだ。どうだろう、一肌脱いでもらえないかね」

言葉遣いは穏やかだが、話す内容はヤクザの島方でも鳥肌が立つような内容だった。

「『形勝会』は会長だった諸橋が死んで、今は武田という若いのが仕切っているが、その武田は知っているかね?」

島方は死んだ諸橋という会長の顔は知っていたが、会長代行になった武田という男のことは知らなかった。

「なにせ新田会長は別荘の中だ。六年の懲役だから、どうにもならん。『形勝会』は新田会長の組だから直系ということで力があったが、武田では、まあ、先行きは暗い。だから品田代行が会長に就任すれば、直系の二次団体ではうちがトップに立つだろう」

杉田の話には説得力があった。杉田が組長補佐を務める『玉城組』は品田代行の出身母体、以前は『品田組』だった組織である。現在は『新和平連合』の直系組織中では二番目の組織と言われているが、品田が新しく会長の座に座れば、第一の組になることは容易に察しがつく。そして品田代行が新しく会長になれば、傘下の『大星会』も再編され、凋落した『片桐会』が復活するという。

「だから、『形勝会』さえ抑えれば片がつく。ただし、新田会長がいるかぎり、わしらが『形勝会』に手をつけることはできんのよ。あそこは新田命《いのち》の組だからね。では、どうするか……そいつは一つしかない。新田会長がいなくなれば、今の武田なんかどうにでもなる。そこで、新田会長が消えてくれさえすれば、品田体制が出来る。要は、新田会長を消せばいい。そこで、あんたの力を借りたいわけだ。どうだろう、一肌脱いでもらえんかね？」

島方は、この杉田の要請を呑んだ。このままで組の発展はない。先代から受け継いだ大事な組は、今、すでに衰亡の様相を見せ始めている。だが、品田代行がめでたく会長になってくれさえすれば、『猪野組』もその恩恵を受けられる。伸《の》るか反《そ》るか、これは組の存亡を賭《か》けた大博打だった。

「やりましょう。こちらのことは任せてもらいます」

島方はそう答えると、『新和平連合』会長・新田雄輝の暗殺部隊の人選に入った。後のことを考えたら、組の人間は使えない。そこで島方が選んだのは、三人の食えなくなった元極道たちだった。

初犯で微罪ならば逮捕者は土地の刑務所に入れられるという情報を得て、島方は三人のヒットマンを選んだ。新潟市で軽い傷害事件を起こせば、かなりの確率で新潟の刑務所に収監される。この情報は当たって、三人のうち、吾妻という元『富岡組』の組員だった男と、庄司という元ヤクザが新潟東刑務所にうまく入った。

そしてこの計画は見事に成功し、ターゲットの『新和平連合』会長・新田雄輝を暗殺したが……雲行きがおかしくなったのは杉田の話通りにことが展開しなかったからだ。新田の死後すぐ『新和平連合』会長の座に就くはずだった品田が、これに失敗した。二次団体『形勝会』がこれに反対し、逆に品田が『形勝会』に狙われる展開になったのだった。

島方はここで窮地《きゅうち》に立たされた。『新和平連合』は二つに割れ、血で血を洗う抗争になったが、予想に反して品田側が劣勢に立ったのだ。『新和平連合』系列の組の八割が『形勝会』側に付き、品田派は直系では『玉城組』、『才一会』、『市原組』、系列では『橘組』ぐらいしか集まらない始末だった。それは会長の新田雄輝を暗殺したのが品田の手の者だったという噂が出たことが原因で、確証が出れば系列以外の組も『形勝会』を応援するという危機的状況を迎えた。

さらに困ったことには、有利に立った『形勝会』が新田会長殺しの犯人を懸命になって捜し始めたのだ。新田会長を殺した犯人の吾妻は刑務所内である。島方は最初この吾妻の口を塞ぐ手立てを考えたが、刑務所の中で吾妻を殺す方策もなく、逆に『形勝会』の手の者が吾妻を追って動き出したとの情報を摑んだ。新潟東刑務所から広島刑務所、宮城刑務所と吾妻の収監先は転々としたが、『形勝会』は見事に吾妻がいる場所を突き止め、吾妻を捕捉・尋問する人間を宮城刑務所に送り込んだのである。

ここまでくると、『猪野組』の名が出るのは早かった。新田会長殺しに動いたのは『猪野組』と知られ、『形勝会』の組員が五十名も『猪野組』のある高崎に集まって来た。それだけではない、本家の『大星会』も会長の船木がみずから先頭に立ち、幹部以下二十名ほどの手勢を連れて高崎にやって来たのだ。

島方もそれまでのんびりしていたわけではなかった。いずれ『猪野組』の名が出ることはわかっていた。高井の話に乗った時から、いざという時の覚悟は出来ていた。一か八かの大博打、負ければ死ぬ気でいた。すみませんでした、とエンコを詰めたくらいで許される博打ではないのだ。死なずに逃亡を決めたのは、実は元デカだったという興信所経営の男に刺されて病床にあった杉田から連絡が入ったからだった。

「島方さん、あんたにはすまないことになった。だが、よく聴いてくれ。いいですか、情勢は確かに芳《かんば》しくはないが、うちらの負けがもう決まったわけじゃあないんだ。今に、あっと驚くようなことが起こる。それが何かはまだ説明できんが、わしが退院したら、『形勝会』に好き勝手はさせません。これから反撃に出る。わたしを信用してほしい。あんたをスケープゴートにはしませんよ。一番の大役を買って出てくれたことを忘れはしません。だから、とにかく時間を稼いでほしい。『形勝会』はまだ証拠を掴んでいるわけじゃない。万一、刑務所にいる吾妻を押さえられても、そんな野郎は知らんと言えば言える。それに、すでにヒットマンを送り込んでもいるからね。

問題は、島方さん、あんただ。あんたが落ちたら、もう弁明はできんのですよ。そうなったら、わしもどうにもならん。『新和平連合』の『形勝会』だけならいくらでも戦えるが、系列の組がこぞって動き出したらわしらだけでは戦えん。傍系は、どこも新田第一で舎弟縁組したわけで、みな『形勝会』に付く。つまり、この戦《いくさ》の鍵《かぎ》は島方さん、あんたなんだ。あんたが落ちなければ、新田会長殺しは必ずうやむやになる。あんた、自分が死ねばいいと思っとるのかもしれんが、死んだらそれが証拠ということにされる可能性もある。だから、しばらく身を隠していてもらいたい。見つかりさえしなければ、それでいい。どうだろう、韓国かフィリピンあたりに暫く行ってもらえんかね」

東京からぞくぞくと集まって来る極道を迎え、臨戦態勢にあった『猪野組』もまた二つに割れていた。本家に弓引くことに反対する者たちと、勝てないまでもヤクザの意気地を見せようという決戦派とが争っていたのだ。島方はどうにもならない立場に立たされた。

ただ、幸いなことに、東京からやって来た『形勝会』の組員たちは高崎入りはしたが、そのまま動けない状況にいた。群馬県警が総出で厳戒態勢を敷いていたからである。何より困ったのは、本家であるテキヤの『大星会』会長の船木元が『形勝会』に肩入れし、幹部を連れて高崎に乗り込んで来たことだった。さすがに島方も本家相手に戦端を開くわけにはいかなかった。

「大人しく船木会長の指示に従え。若い者の命を粗末にするな」

と島方は幹部たちに言い含め、自分は数名のガードだけを連れて金戸に逃げたのだった。

宿から五〇メートルほどのところまで来たところで、先に立つ池井が立ち止まって言った。

「親分！」

「なんだ？」

「あの車……」

池井の視線を追うと、三叉路《さんさろ》の手前に車が停まっているのが見えた。車は普通車だ。ベンツではない。クラウンか、セドリックか、暗いので車種まではわからない。ただ、この金戸の道路は片側一車線道路ばかりで道が狭く、走っているのはほとんどが軽自動車である。乗用車で、それも普通車は珍しい。

「やばいっす！」

と池井が島方の腕を引き、二人は民家の塀に体を寄せた。

「来たか……！」

ついに追っ手が来たかと、島方は舌を打った。だが、どうやってここまで来たのだ？　双津の港にはシキテンを二名配置している。フェリーからおかしな車が降りて来たら、すぐ携帯で知らせてくることになっている……。はた、と気づいた。池井の携帯が壊れているのだ。見張りからはたぶん宿に連絡が入っているのだろうが、飲み歩いていたので通報を受けられなかった……！

それにしても、どうしてわしらの宿がわかったのか……？　バーを飲み歩いたためか……。そこにいた客が土地のヤクザに、

「筋者がいる」

と話すことはありうる。それを聞いた土地の極道が動いたか……。金戸には『新和平連合』の系列も『大星会』の系列もない。だが、ヤクザがいないわけではないから、『大星会』から島方捜索の依頼を受けて土地の組が動くということも、絶対にないとは言い切れない。要請を受けた土地のヤクザが潜伏場所を探し出すために、まずはバーを当たったか。そして、近くの宿の駐車場に珍しいベンツがあるのを見つける……。金戸では珍しいベンツだから、見つけ出すのはそう難しくはないだろう。まあ、筋書きはそんなところか。

くそっ、下手を打ったか……！　一体、追っ手はどこの組だ……？　『大星会』か、あるいは『新和平連合』の『形勝会』か？

と言って島方は来た道を引き返した。すぐ前に路地がある。左手に曲がってしまえば逃げられる。だが、路地に入る前に突然車のライトが点き、島方と池井は光の中にさらされた。車のエンジンがかかった。島方と池井は路地に飛び込んで、車のライトから逃れた。

「見られたな……」

「ええ……」

二人はそのまま走り続けた。左手に車が五、六台ほど入れる露天の駐車場があり、そこに転がるように飛び込んだ。うっすらと屋根に雪を載せた軽自動車が一台停まっている。車の後ろにとりあえず身を隠した。

池井がチャカを取り出した。島方はドスの一本も持っていないが、ガードの池井には拳銃を持たせてあったのだ。チャカは六連発のレンコン、つまりリボルバーで、銃身が短いやつだ。島方は拳銃など撃ったこともないが、池井はハワイ旅行で射撃の練習を積んでいる。頼りはその池井の腕だ。

路地が明るくなった。あの車が追って来たのだろう。車一台が通れるほどの路地のためか、入って来た車のスピードはのろい。有難いことに車はそのままゆっくりと駐車場を通り越して行く。

「行ったな」

「どうします?」

と池井が強張った声で訊いてきた。

「このままじゃあ、どうにもならん。車の鍵、持っているか?」

と池井に訊いた。高崎から乗って来たベンツは宿の駐車場に入れてある。その駐車場は有難いことに宿から少し離れている。狭い道の木賃宿にはもともと駐車スペースがなく、駐車場は海岸道路沿いにあるのだ。宿に近付くのは危険だが、海岸沿いの駐車場なら大丈夫かもしれない。とにかく車まで行かなければ逃げられない。島から逃げ出すには手配した漁船のある黒戎《くろえびす》という所まで行かなくてはならないのだ。貴輪田の街から黒戎までは、とても歩いて行ける距離ではない。一〇キロか一五キロもあるか……。車がなければ逃げられない。

「鍵なら持っています」

「よし、戻るぞ」

と島方は立ち上がった。宿の駐車場への近道は今、追っ手が走り去った方に行かなければならない。だが、さすがに車の跡を追う勇気はない。島方は池井を連れて、元の道に戻った。雪の積もり始めた道路に駐車している車はない。だが、駐車場に行くには宿の前を通らなければならない。それができるか? 宿を見張る別の追っ手がいることはないのか? いるはずだ、と島方は思った。たまたま追っ手の車は宿から離れた場所に停まっていたが、それは宿の前の道が狭いからで、その位置から宿の出入りは監視できない。つまり、別の人間が別の位置から宿を見張っていると、そう考えなければならない。その見張りは、一人か、それとももっといるのか……?

「親分……!」

チャカを手に、先に立つ池井が言った。車が一台のろのろとやって来る。小型車だ。再び路地に飛び込んだ。ただ、車内に人影があった。車はカローラのバンだ。カローラなら特別疑うこともないだろうと思った。ただ、車内に人影があった。運転手一人なら怪しむこともないが、四人も乗っている。小さなカローラに四人……どこかおかしい。暗くて乗っている連中の顔かたちはわからないが、家族連れとは思えない。

「来い!」

島方はそう言い、また駐車場に戻った。

「親分……!」

「まずいな」

人家の万年塀《まんねんべい》から通りを窺っていた池井が掠《かす》れた声で言った。

「あ、停まりました!」

「なにぃ!」

覗《のぞ》くと路地の先にカローラのバンが道を塞ぐように停まっているのが見えた。ドアが開き、男たちが降りて来る。やっぱり家族連れなどではなかった。突然、路地の反対側からライトで照らされた。

「さっきの……車です！　やばいっす！」

これで動けなくなった。路地の左右を塞がれてしまったのだ。唸りながら島方は駐車場からの逃げ道を探した。二百坪ほどの空き地を駐車場としているから、三方は人家である。一方は万年塀、あとの二つはただの植え込みだ。

「来い！」

島方はそう言い、正面の植え込みを掻《か》き分けた。だが、密集した細い木立は予想と違い簡単に乗り越えることはできなかった。先に見たクラウンが駐車場に乗り入れ、植え込みを越えようとする島方たちを明々と照らし出した。

「くそっ！」

植え込みを越えることを諦《あきら》めた池井がチャカを構えた。車の傍にいた数人の男たちが車の陰に飛び込む。

発砲音を聞きながら、それでも島方は何とか植え込みを越えた。体一つ入るスペースを蟹《かに》のように横に走った。小さな庭に出た。人家に明かりが点く。人家の主が外の騒ぎに気づいたのだ。庭を走り、玄関口に辿り着いた。駐車場の方角から、二発、銃声が聞こえた。出た所も路地だ。車は見えない。海岸道路に向かって走った。追って来る者はいない。立ち止まって息をつき、周囲を見渡した。左手は黒々とした海、海岸道路には一台の車も見えない。激しく大粒の雪が視界をさえぎるように舞い落ちる。

どこへ逃げるか？　逃げ延びるには、何としてでも諸川《もろかわ》の先にある黒戎というところまで行かなければならない。走る車を停めて金を摑ませて逃げるか……。だが、こんな夜、海岸沿いのバイパスを走る車は一台もない。とにかく身を隠さなければ、じき追っ手がやって来る。島方は絶望の思いで、身を隠す場所を探して走り始めた……。

五

武田は車から降りると、傘を差し出すガードの一人に訊いた。

「ここに逃げ込んだのか」

「そうです。周囲は固めてありますから、もう逃げられんと思います」

とガードが答えた。

寺の裏門の前にはすでに三台の車が停まっている。総勢十四名の男たちに取り囲まれたら、もう島方も逃げようがないだろう、と武田真は二人のガードに前後を護らせて歩き始めた。名も知らない寺に入ると小さな駐車場があり、その先に寺の本堂が見えた。表の騒ぎに気がつかないのか、あるいは事前に地元組織の『北見組』から、何があっても出て来るな、と説明があったからか、寺に明かりは見えない。

「こちらです」

ガードが示す先に墓地が見えた。本堂の裏手にある墓地はかなり広く、墓石の上にはもう雪が積もっている。

馬鹿な野郎だと、武田は思った。そもそも逃げることがおかしい。いっぱしのヤクザなら、新田会長の命《タマ》を取ると決めた時に命は捨てているはずだろうに。それがこのざまだ、見苦しい。怒りよりも侮蔑《ぶべつ》の思いが込み上げ、武田は苦い笑みを浮かべた。

墓地から速足で戻って来た勝本《かつもと》が言った。

「もう逃げられんです。裏手も『北見組』が囲みました」

勝本は東京から連れて来た部屋住みのガードである。他の二人のガードに比べて体は小さいが、その代わり度胸は人一倍。俺のためならいつでも命を投げ出すだろう、と武田は勝本を信頼している。

「国原はどこにいるんだ？」

「奥です。出て来いと、島方の説得に当たっています」

「そうか」

できれば発砲などさせたくない。地元の警察でも出てくればややこしいことになる。領き、武田は墓地に向かって歩き始めた。

「会長、ここにいてください、まだ向こうはやばいです！」

勝本が武田を抱きかかえるようにして言う。仕方なく立ち止まり、武田はサングラスにかかる雪を払った。

「それじゃあ、国原に、殺すな、と言ってこい」

「わかりました！」

勝本が墓地に走った。

国原慎一は『形勝会』の会長補佐である。今回の島方追跡の責任者だが、今は憎悪に燃えている。生かして捕らえなければならないとわかっていても、新田会長の暗殺を取り仕切った島方の顔を見たら、その場で撃ち殺しかねない。念を押してはあるが、国原はいい年をしてまだ血の気が多い。大事な生き証人の島方を殺してしまったら、新田会長の暗殺指令がどこから出たのか、その立証が難しくなる。

武田はガードの一人から煙草を貰い、そのまま報告を待った。

「止《や》んだな……」

と武田は夜空を見上げて言った。

「会長、車に戻られたほうがいいと思いますが」

傘を持つガードがそう言った。

「いや、ここでいい」

国原と入れ違いに、『一剣会《いちけんかい》』の組員が走って来るのが見えた。その組員が武田の前に立ち、息を弾ませて言った。

「会長、捕まえました！」

発砲音は聞こえなかった。島方は抵抗を諦めたらしい。

「ご苦労」

と武田はその組員に慰労の言葉を掛けた。頭を下げ、『一剣会』の組員が墓地に向かって走って行く。

『一剣会』は新潟にあるテキヤ組織で、武田が会長を務める『形勝会』の傘下ではない。高崎から金戸に逃げた『猪野組』の組長・島方を追うために、『大星会』の会長・船木が、

「それなら『一剣会』の原田《はらだ》を付けましょう」

と、国原のために応援に寄越した組である。本来なら稼業違いだから、追っ手は『形勝会』で編成されるのだが、新潟に『形勝会』の下部組織はなく、この応援は武田にとって有難いものだった。テキヤは横の繋がりが強く、金戸の地元にも『大星会』の手足として動く組織があるのだ。『猪野組』の島方の潜伏先を突き止めることができたのも、地元のテキヤ組織『北見組』が動いてくれたからで、そうでなかったらそう簡単には見つけられなかっただろう。

『猪野組』の島方が金戸に逃げたことは早くにわかった。東京から駆けつけた『大星会』

会長の船木が組に残っていた『猪野組』組員を一喝すると、組の幹部が簡単に組長の逃亡先を吐いたのだ。『大星会』は『猪野組』にとって本家だから、弓は引けないと思ったのだろう。

「私も行きましょう」

と言う会長の船木に、

「いや、会長は高崎に残ったほうがいい。ここで何かあったら、あんたがいたほうがいいでしょう」

と、国原からだけでなく、武田も東京を発《た》つ前に、あらためて応援を断った。敵対する品田才一の勢力も『形勝会』の動きは摑んでいるだろうから、彼らが『猪野組』の島方を助けるために高崎に動員をかけるかもしれないと、武田はそこまで用心したのだ。

それには理由がある。品田が『新和平連合』の会長の座を狙うと決めた時に、品田はまず『大星会』を取り込む工作をしている。『大星会』会長に就任した船木を飯倉《いいぐら》の『新和平連合』の本部に呼びつけ、恭順《きょうじゅん》を誓わせることまでやっているのだ。だが、品田が『新和平連合』会長の新田雄輝にヒットマンを送ったという噂を聞いた船木は、反旗を翻して『形勝会』に付いた。客観的に見れば当然の動きだが、品田はこれを船木の裏切り、と見ている。だから裏切り者の船木を攻める惧《おそ》れもないとは言えない情勢だったのである。

前方に国原と勝本の姿が見えた。後ろに男たちが一塊《ひとかたまり》になって歩いて来る。どうやら、その真ん中にいるのが島方らしい。武田は煙草を捨て、男たちが近付くのを待った。

先頭に立つ国原が言った。

「手こずらせやがって」

と国原が腕を取った島方の体を突き飛ばした。国原は一八〇センチ近い長身だが、よろけて前に出た島方もそれに引けをとらぬ背丈の男だった。

「島方というのは、おまえか……？」

と武田は島方を見上げて訊いた。

「人に名を訊く時は、てめぇの名を先に言え」

と、蒼白な顔に似合わぬふてぶてしい声が返ってきた。

「なるほどな」

と、武田は苦笑した。逃げ隠れする女々《めめ》しい男だと思っていたが、案外度胸のある男かもしれない。

「俺は『形勝会』の武田だ。何でおまえを追って来たのか、わかっているな」

蒼《あお》ざめた男の目が大きく広がった。『形勝会』の会長がわざわざ金戸までやって来るとは考えていなかったのだろうか、ふぅ、と白い息を吐き、男が頭を下げた。

「武田会長とは知らず、失礼しました。島方です。お名前は伺《うかが》っています」

「こんな形で会うことになって残念だな」

と武田は頷いた。

「たしかに」

島方がかすかに笑みを見せて言った。この男、これから先、どんな運命が待っているかはわかっているはずだが、その表情に怯《おび》えは見えない。根性のありそうな顔だが、こいつが新田会長にヒットマンを送った男なのだと思えば、憐憫《れんびん》は浮かばなかった。

武田は島方に背を向け、

「連れて行け」

と、『一剣会』組員に命じ、並ぶ国原に小声で念を押した。

「後はおまえに任す。ただし、殺すな。大事な男だからな」

「わかっています」

と国原が頷く。

武田は勝本とガードを従え、車に戻った。車が宿に向かって走り出す。ため息が出た。品田の外道のお陰で、死ななくてもいい男たちが死んでいく。今会った島方という男も、おかしなことに巻き込まれさえしなければ、ヤクザらしい生き方をしていたのではないかと思った。

「それにしても、あの男が墓地に逃げ込んだことがよくわかったたな」

と武田が言うと、

「ああ、それは、足跡だそうです。雪が止んで、野郎の足跡が残っていたそうです」

と隣の勝本が答えた。

「足跡か……」

「雪が降り続けていたら、見つからなかったと思いますよ。止んでくれてよかったです」

皮肉なもので、止んだ雪があの男の命取りになったのだ。

「新潟に着くまでに、美味いものでも食わせてやるように国原に言っておけ」

と言い、武田は白々《しらじら》とした雪景色に目を移した。

島方は、集まっていた三台の車の中のベンツの後部座席に、二人の若いヤクザに挟まれる形で運ばれた。これからどこへ連れて行かれるのか……。地元のヤクザの組事務所あたりか。それにしても、高崎からベンツに乗って来たのは用心が足りなかった、と島方は舌を打った。いずれは見つかると思ってはいたが、それにしてもと、自分の迂闊《うかつ》さに腹が立った。

これから何が起こるか、島方にはわかり過ぎるほどわかっていた。しばかれ、誰に命令されて新田を殺ったか吐かされるのだ。この拷問《ごうもん》はめっぽうきついはずである。島方自身はやったことはないが、若い頃、組員の一人が組の金に手をつけ、命を落とす寸前までしばかれるのを見たことがあった。それは、全身を木刀で打たれ、体中の骨がばらばらになってしまうほどのしばきだった。だが、今度はそんなものでは済まないだろうと、島方は思っている。なにせ『新和平連合』の会長にヒットマンを送り込んだのだ。まず、生きてはいられないだろう。早く死なせてくれれば有難いが、息絶える一歩手前まで締め上げてくるはずだった。覚悟は出来ているが、どこまで耐えられるか……自信はない。それでも、泣き叫んだりはしまいと覚悟を決めた。

ここまできて、新田殺しを否定するつもりはなかったが、『玉城組』の杉田や、『片桐会』の高井の名だけは出すまいと心に決めていた。せめてものヤクザの意地である。

それにしても、この金戸まで『形勝会』の会長が直々に出張って来るとは……これも意外な展開だった。新田殺しがそれほどまでに極道社会を揺るがす事件だったのかと、島方は今さらながら自分の仕出かしたことの大きさに震撼《しんかん》した。

深夜、三台の車が向かった先は双津港にある倉庫の一つだった。そこは地元の『北見組』が手配した場所で、島方はそこでしばかれるのかと思っていたが、そんなことはなく、翌朝の一番早いフェリーが出るまで倉庫に監禁された。

フェリーに乗ると、島方は車から降ろされ、特等の船室に連れて行かれた。個室には常に若い四人のヤクザが島方の見張りに付いていた。サンドイッチに牛乳パックまであてがわれ、待遇はよかった。

「あんたら、どこの組のもんだ？」

と、訊くと、ヤクザの一人が、

「『一剣会』です」

と素直に答えた。

『一剣会』の名は無論知っていた。新潟のテキヤの組織で、会長はたしか原田という男ではなかったか。『形勝会』が『一剣会』まで動かしている……これも予想外のことだった。新潟には『新和平連合』の下部組織はないからと金戸に逃げたが、『大星会』が動けば事情は変わる。博徒の組織よりテキヤの組織のほうが横の繋がりが強いから、網にかかりやすいのだ。

フェリーで二時間三十分、船が新潟港に入ると、国原という男が船室に入って来た。

「変わりはないか？」

と訊く国原に、『一剣会』の組員が、何もありません、と答えるのを、島方は無表情に見上げた。国原という男が『形勝会』の会長補佐だということはわかった。この男、凄《すさ》まじい目をしている、と島方は思った。憎悪で狂っている目だった。

「島方よ」

とその目の主が言った。

「……何だ？」

「おまえにとって一番辛《つら》いことは何だ？」

「………」

「簡単には殺さんぞ」

と国原が言った。そうだろうな、と島方は思った。誰の頼みで動いたか、それを吐くまでしばくのだろう。どこまで耐えられるか、それはわからないが、やるならやれ、という思いで島方は国原を睨《にら》みつけた。

「これから、その一番辛い目を見せてやる。極道だからバシタに手を出さんと思ったら大間違いだ。新田会長の弔《とむら》いは、おまえの家族全員でしてもらう」

島方は考えたこともなかった国原の言葉に初めて恐怖を抱いた。部屋から出て行く国原に、

「待ってくれ……そいつは、どういう意味だ？」

と叫ぶと、戸口で振り返った国原が答えた。

「言葉通りよ。償《つぐな》いは、おまえだけじゃない、おまえのかかぁや娘にもしてもらうという意味だ。覚悟しておけ」

初めてぞっとした。極道の争いでは、家族には手を出さないという暗黙の了解がある。だが、こいつはその決まりも守らんということか……！

「待て！　待ちやがれ！」

出て行く国原を追おうとした島方は、監視に付いている四人のヤクザたちに押さえ込まれて座席に崩れ落ちた。

「放せ！」

『一剣会』の組員が気の毒そうな顔で言った。

「あんた……とんでもないことをしたようだな……よう事情は知らんがの、娘もかあちゃんも、ただでは済まんぜ」

どんなにしばかれても、決して杉田や高井の名は吐かん、と固く心に決めていたが……。島方は、それがただの脅しであることを祈る気持ちで牛乳パックに手を伸ばした。

六

フェリーが新潟港に着くと、島方は待っていた『一剣会』の組員たちに引き立てられ、近くの倉庫に連れ込まれた。金戸の双津の倉庫と似たようなもので、荷揚げの倉庫だ。大小のコンテナが山と積まれている。入ると悲鳴のような声が聞こえた。

「あんた！」

女房の志津子《しづこ》だった。その志津子にすがりつくようにしているのは娘の明菜《あきな》だ。左右に屈強な男二人……。『一剣会』の組員に両腕を取られて、島方はがっくりとパイプ椅子に腰を落とした。国原の言ったことは、ただの脅しではなかった……。

島方が無事だと知ってほっとしたのか、志津子は明菜を抱きかかえるようにパイプ椅子に腰を下ろす。それでも島方はほっとした。見たところでは、まだ女房も娘も無傷だ。島方は周囲に立つ『一剣会』の組員たちを見回して言った。

「ヤクザも地に落ちたな。おまえら、女子供にまで手をつけるか」

返事はなかった。極道たちは無言で島方を見下ろしている。

「甘ったれたことを吐《ぬ》かすな！」

と後ろから声がかかった。倉庫に入って来たのは国原だった。

島方が悲痛な顔で言った。

「それでもヤクザか！　真っ当なヤクザならこんなことはしねぇだろう！　『新和平連合』ってぇのがどれほどのもんか、今、わかった……」

国原が娘の明菜の髪に手を掛ける。明菜がヒッと叫んだ。

「偉そうなことを言うんじゃねぇ。何が真っ当だ？　真っ当なヤクザが聞いて呆れる。刑務所の中にまで刺客飛ばすヤクザが真っ当か？　系列で言えば、新田会長はおまえらの頭《かしら》だ。他の組なら抗争で済むが、この一件はそうじゃあなかろうが」

たしかに、抗争ではない。同じ系列内の権力奪取……謀殺だ。島方はここで何も言えなくなった。

「おまえらが会長に手を掛けたのはわかっている。一つ聞きてぇ。おまえの所に話を持って来たのは誰だ、杉田か？　それとも市原か？」

怯えて母親の志津子にしがみつく娘を見て、島方は唇を噛《か》んだ。口を割れば、『片桐会』の再興どころか、新田殺しの話を持ち込んで来た高井も生きてはいられまい。そして高井が連れて来た『玉城組』の杉田という男は『新和平連合』の直系だから、これもただでは済むまい。まさに親殺し。ヤクザにあってはならないことだ。

「さあ、言え。今さらだんまりを続けても仕様がねぇだろうが」

沈黙を守る島方に、笑みを見せて国原が言った。

「娘は売れる……マカオ辺りならいい値がつくだろう。だが、かみさんのほうはどうにもならん。仕方ねぇから肝《きも》でも抜くか。そうすりゃあちっとは金になる」

肝を抜くとは、臓器を取り出して売るということだ。島方の組では臓器の売買などやったことがないが、今日び、生きている人間より臓器のほうが高く売れたりするのも事実だ。

「島方よ、かかぁの肝抜かれてもいいのか？　さあ、考えろ。おまえがヤクザの意地を見せようというんなら、それでもかまわんがな。どのみちじきに皆わかる。吾妻が口を割るからな」

吾妻は実行犯で『玉城組』の杉田の指示を受けて動いた……だから、吾妻の口から杉田の名が出てもおかしくはない。だが、国原は杉田か市原か、と訊いてきた。ということは、まだ吾妻の口からすべてを訊き出してはいない……？

「島方よ、おまえもいっぱしのヤクザなら、てめぇが仕出かしたことがどんなことかわかっているだろうが。落とし前つけんと、終《しま》いにはならんのよ」

国原が志津子のそばに立ち、続けた。

「さあ、言え。おまえに会長殺しの指示をしたのは誰だ？『玉城組』の杉田か？」

「殺せ。俺を殺せばいい、女房子供に手を掛けるな」

「ああ、望み通りに殺してやるわな。だが、楽には死なせせん」

そんなことは最初から覚悟している。

「やれよ。だが、女房と娘は……見逃してくれ、頼む」

「そうはいかん。ちょっとしばいたくらいじゃあ、おまえは口を割らんだろうからな」

「俺が誰の指示で動いたか、そいつを喋《しゃべ》ればいいのか」

「いや。死ぬ前に、おまえにはやらんとならんことがあるのよ」

「何をやれというんだ？」

「そうさな、みんなの前で、誰が絵図を描いたか話してもらうか。そうすりゃあかかぁも娘も助けてやるが」

こいつら、杉田が言った通り、俺の証言が欲しいのだ、とわかった。

「おまえ、吾妻はまだ無事だと、そう思ったか」

国原は島方の心の中を見透かしたか、嘲笑《あざわら》うように続けた。

「甘いことを考えるな、島方。吾妻は今、宮城刑務所だ。うちの手の者がもう宮城刑務所に入っているんだよ。だから、おまえの指示で動いたことは吐かせた。そして誰がおまえのところに話を持って来たかもじきに吐かせる。それなら、何で俺を、とおまえは思っているんだろう。それはな、おまえにはまだ使い道があるからだ」

「使い道だ？」

「総会に出てすべてを話せばいい」

疑問が解けた。俺を生かしておいて、『新和平連合』の総会で証言させる……そうなれば品田側は逆賊になる。もう言い訳はできない。全国のヤクザが武田の『形勝会』に付く……。

「それじゃあ杉田に顔向けできんと言いてぇのか。おまえ、杉田に一体どれほどの恩義がある？　おまえの組は『大星会』の下だろう。どうして『新和平連合』系列の『玉城組』の杉田に義理を感じる？　女房と娘の命まで懸けて義理立てすることはなかろうが」

たしかにこの男の言う通りだった。縁あって杉田の指示を仰いだが、『玉城組』の杉田とは親分子分の関係にあるわけではない。

国原が蒼白になった志津子を振り返って言った。

「聞いた通りだ、奥さん。あんたの旦那は、親分でもない杉田という男のためにあんたたちの命を売ろうとしている。あんたの旦那は『新和平連合』の会長を殺すというとんでもないことを仕出かしたが、あんたたちには罪はない。人一人殺したんだから、あんたの旦那にはその落とし前はつけさせてもらうが、こっちもあんたたちに手はかけたくない。だが、このままじゃあ嫌でもあんたたちが責任を取らなきゃならなくなる。こいつに責任を取らせるには、あんたの内臓を取り出して売らんとならん。そっちの娘さんも同じだ。臓器は抜かんが、マカオ辺りの売春宿で働いてもらうことになる。どうだ、そんなことにはなりたくないだろう。俺もそんなことはしたくない。だから、さあ、あんたらから旦那に頼め。赤の他人よりどうして女房子供を大事にしねぇのかと、そいつを訊いてみろ」

「あんた……！」

島方は唇を噛んで悲痛な顔で自分を見つめる女房を見た。志津子はカタギの娘ではなく、もともとヤクザ者の娘だった女だ。俺と所帯を持った時から、こんな時の覚悟は出来ていたはずだ。だが、今の志津子は……狂乱一歩手前に見えた。自分のことはともかく、娘の明菜がどうなるか、それを聞いて出来ていた覚悟も吹き飛んだか……。

「島方よ、俺もヤクザだ。おまえの家族を形《かた》に話はしたくねぇ。だが、おまえが仕出かしたことがどんなことかわかっているだろう。新田会長をてめぇは殺したんだ。いいか、島方、よく聴け。俺は、新田会長の弔いのためならどんなことでもする。どんなことでもだ。おまえのかかぁの腹も割《さ》くし、返答次第では娘のほうにも同じことをする。なんなら、今、ここでやってみるか」

国原が『一剣会』の組員に言った。

「誰か、ドス貸せ」

『一剣会』の組員の一人が蒼白な顔で懐《ふところ》からドスを取り出し、国原に差し出した。

「今からかかぁの指を一本ずつ落とす。その次は娘だ」

国原が志津子に近付く。

がっくりとうなだれ、島方は言った。

「わかった。おまえらの言うようにする。だから、女房と娘は見逃してくれ。頼む」

国原がゆっくり島方に向き直った。

「バシタや娘を脅して、それでもヤクザかと言いてぇか？」

「いや……」

「そうだろう、そんな甘ったれたことは言えんだろう。命懸けてんのは、てめぇだけじゃねぇ。俺も同じだ。やられたら倍にして返す。それが『形勝会』の決まりだ。新田会長の命はそれほど高い。てめぇの命くらいじゃあ釣り合いが取れんのよ」

「わかった……わかったから、女房と娘は……勘弁してくれ」

「よし、それでいい。だが、島方よ。てめぇを助けるとは言ってねぇ。それはわかっているな？」

「ああ、わかっている」

「総会に出ることも、わかっているんだな？」

「ああ」

国原はドスを手に、志津子に近付き、『一剣会』の組員に命じた。

「誰か事務所に行って輪ゴムを持って来い。なるべく多く持って来るんだ」

『一剣会』の組員の一人が倉庫から飛び出して行く。

「何を……何をするんだ？」

「今、言っただろう。新田会長の命は、てめぇの命なんかよりずっと値が高い。ヤクザのカスの命とは釣り合いが取れんのよ。おまえらは、それほどのことをやった……」

「待て！　何でも言う通りにすると言っただろうが！」

「ああ、そうよ、おまえにはきちんとけりをつけてもらう。そしてしょうもねぇ亭主を持ったかみさんにも、それなりの落とし前はつけてもらう」

「どういうことだ？」

「見ていればわかる」

『一剣会』の組員が駆け戻り、国原に輪ゴムの束を差し出す。

「この女をコンテナの上に押さえ付けろ」

組員たちが言われた通りに、志津子を引き立て、小型のコンテナの上に押さえ付けた。明菜がそんな志津子にしがみ付き、悲鳴を上げる。国原が明菜を張り飛ばす。

「待て！　何でもすると言っただろう！　勘弁してくれ！」

と島方は立ち上がり叫んだ。そんな島方を男たちが素早く押さえ付ける。

「心配するな、腹は割かん。そいつは勘弁してやる。だがな、言っただろう、新田会長の命はてめぇの命ぐらいでは釣り合いが取れんのよ」

志津子は覚悟を決めたのか、目を閉じている。国原が何をしようとしているのかを知った島方は叫んだ。

「貴様、やめろ！　何でもすると言っただろう！　女房には……頼む、やめてくれ！」

「これでわかったか？　かかぁと娘の命を助けたければ、おまえは皆の前ですべてを吐くしかねぇってことが……」

国原は『一剣会』の組員に命じて、志津子の小指の付け根に輪ゴムを巻き付けさせた。

「しょうもねぇ亭主持つからこんな目に遭う。恨むんなら亭主を恨め」

国原はそう言うと、あっと言う間に手のドスで志津子の右手の小指を落とした。志津子は悲鳴も上げずに目を閉じたままだった。あまりのことに明菜はあんぐりと口を開け、母親を見つめている。

「貴様……！」

と呻く島方に国原が向き直って言った。
「これで済んだわけじゃねぇ。おまえがきちんと役目を果たすまで、かかぁと娘は俺が預かる。心配するな、おまえがきちんとやることをやれば、かかぁの腹は割かんし、娘も助ける。だが、やるべきことをやらんかったら、かかぁも娘もただじゃあおかん」
と国原は、島方の手元に切り落とした志津子の小指を放って寄越した。

七

島方は『形勝会』組員に挟まれる形でクラウンの後部座席に座っていた。車の中の屈強な男たちは、どいつもわざわざ東京から駆けつけて来た『形勝会』の組員たちだった。前後に護衛の車が各一台。今、三台の車は関越道《かんえつどう》の、ちょうど高崎の市街地近くを走っていた。

島方の両手首は電気コードなどを括《くく》る結束具のタイラップできつく縛られている。この硬質ビニール製の結束具は手錠などよりよほど丈夫で、刃物がなければ絶対に切れない。きつく留められたために島方の手首は血の循環が止まり、薄黒く鬱血《うっけつ》していた。それでも後ろ手に縛られているわけではないだけましだと島方は思った。これなら、まだ何かできるかもしれない……。

「次の休憩所で便所に行かせてくれんか」

と島方は隣に座る『形勝会』の組員に頼んでみた。組員の返事はなかった。島方は苦笑い、諦めて車外の景色に視線を戻した。右手には巨大な観音像が見える。懐かしい高崎の景色だった。だが、もう生まれ育ったこの町を歩くことはないだろうと、島方は走り去る景色を眺めながら思った。

それにしても運命の変転は早い。一年前にはこんな運命が待っているとは思ってもいなかった。この高崎の町で一生を終えると、そう思っていた。『新和平連合』の会長殺しという一世一代の大博打に負けて、今はこのざまだった。どう考えても生き延びるチャンスはない。仮に逃げることができても、女房と娘が拘束されている。そんなことをすれば、国原という男は躊躇《ちゅうちょ》なく志津子と明菜を殺すだろう。それは奴の目を見ればわかる。それは憎悪に狂った目だった。

死ぬ覚悟は最初から出来ていた島方だが、女房子供を拘束されたことは予測外だった。思いもしなかった弱点を衝《つ》かれ、島方は今、絶体絶命の窮地に立っている。自分が死ぬことは仕方がない。だが、女房と娘は……何とか助けてやりたい。あいつらは俺が何をして下手を打ったか、そんなことは何も知らないのだ。家族に罪はない。昔のヤクザなら、家族に報復などするはずもなかったが……と島方は思う。今更泣き言など無意味だが、それでも本当に女房と娘を救うチャンスはないのかと、島方は煩悶《はんもん》した。新潟を発《た》ってから、島方はただそれだけを考え続けていたのだった。

島方は鬱血した手首を見た。もし『新和平連合』の総会で新田会長殺しを認めても、それでわが身が助かるわけではない。見せしめに、たぶんなぶり殺しにされるのだろう。それは覚悟の上だ。だが、もし総会の前に俺が死んでしまったらどうだろうか……と島方は考えた。

俺が死んでしまえば、残る証人は実行犯の吾妻だけになる。吾妻は今、宮城刑務所にいるが、こいつが消えてしまえば、『形勝会』は絵図を描いたのが品田派だと立証できなくなる。吾妻に関しては、東京の杉田から、吾妻を消すための要員がすでに宮城刑務所に入ったと連絡を受けている。そして、たぶん、吾妻は消されるだろう。そこで残るのは俺だけになる。俺が死んでしまえば……すべては振り出しに戻るのではないか？　そうなれば、また品田派に与する組織が出て来る可能性もなくはない。そして、志津子や明菜を拘束する価値はそこでなくなるはずだ。女房と娘は、あくまで俺に総会で新田殺しを証言させるそのための道具にすぎないのだから……。

だが、国原が本当に志津子と明菜を自由にさせるかどうか、と考えた。だが、これもまた賭けだった。憎しみに駆られた国原は俺がいなくなっても女房と娘に報復の矛先《ほこさき》を向けるかもしれない。だが、助かる可能性がまったくないわけではない……女子供を殺したら、『形勝会』に全国のヤクザ組織から非難が集まるだろう。そいつはヤクザ道に反するからだ。もっとも、今のヤクザにそんな道義が残っていればの話だが。それに、仮に国原がそれを望んでも、『形勝会』トップの武田がそれを許さない可能性もある。国原と違って、武田は義理人情をわきまえた男に見える。だが、これも甘い予測か……。島方が『新和平連合』の総会で新田殺しを証言しても、志津子と明菜が助かるという保証はないのだ。さて、どうするか……。

「頼む、我慢ができねぇ」

と島方は黙ったままの『形勝会』組員に言ってみた。助手席の幹部らしい男が舌を打ち、

「我慢しろ、どこかでさせてやる」

と、携帯を取り出し、先行の車に事情を伝えた。島方は男の表情を窺った。どうやらいい返事が返ってきたらしい。

「次は上里《かみさと》だ。そこまで我慢しろ」

携帯を切った助手席の男が渋い顔でそう島方に告げた。チャンスが今にきっとくる……。

島方はそれを信じることにした。

助手席の男が言った通り、上里に来ると三台の車はサービスエリアに入った。島方は左右の組員が降りるのを待ち、外の様子を窺った。サービスエリアは相当の混みようで駐車スペースに三台の車が並んで駐車することができなかった。手洗い場に比較的近い場所に

駐車できたのは島方が乗っているクラウンだけで、他の車はどこに駐車したのか島方からは見えない。

「降りろ」

島方の右に座っていた組員の指示で、島方はゆっくり車から降りた。空気が冷たい。前後に組員が立ち、年長の男が若いほうに言った。

「政《まさ》、そいつの手に何か掛けろ」

「わかりました」

若いほうがスーツの上着を脱ぎ、島方の手首に掛けた。混雑するサービスエリアの人々に手首を縛られた俺の姿を見られたくないのだ、と島方は苦い笑みで歩き出した。三人は駐車している車の脇を抜け、手洗い場に向かった。手洗い場もかなり混み合っている。

「大のほうだ……すまんな」

と告げ、島方は手洗いのブースに近付いた。

「おかしなことをするんじゃねぇぞ」

と年長の男が苦々しげに念を押し、禁煙マークなど無視して煙草を咥えた。

島方はブースに入って扉を閉めた。さて、どうするか……。便意を催《もよお》したわけではない、何とかチャンスを作りたかっただけだった。だが、狭い便所の中に武器になるものなどなく、島方は絶望感に打ちひしがれた。逃げることはおろか、両手首を縛られ、死ぬことすら方策がない。

その時、扉のすぐ外で怒号が起こった。

「貴様！」

見張っている『形勝会』組員の声だった。怒号は一つではなかった。離れた所からも争う気配が聞こえてきた。

ブースの扉を開けると、目に飛び込んできたのは金戸で死んだと思っていた池井の姿だった。見張り役の男とくんずほぐれつの格闘をしている。『形勝会』組員と格闘しているのは池井だけではなかった。四、五メートル離れたところでも若い『形勝会』組員と二人の男が争っていた。その二人は『猪野組』の組員で、大森《おおもり》と小島《こじま》という若い衆だった。

唖然《あぜん》とする島方の耳に、馬鹿でかいチャカの発砲音が響き渡った。島方の目に『形勝会』組員に組み敷かれていた池井がチャカを手に立ち上がるのが見えた。腹を撃ち抜かれた『形勝会』組員が床に転がり、苦痛の呻き声を上げている。手洗い場にいた男たちがこの発砲音でばらばらと床に伏せた。

「親分、早く！」

池井が島方の腕を取って言った。

「……おまえ、生きていたのか……！」

「逃げてください！　こっちです！」

「おう！」

頷き、島方は池井と一緒に手洗い場から飛び出した。背後からまた拳銃の発砲音が聞こえた。だが、前方にも『形勝会』組員が走って来るのが見える。池井がその場で発砲した。休憩所の中から悲鳴が上がり、前方に見えた三名の『形勝会』組員が駐車している車の陰に飛び込むのが見えた。島方は池井と共に停まっていた乗用車の横に隠れ、様子を窺った。

「どうして俺の居場所がわかった？」

「ずっと跡を追ってました！　新潟で小島と大森と携帯で連絡取って、あいつらの車を張ってたんです」

「よくやった！」

「姐《あね》さんもお嬢さんも、今、組の者が何とか助けようと……たぶん、上手くやってるはずです。森田《もりた》や友利《ともり》たちが新潟に行ってます！」

まだ俺を助けようとする組員たちが頑張ってくれているのだと知り、島方は目頭《めがしら》が熱くなった。まだ何とかなるかもしれない……。

「くそっ！　駄目です、逃げ場を塞がれた！」

舌を打った池井が発砲した。『形勝会』組員もチャカを持っていたのか、発砲を始めていた。弾丸が何発か島方の隠れている車のボディーに食い込み、甲高《かんだか》い金属音を響かせた。

弾丸を撃ち尽くし、弾丸を詰め替える池井に訊いた。

「おまえらの車はどこだ？」

「あっちです！」

池井が顎《あご》で示す方向はすでに『形勝会』組員に固められている。

「とにかくここじゃあまずい！　囲まれるぞ！」

駐車場での発砲はすぐ警察に通報される。警察に捕まれば、自分の命は助かるかもしれないが、女房と娘の明菜は国原の報復を受けるだろう。だから、警察を頼ることはできない。手洗い場の方から激しい発砲音が続いて聞こえた。『形勝会』組員を倒したのか、手洗い場から飛び出して来た大森と小島が発砲しているのが見えた。

「自分がここで防ぎます、早く逃げてください！」

と叫ぶ池井に、

「わかった！」

と立ち上がったが、島方にはどこに逃げたらいいのかがわからなかった。それでも射線から逃れる形で腰を屈《かが》め、車の間を縫《ぬ》うようにして走り始めた。

『形勝会』組員に車で追われないために、島方は進入路に向かった。逆走の形になるので、この方角なら奴らも車では追えない。手首を縛られたままの格好なので走りにくい。

それでも懸命に走った。幸い弾丸は飛んでこない。進入路は、走ると想像していたよりもずっと長い。背後を振り返って見た。『形勝会』の組員が二名、追って来るのが見えた。捕まるわけにはいかない。なんとしてでも逃げてみせる。

島方は高速道路目指して再び走り出した。日頃の不摂生で、すぐに息が切れた。胸が破裂しそうなのを堪え、不自由な体勢で走り続けた。やっと高速道路まで辿り着いた。

高速道路は駐車場同様に混んでいた。絶え間なく高速の車が目の前を走り過ぎる。また後ろを振り返って見た。チャカを手にした『形勝会』組員が、ぞっとするほど迫って来ていた。三〇メートルあるかないかの距離だった。

一人が立ち止まり、チャカを上げるのが見えた。逃げ場はない。このままでは撃たれる……！　一つだけチャンスがあるとすれば、それは走って来る車の間を縫って反対車線に逃げるしかなかった。だが、車の絶え間はなく、発砲音と共に『形勝会』組員が叫ぶ声が聞こえた。

「止まれ！　動くな！」

これで追っ手に撃つ気がないことがわかった。池井たちを撃つのに躊躇《ためら》いはないが、俺を撃つ気はない。そりゃあそうだ、俺は新田殺しの生き証人だからな、と島方は頬《ほお》を歪《ゆが》めて笑った。これでほんの少しだが島方に余裕が出来た。島方は走って来る車を見た。大型バスが走って来る。

島方は覚悟を決めると車線に飛び出した。とにかく『形勝会』組員から逃れなければならない。大型バスの甲高いブレーキの音を聞きながら、高速道路を渡るために走り続けた。立て続けに聞こえるブレーキ音。大型バスが島方の眼前に停まった。やったぞ、ざまぁ見やがれ！　島方はバスの運転手の驚愕《きょうがく》の顔を見て、そのまま走り出した。続いて起こったブレーキの音と共に恐ろしい衝撃がきた。バスの向こう側から現れた、追い越し車線の車に島方は、まるでサッカーボールのように宙に撥《は》ね飛ばされた。十数メートルも撥ね飛ばされた島方が路上に落ちると、さらに新たに走って来たトラックが島方の体を太いタイヤで押し潰した。

島方にとってわずかな救いは、最初に撥ねられた瞬間、その衝撃で意識を失っていたことだった。

八

『新和平連合』系列二次団体『玉城組』組長補佐の杉田俊一は、担当だった医師と看護師に付き添われて、車椅子で病室から玄関口に向かった。その前後には『玉城組』の組員が四人警護に付いている。

杉田たちが使ったエレベーターは一般患者が乗るエレベーターではなく、手術などの時にストレッチャーごと乗ることができるスタッフ用のエレベーターで、一般のものよりかなり広い。それでも杉田の車椅子、医師と看護師二人に、体格のよい四人の組員が乗ると、エレベーターは一杯になった。

『玉城組』の組員は『新和平連合』直系の組の習いで、全員がきちんと黒のスーツを着ている。だからワンマン社長が社員を動員しての退院と見えなくもない。だが、医師と看護師たちの硬い表情を見れば、この退院が通常のものでないことは誰にもわかった。

杉田が出るのはこれも病院玄関ではなく、救急患者用の出入り口だった。のろいエレベーターが一階に着くと、車椅子より先に組員たちが飛び出して行く。エレベーター・ホールにはさらに十名ほどの『玉城組』の組員が集まっていた。『玉城組』の幹事長を務める山本久三《やまもときゅうぞう》が前に出て、小さな声で言った。

「頭、元気そうでなによりです」

頷いて車椅子から立ち上がると、強い眩暈《めまい》に杉田の身体がぐらりと揺れた。そんな杉田を迎えの若い衆たちが慌てて支える。二カ月もの長い間、ベッドに寝たきりの状態だったから足腰が弱っているだけではなく、身体全体が弱っている。貧血のためか、眩暈が酷《ひど》いのだ。身体の大きな若い衆が他の若い衆を掻き分けるようにして前に出ると、太い腕でがっちり杉田の身体を抱きかかえるように支えてくれた。

「大丈夫だ……」

と杉田はその若い衆に言い、見たことのない組員だな、と思った。迎えは『玉城組』の者だけだと聞いていたが、すでに見たこともない組員がいるらしい。なるほど、抗争が始まっているのだから兵隊はいくらいてもいい。この男も、幹事長の山本が苦心して集めた兵隊の一人なのだろう。それにしても、いい若い衆を見つけたものだと、丸太のような太い腕にすがって思った。

杉田は送りに出て来た担当医師と看護師たちに向き直って言った。

「お世話になりました」

杉田は医師に深々と頭を下げた。まず助からないだろう、と思われた杉田の命を救ってくれた医師である。頭を下げるのは当たり前だと杉田は思っていた。元刑事の松井《まつい》という男に腹部を刺され、その傷は腸までずたずたにされるほどのものだったのだ。そんな杉田を、この山根《やまね》という医師が救ってくれたのだから恩人である。刺された場所がたまたま糖尿病で入院中の組長を見舞ったこの病院の玄関口であったため、何とか一命を取り留めた杉田だったが、他の場所であったら、まず助かることはなかっただろう。そしてたまたま執刀医であった山根医師の技量で助かったと杉田は思っている。へぼな医者だったら、とうに三途《さんず》の川を渡っていたにちがいない。

「お気をつけて」

と医師は言ってくれたが、その表情はヤクザたちに取り囲まれて蒼白だった。集まっているヤクザの数に、ショックを覚えたのだろうと杉田は思った。

「ありがとうございました、あとはわしらで」

と山本が挨拶《あいさつ》すると、医師と看護師は逃げるようにエレベーターに乗り込んで行った。刺青もなく、風貌《ふうぼう》からいえば普通のサラリーマンと変わらない杉田に、病室に出入りする男たちを見て、初めて杉田がヤクザと知った医師である。集まったヤクザたちを見て蒼くなるのも当然だった。カタギの服装をしていても、今は抗争中のヤクザたちで、その目はどれも血走っているのだ。

ごつい若い衆に杉田が言った。

「ゆっくり行ってくれ、眩暈が酷い」

「わかりました」

と答える若い衆に杉田は訊いた。

「名前は何と言うんだ？」

「関口《せきぐち》です」

歯切れのよい声で男が答えた。杉田はもう一度その若い衆の顔を見た。ごつい体に似合う、これまた精悍《せいかん》な顔をしていた。族上がりのような、柔《やわ》な顔ではない、根性のありそうな顔だ。

「わしがやる」

と山本が若い衆に代わって杉田の腕を取り、

「歩けますか」

と杉田に訊いてきた。

「ああ、大丈夫だ、歩ける」

杉田は苦笑して若い衆から山本に視線を移し、吐息をついた。決定している組長の椅子に、これで就けるのかという不安がないでもない。こんな体で組を引っ張っていけるか。平時ならともかく、今は抗争の真《ま》っ只中《ただなか》なのだ。

救急患者の搬入口には三台の車が待っていた。どれも『新和平連合』直系の組の決まりで、地味な色のクラウンである。杉田は山本と関口と名乗った若い衆に腕を取られて二番目の車に乗り込んだ。前後には護衛の車が付く。

「それにしても、大層な出迎えだな」

後部シートに腰を落ち着け、杉田は苦笑して言った。

「いや、まだこれくらいの用心はせんとならんのです」

と隣に乗り込んだ山本が答えた。

「まだ、そんなにやばい状況なのか？」

「ええ、まあ」

「大伴さんの仲裁案を『形勝会』は呑んだんだろう？」

と杉田は山本の顔を窺った。大伴とは、全国で四番目の構成員数を持つ『大輿会』会長のことである。

「ええ。ですが、うちの代行がまだ……」

と山本は言葉を濁した。

「わからんな。代行だって、状況は知っているだろうが……」

杉田はそう呟き、どんより曇る外の景色に目をやった。今日の東京の空は、今の杉田の心のように重苦しい。『形勝会』側が仲裁案を蹴《け》るならわからないでもないが、品田が蹴るとは……これは理解しがたい。杉田の耳に入っている報告では、品田派は分《ぶ》が悪いはずなのだ。いや、悪いどころか、このままでは早晩やられる。それほどやばい状況のはずなのになぜ？

「とにかく頭が出てくれませんと、代行の腹が読めんのですよ。何か考えがあるんでしょうがね」

と山本は渋い顔で言った。

手術後、気がつくと組はえらい騒ぎになっていた。同じ病院に糖尿病で入院していた組長の玉城誠也《まさや》が急死し、病床の杉田が『玉城組』を継ぐことになったのだ。これだけでも大層な出来事だったが、ついに品田派と『形勝会』とが、『新和平連合』を二分する抗争に突入したのだった。

杉田は入院前からこのことを予測していたから、ごたごたはあるだろうと、病床で山本から組の状況を聞かされてもそれほど驚くことはなかったが、意外だったのは品田派が抗争では劣勢だという報告だった。『新和平連合』の会長代行の地位にあった品田が会長の座に就くには幹部会の承認を得なければならない。品田からはすでに系列の主だった組織には手を打ってあると聞かされていたから、多少は揉めても跡目は品田だと、杉田たちはそう読んでいたのだ。だが、品田の絵図が狂って、品田派は一転して劣勢になったという。そうなると、完全な読み違いだと言わねばならない。

それにしても、あの武田が、という思いが杉田にはあった。『形勝会』に武田あり、という評判はもちろん杉田も知っている。武田はたしかに死んだ新田の秘蔵っ子《ひぞこ》だった。だが奴に『新和平連合』を率いるだけの器量があったか？　『形勝会』で諸橋の跡を引き継いだところまではわかるが、今では『新和平連合』の主だった組織のほとんどが武田の下に集まっているという。武田とは、もちろん何度も顔を合わせているが、杉田にはそれ以上の深い付き合いはない。ついこの前まで、武田はたしかに二次団体『形勝会』のナンバーツーだったが、『新和平連合』ではまだ若い幹部の一人でしかなかったのだ。だが、自分が病院で寝込んでいる間におそろしい速さで情勢が変わっている。今やこの武田真という男が、会長代行だった品田に対抗できるほどの力をつけているのだ。

まあ、それも不思議ではないのかもしれない、と杉田は思った。自分だって十年も前はただの銀行員だったのだ。喧嘩など小学校の頃からしたことのない俺が、今では『新和平連合』の二次団体『玉城組』の組長なのだから、と杉田は心の中で苦笑した。

それにしても、負け戦の中に戻って行くのは辛い。『玉城組』はそもそもかつての『品田組』で、もともとは品田の組だった。死んだ玉城がその『品田組』を継いで、『玉城組』に改称した。だから他の組が品田を見捨てても、『玉城組』だけは最後まで品田と運命を共にしなければならない。品田が死に体だからと、他の組織のように背を向けることはできないのだ。そして山本のこれまでの報告では、形勢は日に日に悪くなっているという。

救いは『大興会』が出した仲裁案だけである。関東での抗争はどうしても収めねばならぬと『大興会』の大伴勝蔵が仲介を名乗り出たのだ。杉田が考えても仲介として大伴勝蔵以上の者はいなかった。仲介に立つ者は、違反した者を実力で制裁できる力がなければただの飾り物になってしまう。その意味で『大興会』の大伴にはそれだけの力があるのだ。

だが、品田は、その仲介をいまだに受け入れずにいるらしい。『形勝会』の武田が仲介を蹴るとしたら、それはわからなくもないが、劣勢を伝えられている品田がなぜ呑まないのか……杉田にはその品田の気持ちがわからない。

「頭、大丈夫ですか？」

目を閉じたままの杉田に、山本が心配そうに訊いた。

「ああ、大丈夫だ。心配ない」

杉田は笑って答えた。退院はまだ無理だと言われていた杉田だった。それでも強引に退院を決めたのは、品田から強い要請があったからである。現在、品田を護る中核は『玉城組』で、その『玉城組』は今、杉田なしでは動かない……。

「そうだ、まだ時間があるだろう、先に福永寺《ふくえいじ》に寄ってくれ」

と山本に言った。福永寺は『玉城組』の組長だった玉城誠也の墓がある寺だった。末期の糖尿病で入院していた玉城を見舞ったところを、杉田は松井という男に刺された。松井は興信所の所長だが、元築地《つきじ》署の刑事で、『玉城組』が食わせていた男である。松井に刺されたのはまったくの逆恨《さかうら》みだった。お陰で杉田は、同じ病院に担《かつ》ぎ込まれていながら、玉城の死に目には会えなかった。自分もまずは助からないと言われる状態で、玉城を気遣うことなどできなかったのである。

玉城が死ぬと、病床にあるにもかかわらず、杉田が組を引き継ぐことが決まった。もともと組長の玉城は糖尿病で長期入院を余儀なくされていた状態で、組は実質上杉田が率いていたようなものだったから、この後継には問題はなかった。今や『玉城組』は『新和平連合』品田派では第一の組織であったから、品田は誰よりも杉田の助力を必要としていたのだ。

山本が携帯で品田の腹心の市原に、そっちに行くのが少し遅れる、と告げるのを聞きながら、杉田はまったく厄介なことになったな、と吐息をついた。品田に付くと伝えられていた系列組織がなぜ品田に背を向けたのか……。品田からは『大星会』、『別当会』、『橘組』という系列の三大組織の支持を取り付けたと聞かされていたし、武田派の『形勝会』を押さえ込むことができるだろうと踏んでいた。

ところが、『大星会』が武田支持を表明したあたりから情勢が変わったのだ。『大星会』が武田支持を決めると他の系列も雪崩を打って武田に付いた。たぶん、それは品田に、新田会長殺しという疑惑が持ち上がったからだろう。だが、疑惑だけでは、錦の御旗は振れない。

それにしても、どうしてそんな噂がこの速さで広がったのか。新潟東刑務所にいた新田雄輝会長にヒットマンを送ったということを知っているのはわずか数名。品田の絵図で実際に動いたのは杉田であったから、知っている人間がどこまでか、杉田は知っている。実行犯を選んだのは高崎の『猪野組』組長の島方一利だが、島方は口の堅い男だ。島方から新田会長殺しの一件が漏《も》れることは絶対にないだろう。それではどこで漏れたか……。

「高崎の件ですが……」

と杉田の心中を読んだように山本が言った。高崎の件とは、『猪野組』の島方のことである。

「行方がわかったのか？」

と杉田は山本の顔を見た。もしものことを考え、杉田は病床から指示を出し、島方を金戸に逃がしている。この島方と連絡が取れなくなって数日経つ。

「いや。ですが、やばい感じです」

山本が渋い顔でそう告げた。もし島方が『形勝会』の手に落ちたら品田派は窮地に立つ。新田殺しがはっきりしたら品田に付く組織はさらに少なくなるだろう。

「宮城のほうはどうだ?」

「そっちはたぶん上手くいくでしょう。手配は済んでいます」

新潟東刑務所で実際に新田会長を手にかけたのは『猪野組』の島方が雇った吾妻という男で、この吾妻は新潟東刑務所から移送され、広島刑務所を経由して現在は宮城刑務所に収監されている。この吾妻もまた『形勝会』に押さえられれば島方ほどではないにしても、かなりやばくなると、杉田は読んだ。手配が済むとは、その吾妻の口を塞ぐためにすでに宮城刑務所に刺客を送り込んだということである。放っておけば『形勝会』がこの吾妻を押さえる惧《おそ》れもなきにしもあらずと、杉田は情勢を見て素早く手を打ったのだった。

だが、島方が『形勝会』の手に落ちれば、言い逃れのできない親殺しの証人になる。

「島方と連絡が取れなくなってからどれくらい経つんだ?」

「二日経ちますかね」

「二日か……それで、『形勝会』の動きは変わらんのか?」

「特には」

「大伴さんとの手打ちの話はいつだった？」

「あれは……そうですね、もう一週間か、そこら経ちますよ」

杉田は大きく息をついた。もし『形勝会』が島方を捕らえていたら、武田は大伴の仲裁案を受け入れようとはしないはずだ。品田派は親殺しの逆賊ということになり、錦の御旗が『形勝会』の武田の手に入るからだ。日本全国のヤクザに書状を送り、事情を明らかにして攻め込んで来るだろう。だが、そうせずに『形勝会』の武田は『大興会』の仲裁案をおおむね呑んだという……。ということは、島方も吾妻もまだ『形勝会』の手にはないということか？

「煙草くれんか」

杉田は隣に座る山本に言った。

「いいんですか？」

「肺ガンの心配より、やばいことは山のようにあるよ」

と杉田は答え、山本が差し出す煙草を咥えた。

たしかに、退院した杉田には、解決しなければならない案件が山のようにあった。最優先の問題は、品田派の『橘組』の組長・亀井大悟が密かに打診しているという関西との縁組である。これがあるから『大興会』が出してきた仲裁案を品田が蹴ったのかとそう思ったが、これも雲行きが怪しい。この『新和平連合』のどさくさは関西の東京進出にとって待ちに待ったような情勢だが、関西には動き出す気配がないというのだ。

「さっきの続きだが……おまえは縁組の件を詳しく聞いているのか？」

と杉田は山本に向き直って訊いた。

「いや、聞いとらんです。ですが、噂はあります」

「どんな噂だ？」

「話を持って行った佐伯さんの案を、けっきょく仲介に立つ仙石さんのところで無理だと言われて修正をしなけりゃならなくなったらしい」

「ああ、それは聞いている。格が問題になったんだろう」

「そうです。若頭の米山では話ができんと。で、縁組の相手を変えた」

「誰になったんだ？」

「若頭補佐の秋葉信三《あきばしんぞう》という男です。知っていますか？」

「知らんな」

「向こうじゃ、十番目くらいの男だそうですが。まあ、これならと仙石さんが打診したそうですが、関西がこの話にまったく乗らんというんです。噂ですが、真っ当な極道なら、こんな話に乗る組はないだろう、と一笑に付されたと」

「一笑に付した？　本当か」

「いや、噂ですよ」

ヤクザ間の噂には、噂以上のものがある。噂は本物であることが多い。そして、噂が情報として走る速さはこの業界では恐ろしく速い。

「真っ当な極道か……」

杉田は苦笑し、深い吐息をついた。

親殺しの疑惑を掛けられた品田を真っ当なヤクザと認知しない、と蹴られたのか……。要するに、新田殺しの大博打を打った品田に、もう目がないということだ。そしてそんな品田の指示で動いた『玉城組』は、最後まで品田と運命を共にしなければならない。

勝ち目のない戦争に、まだ打つ手はあるのか。杉田はそんな組の運命を知らずに死んだ組長の玉城がうらやましくなった。

山本の携帯が鳴った。携帯を手で押さえ、山本が言った。

「市原さんです。佐伯さんが早めに来ることになったので、頭にも急いで来てほしいと言ってますが」

市原とは、品田代行の腹心といっていい男である。今風のヤクザで身体より口のほうがよく動く。つまりは品田の小型版だ。杉田はいつも周囲の動きを読もうとしている市原義《よし》明《あき》の目付きを思い出した。自分も頭だけでここまできた暴力とは縁のない男だが、市原もそれは同じで、品田に取り入ることだけでのしてきた男である。ただし機を見るに敏、品田のバックで『市原組』を立ち上げ、この『市原組』は今では『玉城組』に次ぐ勢力を持つ『新和平連合』中核の組織だ。

「仕様がねえな、すぐ行くと言ってくれ。福永寺は後にしよう」

と杉田は答え、もう一度重いため息をついた。

山本が携帯を取り出し、前後の車に行き先の変更を指示した。三台のクラウンが強引にUターンを決めた。

「山本よ」

「何です？」

「おまえ、このままでいったら、どのくらいもつと思う？　仲裁案を蹴ったら、『形勝会』は一気に攻めて来るぞ」

山本は太い吐息で応えた。

「正直言って、二ヵ月、いや、そこまでもたんでしょう。うちも逮捕者が十名を超えましたし、ドンパチの間はシノギができんし。それに相手は『形勝会』だけではないです。今じゃあ点数稼ぎにどこの組もわしらの隙《すき》を狙っとりますから」

「それだけじゃねぇだろう」

「と、言うと……」

「『大興会』だよ。品田代行にこの話を蹴られれば、大伴さんもじっとはしてねぇだろうが。面子《メンツ》潰されたら、『大興会』が動き出す」

苦い顔で山本が杉田を見つめた。

「仲裁に立つってことはそういうことだろうが。話持って来るってことは、蹴ったら制裁を覚悟しろ、ってことだよ。相手が『形勝会』だけでもこっちは息が上がっているのに、『大興会』が動いたら、一月《ひとつき》どころか一週間ももたん。ただ一つ……」

「ただ一つ……？」

「今の状況だと、どこにしろ動くに動けん、すぐにはな。うちも『形勝会』もマッポに取り囲まれているからな。ヤクザが警察頼っちゃお終いだが、何とか無事にいられるのは、警察のお陰だ」

と杉田は苦笑した。

「たしかに」

「要するに、時間だな、時間」

「時間ですか」

「ああ、そうだ。蹴ると決めたなら、急がんとな。逆転のチャンスは一つだけだろう。武田の命取《タマ》ることしかねぇんだ。何が何でも、どんな手を使ってもいい、武田の命取れば、必ず情勢が変わる。問題は、野郎の命取れるかだ」

「ですが、向こうも厳戒態勢ですよ」

「そうだろうな。向こうも同じことを考えてるよ、どうやったら品田代行の命取れるか」

「そのことなら、大丈夫ですわ。代行もそれを考えてて、病室から一歩も出ませんよ。あそこに籠《こ》もっていりゃあ武田のほうも攻めようがない。頭が今言ったように、何せ、あの病院の周りには警察が張り付いていますからね」

と山本は笑って答えた。

九

たった今まで仏頂面でいた品田が満面の笑みで杉田を迎える様を、『橘組』組長補佐の佐伯光三郎は苦い思いで見ていた。どうして品田のような男が日本で一、二と言われる組織の頂点に立ったのかと不思議に思うが、これも運命なのだろうとため息が出る佐伯だった。

とはいえ、品田の今までの不機嫌な顔が一変するのもわからなくはない。今、品田が一番必要とするのは誰かと言えば、それは『玉城組』の杉田だからだ。新田会長を殺してトップに立つという絵図を描いたのはおそらく品田なのだろうが、それを実行したのは杉田なのだろうと佐伯は思っている。

「代行もお元気そうで」

と言ってパイプ椅子に腰を下ろす杉田の顔色は、品田と違ってひどく悪い。蒼ざめた顔はまるで死神のようだな、と佐伯は思った。本来ならまだ病院のベッドから動けないところを、杉田は品田の懇請でやむなく出て来たのだ。それほどの立場に、今の杉田はいるということだった。

「俺は不死身だ。おまえと同じだ、そう簡単にくたばりゃしねぇ」

と上機嫌で答えた品田は、杉田とは違って銃弾を浴びて瀕死《ひんし》の重傷を負ったとは思えない血色をしている。品田は若い衆にレミを運ばせ、一同のグラスに注がせた。品田が籠もっている病室は、まるでホテルのスイート・ルームのように広い。長期戦を覚悟したのか、病室には大型のテレビなどが運び込まれている。

「あんた、もういいのか?」

と佐伯は思い切って、辛そうにパイプ椅子に座る杉田に声を掛けた。『玉城組』の杉田とは五分の兄弟盃をしたから、佐伯は対等の立場にある。それだけではなく、杉田とは組こそ違え、気心の知れた仲だった。

「ああ、兄弟、心配かけたが、もう大丈夫だ」

と杉田は笑顔で応じた。

「おまえが来てくれりゃあ、もう心配ねぇ。こいつらと話してもまるで埒《らち》があかねぇんでな」

品田は佐伯とその隣に座る市原を見て皮肉っぽい口調で言った。

杉田が不在の間、側近の『市原組』組長の市原義明を片腕として使ってきた品田だが、そもそも杉田と市原では出来が違う。市原はイエスマンとしてのし上がってきた野郎で、杉田のように頭が切れる男ではないのだ。

一方の杉田は、極道としては異例の経歴を持つ男で、ヤクザになる前は大手の銀行員だったのだから、その過去を知れば誰もが驚く。だが、経歴だけで人間はわからないものだ。杉田は強面《こわもて》ではないが、緻密《ちみつ》に仕事をこなし、これまでも病身だった組長の玉城誠也に代わって組を率いてきた。玉城が糖尿病の合併症で死に、『玉城組』はこの杉田を組長と決めたが、これにはどこからもクレームは付かない。それだけ誰もが杉田の器量を評価しているということである。

とはいえ、品田派から逃れられない立場の杉田は、やはり自分と同じで、貧乏くじを引いたのだ、と品田の話を聴く杉田に、佐伯は同情した。あくまで強気の品田だが、ここにいる者は誰もが、品田派はいつまでもつかという思いでいるはずだった。佐伯が動いた関西との縁組は事実上不可能となり、抗争の仲裁に立った『大興会』の勧めには、品田が首を縦には振らないのだ。

この虚勢がどこからきたものか、佐伯には合点《がてん》がいかない。業を煮やした『大興会』の大伴がへそを曲げて武田に付けば、品田派はあっという間に潰されるだろうという不安が佐伯にはある。

「昔と違って、戦争はな、数じゃあねぇ。考えてみればわかるだろう。中国がアメリカに勝てるか？　頭数は中国のほうが多いが、アメリカには勝てんだろうが。要はここだ……」

品田は自分のこめかみに指を当て、笑ってみせた。

「蛇は胴体をぶった斬《ぎ》ってもなかなか死なねぇが、頭叩けばすぐにくたばる。『形勝会』も同じだ。武田のガキの命さえ取れば片がつく。要は武田の命をどうやって取るかだ。杉田よ、それだけを考えろ。おまえならやれるだろう」

「わかっています。ただ、早いことやらんとならんですね」

と答えた杉田は、来る前にそう言われるのを覚悟していたのか、驚く風もなくそう答えた。

佐伯は改めて蒼白い杉田の顔を見つめた。杉田は事態を把握しているのだろうか。病院で寝たきりだったから、事態をよく呑み込んでいないのかもしれないと思った。頭を取れば形勢が変わると品田は簡単に言うが、緒戦ならともかく、今の武田は厳戒態勢の中にいる。ガードは固く、そう簡単には近付くことはできないのだ。その上、ここと同じで、武田が陣営にしている『新和平連合』の飯倉にある事務所の周囲は、今は警察が囲んでいる。そんな今の武田を殺すのは、総理大臣を殺すよりも難しいだろう。

ひとしきり威勢のいい品田の話を聴き終えた杉田は、立ち上がると笑みを見せて言い放った。

「武田の命はうちで取ります。代行は煩《わずら》わしいことは考えずに養生してください」

そんな杉田を佐伯は心配した。やはり、杉田は事態をよく把握していないのだ。そうでもなければ、こんな台詞《せりふ》は吐けないはずだった。

杉田が立つと、佐伯も席を立った。

「わたしも、これで」

「ああ。亀井のおやじによく言っておけ。喧嘩は腰が引けたら負けだとな」

「わかりました……」

と佐伯は下げたくもない頭を下げた。

市原に送られてエレベーター・ホールに向かう杉田が言った。

「兄弟、時間あるか？」

「ああ」

「市原、どこかに部屋があるかな」

市原が頷き、病室の一つに案内した。

「市原、おまえさんも来てくれ。二人に話しておきたいことがあるんだ」

市原が付いて来る若い衆たちに廊下を見張れと命じるのを横目に、佐伯は杉田に続いて空いている病室の一つに入った。

「本当に体は大丈夫なのか？」

よろめく杉田の腕を支えてベッドに座らせ、佐伯はそう尋ねた。

「なに、貧血が酷いだけだ、大したことはない」

市原が持って来たパイプ椅子に腰を下ろし、佐伯は続けた。

「今、あんたが言ったことだが、兄弟は今の情勢がわかっているのか？」

「ああ、大方のところはわかっている。あんたたちが心配しているのは、俺が安請け合いしたってことだろう」

と杉田は苦笑して頷いた。

「まあな。武田の命取るのは、今の情勢じゃあ簡単なことじゃないぞ」

「大変なことはわかっているよ、ガチガチの護りなんだろう？」

「まあ、そうですね、近付くのは無理ですよ」

と自分もベッドの端に腰を落ち着けた市原が言った。

「だが、代行が蛇の頭と言ったのは正しいんだ。武田の命さえ取れば、形勢は変わると俺も思っている。要はどうやって命を取るかだがね、俺に策がないことはないんだ……」

杉田は大儀そうに首筋を揉みながら言った。

「策が……あるのか？」

佐伯の問いに杉田が頷いた。

「ああ。なあ、市原、武田は今、どこに籠もっているんだ？」

「本部ですよ、飯倉の」

本部とは『新和平連合』の事務所のことである。佐伯が受けた報告では、組員の警護はむろん、今は警察がビルの前を固めているという。

「武田はずっとそこにいるのか？」

「いや、うちの代行と違って、籠もっているわけじゃあないですがね」

「それじゃあ、武田のヤサはどこだ？」

佐伯は武田の自宅がどこにあるのか知らなかった。市原が答える。

「中目黒《なかめぐろ》ですわ。しけたマンションに住んでますが、組の奴らだけじゃなくて、そこにも常時パトカーがいますよ」

杉田が頷き、

「つまり、外を出歩くこともあるわけだな……」

と独り言のように呟く。

「そうは言っても、中目黒のマンションと事務所の行き帰りだけですよ。野郎が飲み歩くなんてことはない」

「この情勢だ、まあ、そうだろうな」

と佐伯は思案顔の杉田を見つめた。

「行き帰りの警護も凄《すご》いですよ、この前なんか、パトカーが先導していたって話で」

「警察の護衛付きか」

杉田は苦笑して、

「それじゃあ、たしかに近付くこともできんよな」

と頷いた。

「で、策というのは何だ?」

と訊く佐伯に、真顔になった杉田が続けた。

「わしらにも警察がしっかり付いているそうだから、こっちも派手には動けない。俺が考えているのは、専門家に任せるってことなんだが……」

「いいのがいるのか?」

と佐伯が訊くと、市原が苦い顔で首を振った。

「駄目ですよ、わしらだけじゃなくって、誰を雇ったって、今の武田には近付けんですわ。東京駅の一件以来、奴の護りは半端じゃないですから」

杉田が言った。

「おまえさんが考えている専門家ってのは、韓国かなんかのヒットマンくらいのもんだろう。俺が考えているのは、そんなものとは違うんだ」

「誰を雇うんだ?」

佐伯が訊いた。

「露助《ろすけ》だ」

「露助？　ロシア野郎ですか？」

杉田が頷いた。

「奴らならできると思うのよ。奴らはしけたチャカ抱いて近付くなんてことはせんからね。奴らは殺しの専門家だ、俺たちが想像もつかん殺しのテクを持っている。だから、そいつを使うつもりだ。とにかく、どんな手を使っても、武田さえ殺ればいいんだからな」

「そんな露助がどこにいるんだ？」

と訊く佐伯に、

「いるんだよ、そいつが。代行が手をつけた商売相手が露助だってことはあんたたちも知っているだろう。スカンジナビアで相手にしてきた奴らだ。俺たちも普段はお手上げの野郎どもだがね、たぶん、こんな時なら役に立つ。たまにはこっちも利用してやらんとな、元が取れん。これも商売の内だ」

と杉田は笑みを見せた。

「ロシアの野郎を使うんですか……」

市原が意外な話に驚いた顔で呟く。

「そういうことだ。そいつらとの段取りは俺がつける。代行が言う台詞は見当がついていたからな、俺はベッドの中でずっと考えていたよ、どんな手があるかってな。ただ、奴らもただじゃあやらん。それ相応の見返りは要求してくる」

「どんなことを言ってくるんです？」

と訊く市原に、杉田は苦い笑みで答えた。

「縄張り《シマ》だな。奴らは日本に出張って来たがっているんだ。今、あいつらが欲しがっているのは日本と中国でのシマだ。だが、中国はそう簡単にはいかんから、まず日本ってところだろう。だから餌《えさ》さえやれば何でもする」

「シマって……どこを渡すんです？」

「福原《ふくはら》市の港だ」

「なるほどね……ただ、代行がうんと言いますかね」

杉田が苦笑いで答えた。

「簡単には言わんだろうな。取るのは好きだが、払うのは嫌いだからな、代行は。だが、今、肝心なのは、武田の命を取ることだろう。縄張り《シマ》のことは、武田の命取ってからあらためて考えればいいんだ。そんなことでもたもたしてたら、わしらがやられる。『大興会』が動き出したら、わしらはあっという間に潰されるだろう、なあ、兄弟」

杉田の視線を受けて、佐伯は頷いた。

「たしかに。『大興会』が本当に動き出したら、こっちの勝ち目はなくなる。一週間もてばいいとこかな」

杉田はベッドにいてもきちんと情勢を読んでいたのか、と佐伯はさすがだと思った。

「ところで、その『大興会』だが……動きそうなのか？」

杉田の問いに市原が答えた。

「新田会長殺しが代行の指示だという確かな証拠が出んかぎりは動きませんよ。問題はそこですわ。証拠が挙がったらアウトですがね」

佐伯もそこが一番の問題だとわかっている。

杉田の背広のポケットの中の携帯が鳴った。杉田が、ちょっと待ってくれ、と言って携帯に出る。

その杉田の表情を見ながら、佐伯は杉田の苦衷《くちゅう》を思った。新田会長殺しの絵図を描いたのは間違いなく噂通り品田だろう。そして、杉田自身からはっきり聞いたわけではないが、それを実行したのはまず杉田で間違いない。問題は実行犯だ。実行したのは、これも噂だが、高崎のテキヤの島方という男らしい。その実行犯の島方を武田側に押さえられたら杉田は逃げ場がなくなる。武田がその証拠を摑んだ時が俺たちの生死の分かれ道だ、と佐伯は思った。

杉田が、

「すまん、すまん」

と言って携帯をポケットに戻した。

「何か起こったのか？」

佐伯がそう尋ねると杉田は真顔になった。

「実はな、兄弟、あんたに話しておきたいことがある」

「何かあるのか？」

「市原は知っているが、今回のことだ。新田会長に手を掛けた男だが、そいつは吾妻というチンピラだ。それは知っているな？」

「ああ、知っている」

「吾妻を飛ばしたのは高崎の島方……」

「それもだいたいのことは知っている」

「それじゃあ、島方に指示したのが俺だということは、どうだ？」

じっと見つめる杉田に、佐伯は頷いた。

「まあ、そういうことだろうと思ってはいたよ」

「やっぱり知っていたわけだ」

「そりゃあそうだろう。順序立てて考えれば、そいつができるのはあんたしかいなかろうが」

「それでも、あんたは、俺たちに付く……」

「仕方なかろう、あんたが代行に付いているように、うちだって代行に背を向けることはできん。たとえ貧乏くじだとわかっていてもな」

と佐伯は苦く笑ってみせた。杉田も笑みを見せて続けた。

「それなら話すよ、今の電話だ。今の電話はな、実は高崎からだ。島方を武田に取られたんだが……」

「なにっ？」

佐伯はぞっとした。島方を武田に取られたら、もう勝負がついたも同じだった。新田殺しの下手人が品田代行とはっきりすれば、『大興会』が武田に加担して動く。それだけではない、日本国中のヤクザ組織が武田に付く……。

「まあ、話はそこで終わりじゃあないんだ」

台詞の中身とは違って、杉田の笑みは消えない。

「その島方だが、奴は死んだよ」

「死んだのか？」

「事故死だそうだ。だが、それはどうでもいい。大事なのは、もう武田の手に島方が握られることはないとわかったことだ」

ほっとした。だが、それで大丈夫なのか……？　実際に新田会長に手を掛けたチンピラがいる。吾妻という半端者だ。そんな佐伯の杞憂《きゆう》を読んだように杉田が続けた。

「もう一人、実行したチンピラだが、こいつは現在宮城刑務所にいるんだ」

刑務所の中なら、案ずるほどのこともないな、と佐伯は頷いた。

「実は、そっちにももう手を打った。だからまだこの喧嘩は負けと決まったわけじゃあないんだ。代行の言ったように、武田の命取れば勝負はまだわからんのよ。そこで露助だが……」

と杉田は膝《ひざ》を乗り出した。

十

吾妻は立ち止まり、眼を細めた。独居から出て来た吾妻には陽光が眩《まぶ》しい。新鮮な空気の香りだった。ワーッという歓声に、吾妻は運動場に視線を戻した。グラウンドでは年に一度のソフトボール大会の試合が行われている。

「ここから動かないように」

と並んで立つ係官に念を押され、

「はい、わかりました」

と吾妻は頷き、係官の顔を見た。吾妻に注意した係官の視線は言葉とは裏腹にグラウンドの熱戦に向けられていた。ソフトボール大会もこれが最終戦で、リーグ戦で勝ち上がってきた懲役組と官との対戦で締めくくられる。だから、今日だけは普通の試合と違い、係官も懲役の連中と同じように盛り上がるのだ。

吾妻は歓声を上げている男たちを見た。これはまるで子供たちの運動会だな、と吾妻は思った。娑婆と違って自由を制限された刑務所の中では、いい歳をした男たちが子供に返る。幼児のように甘い菓子を待ち、わずかな自由に一喜一憂する。これが塀の中の男たちの姿だ。このソフトボール大会も、誰もが少年のように夢中で戦う。応援している懲役たちも、まるで高校野球の応援団顔負けで、自分のチームを応援する。相手が官でも、今日ばかりは立場を忘れ、ファインプレーに歓声を上げる。

だが、吾妻はその熱戦だけに心を奪われていたわけではなかった。吾妻は歓声を上げている男たちの顔を順に見ていった。知った顔はいるか、同房だった男たちはどこにいるか？　ソフトボールの試合よりもこっちのほうがずっと大事なことだった。どんな奴がどんな形でまた襲って来るか……。

そんな不安が消えないのだ。奴らが諦めるわけがない。だが、知った顔はない……。不思議なことに同房だった八人の男たちの顔はどこにも見えなかった。

なるほど、そういうことなのか、とピッチャーの牽制球《けんせいきゅう》を目で追いながら、吾妻は納得した。官も馬鹿ではない、吾妻の小指の骨折が事故ではないと、そう判断したのだろう。官が調査を始めたら、それは徹底したものになる。だから、たぶん、同房の連中の仕業だと知ったのだろう。それで連中を、房を替えるだけでなく、他の刑務所に移送したのだ。きっとそうしたにちがいない。そう思うと急に緊張が解けていくのを感じた。官が疑惑を持って同房の奴らをどこかへ移送したのなら、暫くは安全だ。

　吾妻は隣に立つ係官が歓声を上げたので、今度は試合を落ち着いた気分で眺めた。官の守りはなかなか堅く、木工工場のチームの打者が次々と三振に討ち取られていく。攻守が入れ替わった。今度は官のチームがバッターボックスに入る。こちらも木工工場のチームの速球が打てず、懲役たちの大歓声が上がる。

「ちょっと待ってろ。ここから離れないように」

　そう言うと係官が歓声を上げている同僚に近付いて行った。吾妻の立つ場所からは試合がよく見えないのだ。離れて行った係官は同僚と楽しそうに話し込んでいる。

　吾妻はその係官を視野に入れたまま少し移動した。再び歓声を上げている懲役たちを見た。皆楽しそうだ。俺だってその気になれば、と思った。子供の頃は野球が得意だった。小学生の頃は同じ学年でカーブを投げることができるのは吾妻だけで、それこそピッチャーでしかも三番を打っていたのだ。将来はプロ野球の選手になろうと思っていたこともある。それが野球どころかヤクザになって、しかも今はこのザマだった。鉄砲玉になって、刑務所の中で怯えている。ザマはなかった。

　吾妻は大きく吐息をつき、また少し移動した。一人の男の背に吾妻の目が留まった。ずんぐりとした猫背気味の後ろ姿に見覚えがあった。

あいつは……庄司ではないのか？　庄司喜美雄は『猪野組』の下部組織『金島一家』にいた覚醒剤中毒のゴロツキである。吾妻と同じように『猪野組』組長の島方に選抜されて、『新和平連合』の会長・新田雄輝を殺害するためにヒットマンとして新潟東刑務所に入った。もし庄司だとしたら、どうしてこの宮城刑務所にいるのか？　奴は新田に近付くこともできなかったのだから、疑《うたぐ》られたはずもなく、官が移送するはずもないのだ。見間違えか……後ろ姿が似ているだけで、顔は見えない。

吾妻はおそるおそるその男に近付いた。吾妻の視線を感じたのか、男が振り向いた。間違いなく、その男は庄司だった。唖然とする吾妻に庄司はニヤリと笑ってみせた。吾妻は頷くことも忘れ庄司を見つめた。奴がどうして？　だが、庄司なら……奴は味方だ。俺と一緒に『猪野組』に雇われた男で、『形勝会』が送って来たヒットマンではない。

ほっとして気が抜けた。それにしても、何でここにいるのか？　奴も何か仕出かして移送されたのか？　ニヤリと笑って見せただけで、庄司はそのまま背を向けてしまった。庄司も自分と同じように、『形勝会』から送り込まれて来るヒットマンを警戒しているのかもしれないと思った。

大歓声の中でやっと試合が終わった。懲役たちが整然と列を作る。てんでに舎房に帰るわけではなく、決められた順に列を作って戻るのだ。

吾妻は庄司の丸い背中を見つめたまま、係官の戻るのを待った。係官は戻って来る官の選手たちに熱い拍手を同僚と送っている。応援の懲役たちが戻り始めてもまだ係官は談笑している。

懲役の列が動き出す。庄司がやっと向き直り、吾妻を見てまた笑った。薬を断たれた庄司は以前よりも顔色がよくなり、太っていた。吾妻はやって来る庄司に小さく頷いてみせた。庄司の顔から薄ら笑いが消えた。庄司も頷いてみせたが、おかしなことにその三白眼《さんぱくがん》は吾妻を見てはいなかった。列がわずかに崩れると、庄司がよろけるように吾妻に近付き、その腕が左胸に触れた。

何が起こったのか、吾妻にはわからなかった。懲役の列はそのまま出入り口に進んで行く。吾妻は突然襲った激しい胸の痛みに、よろめきながら建物の壁に背をつけた。呼吸ができない……。左胸を見た。胸から細い血が激しく噴出していた。耐えられぬ苦痛に腰を落とした。

懲役たちがそんな吾妻を見ながら、吾妻の異常に気付かず、館内に進んで行く。蹲《うずくま》った吾妻に戻って来た係官が慌てて同僚を呼ぶ声を聞きながら、吾妻は胸を押さえ、何とか呼吸をしようと喘《あえ》いだ。やっと気がついた。自分が新田会長を殺ったのと同じように、ヒットマンが何かで胸を刺したのだ。鋭利な刃物……セラミックの針か？

「吾妻！　しっかりしろ！」

　吾妻は自分を助け起こそうとする係官に、庄司にやられた、と呟いた。その口から血が溢れ、呟きは声にならなかった。激痛に目を大きく見開き、吾妻はこれでいいのだ、と思った。

　死ぬのがこれほど辛いものだとは思ってもみなかったが、これでもう恐怖に怯える日々はなくなる……。こんなザマで死にたくはなかったが、どうしてこんな風に死ななければならなかったかは女房だけは知っている。それだけで充分だろう。

　吾妻は蒼白の係官の腕の中で自分を笑った。だが、その顔は笑顔にはならず、苦悶の表情のまま凍りついた……。

第二章　追尾

一

夜の赤坂《あかさか》は相変わらずの喧騒《けんそう》だった。若いカップル、会社帰りのサラリーマン、出勤を急ぐ夜の女たち。常と違うのは、警察官の姿がそこかしこに見えることである。

これには、むろん理由がある。東京の葬儀会場を皮切りに、至る所でヤクザの発砲事件が続き、果てはつい先頃、あろうことか東京駅の新幹線ホームで銃撃戦が展開されたのだった。首都・東京がヤクザの抗争劇の舞台と化し、警視庁はその威信にかけて厳戒態勢を敷いている。

そんな夜の街で、神木剛《かみきごう》は薄い色のサングラスを掛けていた。色のついた眼鏡は目立つが、偽装には役立つのであえて掛けた。視線の動きを悟られないためでもある。長髪も、ところどころ白く染めている。実年齢よりも、これで十歳ほど年老いて見える。

外出時にそれほど気を遣うのは、当然ながら、それだけの理由があった。公安の尾行に気を遣う生活から、ヤクザ者に気を配らねばならない生活に変わっているのだ。その上、気を配らねばならない相手が、現在抗争を続けている『新和平連合』の連中だから始末が悪かった。

会長の新田雄輝が生きていてくれたらこんな用心をする必要もなかったのだが、彼は新潟東刑務所の中で暗殺されている。関東一の暴力組織である『新和平連合』の内部が、この新田の死で割れた。その後継を巡って『新和平連合』は内部分裂、現在二派に分かれて抗争を繰《く》り広げている。会長代行を務めていた品田才一派の『玉城組』と『新和平連合』の中で第一の組織である『形勝会』とが、この東京で抗争を始めたのだ。現在、『形勝会』は会長代行であった武田真が継承。

この武田派と出会っても危険はないだろうが、品田派に出会えば無事でいられるかどうか定かではない。それだけのことを、神木はしている。

喧騒の通りを抜け、一ツ木《ひとつぎ》通りに入った。この通りも人で溢《あふ》れていた。神木はコートのポケットに手を入れたまま、背後の動きを窺《うかが》った。尾行はないように思える。もっとも、相手が公安なら簡単に気付かれるような追尾はしない。神木自身が公安刑事だったから、彼らの技量は知り尽くしている。

神木はショー・ウインドウの前に立ち、ガラスに映《うつ》る人の波をしばらく窺った。ヤクザも危険だが、公安の連中に尾行されるのも今夜は困る。これから会うのは青山宗一郎《あおやまそういちろう》という男だが、彼からは特に警察関係者との遭遇に気をつけるようにと、念を押されている。警視庁の公安総務課に所属する青山が、警察関係者に気をつけろというのもお笑いだが、自分との接触を知られたくない何か特別の理由があるのだろう。

一ッ木通りを抜けラブホテルの前を過ぎると目指す店があった。ただの鰻《うなぎ》を食わせる店だが、割烹《かっぽう》並みの金を取る店で、むろん神木はこれまでその店に入ったことはなかった。鰻店でも佇《たたず》まいは高級料亭である。店の前には黒の公用車が二台停まっている。約束の時刻よりまだ十五分ほど早い。

神木は煙草《たばこ》を吸いながら街角に佇み、見るともなくその公用車に視線を向けていた。見たことのある顔が二人、店から出て来てそれぞれの車に乗った。ほう、と思った。最初の車に乗ったのは、日本国民なら誰でもその顔を知る人物、東京都知事。二台目の車に乗った男は、神木が元警察官だったからわかった顔で、勝村育三《かつむらいくぞう》。以前は警察庁の公安部長だった男で、現在の警視庁警視総監。そう言えば、都知事はこの店が好きだったな、と神木は右派と言われる都知事に関する雑誌記事を思い出した。政治家の密談の場所は料亭と決まっているが、都知事のそれが料亭ではなく、鰻屋だというところがいかにもこの男らしい。

それにしても、青山が何でこんな店に俺を呼び出したのか、と神木は思った。鰻を食うにも最低一人二万はかかるだろう。青山は現在警視庁公安の総務課長だから金は使えるのだろうが、俺ごときを呼び出すのにこれだけの金を遣うとは……。

神木は走り去る公用車を見送り、さらに十分ほどおいて店に入った。出て来た女性に名を告げると、愛想よく部屋まで案内された。どの客のためにも個室が用意されているわけではないのだろうが、神木が案内されたのは店の一番奥にある座敷だった。

部屋には三人の人物が神木を待っていた。一人は会いたいと言ってきた青山、もう一人は警視庁刑事部でその顔を見たことのある赤根《あかね》という男、もう一人は驚いたことに、三十くらいの女だった。卓の上には手付かずの料理が並んでいる。だが、用意されている席は六つ。つまり、もう二名、総勢六人の客のための座敷だ。だが、今、座敷には三人しかいない。

「ご苦労さん。大丈夫だったか?」

と腰を下ろす神木に、まず青山が言った。大丈夫か、というのは、追尾なく来られたか、という問いである。

「ええ、大丈夫でしょう」

と神木はのっぺりした青山の顔を見て、そう応《こた》えた。

「紹介する。こちらは警視庁刑事部長の赤根さん」

青山の言葉に、ほう、こいつが今は刑事部長か、と神木は目付きの悪い赤根の顔を見た。神木が警視庁公安に籍を置いていた頃は、たしかまだ刑事部の係長だった男である。大した出世と言わねばならない。

「赤根です。わざわざ足を運んでもらって、申し訳ない」

と赤根は丁寧な言葉で言ったが、その据《す》わった目付きは、申し訳ないという台詞《せりふ》とはほど遠い色をしていた。

「こちらは、都知事の秘書をされている下村《しもむら》さんだ」

ほう、都知事の秘書か、と神木はその女の顔を見た。髪は短く、度の強い眼鏡を掛けている。それにしても、都知事の秘書がこの席にいることがわからない。

「下村光子《みつこ》です、よろしく」

紹介された下村という女性が愛想のない声でわずかに頭を下げた。受け取りようによっては傲慢《ごうまん》にも聞こえる声だった。

「神木です」

と神木も無愛想に応えた。

「食べてからにするかね？」

仲居が神木のための料理を運んで来るのを見て、青山が言った。

「話は、もうお二方、揃《そろ》ってからということですか」

神木の言葉に青山が微笑して言った。

「いや、総監と都知事は先に帰られた」

なるほど、と思った。出て行った二人はここにいたのか。俺一人と話をするのに、高級鰻店を使う必要はないだろう。鰻好きの都知事のために、こいつらはここに集まったのだろう、と納得した。

「なるほど。お偉いさんたちは、ここにおられたのですか。出て行くところを見ましたよ」

「そう、ここにいたんだ」

目ざといな、という顔で青山が頷《うなず》く。

「君に会ってもらう予定だったが、急な用が出来た。よろしく、とのことだった」

都知事と警視総監からよろしくと言われる立場なのか、と神木は内心で苦笑した。どちらともこれまで面識はなく、また知己《ちき》を得たいとも思っていない。

仲居たちが神木の料理を運び終えて立ち去ると、用意されたビール瓶《びん》を手に取って、青山が言った。

「体調はよさそうだね」

「贅沢《ぜいたく》はできないですが、ゆったりした生活をしていますからね、幸い病気とは無縁でいられる」

と、神木はビールを受けて答えた。実際、この一年、神木はこれまでの人生でこれほどの平和はないという生活を送ってきた。三年ほど前に銃弾を受けて負傷した傷の痛みも、今はなくなっている時くらいなのだ。アパートから出るのは護身術の道場で古武道を教えている。

「ところで、有川《ありかわ》さんはお元気ですか」

箸《はし》を取った青山が言った。

「元気ですよ。もっとも、この一ヵ月ほどは会っていませんが」

と神木は、有川涼子《りょうこ》の名が出てきたことに、やはりな、と思った。こいつらは有川涼子の動静を知りたくて俺を呼び出したのか……。

元東京地検の検事だった有川涼子は現在、本郷《ほんごう》で弁護士事務所を開き、これまでの彼女らしからぬ平和な日々を送っている。本郷に移る前は八王子《はちおうじ》で、不法滞在などで問題のある人たちのための「救済の会」という援助組織を運営していたが、これは偽装。しばらく前までは、女だてらに極道の壊滅作戦をやっていた女性なのだ。それが、やっとまともな弁護士業に戻って、ほぼ一年になる。

神木と有川涼子の付き合いはこの四年間くらいだが、実は青山のほうが長い。かつて青山は非合法の組織で有川涼子と行動を共にしている。言ってみればこの二人は元戦友という関係だった。

「稲垣《いながき》さんは、まだ有川さんのところにいるんですかね?」

と今度は赤根が訊《き》いてきた。稲垣は警視庁の元刑事である。それもこの男と同じ釜《かま》の飯を食ってきた刑事部の刑事、マル暴が稲垣の古巣だから、在職中はこの赤根の部下だったということになる。

「いると思いますよ。有川法律事務所は、刑事訴訟も扱いますから、稲垣さんにもいろいろ手伝ってもらっているんじゃないですか。僕はそれ以上のことは知りませんが」

と神木は彼らの情報に関しては、これ以上のやりとりはごめんだ、という意味を込めて答えた。この意思は伝わったようで、苦い顔になった赤根はそれ以上の質問はしてこなかった。

つき出しを食べ終え、神木が訊いた。

「そろそろ話をうかがいましょうか。都知事や総監が僕に一体どんな用があるんです？」

青山が苦笑して言った。

「それでは、話すか……東京が、現在どんなことになっているか、君も知っているだろう」

「ヤクザの発砲事件のことですかね」

「そう」

「東京オリンピックをやりたかった人には、たしかに困ったことでしょうね」

「オリンピックがなくなっても、困ったことに変わりはない。東京駅の騒ぎでは、一般市民に死傷者が出ている」

　これは青山の言う通りだった。日本の首都で弾丸が飛び交《か》っては、都知事としては立場がない。神木も苦笑して応えた。

「まあ、それはそうですね。あそこまでやられると、ヤクザの抗争だからと放ってもおけないか」

　赤根と下村という女性がじっと神木を見つめている。

「ところで、君は今の情勢についてどの程度の知識があるのか、まずそれを聞きたい」

「それは、暴力団に関してということですか」

と神木はビールを空けて訊いた。

「ああ、そうだ」

　青山の視線は鋭い。

「まあ、一般市民と同程度ですね。ご存じかどうか知りませんが、僕は暴力団にそれほど知識があるわけではないですから」

　渋い顔で青山が神木を見た。つまらぬ返答をするな、という顔である。

「『救済の会』で君が何をしていたか、ここでその解説をしないといかんのか?」

　皮肉っぽい口調で青山が言った。仕方なく、苦笑して応えた。

「稲垣さんなら暴力団に詳しいが、僕が在籍していたのは公安ですよ。たしかに『救済の会』の仕事は手伝いましたが、もともとそれほど暴力団に詳しいわけではないんだ」

「わかった。こちらの訊き方が悪かったかな。君も知っていると思うが、現在発砲事件を繰り返しているのは『新和平連合』だ。この暴力団について、君にかなり知識があると考えていいかね？」

　知らぬ、とは言えない。三年ほど前、『新和平連合』が八王子にあった「救済の会」を襲った時、その後始末ではこの青山に世話になっている。つまり、どんな仕事をしていたか、青山はかなりのことまで知っている。とぼけられる相手ではないのだ。

「日本の暴力組織に詳しいわけではないですが、『新和平連合』のことなら、ある程度は知っていますよ。二次団体の『形勝会』が会長代行の品田派とぶつかった。原因は暴力団ならよくある跡目相続。新潟東刑務所で会長の新田雄輝が刺されたのは、会長代行だった品田が刺客《しかく》を送り込んだからだと言われている。新田の出身は『形勝会』ですから、それで『形勝会』が報復に出た。知っているのは、これぐらいのもんです。こんなことは、テレビのモーニングショーでも毎日解説しているし、どの週刊誌にも載っているでしょう」

「品田が刑務所に刺客を送り込んだことまでは報道されていない。報道されているのは、品田と現在『形勝会』の会長になった武田真との抗争だけだよ」

　と青山が神木にビールを注《つ》ぎながら言った。

「そうでしたかね、それじゃあ稲垣さんに解説してもらったのでそう思ったか……」

「じゃあ、稲垣氏とは今も会っているんだな？」

「ときどき道場に顔を見せてくれますから」

「調布《ちょうふ》の道場？」

「そうですよ」

　青山は今の俺がどんな生活をしているのか、これもすっかり調べ上げているのだろう、と神木は思った。たしかに神木は友人が経営している調布の道場で、会津《あいづ》の古武道を週に何日か教えている。

「稲垣さんも古武道をやるのか」

　と赤根が面白そうに口を挟んだ。

「ええ。週末に来られますよ。稲垣さんは柔道、剣道は三段ですが、合気《あいき》は初めてだとかで、楽しそうにやっていますね」

「それじゃあ、あんたが教えているのは合気道か」

「いや、少し違う。わかりやすいので合気と言いましたが、正確に言うと、僕が教えているのは会津の古武道ですよ」

「実戦的な武道かね」

「どんな武道もそうですが、ある程度までいければ実戦にも使える。ただ、かじっただけでは役には立たない」

青山が言った。

「話が脇道に逸《そ》れたが、実は、今日は君に知恵を借りたいと思って来てもらった」

「ほう、どんな知恵です？」

「簡単に言うと、奴らの抗争を、どうやって沈静化させるか、その方策だ」

「今、言ったでしょう、僕は暴力団に詳しい人間ではないですよ。稲垣さんとは違う」

と神木は苦笑して応えた。

「だが、君は『救済の会』で働いていただろう」

やはりそこを突いてきた。困ったことに、これは否定はできない。

「たしかにあそこの仕事は手伝いましたよ。だが……」

「『形勝会』とも、君たちは接触しているだろう」

よく調べ上げているものだと思った。たしかに有川涼子は、『形勝会』の会長補佐だった武田真と会っている。それよりも、死んだ新田雄輝の裁判では、弁護士として関与もしていた。このことも青山は摑《つか》んでいるのだろう。神木自身も、青山が言った通り、『形勝会』の武田真を知っている。有川涼子の事務所で会ったことがあるのだ。武田は、一口に言えばヤクザらしいヤクザである。近代的な暴力集団の『新和平連合』では、旧《ふる》いタイプの極道と言えるかもしれない。

「なるほど。だが、それはマル暴の仕事でしょう。マル暴ががちがちに張り付いているんだ、『形勝会』も、品田派の『玉城組』も、今はもう動くことはできないんじゃありませんか？　関西や九州のヤクザなら何を仕出かすかわかりませんが、東京のヤクザは警察に刃向かうような馬鹿はやらないと思うが」

「それはこれまでの常識だ。現に、東京のド真ん中で銃撃戦をやっているだろう。これまでの様子とはまったく違う。今までの暴力団なら、こんな馬鹿なことはやらなかった。『関東八日会《かんとうようかかい》』が機能していたからな。君も知っているように、抗争を繰り広げれば、マイナスのほうが多いと考える、それだけの知恵があったからだ。だが、今は、『関東八日会』も有名無実だよ。『新和平連合』の主導権が消えたら、東京も他の都市と同じになる。いや、もうすでになっていると言ったほうがいいか」

『関東八日会』という組織は、関東の暴力団が関西の進出を食い止めるために作った組織で、これまでは固い結束で強い力を持っていた。この数年は『新和平連合』がその中心になっていたが、『新和平連合』が分裂を目の前にしている現在、『関東八日会』の機能は停止の状態にあるのだろう。

「君は品田が現在どうしているか知っているか？」

「病院を転々としているんじゃあないですかね」

と神木は青山の問いに答えた。『新和平連合』の会長だった新田雄輝が死んだその葬儀会場で、品田は『形勝会』の組員に襲われて被弾、重傷を負い、生死の境をさ迷った。それでも何とか生き延び、品田は報復とばかり、今度は『形勝会』の会長代行だった武田を東京駅の新幹線ホームで襲った。だが、この襲撃は多くの死傷者を出しながら、武田暗殺には失敗している。つまり、抗争はより一層激化しそうな情勢なのだ。

「ああ、現在は青山《あおやま》の『愛心病院』という所にいる。総合病院だが、個人経営で、品田はそこを要塞化《ようさい》しているそうだ。たぶんそこの経営には『新和平連合』の金が流れ込んでいるんだろう。問題は、この品田だ。品田が病院に籠《こ》もっているからといって、何も起こらないというわけじゃあない。これから代理戦争が始まる」

「代理戦争ですか」

「ああ、そうだ。『新和平連合』のほとんどの派閥は『形勝会』を率《ひき》いる武田に付いたが、品田はそれを見越して外部の組織を取り込もうとした。『新和平連合』の系列で品田に付いたのは直系の『玉城組』、『市原組』、『才一会』のほかでは『橘組』だけだ。系列下にある『大星会』も『別当会』も『形勝会』を援護している。つまり、取り込みに失敗したわけだ。そこで品田は何をしたと思う？　品田は関西の盃《さかずき》を貰《もら》う気らしい」

「ほう、関西ですか……」

関西とは、関東を除く日本全国制覇を成し遂《と》げた暴力組織『河口組』のことである。

「今は膠着《こうちゃく》しているらしいが、万一、この縁組が上手くいったらどうなるか。そうなれば全国の組織が品田に付くかもしれない。つまり、東京の抗争が関西を引き出して、全国規模の抗争に広がろうとしているんだ。そんなことになったら、えらいことだ。関西が出て来たからといって、『形勝会』は引き下がらないからだ。新田の遺志を継いだ武田の徹底抗戦は間違いない。ところで、君は、この動きを本当に知らなかったのか？」

神木は苦笑して答えた。

「知りませんでしたよ。さっき言ったのはとぼけたわけじゃない。これまで平和な暮らしをしてきましたからね。稲垣さんならみんな知っていることでしょうが、僕は知らない」

「まあ、知らなかったことにしよう。要は、この抗争を沈静化させる知恵を出してくれればいいんだ。マル暴がいくら頑張っても、せいぜいできるのは監視だけだ。全国の暴力組織が動き出したら、東京は戦場になる。警視庁のマル暴だけではどうにもならんだろう。違うか？」

「やめてくださいよ。そういうことは、そちらが専門でしょう、赤根さん」

と神木は苦笑した。

そんな知恵などあるはずがない。自分だけではない、稲垣も、そしてあの有川涼子にもそんな知恵があるとは思えない。有川涼子たちがやってきた非合法の戦いは、僅《わず》かな命知らずの者たちが成し遂げた素晴らしい戦いだったが、およそ沈静化とは逆の作戦を展開してきたのだ。つまり暴力団同士を戦わせ、壊滅に導く作戦だったのだ。彼女なら、むしろ現在の情勢に乗って、火に油を注《そそ》ぐ戦法に出るのではないか。人手も資金も限られた状況では、彼らにはそんな作戦を展開するしか方策がなかったのだ。

「こっちがやれることは、ただ取り締まりだけだ。それは君も解っているだろう」

と苦い顔で赤根が言った。

「無理ですね。十五年も前なら手もあったでしょうが……」

青山が訊いてきた。

「どんな手だ？」

現役時代を思い起こして答えた。

「桜井孝三《さくらいこうぞう》ですよ」

桜井孝三、政財界の裏にいた怪物である。単なる右翼というだけでなく、陰で時の首相を操《あやつ》っていたと噂された人物である。この男なら、ヤクザの仲介や調停など、電話一本でできただろう。だが、その彼は十年も前に死に、今は彼に替わる人物はいない。社会がそんな人物の存在を許さなくなったのだ。これは間違いなく社会の成熟だが、事が複雑になったともいえる。暴力団に対する対策が複雑化したように。

「なるほどな、たしかに昔ならそんな手もあったかもしれない」

と青山は苦い笑みを見せた。

「『形勝会』に武田がいるかぎり、関西も東京進出は無理じゃあないですかね。それとも、どこかが武田説得に当たっているということはないんですか？」

『『大輿会』が動いたという情報はあったが、この仲介も膠着しているという情報もある。現在はっきりしているのは、品田が関西に擦《す》り寄ったということだけだ」

「都知事が望んでいることは、要はこの東京で事件が起こらなければいいということでしょう？　それなら、品田が関西と手を組んでしまったほうがいいんじゃないですかね？『形勝会』さえ大人しくさせれば、他に表立って関西に楯突《たてつ》く組はいないでしょう」

「そうはさせん」

と赤根が言った。

「関西の進出は、われわれが望んでいない」

「どうしてです？　抗争の沈静化だけが目的なら、全国統一組織が一番ですよ。そうなれば、少なくとも抗争事件は減る」

「暴力組織の巨大化をわれわれが喜べるはずがないだろう。都知事はそれで喜ぶかもしれないが、われわれ刑事警察がそれを許せるわけがない。それは国家刑事警察の敗北だろう」

「だが、あなたたちは、今回は都知事の要請で動いているんでしょう？　それとも、都知事と総監とは思惑が違うんですか」

青山がなだめるように言った。

「たしかに今回は都知事の要請を受けたわけだが、必ずしもわれわれは都知事の意向だけで腰を上げたわけじゃあない。東京でのこの抗争事件は、都知事でなくても何とかしないとならないことだからな。いや、抗争事件だけが問題なわけじゃあない。警視庁としては、東京の無法化が問題なんだ。暴対法を作っても、ヤクザの存在を許していることこそ問題なんだ。できることなら、単に抗争事件の沈静化だけではなくて、暴力組織そのものを何とかしたい」

「だったら、放っておけばいい。彼らの弱体化を図るには、同士討ちが一番でしょう。抗争万歳だ。警察ができないことを彼らがしてくれる。そして、どんどん逮捕者を出したらいいでしょう。暴力団にとって、逮捕者を出すことが一番金がかかるんですよ」

赤根が怒りの表情を見せた。

「そんなことはわかっている。俺たちが座してそれを見てきたと、君は考えているのか」

「そんなことは、思っていませんがね」

神木は苦笑した。警視庁のマル暴が無力だとは、無論思ってはいない。彼らは彼らなりに精一杯やってきたのだろう。だが、暴力組織はなくならない。これも、厳然たる事実だ。

「それは知恵ではないよ。抗争事件を収拾し、なおかつ暴力組織の弱体化を図る。その知恵が要《い》るんだ。そのためには、金も出すし、人員も揃える。いや、実はすでにチームを作って動き出しているんだ。そこで君に来てもらった。君にはこれから本格的に動き始めるそのチームを引っ張ってもらいたい」

　と青山が穏《おだ》やかな口調で言った。

「なるほど……青山さん、あんた、またあれをやろうとしているんですか」

　青山が神木を見つめた。長い間が出来た。

「有効なら、やる」

「非合法の？」

「手段は選ばない。それができるならな」

　答えは出ていた。できるわけがない。あの非合法の極道狩り作戦ができたのは、時代が違ったからだ。単純な作戦でも、効果があったのは、暴力組織もまた単純な構造だったからだ。暴力団の撲滅を狙《ねら》った暴対法で、暴力組織もまた知恵をつけ、ある意味では強力になったのだ。今ではただ、抗争を引き起こすような単純な作戦は意味を成さない。

　ため息をつき、答えた。

「無理ですね。できるわけがない。ここにいるのが僕じゃなく、それが有川さんでも、答えは同じでしょう」

「話を進める前に言っておこう。有川さんを、この作戦に引き込むつもりはないんだ。君に頼んでいるんだ。神木くん、君にこの暴対チームを率いてほしい。今言ったように、資金も出す。どうだろう、真剣に考えてもらえないだろうか。もう時間がないんだ」

全員が神木を見つめ、返答を待っている。だが、返答に時間は要らなかった。

「いや、お断りしますよ。僕には義兄の岡崎《おかざき》のような力はない。知恵もなければ力もない。青山さん、あんたは人選を間違えている。というより、そんなことができる奴なんかいないでしょう。義兄のような人間は、もういないんです。せっかく呼んでいただいたのに悪いが、駄目ですね」

と神木は答えた。

二

ガードの若い衆が作ってくれた水割りのグラスを手に、窓ガラスに叩《たた》きつけられる雨滴がガラスを伝って流れ落ちる様を眺めながら、あの時は本当に恐ろしかったな、と武田真は思った。

その時の恐怖は今も鮮明に思い出すことができる。ヤクザになり、その後何度も修羅場《しゅらば》を味わったが、あの時ほどの恐怖を覚えたことはない。銃口を目の前にするよりも、抜身《ぬきみ》を突き付けられるほうがよほど恐ろしいものだということも、その時に知った。

あの時は、本当に斬《き》り殺されると思ったものだ。狂気の兄貴の前に立ち塞《ふさ》がってくれた姐《あね》さんも、おそらく同じように斬られると思っていただろう。兄貴は本当にシャブでふっ飛んでいたのだ。だから、弟の武田のことも、女房の姐さんのことも、誰だかわかっていなかった。ただ自分の敵だと思い込み、斬り殺す気でいたのだ。姐さんは、それを知っていて助けてくれた。武田が十歳、兄の啓介《けいすけ》がたぶん二十一か二、そして姐さんは、まだ十九の時だった。

目の前に突き出された冷たく光る刃《やいば》を、その時、武田は凍りつくように見上げていた。ちょっとでも動けば刃が走る。動くことができない……。その刃先がすっと消える……。逃げるなら、今だ！　斬られる前に逃げよう……！

だが、走って部屋から逃げるゆとりなどなかった。何とか真が飛び込んだのは食卓の下だった。飛び込んだ拍子《ひょうし》に片足が食卓の脚に当たり、テーブルの上にあった宿題のノートや筆箱が床に落ちた。兄の啓介が部屋に入って来るまで、真は食卓に向かい、その日の宿題をしていたのだ。体をすくめる前に刃が走り、真は左の肩先に真っ赤に焼けた火箸を当てられたような痛みを感じた。だが、激痛に呻《うめ》くより、恐怖の方がもっと大きかった。白《はく》刃《じん》が恐怖に見開いた目の前で揺れている。

兄ちゃんが狂った……！　何で兄の啓介がおかしくなっているのか、それは子供の真にもわかっていた。薬なのだ。兄ちゃんの目が据わっているのは、覚醒剤のためだ。薬を射った後はいつもおかしくなるのだ。だが、それでもこれまで日本刀を振り回すようなことはなかった。喚《わめ》いたり、机を蹴《け》り飛ばしたりすることはあっても、しばらくすれば寝てしまい、たいていはそれで終《しま》いだった。だが、今日は違う。完全に狂っていた。

顔は見えないが、兄貴は何か呟《つぶや》いて、そのまま同じ位置にいる。白い刃が目の前でゆらゆらと揺れている。恐怖を何とか払いのけて、真は食卓の反対側に逃げ出した。

「待てぃ！」

また日本刀が真の頭に振り下ろされた。真は悲鳴を上げ、後ろに倒れた。刃は頭蓋《ずがい》を割ることなく、食卓にガツンと食い込んだ。

「野郎！　待てっ！　叩き斬ってやる！」

食卓に食い込んだ刃を引き抜きながら、兄は凄《すご》い眼で、泡の混じった涎《よだれ》を垂《た》らし、横転した真を睨《にら》んでいた。

「兄ちゃん……やめて！」

「ぶ、ぶっ殺してやる！」

「助けて！　助けて、殺さないで！」

真は這《は》って逃げながら、悲鳴を上げた。

「何してるの！」

という声がして、真は腕を取られて抱き上げられた。

「あんた、何してるの！　刀を捨てなさい！」

真を抱き締め、そう叫んでいるのは姐さんだった。

と真は姐さんの体の後ろに隠れ、またそう叫んだ。兄ちゃんは気が狂っているのだ。本当に殺される……！

「あんた、自分の弟を斬るの！　斬るんなら、私を先に斬りなさい！　あんた、私のこともわからないのかい！」

兄ちゃんが何かわからないことをぶつぶつ言っていた。

「あんた、しっかりして！　さあ、それ、こっちへ渡して！　ここには私たち家族しかいないのよ！」

姐さんは真を後ろに隠し、兄の前に立ち塞がっていた。このままでは姐さんが斬られてしまう……！　何とかしなければ、と前に出ようとする真を止めて、姐さんが言った。

「あんた、しっかりして！　私が誰だかわからないの？　あんたの女房の春子《はるこ》よ、あんた、私を斬り殺したいの？　しっかり私を見て！」

刃が力なく下りた。

「おまえ……春子か……」

と兄貴が呆《ほう》けたように呟く。

「ええ、春子よ。後ろにいるのは真。ここにはあんたの敵は誰もいないの」

「真か……」

「さあ、その怖いものは捨てて！　ここにいるのは私と真。正気になって、私を見て！」

真はこうして姐さんの春子に救われた。これが、武田真が初めて恐怖というものを知った事件だった。

もう一つ、思い出すことがある。武田はもう十五歳になっていたか。あれは組で湯河原《ゆがわら》に慰安旅行に出掛けた時のことだった。兄の啓介が率いる『武田組』が旧『和平連合』の傘下《さんか》に入った頃だったと思う。兄貴が上部団体の『坂本組《さかもとぐみ》』の幹部になり、その祝いの意味もあって出掛けた慰安旅行だった。

組員全員で温泉旅行を楽しんだ。ヤクザ丸出しでは旅館に迷惑がかかると、これは姐さんの指示で全員がカタギの格好で宿に乗り込んだものだ。だが、土台そいつは無理な話で、風呂に入ればもんもんが丸出しなのだから、普通の客はすぐに逃げ出す。だから組員たちは風呂は夜中に入るほど気を遣った。

当時の武田組は貧乏で、贅沢な旅行などできなかったから、宿泊費も値切れるだけ値切り、組員十四人が三つの部屋に押し込められるような旅行だった。それでも組長の兄貴と姐さんだけは二人で一部屋を使ったが、一部屋に六人寝るのは窮屈《きゅうくつ》だろうと、これも姐さんの気遣いで、姐さんたちの部屋に弟の俺も寝させてもらうことになったのだった。

まだ高校生なのに、しこたま飲まされた日本酒に酔い潰《つぶ》れてダウンした俺が目を覚ましたのは、たぶん夜中も一時を過ぎていたと思う。俺は水を飲みたくなって寝かされていた床から起き上がろうとして、初めて隣《となり》の床に兄貴と姐さんが寝ていることに気付いた。

「やめて、お願い……」

「なんでだ」

「真が……」

「かまやしねぇ、酔ってぐっすり寝てる」

「やめて、ここでは嫌……」

「うるせぇ、おかしな声出すな」

俺は開けた目を急いで閉じた。兄の啓介が姐さんに何をしているのか、電気を消した闇《やみ》の中でもわかった。俺は息を殺し、じっと目を閉じていた。姐さんは兄貴に言われた通り、喘《あえ》ぎ声など上げなかったが、兄貴のほうの息遣いは激しかった。

俺はそっと寝返りを打ち、少しだけ目を開けた。電気が消されていても、窓から障子《しょうじ》越しに入る月明かりで、二人の姿はよく見えた。目の前に、苦しそうな顔をした姐さんの顔があった。慌ててまた目を閉じた。兄貴が乱暴なことをしたのか、姐さんがかすかに呻いた。見てはいけないとわかっていながら、我慢ができなくて、俺はそっと目を開けた。兄貴が姐さんの両腕を押さえつけ、シャブで痩《や》せた体を前後させていた。

俺は凍りついたようになった。姐さんがじっと俺を見つめていたからだ。姐さんの顔は無表情に見えたが、そうではなかった。じっと俺を見つめる目が何かを語っていた。

「ごめんね……真……」

と言っているように俺には思えた。俺たちは兄貴の息遣いの中で、じっと見つめ合っていた。兄貴に激しく攻め立てられても、姐さんは表情を変えずに、ただ俺を見つめていた……。

武田は窓辺から離れ、短くなった煙草をテーブルの上の灰皿に押し潰した。姐さんに会う前に、武田はいつもあの日のことを思い出す。小さな体で俺を庇《かば》い、白刃の前に大手を広げて立つ姐さんは、輝くように綺麗《きれい》だった。あれほど綺麗な女に今になっても出会ったことはない。姐さん……。

武田真はKホテルの十二階にあるスイート・ルームに部屋を取っていた。『形勝会』でも武田の行動は極秘で、その日の予定を知っているのはガードの数名と信頼できる幹部数人しかいない。関東一の勢力を保持していた『新和平連合』も、現在、創立以来初めてという分裂の危機を迎えているのだ。

用意されてあるボトルからウイスキーをグラスに注ぎ、新しい煙草に火を点《つ》けて、もう一度窓辺に立った。激しかった雨が小雨に変わってきている。雨に煙る中に東京の街並みが広がっている。腕の時計を見た。間もなく午後五時になる。姐さんは約束の時間を決して違《たが》えない。だから、間もなくこの部屋にやって来るだろう……。

春子を抱いたのは、春子がまだ『武田組』の組長になる以前で、兄の武田啓介が死ぬ前のことだった。いや、抱いた、というのは正しくない。正しくは、抱かれた、と言うべきか。あれは、もう兄の死期が近付いていた頃で、その日は蒸し暑く、眠れぬ夜のことだった。夜になって兄貴が入っている病院から戻って来た姐さんが寝ている真のそばに腰を下ろして言ったのだ。

「真……あんた、女を抱いたことはあるのかい？」

「ないよ」

と真は訳がわからず答えた。だが、実はすでに女を知っていた。組の若い者に連れられてもうソープに行っていたのだ。だが、そんなことは口にできず、その時俺は、羞恥《しゅうち》に頬《ほお》を染めて、そう答えた。

「女を抱いてみたいかい？」

姐さんは窓のカーテンを引きながら、また訊いた。

「うん……」

と真は答えた。

「あたしでよかったら、今、していいよ」

真は怖気《おぞけ》に強張《こわば》って姐さんを見上げた。

「だって……そんなことしたら、兄貴が……」

姐さんは床の上に腰を落として優しい笑みを見せて言った。

「兄さんのことはいいんだ、あの人には隠さなくてもいいの。あの人がそうしろって言ったんだから」

真は訳がわからぬまま、姐さんを抱いた。ソープの女しか知らない真は、その夜、女がどんなものか初めて知った。姐さんは最高で、その後も姐さん以上にいい女に出会ったことはない。武田は、姐さんによって男にしてもらったと、今でもそう思っている。

兄の武田啓介はシャブで体を駄目にして死んでいった。当時、十四名しかいない組員の中に跡目を継げるほどの器量の者はいなかったから、組は解散するしかなかった。だが、解散すれば組員は路頭に迷う。正業に就いて食っていける者など一人もいなかった。この時の姐さんの心労は今考えると大変なものだったと武田はそう思う。解散を何とか免れたのは、上部団体であった『坂本組』組長・新田雄輝が面倒をみてくれたからだった。

「春さん、あんたが継ぎなさいよ。女ではいろいろあると思うが、面倒なことには俺が手を貸す」

と新田は言ってくれた。当時の新田は売り出し中のヤクザで、すでに上部団体である『和平連合』の中でもいい顔になっていた武闘派のトップであったから、新田が後見となれば『武田組』の存続は可能だった。新田が出てくれれば誰も異を唱えることはできなかったのだ。

日本に、女の組長という例がなかったわけではないが、やはりそれは極《きわ》めて稀《まれ》なことであったから、組長になった春子の苦労は並大抵のものではなかったにちがいない。それでも今日まで、『武田組』は『新和平連合』の三次団体として立派に看板を守ってきている。

新田雄輝と姐さんがどんな間柄であったか、考えたこともあったが、よくは知らない。おそらく男と女の関係もあったのだろう。そんな間柄でなければ、新田が姐さんを助けもしなかっただろうし、ヤクザたちが姐さんの組に食指を動かさずにいたとも思えない。だが、新田がその関係を口にしたことは一度もない。姐さんが武田とのことを口にしたことが一度もないように。

二十歳《はたち》になり、武田がやっと受かった二流の大学を中退すると、

「やっぱり啓介の弟だね、カタギにはなれないのか……」

と姐さんはため息をつき、本当に哀《かな》しげな顔をした。

「ヤクザになるのは仕方がないが、うちには入れないよ。うちじゃあ先が知れているからね。どうせなるなら立派なヤクザにおなり」

と言った。武田は姐さんの口利きで、新田雄輝に盃を貰い、新田の部屋住みになった。それから何年経《た》ったのだろう。ヤクザの神様のような新田に仕え、ヤクザとして男を磨《みが》いた。今では新田雄輝が率いた『坂本組』が発展した『新和平連合』二次団体、『形勝会』

の会長にまで上り詰めた。姐さんが言ったように、『坂本組』で苦労して得たものは大きく、今、武田は関東のヤクザの頂点に立とうとしている。

ウイスキーを喉《のど》に放り込むようにして飲み終えると、かすかにドアを叩く音がした。ドアからガードの木村《きむら》の顔が覗《のぞ》いた。

「会長、武田の姐さんです……」

木村が体を開き、武田春子を迎え入れた。

春子は素早く部屋に入り、ドアが閉まるとにっこりして言った。

「来たわよ……」

「お久しぶりです、姐さん」

と武田が頭を下げると、

「姐さんはないでしょう、やめてよ」

と春子は笑った。春子は今日も着物を着ている。春子は外に出るときはいつも和服だ。着物でないと、気が引き締まらないと言う。

「少し痩せましたか……」

武田は義理の姉をソファーに導きながら言った。これまで半年に一度は会っていたが、新田会長が亡くなったこともあり、葬儀で顔は見ていてもこうしてゆっくり会える状況ではなかった。太って嫌になると言っていた春子の身体が、一回り縮《ちぢ》んだように見えた。

「そうね、ちょっと痩せたかもしれない」

たしかに昔のような若さはなかった。荒くれ男を率いてきた姐さんの苦労は並大抵のものではなかっただろう。その苦労があの艶《あで》やかな姐さんを変えたのかもしれない。目尻に小皺《こじわ》が見える。だが、今も昔の春子とちっとも変わっちゃいない、と武田は思う。濡《ぬ》れたような瞳の色は昔のままだ。

ソファーに腰を落とすと、春子は煙草を取り出してため息をついた。

「ロビーの若いの、何とかならないの。あれじゃあ誰にでもわかるよ、ヤクザだって」

姐さんの言う通りだろう。部屋の前にもロビーにも、武田はガードを配置している。総勢七名。臨戦態勢にある現在、ものものしいガードだったが、それほど今の武田は危険の中に身を置いていた。

「わかりますかね」

「わかるわよ、誰にだって」

『新和平連合』の二次団体である『形勝会』のヤクザたちは、全員カタギの服装をしている。スーツ姿の連中をヤクザだと気付くことはないはずだが、やはりわかる者にはわかるのだろう。

「警察《マッポ》もいたわ」

「ほう。どこにですか?」

「ロビー」

「しつこい奴らだ」

武田は苦笑した。目障《めざわ》りだが、これはそう悪いことでもない。刑事が張り付いていれば品田も手が出せないからだ。

「仕様がないわね、今の真は有名人なんだから」

この有名人というのは、一般での意味ではない。警察のいわゆるマル暴の中で、という意味だ。平穏だった東京で、銃火の争乱を繰り広げている『新和平連合』の内部抗争は、今や日本中の耳目を集めている。鉄壁の結束を誇示していたはずの『新和平連合』が、今や崩壊寸前に立たされているのだ。

「ルーム・サービスに何か持たせますか？　飲み物くらいなら揃っていますが」

スイートに備え付けられた冷蔵庫にはたいていの飲み物が揃っている。

「あんたのと同じでいい。それ、水割りでしょう？」

「ええ」

と答え、武田は自ら春子のために水割りを作った。

「……一体どんなことになってるの？　田舎《いなか》にいたんじゃあこっちのことはよく判らないのよ」

武田の手元を眺めながら春子が尋ねた。

「あんまりよくもないですね」

と水割りをテーブルに置いて答えた。

「『橘組』が品田に付いたというのは本当なの？」

「ええ、本当ですよ」

「信じられないわね、亀井のおやじさんが品田に付くなんて」

春子がそう言うのも無理はなかった。『橘組』と春子が率いる『武田組』とは、武田の兄の啓介が組長の頃から悪い関係ではなかった。女だてらに組長になった春子を新田会長と一緒に庇ってくれたのも亀井のおやじさんだった。

「ですが、『大星会』と、『別当会』はこっちに付いています」

『大星会』も『別当会』も、『新和平連合』の中核をなす大組織である。そして、どちらの組も死んだ前会長の新田雄輝の跡目は『形勝会』の武田だと認めている。だから今の情勢は武田に有利だ。

ただ、武田が品田襲撃の責任を追及されて刑務所入りとなると、この情勢も変わる。武田が不在の『形勝会』は船長のいない船だからだ。今のところ、武田のほかに組を率いていける人材はいない。

「それなら、形勢はいいのね？」

春子は頷き、水割りを一口飲んでほっとしたように言った。

「うちには有難いことに、『大興会』の大伴さんが付いていますからね。ただ、品田は関西の盃を貰う気かもしれんのです。そうなると、ちょっと面倒になりますが」

「品田が関西の傘下に入るというの？　まさか……それはないでしょう」

　これまで関東の暴力組織は団結して関西の進出を阻《はば》んできた。だが、今はその団結の箍《たが》が緩み、危《あや》ういところにある。結束の中心であった『新和平連合』が分裂の危機を迎えれば、関東の組織の結束は破れるだろう。寄らば大樹の陰という気持ちが、冬の時代を迎えているヤクザたちの本心なのだ。だから密《ひそ》かに関西の盃を貰う組織も出てくる。

「追い詰められれば、今の品田は何でもしますよ。『橘組』だけならどうということもないが、もし関西が出て来たら、関東の組織は酷《ひど》いことになる」

「あんたが逮捕されるようなことはないのね」

「今のところ収監されることはなさそうですが、これ以上ドンパチが続くとやられるかもしれません。今は一応休戦中ですから、うちの組には何があっても動くな、と厳命してありますが、それでもやられればやり返すところもありますから」

「動けないのは品田のところも同じでしょうが」

「まあ、そういうことです。奴も警察に張り付かれていますから容易《たやす》くは動けないです。ただ、品田のところが何を仕掛けてくるか、油断はならない。こんな話はやめましょう、久しぶりに会えたんです。先に、風呂、使いますか？」

「うん……」

頷くと立ち上がり、春子は帯に手を掛けた。姐さんが帯を解く姿はこの世で一番美しいと、いつも春子の帯締めにかかる指先を見て武田は思う。小柄な身体に着物がよく似合う。それにしても、しばらく見ないうちにずいぶんと身体が小さくなったな、と思った。

武田は立ち上がり窓のカーテンを引くと、自分も背広を脱ぎ、クローゼットに向かった。


腕の中の春子に言った。

「今夜はこのままここに泊まりますか？　わしは戻らんとなりませんが」

「ううん、駄目。今日は帰らないとね」

「急いで帰らなくちゃあならんことがあるんですか？」

武田は春子に二、三日は東京でゆっくりしてもらおうと思っていたのだ。

「東京に来たのは、こうして真に会いたいってこともあったけど、それだけじゃあないのよ」

と春子は半身を起こしてサイドテーブルの煙草に手を伸ばした。

「他に、何かあったんですか？」

「実は、相談もあって来たのよ」

「どんな相談です？」

寂しげな笑みを見せて言った。

「もうじき組を畳《たた》もうと思うの」

「引退ですか」

と武田は春子を見つめた。以前もそんな話を耳にしたことがあるが、けっきょくは春子の跡目を継ぐ者もなくうやむやになった。だが、今回はそう心に決めたのか……。

「そう。あんたに届けを出して了解してもらおうと、それもあって来たのさ。本来なら新田さんに話すことだけど、今はあんたが『新和平連合』の会長代行だと思うから。もちろん、いずれ新田さんのお墓にも出かけるつもりだけどね……それで来たのよ。解散の式もあんたにやってもらいたいと思って」

「廃業届けですか、だが、わしはまだ代行じゃあないですよ。品田はまだ自分が代行の気でいる」

「冗談でしょう、誰が品田の外道《げどう》に届けを出すのさ。馬鹿馬鹿しい」

と春子はあっさり言ってのけた。

「どうしても廃業せんとならんのですか……」

と武田はため息をついた。たしかにヤクザの暮らしも変わった。古い体質の『武田組』が今の世の中を泳いでいくのはたしかに辛《つら》いだろう、と武田も思う。春子もため息をついた。

「仕様がないよ、このご時世だもの。あんたもわかっているでしょう。うちはもともと博徒《ばくと》だからね。盆が枯れてしまった世の中だもの、もう女の浅知恵ではやっていけないのよ」

「そうですね、まあ、そのほうがいいかもしれんな……」

ちょっと考えて、武田は頷いた。博徒は博打《ばくち》が本業である。その博打が警察の取り締まりで駄目になれば、他の仕事で稼がなくてはならなくなる。ヤクザがここで暴力団と呼ばれる無法集団に変わる。旧いしきたりを護《まも》っていては生きていけない世の中なのだ。

「今ならまだ何とかできるからね。若い衆のために海鮮食品の工場も一つ買ったし、女たちには小料理屋と美容院ができそうな店を一軒ずつ買ったの。商売なんてできるかどうかわからないけど、簡単にカタギにはなれないからさ。素人《しろうと》でも何とかなりそうな商売をこれでも考えたのよ。美容院のほうは、彩子《あやこ》が刑務所でやってきた仕事だから何とかなりそうだし」

瀬戸内《せとうち》彩子には何度も会ったことのある武田である。春子の片腕で、いわゆる補佐役。春子のためならいつでも命を投げ出すような女ヤクザだ。懲役の前科があると聞いている。おそらく刑務所で美容師の資格を取ったのだろう。

それにしても、ヤクザにカタギの仕事をさせるのは大変だと武田は思った。もともとまともなことができないから極道になった連中である。ここでもまた春子は苦労するのだろう。

「そこで一つ聞いてほしいことがあるんだけど」

「何です？　できることなら何でもしますよ」

武田はそう応えた。姐さんのためならばどんなことでもしてやる。

「今の真がどんな状況にあるのかはわかったわ。そこでだけれど、何かわたしにできることはないのかね。せっかく東京まで出て来たんだから、何かしたいのよ。なんなら『橘組』のおやじさんに会ってもいいんだ」

「亀井のおやじさんにですか」

亀井大悟は『橘組』の組長である。現在は動脈瘤《どうみゃくりゅう》の手術で床に臥《ふ》せっているはずだ。品田と縁組をした関係で、この亀井の『橘組』は品田に付いた。亀井は病気だから動けないが、この『橘組』には切れ者の佐伯光三郎という現在組長を代行している男がいる。関西を引っ張り出そうとしているのがこの佐伯だ。春子はそこらの事情を耳にでもしたのだろうか。

春子が続けた。

「そう。まんざら知らない相手でもないんだ。うちの人が昔よくしてもらったし。今はおかしながらみで仕方なく品田に付くことになったんだろうけど、亀井さんはもともと新田さんに背を向けるような人じゃあないのよ。それに、あそこの佐伯さんは真っ当な人だし」

「わかってます。亀井のおやじさんも佐伯も真っ当な人だと思いますよ。だが、それでも品田を抑えることはできんでしょうね。品田にとっちゃあ『橘組』は、『玉城組』と同様なくてはならん組ですよ。亀井さんが背を向けたら品田は終いですから、摑まえて離さんでしょう。しかも亀井のおやじさんは義理堅いから、品田と運命を共にする気でいますよ」

「でも、このままじゃあ、あんたも動けないんじゃないの？　ここでもし関西が動いたら収拾がつかなくなるわよ。その前に何とかしないと『新和平連合』は危ないよ」

春子を安心させるように笑って言った。

「それは、大丈夫です。『大興会』の大伴さんがいますから、そう簡単に関西も動けません。喧嘩《けんか》が拡《ひろ》がって得するところなんかないですから」

幸いに『大興会』の大伴勝蔵は自分の側にいてくれる。たとえ品田が関西を引っ張り出そうとしても、『大興会』がいるとわかれば関西もそう簡単には動かないだろうと武田は読んでいる。

「だったらいいけど。うちの人が生きていたら、四の五の言わないですぐ品田の命《タマ》取るんだけどねぇ」

と春子はため息をついた。仕方なく武田も笑った。心意気は嬉しいが、これは現実的な話ではなかった。今は、チャカ呑んで近付き、撃ちまくって命を取れるような時代ではないのだ。もし兄の啓介が生きていたって、できることは何もないだろう。今の品田の警護態勢は武田の比ではない。

「そっちの心配はせんでいいです。品田の命取らなきゃならん時は、わしのところできちんとやります。じれったいかもしれませんが、ただ殺《や》る時期が難しいんで、様子を見ているだけですから。殺った後のことも考えんとならんのです」

「時期が難しいのかい？」

春子の切れ長の瞳が鋭く光った。

「まあね。品田を消して、それで禍根を残したらなんにもならんでしょう。まだ品田に付いている組もありますから、そっちも事前に調整せんとならんのです。命取って、それで『新和平連合』がまとまらなかったら意味がないですから」

鋭い光がその瞳から消えた。不満そうな顔になった。

「そう言われてしまうと、何もやれることがないわね」

「いざという時は、ちゃんと姐さんに頼みますよ、知恵貸してくださいってね」

「知恵なんかないよ」

不満気な顔を、可愛《かわい》いと武田は思った。

「せっかく東京まで出て来たのに。本当に何かできることはないのかねぇ」

「そうですねぇ、実は、会ってもらいたい人がいるんですが」

と微笑《ほほえ》んで武田は言った。

「誰さ？」

春子が嬉しそうな顔になって言った。

「それ、嫁さん候補かい？」

「違いますよ、わしはヤクザですから、女房子供を持つ気はないんですよ、それは姐さんも知っているでしょう」

「何だ、違うの」

「頼りになる弁護士ですよ」

「弁護士？」

武田は春子の煙草に火を点けてやり、言った。

「今度、わしのことで何かあったら働いてもらおうと思っている弁護士先生ですよ。新田会長が信頼していた有川という弁護士で、会長の裁判でもずいぶんと力になってもらった。専門はフィリピンなんかから来ている人身売買なんか扱っているんですが、今度もわしの件で動いてもらおうと思っている人です」

「へぇー、知らなかったね、そんなこと」

と春子は大して興味のない顔で煙草の煙を吐いた。

「組を畳むとなれば、弁護士の一人や二人、知っておいたほうがいいでしょう」

「そうだねぇ。田舎弁護士じゃあ雇う気にもならないけど。でも、新田さんには野村《のむら》とかいう弁護士が付いていたんじゃないの？」

「ええ、うちの顧問弁護士は野村先生ですが、有川弁護士にも世話になったんです。有川法律事務所といって、本郷に事務所を開いている東京地検出の女弁護士ですよ。会長が特に親しくしてた」

「なんだい、女かい」

「ええ。だが、やり手で、会長はずいぶん信頼してたんですわ」

「いい女？」

この春子の言葉に武田の顔に笑みが浮かんだ。

「姐さん、焼餅《やきもち》ですか。こいつは面白い。たしかにね、有川先生はいい女ですよ。美人だと嫌ですか？」

「ああ、嫌だね。新田さんの女なんか見たくないよ」

「いやいや、会長の女じゃないですよ。その代わり、うちの先生が熱を上げているようですが」

「先生って、野村という弁護士？」

「ええ。もっとも脈はなさそうですがね」

「その野村って先生には一度か二度会ったことがあるよ、結構いい男じゃないか」

「ライバルがその事務所にいるんですよ、公安出の男が。こいつもいい男で、まあ、うちの先生は勝ち目がない」

「あんたはどうなんだい、名乗りを上げたら」

いたずらっぽい眼で春子が言った。

「まさか。ヤクザじゃハナから勝負になりません。それに、わしには想い人がいましてね」

「誰だい？　彩子？」

「姐さんですよ」

「ありがと。でも、わたしのことなんか放っておいて、真も誰かいい人を見つけなきゃ駄目ね」

武田は笑ってグラスをテーブルに置くと、

「せっかく東京に出て来てくれたんだ、今晩は美味《うま》いものでもご馳走《ちそう》しますよ。今夜はここに泊まって、明日、会長の墓参りをしましょう、わしも何とか時間作りますから。なんならその帰りにでも有川法律事務所に寄ってもいい」

「駄目。今日はすぐ帰らないとね。そんなに時間があるわけじゃないんだよ」

「一晩くらいいいでしょう。頼みますよ、姐さん」

「駄目よ。貧乏暇《ひま》なし。あっちじゃ今夜戻るわたしを待ってるのよ。いろいろあるんだよ、やることが。ところで、解散式は来月早々にやりたいんだけど、でも、こんな状況で、来てもらえるのかねぇ」

と春子は心配そうに言った。

「それは何とかしますから、大丈夫です」

「無理だったら、あんたのところの国原さんでもいいよ。格好がつけばいいんだから」

「わしが行きますよ。ところで姐さん……」

「なあに？」

「煙草……吸いすぎですよ」

「悪かったね、真は煙草を吸う女は嫌いなんだ」

と笑って春子は煙草を灰皿に捨てた。

「いや、吸おうが吸うまいが関係ないが、身体に悪い。姐さん、以前は煙草なんか吸わなかったでしょう」

「亭主も子供もいないんだ、早死にを心配することもないよ」

「そうはいかない。姐さんには憎たらしい子が大勢いるじゃないですか」

「ああ、子分たちのこと……」

「組を引っ張っていくことも苦労ですが、あいつらをカタギにするのは大変だ」

「わかってる。あんたのことも、カタギにはできなかったものね」

と春子はため息を一つつき、ベッドから立ち上がった。

三

瀬戸内彩子は、食い入るように週刊誌に目を落としている山本徳三《やまもととくぞう》に苛立《いらだ》った声で言った。

「徳さん！」

「え、なに？」

徳三は耳が遠い。れっきとしたヤクザだが、見た目は田舎の八百屋の親爺《おやじ》に見えなくもない。それでも『武田組』では一応本部長という肩書きになっている。組長の春子に続くナンバーツーだ。たった十四人しかいない組で本部長などとは大げさだが、『武田組』では一番古くからのヤクザで、これは組長の春子が与えた名誉職のようなものである。歳はじきに七十になる。村相撲の横綱だったというが、徳三の背丈は彩子の肩までもない。

彩子より偉い立場の男だが、彩子は他の組員がいないところでは本部長とか頭《かしら》などとは呼ばず、ずっと徳さんで通している。それは彩子が女の組員のなかで一番旧く、幹部だからというだけではない。徳三が彩子を実の娘のように可愛がっているからで、父と娘のような間柄だからだ。

「徳さん、よくそんなもんばかり読んでいられるわね」

彩子の尖《とが》った声音《こわね》を気にする風もなく、

「『新和平連合』のことが載ってるんだ。こいつを読んでいると何でもわかるからよ」

と山本徳三はいったん上げた顔をまた週刊誌に戻した。徳三が読んでいるのは『新和平連合』の内部抗争を取り上げた特集記事だった。テレビの報道はいくらか静まったが、代わりに週刊誌が何誌か特集を組んでいる。

「バカみたい。週刊誌に書いてあることなんか、みんな出鱈目《でたらめ》に決まってるじゃない」

徳三は返事をせずに、食い入るようにまだ特集記事を読んでいる。こんな時に、と彩子は呆《あき》れた。

組長の春子が診察室に入ってからすでに三十分近い時間が過ぎている。いくらなんでも長すぎる。組長は二週間前にこの病院に二泊もして、レントゲンやらなにやら彩子の知らない機械で精密な検査をしたのだ。今日はその結果を聞きに来たのだから時間はかからないはずだった。

「どこも悪いところはありませんよ」と医師に言われて出て来るなら、三十分もかかりはしまい。やっぱり酷く悪いのだろうか……。

「徳さん……！」

「なんだ？」

「もう三十分も経ってるのよ。おかしいと思わない？」

週刊誌を閉じ、

「ちょっとしんぺえだな」

と徳三も心配顔になった。

「どこも悪くなきゃあいいが……」

組長の春子が胃のあたりが重苦しい、なんだか胸がつかえると言い始めたのは二ヵ月くらい前からだった。地元の医者に診《み》てもらうと、

「胃炎でしょう」

と言われ、

「酒はやめるように」

と念を押された。春子は酒豪で、小さい身体で日本酒を浴びるように飲んだ。彩子もでかい身体を利して女組員の中では一番の呑み助だったが、それでも春子にだけは敵《かな》わなかった。彩子は大酒を飲めば最後は酔ったが、春子はどれだけ飲んでも酔い潰れることがなかった。このとき医者から貰った胃炎の薬はまったく効《き》かず、三週間前にやっと春子は市民病院に行く決心をした。

「どうせ検査するんなら東京まで行ったらどうですか」

と東京行きを勧めたのは彩子である。彩子は、新幹線に乗れば三時間足らずで行けるのだから、しけた田舎の病院より東京の大病院のほうがいいと言ったのだ。面倒臭がると思った春子は、意外にも、

「そうだね、東京のほうがいいかもしれないね、そうしようか」

と言い、二週間前に東京まで出て、検査入院をしたのだった。検査のために東京まで行ったことを知っているのは彩子と組の本部長の山本徳三だけで、他の組員はいつもの逢引《あいびき》だろうと思っていた。組長の春子と『形勝会』の武田真会長との仲は組の誰もが知っていることで、組長が東京に行くことは武田と会うためだと、そう思っていたのだ。

彩子は待合の椅子《いす》から立ち上がり、診察室の前まで行った。徳三も彩子の後に続いた。

不安で彩子が診察室に入ろうと一歩踏み出すと春子が出て来た。表情に特別の変化はなく、ああ、大丈夫だったんだ、と彩子はほっとした。

混み合う病院の待合室からエレベーター・ホールまで徳三が先に立ち、彩子が後ろを護った。まさか混み合うこんな所で襲われるとは思えないが、なにせ抗争の真っ只中《まただなか》だから油断はできない。品田派の組員にも春子の顔を知っている者はいるし、春子が率いる『武田組』は『形勝会』の下部組織だから品田派から見ればやはり敵対関係にあるわけで、トラブルが起こる可能性がまったくないわけではない。

徳三が春子に並び、遠慮のない声で訊いた。

「で、どうだったんです？　どこも悪くなかったんですよね」

「癌《ガン》だってさ」

と春子は何でもないように答えた。

「……！」

徳三は絶句して立ち止まった。

「止まるんじゃないよ、さあ、歩いて」

と春子は徳三の歳がいって丸くなった背を押した。

「親分……」

不安がなかったわけではないが、実際に癌という言葉を聞くと徳三だけでなく彩子も動転した。彩子は春子に追いすがるように近付き、

「どこですか、どこがやられたんですか？　胃癌ですか？」

と小声で訊いた。

「食道だよ」

本人は少しの動揺も見せずにそう言った。

エレベーターに乗り、タクシー乗り場まで彩子も徳三も口を利かなかった。利かなかったというより利けなかったのだ。それほど衝撃は大きかった。一台だけ停まっているタク

シートに乗せ、

「……で、手術するんですか？」

と彩子はおそるおそる訊いた。

「まだわからない。出来物の場所が悪いらしいよ」

手術ができなかったらどうなるのか？

「東京駅までお願い」

と彩子は動揺を呑み込み、行き先を運転手に告げると、まず徳三を後部シートに乗せ、続いて春子を乗せた。彩子自身は助手席に乗り込んだ。

何か起こったときには徳三に親分を護らせ、自分は防戦に回る手筈《てはず》になっている。だから彩子はハンドバッグに滅多に手にすることのないチャカを入れてあった。チャカは小型のベレッタ。ベレッタはイタリアの拳銃だが、彩子の手にしているのはブラジル製のコピーである。小さな拳銃だが九ミリの弾丸が七発入る。もっとも彩子は、その拳銃を海の上でたった一度しか撃ったことがない。波に浮かぶペットボトルを組の若い衆たちと撃ったが彩子は一発も当たらず、他の組員に笑われた。それでも東京は『新和平連合』の本拠地だから品田派の組員に遭遇する危険性はあり、彩子は春子ではなく徳三に断ってチャカを呑んできた。

だが、病状を知った今、彩子は品田派との遭遇を案じるどころではなくなった。親分にもしものことがあったら、どうしたらいいのか……。

タクシーが走り始めると、彩子はやっと気がついた。親分はずっと前から自分が癌だということを知っていたんじゃないのか……？　だから組を畳む準備をしたのではないのか？　今日、『形勝会』の武田会長にこっそりと逢《あ》ったのも、もう逢えなくなると覚悟してのことではなかったのか？


「彩子……」

と後ろの春子に呼ばれて彩子は我に返った。

「品田の病院がどこだか知ってるかい？」

と春子は訊いてきた。

「『愛心病院』だったと思いますけど」

彩子は記憶を手繰《たぐ》ってそう答えた。

品田がいる『愛心病院』には『新和平連合』の資本が入っている。個人病院としてはかなり大きい。ベッド数は五十床もある。理事の中には『新和平連合』のフロントが入っている。このフロントは品田の手の者だ。品田は銃撃された後、この『愛心病院』に担《かつ》ぎ込まれ一命を取り留めると、そのままそこに籠城《ろうじょう》しているというわけだ。行ってみたわけじゃあないが、彩子は、その警護が半端なものではないと噂で聞いている。

「悪いけど、行き先を変更して。『愛心病院』はどこにあるのかね」

「青山というところだったかなぁ」

彩子の記憶ははっきりしなかったが、運転手が知っていた。

「そうですよ、青山ですが」

と運転手が教えてくれた。

「すまないけど、そっちに回ってから東京駅に行ってちょうだい」

運転手が嫌がりもせず、

「はい、わかりました」

と答えるより前に、

「そりゃあ、ちょっと……！」

と徳三がぞっとした声で春子を見つめた。『愛心病院』に回って何をする気なのか。彩子も驚いた。二人の思いを読み取ったように春子が笑って言った。

「見ておくだけだよ、品田がどんなところにいるのかね。ただ場所を確認しておきたいの」

場所を確認するとは、どういう意味だろう？

方角がどうなのかはわからなかったが、『愛心病院』まではあっという間に着いた。病院は六階建てのコンクリートの建物で、玄関先に五、六台の車が停められるスペースがあり、数台の車のほかに、パトカーが一台停まっているのが見えた。

っている。

春子の指示でタクシーはゆっくりと『愛心病院』を通過した。玄関先に警察官が二人立っている。

「ゆっくり走って」

意外だったのは、警察官がたった二人しかいないことだった。ここで銃撃戦が起こったというのに、警備が大したことがないのに彩子はちょっと驚いた。その銃撃戦は『形勝会』系の三次団体である『薬師会《やくしかい》』の若い衆が品田の見舞いに来た『橘組』の組長補佐を銃撃するという事件で、マスコミは銃弾飛び交う日本の首都と大騒ぎした現場なのである。だから彩子はパトカーの二、三台は常駐しているものと思っていた。だが、パトカーはたった一台……。それに、品田派らしい組員の姿も見えない。警察の警護の手前、品田も病院の入り口を組員で固めるわけにはいかなかったのかもしれない。

「そこ、曲がって」

春子の指示で病院の前を通過すると、タクシーは左折して病院の角を曲がった。道は狭くなったがそれでも二車線ある道路で、そこには玄関口とは別の入り口があった。救急の出入り口らしい通路がある。春子は、

「……もういいわ、運転手さん。東京駅に行ってちょうだい」

と言うと、初めて疲れたように座席に背を預けた。

運転手に聴かれたらまずい台詞だということも忘れ、徳三が言った。

「親分、そいつは駄目だ……」

　春子が親分と呼ばれたことで、運転手が怪訝《けげん》な顔になった。運転手は彩子たちがヤクザだとは露ほども考えてはいなかったのだろう。

　彩子は日ごろ勘がいいとは思っていない徳三が、「……駄目だ……」と言ったことで息が止まる思いがした。徳三も自分と同じ不安を持ったのにちがいなかった。

　東京駅まで何事もなく着いた。

　彩子はしばらく組長が食道癌だということを忘れた。なにせこの東京駅も派手な銃撃戦が繰り広げられた場所なのだ。これは『愛心病院』とは逆で、品田派『才一会』の下部組織『井出組』の雇ったヒットマンが『形勝会』の武田を襲ったものだった。幸い武田は無事だったが、ここでは一般市民も含めかなり多くの死者が出た。以降、東京駅構内には警察官の姿が目立つ。

　ここに品田派の組員がいるとは思っていないが、彩子の心配は春子に断らずに拳銃を呑んでいることだった。警察の臨検に遭《あ》えばまずいことになる。度胸なら組で一番と自負している彩子だが、その表情は緊張で引きつっていた。

　だが、彩子たちを見てヤクザだと見抜くような警察官は一人もおらず、彩子たちは無事に列車に乗った。グリーン車の席に春子と彩子が並んで座り、徳三が後ろの席に座った。

　予定では周囲を見張るのは彩子で、徳三が春子の隣に座るはずだったが、彩子が春子の隣にしてほしいと頼んだのだ。

列車が走り始めると彩子は春子の耳元で言った。

「親分……」

「なんだい？」

「まさか一人で、またあそこに行く気じゃないですよね？」

返事はない。春子は黙ったまま走り去る景色を眺めている。

「もし行くんなら、わたしも一緒ですよ」

と彩子は念を押した。

「おまえは駄目」

「何でです？」

頭に血が上った。どうして一人で行くのだ……この人のためなら命を投げ出すと盃を貰った間柄ではないか。女だてらにヤクザになったのだ。ヤクザになると決めた時からとうに命なんか捨てている。

「目立つからさ」

と春子は、目を窓の外の景色に置いたままあっさり言った。

「そんなこと……」

「おまえも徳も顔を知られているよ。一人だとバレないかもしれないけど、三人揃うと、さすがに私たちのことを思い出す奴も出てくるかもしれない。そこんとこ考えないとね」

やっぱり間違いなかった。親分は一人であそこに乗り込むつもりなのだ。

「駄目ですよ、若い者じゃ役に立たない。それに……いくらなんでも、そんなことできゃしないですよ」

「楽だとは思っちゃいないさ。煙草……」

と春子は手を彩子の前に差し出した。

「ここじゃあ煙草は吸えないです」

「そうだった、忘れていたよ」

と春子はケラケラ笑った。

「まったく嫌な世の中になったもんだ。あれも駄目、これも駄目。それで世の中よくなんかなってやしない。どいつもこいつも甘ったれて、これやれ、あれやれ、何でもお上にぶら下がる。代議士も票が欲しいからそんな甘ったれのご機嫌ばかり伺う。昔は代議士ては偉い人がなったもんだけどねぇ。今じゃあひよっこばっかり。情けないったらありゃあしない」

世の中のことどころか今は自分の身体のことで頭が一杯になるはずだろうに、と彩子は呆れて組長の顔を見た。

「おまえは若い子たちの面倒をみなきゃなんないんだからね、あばずれをカタギにするのは楽じゃないよ」

と春子は疲れたように目を閉じた。

四

『新和平連合』二次団体品田派『才一会』の若頭で、三次団体『井出組』組長の井出勝一は、小指を落とした左手を庇いながら車を降りると、若い組員に前後を護らせて雑居ビルの入り口に向かった。

夜になれば人で溢れるこの新橋《しんばし》も、やっと六時という時間帯のせいか比較的歩行者も少ない。だから敵のシキテンがいるかどうかがわかりやすい。それでもいつ『形勝会』系の連中に襲われるか、そんな恐怖心がまだ井出にはある。『形勝会』では、武田を襲った首謀者が井出だということに気付いているはずだ。もともとが同じ組織だから、そんなことはすぐに知れ渡る。どこにどんな裏切り者がいてもおかしくない状況なのだ。

井出は落ち着かぬ気持ちでガードの若い衆の肩越しに周囲に視線を走らせた。怪しい車も、人影もない。雑居ビルの入り口には、『玉城組』から派遣された黒服姿の組員が二名立っているだけだ。

「ご苦労さんです」

と言って頭を下げる若い衆に、

「おう」と頷いて井出は雑居ビルに入った。ここまで来ればもう襲われることはないとほっとはしたが、井出の足取りは重い。これから会うのは『新和平連合』品田代行の腹心・市原義明である。何のために呼び出されたかは、容易に察しがつく。『形勝会』の武田襲撃に失敗し、その責任を取って小指を落としたが、それで済むはずがない。

会長の鈴木勝次《すずきしょうじ》からは、

「馬鹿かお前は！　こ汚《きたね》ぇおまえの指がなんぼになる！」と叱責《しっせき》され、「頼りにならねぇ野郎だ、俺が呼ぶまで顔出すな、てめぇのお陰で大恥さらしたぞ！」

と若い組員たちの前で面罵《めんば》された井出だった。まあ、会長が怒るのは仕方がない。会長の鈴木は、たぶん相当の詫《わ》びの金を上に包んでいる。それに、『新和平連合』では、指を落とすようなことは普段はやらない。彫り物も同じで、入れている者はほとんどいない。カタギの中に溶け込む、それが『新和平連合』の方針で、詫びは、だからほとんどが金で済ませる。

「武田の命はうちで取ります」と大見得を切って引き受けたにもかかわらず、肝心《かんじん》の武田を逃がし、代わりに一般市民を殺傷してしまったのだから、たしかに『才一会』のダメージは大きい。自分が指示したと判明すれば、使用者責任とやらで会長の鈴木だけでなく、もっと上まで訴追されるかもしれないのだ。そんな責任の何もかもが、今、若頭の井出に被《かぶ》さってきている。

（くそっ！　あの馬鹿が下手を打ちやがったから俺がこんな目に遭う……）

と、井出は自衛隊出の桂木に仕事を任せたことに歯軋《はぎし》りする思いだった。あいつを信用したばかりに、立場がなくなった。その桂木は『形勝会』の武田を殺るのに失敗したばかりか、一千万の金を抱えてとんずらしているのだ。どこへ逃げようと、必ず見つけ出してぶっ殺してやる、と井出は憤懣《ふんまん》を呑み込んで地下一階にあるクラブ『紫乃《しの》』に向かった。

階段を下りた地下一階のとば口に『紫乃』はある。まだ六時だから店は閉まっている。

「おまえらは、ここで待っていろ」

と二人のガードを戸口に立たせ、井出は『紫乃』の扉を開けた。ごつい組員が一人、戸口のそばの席に座っている。井出の顔を見て、その組員が慌てて立ち上がる。

「あ、どうも。あちらでお待ちです」

井出は、そう言うガードに頷いて、奥のブースを窺った。グラスを手にした市原がママの紫乃と話しているのが見える。紫乃は市原の女で、この『紫乃』は市原が億の金を出した店と仲間から聞いている。品田の腹心というだけで、『新和平連合』の幹部にまで上り詰めた市原は今や大物だった。

井出はまだ痛む左手を庇いながら、そんな市原の前に立った。

「あら、いらっしゃい」

とママの紫乃が愛想のいい笑みを見せたが、薄い色つきの眼鏡を掛けた市原は何も言わない。

「立ってないで座ってくださいな。今、グラスを持って来るから」

ママの紫乃が立ち上がると、井出は仕方なく市原の前に腰を下ろした。ママが戻り、井出のために水割りを作って、

「それじゃあ、ごゆっくり」

と気を利かせて席を立つと、ゆっくりグラスを空けた市原が、ここでやっと口を開いた。

「で、おまえ、どうするつもりだ」

「どうするつもりと言われても……」

唐突な問いかけに、井出はどう答えていいのかわからなかった。嫌味の幾つかは覚悟している井出だが、もう一度やりますから、とは言えない。『形勝会』のガードは一段と厳しくなり、今は警察の目も光っている。そればかりか、『大興会』が仲裁に入り、すでに協定で休戦が決まったと聞いている。

「うちの親父が代行に詫びに行ってくれたと……」

「おまえ、馬鹿か。あんな下手打って、指落とすだけで済むか、あ？　鈴木も頭抱えていたぜ」

鈴木とは『才一会』の会長・鈴木勝次のことである。

「申し訳ありません、すべてわしの責任です」

井出はまだ痛む手をテーブルについて頭を下げた。『才一会』のトップはたしかに鈴木だが、会の運営は若頭の井出がやってきた。ここで逃げは打てない。

「おまえは鈴木の阿呆《あほう》と違って、ちっとはましだと思っていたがな……」

笑い顔で市原が水割りを口に含む。

親分を阿呆呼ばわりされたら、若頭の立場はない。真っ当なヤクザなら、このままでは済まさないだろう。湧《わ》き上がる怒りを、それでも何とか顔に出さずに堪《こら》えた。

今でこそ品田の腹心として『新和平連合』の幹部にまで上り詰めた市原だが、元はたかが品田の運転手をしていた男である。こいつがまだ部屋住みのパシリの頃には、井出はもう子分を四、五人連れ歩くいっぱしのヤクザだったのだ。

だが、親分の出来で運命が分かれた。市原の親分の品田はとんとん拍子で出世して『新和平連合』の会長代行にまで上り詰めたのに対し、井出が親に選んだ鈴木は二次団体の親分止まり。今では市原の顔色を窺う親分の鈴木である。

「それでおまえは、このまま済ませるつもりか？　あ？」

ボトルの酒を自らグラスに注ぎ、市原はねばりつく目で井出を見つめた。

「じゃあ、どうしたらいいんです？　協定が結ばれたんじゃあ、動けないでしょう……」

目を合わせず、仕方なくそう応えた。

「ああ、たしかにな、今は動けん。だが、そう簡単に事は収まらん」

「じゃあ……もう一度殺れと……」

「そう言われたらどうする？」

「ですが、おやじから今は動くなと……」

と、井出は唇を嚙《か》んだ。指を落とし、もう一度やらせてくれと涙して頼む井出に、会長の鈴木は言ったのだ。

「馬鹿野郎！　おまえが搔《か》き集めたクズどもで、今の武田が殺れるわけがねぇだろうが。しばらくは大人しくしていろ！　それに、これ以上下手打ったら、組を潰すことになるんだ。考えてみろ、手打ちになった先のことを考えろ。『大興会』はな、仲介に立ちはしたが、代行に付いたわけじゃねぇ。あそこの大伴さんは、どちらかと言やぁ、武田寄りの男だ。いいか、もし『形勝会』の武田が『新和平連合』の会長にでもなったら、俺たちの先はねぇんだよ。代行は、たぶんうちを潰して武田に詫びを入れる。俺のところが犠牲になるように話が進む。どう転んでも、うちには先はねぇんだ。

だから、うちはうちで生き残る術《すべ》を考えなきゃならねぇ。たぶん、うちを武田に差し出す。代行は利巧者だから自分が生き残るためなら何でもやるぞ。その前に、わしらは何とかせにゃならん。『大興会』の大伴さんに頼るか、今はわしはな、そこまで考えている……てめぇのお陰でいろんなことを考えなきゃならんのよ。まったく、クソの役にも立たん間抜けが」

これが、その時の鈴木の台詞である。

「動くな、か……鈴木の言いそうな台詞だな。だからおまえのところはいつまで経ってもしょうもねぇ組なんだ」

と市原は嗤《わら》った。こいつ、何が言いたい……？　市原が煙草を咥《くわ》える。井出は慌ててライターを取り出し、身を乗り出して市原の煙草に火を点けた。ここは忍の一字、それしかない。市原の声音がなぜか優しげなものに変わった。

「井出よ、俺はな、長いことおまえを見てきた。鈴木は駄目だが、『才一会』には井出がいるとな」

と市原は自らボトルを手に取り、井出のグラスにウイスキーを注ぎ足した。

「まあ、しゃっちょこばってねぇで飲め」

井出は慌ててグラスを取り、

「頂きます」

と頭を下げた。グラスの酒を浴びせられるかと思っていたが、気味が悪いほど市原の口調は柔らかい。いったい、この野郎は何を考えているのか？　見当がつかぬだけ気味が悪い。

「おまえはこの休戦協定がいつまでも続くと、そう思っているのか?」

「そうは思っちゃあいませんが……『大興会』が仲立ちになりゃあ、いくら跳ねっ返りの武田でも好き勝手はできんと。大伴さんの面子《メンツ》潰すことはできんでしょう」

「おまえんところの鈴木はそう思っているのか?」

「いや、会長じゃなくって、自分が」

「どうしようもねぇ間抜けだな。休戦は終戦とは違うわ。時間稼ぎ以外の何物でもないんだよ。休戦の間にどっちも、てめぇのところの態勢を整えるだけよ。情勢をよく読め。いいか、うちの代行はな、新田会長殺しの汚名を着せられている。この汚名が生きている間は、まあ、『新和平連合』の会長にはなれんだろう。だが、組が割れて、組織名が変われば話は別だな。『新和平連合』は名を変えて生まれ変わるかもしれん。中身は同じでな。

ただ一つ、武田が生きていたら、分裂はどうかな。そうはさせんだろう、武田は。割れたら、『新和平連合』が今の状態を続けるのは難しいわな。ただしだ、よく目を開けて見ろや。『形勝会』はごつい組だが、そいつは武田がいるからだろうが。あそこには、武田のほかには大した野郎はいねぇんだ。ここでできることは一つしかねえだろう。武田の命取る以外に何があるんだ?　やれることはそれしかねぇんじゃねえのか?　野郎の命取っちまえば、形勢は変わる」

言われてみれば、たしかにそうである。手打ちになって武田が正式に『新和平連合』の会長に就任すれば、品田はともかく武田の命を狙ってきた『才一会』が生き残るチャンスはない。武田殺しを直接指揮した自分がこのままで済むはずがないのだ。

「井出よ……」

新しい水割りを自分で作りながら市原が続けた。

「おまえが何を考えているのか、俺にはわかる。てめぇはあの武田がいずれは『新和平連合』の会長になると、そう思っているだろう？　そうなったら終わりだとな」

ここで何か言えば、言葉尻を取られて何をさせられるかわからない。井出は黙ったまま、市原の白くむくんだような顔を見つめた。

「たしかにな、このままでいったら武田が実権を握る。うちの代行が会長になる目はあまりねぇな。だが、武田がいなくなれば話は別だ。今言ったように、『形勝会』には武田しかいねぇんだからな。つまり、武田さえ殺れば、まだ代行が跡目を継ぐチャンスはあるってことだ。だが、その武田を殺るのは簡単にはいかねぇと、おまえは考えている。違うか？」

「今は……ガードが凄くて近付けないですよ」

仕方なく、そう応えた。

「ああ、たしかにな、武田を殺るのは楽じゃねぇ」

と市原が水割りを飲み干して笑った。

「てめぇにまたやれ、とは言ってねぇ。おまえにそれだけの腕がねぇことは、もうわかっている。武田は、だから俺が殺る」

「市原さんが？」

「ああ、俺が片をつける。おまえにはな、他にやってもらいたいことがある……どうだ、井出、俺に命預けけんか」

「わしの、命ですか」

言っている意味がわからず、井出はあらためて市原の顔を見つめた。

「いいか、はっきり言うぞ、井出。今のおまえには、もう先がねぇ。武田が生き残ったら、鈴木はおまえを武田に差し出す。こいつはわかるな？」

親分の鈴木にしてみれば、自分の立場を守るためにはそんなことぐらいしか手はないのだろう。たしかに鈴木に代わって組を実際に動かしてきたのは若頭の自分だ。上の命令で、と逃げられるものではない。

だが、はたして鈴木はそんなことで逃げられるか？　たぶん、そんなもので事は済むまい。親分も殺られるはずだ。だが、親分の鈴木はおそらく自分が追及されるとは考えていないのではないか。俺を犠牲にすればてめぇは助かると、そう思っているかもしれない。それとも、『大興会』を頼って『新和平連合』を抜けるか……？

そいつも、ちょっと無理な気がする。抗争に無関係な組ならばともかく、仲裁に入った

『大興会』が面倒を抱えた『才一会』を引き受けるとは思えない。

市原が続けた。

「次は武田と品田代行が『大興会』の仲立ちで正式に手打ちをした場合だ。そうなったら、おまえはお咎《とが》めなしになると考えているんだろう？　違うか？」

どんな形の手打ちになるかはわからないが、本当に手打ちになれば助かるのではないか、と井出も考えたことがある。『新和平連合』が割れて品田派が独立すれば、武田を狙ったからと言って、それを追及されることはないはずだからだ。だが、そうすんなり生き残れるとは思えなくなってきたのも事実である。品田派の独立を、武田が呑むことはなかろうと、そうも思えてきたのだ。そうなると、事が収まるのが一番危ないのかもしれない。武田派は落とし前をつけようとするだろうし、『才一会』がスケープゴートにされる公算が強い……。

そんな井出の心の中を見透かしたように、市原が言った。

「それでも、てめぇの先はねぇ。てめぇのところの鈴木がおまえを助けることはねぇな」

「どうしてです？　武田がわしの命をと、条件に付けますか？」

井出は思い切ってそう訊いてみた。市原が面白そうに笑った。

「馬鹿野郎、おまえはそれほど大物じゃねぇ。武田がおまえの名を出すことはねぇよ」

「それじゃあ……」

「問題は、手打ちの中身よ。武田は、たぶんいろんな条件を付けるだろう。奴は絶対に自分を狙った組をそのままにはせんということよ。つまり『才一会』はこれで終いだということだな。武田がおまえの名を出してくることはないだろうが、『才一会』は潰す。問題は、おまえのところの鈴木よ。あいつは要求されんでも会のために、おまえの名を出す。仮に『才一会』が生き残っても、まあ、生き残れんな、おまえは」

たしかに会長の鈴木なら、『才一会』の生き残りを賭《か》けてそんなこともやりかねない、と井出は苦い笑みを浮かべた。

「おまえ一人じゃねぇ、鈴木も同じだ。奴はおまえを差し出せば何とかなると思っているかもしれんが、そうはいかねぇ。鈴木も落とし前の代償として、責任を取らされる。そして『才一会』は『玉城組』あたりに吸収されるだろう。だから、鈴木にももう目はねぇんだ、たとえおまえの首を刎《は》ねてもよ。あの馬鹿は、てめぇだけは助かるかもしれねぇと、そう考えているんだろうがな」

井出はぞっとした。たしかに市原の読みは正しい。親と決めた鈴木だが、ごつい見かけと違って根性はないのだ。その証拠に、二次団体のトップでいながら、今ではこの市原の顔色を窺うほど、頼りない存在になってしまっている。俺にはもう先がねぇ。つまらねぇ人生だ、とことんついてねぇ……と、井出は吐息をついて言った。

「わかりました。覚悟は出来てますよ。今さらじたばたしたりはしませんわ」

そんな井出の顔を面白そうに見て、市原が言った。

「だから、言っただろう、俺に、命預けろと。どうせ取られる命だ、俺なら高く買ってやると、そう言っているんだ」

「どういう意味です？」

「言葉通りよ。死に体のおまえの命、買ってやろうかと、そう言ってるんだ」

俺の命を買うとは、一体どういう意味だ？　井出にはまだその意味がわからない。

「いいか、よく目を開けて情勢を見ろ。手打ちになって生き残れるのはどの組の誰だ？『新和平連合』が割れても、先行きは暗い。なにせほとんどの組が武田に付いているのが現状だ。武田が会長になったら俺たちは終わり。じゃあ割れたらどうなる？『新和平連合』から抜けて新しい会を作った場合だ。たとえ割れても、あまりいいことはねぇんじゃねぇか？　武田が若《わか》を押さえているかぎり、こっちは手も足も出ねぇ」

若とは、浦野孝一のことだ。たしかにこの市原の判断は正しい。『新和平連合』が関東で最強の軍団になれたのは、どれほどあるかわからない巨大な資金があったからだ。その資金は『和平連合』を立ち上げた初代・浦野光弘の作り上げた金融組織から出たものである。この組織は日本だけでなく、アメリカ、そして現在はヨーロッパまで広がっている。そして浦野が謀殺された現在、その資金源は遺児の浦野孝一が継いでいる。若と呼ばれる遺児の浦野孝一なしでは、巨大な『新和平連合』の運営は難しい。『新和平連合』の幹部なら、このことは誰もが知っている。その浦野孝一は、今、『形勝会』の武田が押さえているのだ。それでも品田代行が新しい組織を作ったとする。品田はヨーロッパの新事業を押さえているから、やっていけないことはないだろう。だが、楽ではないはずだ。武田がのんびりそいつを眺めているはずもないからだ。ヨーロッパの事業を品田がやってきたといっても、所詮《しょせん》は浦野孝一の資金が動いたからで、利権が品田にあるわけではないだろう。利に聡《さと》いとはいえぬ井出でもそのくらいはわかる。いずれヨーロッパのシノギも武田派に取られる。『新和平連合』が割れて、品田が新しい組織を立ち上げても、先行きは暗いと市原が口にしたのは、そういう意味だ。

「さて、そうなると、どういうことになるか考えてみろ。品田派の中で、直系の組織で生き残れるのは『玉城組』とうちくらいのもんだろう。おまえの組はたぶん駄目だな。さっきも言ったが代行は『才一会』を『玉城組』に吸収させるだろう。どっちに転んでも、おまえらには目がない。直系で生き残れるのは『玉城組』の杉田と俺くらいのもんだ」

井出は品田派で実権を持つ者の順位を素早く計算した。品田派で現在最強の組は『玉城組』である。組長だった玉城誠也が糖尿病の合併症で死に、跡目は組長補佐だった杉田俊一が継いだ。ここまでは井出も噂で知っている。杉田は大したヤクザではないが、シノギが達者で、あれよあれよという間に力をつけた男だ。代行の品田にも信用があると聞いている。そして、その次は誰だ？『新和平連合』が設立された時代から考えれば直系二次団体の『才一会』会長の鈴木の名が出てきて当然だが、残念ながらそうはならない。品田にべったりくっついてきた市原の名がそこに出てくる。つまり品田派が独立した場合、独立組織の二番手を争うのは『玉城組』の杉田か、品田の腹心・市原か、この二人であることは間違いない。間違っても親分の鈴木の名が出ることはないだろう。

「よく考えてみろ。親は捨てられんと思っているんだろうが、どうせ鈴木も先はねぇ。早く見切るか、このまま泥舟に乗るか、それだけだ」

それから市原が話した絵図に、井出はあっとなった。

「それは……」

「武田を殺るんじゃねぇんだ。別に難しいことはねぇだろうが」

と市原は平然と言った。

「状況を読め。てめぇがどうやったら生き残れるか、よく状況を読むんだ。そうすりゃあ自分が何をしたらいいか、わかるだろうが。俺の言っていることがわからねぇか?」

わからない理屈ではなかった。たしかに自分が生き残れる目はない。だが、あいつを殺るとは……。

「一つだけ言っておく……おまえはな、俺なしじゃあ生き残れねぇんだよ、俺なしではな。血の巡りが悪いおまえだ、時間をやるからよく考えろ。そうすりゃあ、やるしかねぇって鈍いおまえの頭でもわかるはずだ」

市原は井出の顔を覗き込み、笑ってみせた。

五

分厚いガラスのテーブルには僅かだったが、白い粉の筋が残っている。武田はその粉の跡から視線を浦野孝一の青白い顔に移した。瞼《まぶた》だけがうっすらと赤味が差している。まだ、やめられずにコカインをやっているのだ。

「若……」

「なんだ？」

クスリはやめてください、という言葉を何とか呑み込んだ。

「この前、お話ししましたが、暫《しばら》くの間、アメリカに行っていただけますか」

若者の顔が不快そうに歪《ゆが》む。

「またロスに行けというのか？」

「ええ」

「何でだよ。ここがやばくなったのか？」

「ここも、もう安全とは言えんのです」

と答え、浦野孝一の反応を窺った。かすかだが若者の顔に恐怖の影が差したように思えた。浦野孝一はイタリアのフィレンツェにいた時に、品田派に拉致《らち》、監禁されている。その時のことを思い出したのだろう。

「おまえじゃあ駄目なのか」

と大きなため息をついて若者が言った。

「今はまだ大丈夫ですが、私が収監されたら、後を護る者がいません」

「おまえ、パクられそうなのか？」

不安げに訊いてきた。

「まだわかりませんが、そうなるかもしれません」

品田派に対して手を出すな、と各組に通達を出しているが、それでも下の組ではまだ小競《こぜ》り合《あ》いが続いている。顧問弁護士の野村によれば、このままいけば使用者責任を問われて訴追される危険性があるという。

「新田がいればな……」

立ち上がり、窓辺に立つと、見事な夜景を見下ろし、呟くように言った。この野郎、とは思わなかった。自分と新田では器量が違う。新田が生きていてくれたら、不安など生まれようもない、と武田も思った。あれほど結束の固かった『新和平連合』が今は分裂の危機に見舞われている。

「ロスには行かないぞ。おまえ、何とかしろよ」

「頼みます。ロスなら危険はありません。あそこなら、品田も手が出せません」

浦野孝一は、現在はネット配信会社など数十社のオーナーになっている。だが、事実上は浦野孝一ではなく、アメリカに籍を置く金融機関「イースト・パシフィック」代表の富《とみ》田勲《たいさお》という男がすべての会社を切り回していた。だが、この富田も、成田空港で『新和平連合』会長代行だった品田才一が放ったヒットマンに四発の弾丸を食らって殺害された。新田が暗殺された『新和平連合』だけでなく、現在、その裏にある金融組織も船長を失った船団のように、混沌《こんとん》とした状況にある。

そんな中で、武田が当初の劣勢を盛り返したのには、二つ理由があった。一つは新潟東刑務所で会長だった新田雄輝が殺害されたのは、会長代行だった品田才一が放ったヒットマンであることを組織内で囁《ささや》かれるようになったこと。もう一つは浦野光弘の遺児・浦野孝一の身を確保できたからだった。そもそも『新和平連合』は背後に巨大な資金源を持っていたために関東で最強の地位を手にできたのだ。死んだ会長・新田雄輝の手腕もあったが、いくら新田にカリスマ性があろうと、バックに豊富な資金がなければトップに立つことはできなかっただろう。品田もこの事情を読み、当時イタリアのフィレンツェにいた浦野孝一を拉致したが、『形勝会』はローマでその浦野孝一を取り戻すことに成功した。

そして今、武田が率いる『形勝会』が浦野孝一を護っている。だが、今、武田が説明したように、この護りは万全ではない。六本木《ろっぽんぎ》の高層ビルにある浦野孝一の部屋には常時二名のガードを置いているが、品田側もこの場所を知っている。部屋から出なければ危険はないが、浦野は軟禁状態を嫌い、日に一度は外出する。外出時にはさらに二名のガードを付けるようにしているが、それでも安心はできない。出入りには品田側の監視の目が光っていると考えなくてはならないのだ。

「ロスは嫌だな。他にいいところはないのか?」

煙草を咥え、ソファーに戻った浦野が不満げに訊いてきた。その煙草に火を点けてやりながら、武田が言った。

「フィレンツェはもう駄目です。前回の騒ぎで、あそこは警察が煩《うるさ》い。ロスなら私でも手配ができます。富田さんが、何かあった時にと、ロッセリーニと話をつけてくれてましたから。ロスなら、まず日本のどんな組も手は出せません。イミグレで入国を押さえることができますし」

浦野光弘の片腕だった富田の人脈は広い。アメリカの組織をも取り込み、ロスではできないことがない。アメリカの人脈でいえば、ロッセリーニもその一人。ロスとラスベガスで力をつけたアメリカの暴力組織のドンである。

だが、その富田は品田の手で成田国際空港で射殺された。確保に失敗した品田は、今度は浦野孝一の殺害を目論《もくろ》むかもしれない。武田の不安はここにある。この品田派との戦争も、当初はどちらが浦野孝一を確保できるかの戦争だったのだ。

「フィレンツェでなくてもいい。ニューヨークは駄目なのか？」

「ニューヨークですか……」

ニューヨークには『新和平連合』の顔が利くアメリカの組織はない。だが……ロッセリーニに口を利いてもらえば何とかなるかもしれない……。

「……ニューヨークなら行っていただけますか？」

「ああ、いいよ、そんなに長い期間でないんなら、ニューヨークにいてもいい」

「わかりました、ニューヨークの線で何とか考えてみます」

と武田は答えた。

六

紫乃は手を伸ばしてサイドテーブルからマルボロを取ると、二本の煙草を形のよい唇に咥えて火を点け、一本を半身を起こした戸塚《とつか》に渡した。

戸塚に渡した煙草のフィルターには口紅はついていない。戸塚が化粧をしていないのが好きだと言ってから、彼と寝るとき、紫乃はいつもすっぴんだった。これまで紫乃は化粧をせずに男に抱かれたことはない。市原に抱かれる時も薄くだが化粧はしていて、化粧をしないとまるで裸でいるような気がした。

今もそんな気持ちがしているが、今の自分は裸なのだからそんな気分になるのもおかしいなと、紫乃はしのび笑いで戸塚の顔を見上げた。どんな角度から見ても、本当にいい男だと思う。顔立ちはイギリス人の俳優ジュード・ロウに似ているが、その俳優よりもっと凜々《りり》しい。首から下の体は、その顔からは想像のできない筋肉質だ。スーツを着ていると、着痩《きや》せして外からは窺うことはできないが、胸板は鉄板のような筋肉が盛り上がり、腕も太い。

紫乃は戸塚の胸に指を這わせ、市原の体を思い浮かべた。同じヤクザでもこうも体が違うのかと思う。もっとも戸塚はまだ三十前で、市原は四十を過ぎている。それでも、と紫乃は思う。市原が仮に戸塚と同じ歳でもこんな体はしていなかっただろう。あの男は喧嘩が強くてのし上がった男ではないのだ。動きを読むのが上手く、それで品田という親分に気に入られ、『市原組』を興すことができたのだ。口先だけの男……。

紫乃は慌てて思い出した市原の体を頭から追い払った。今はこの人のことだけを考えていたい……。

初めて戸塚の体を見た時、

「何かスポーツをやっていたの？」

と訊いたら、戸塚は、柔道、と答えた。段位は四段だという。もっとも柔道四段がどれほどのものか紫乃にはわからない。それでも、その優しい顔に似合わず喧嘩が物凄く強い男だということは知っている。彼が三人の男と戦うところを実際に見たことがあるのだ。紫乃は戸塚の厚い胸に頰をつけたまま、大きく煙を吐き出した。煙が薄汚れた漆喰《しっくい》の天井に昇っていく。戸塚の部屋は１ＤＫ。小型テレビを除けば大した家具はなく、簡単な炊事道具があるだけだ。初めてこの部屋に来たとき、尋ねたことがある。

「電子レンジもないの？」

と口にすると、

「ここで飯を食っている暇はないからな」

と戸塚は笑って答えた。だが、今はキッチンにテーブルと椅子《いす》、電子レンジが納まっている。紫乃が買ったのだ。戸塚のために朝食を作るのに必要だったからだ。

紫乃がこうして戸塚のところにやって来るのは、これで七回目だった。だが、関係が出来たのはわずか一ヵ月前だから、一週間に二度ほど寝たことになる。店を閉めると自分のマンションには帰らず、そのまま戸塚のアパートに来る。そこで朝の八時頃まで過ごし、彼のために簡単な朝食を作る。戸塚が朝食をとるのを眺めてから、九時に自分のマンションに戻る。九時にいやいや帰るのは、戸塚が組長の市原のもとに行かねばならないからだ。できれば、いつまでも戸塚に抱かれていたい……自分でも信じられない急な展開だと思う。

「塚ちゃん……」

「なんだ？」

「訊いてもいいかな」

「何をさ？」

煙を吐き、紫乃は訊いた。

「あんた、うちに来る前、何してたの？」

戸塚は半身を起こし、

「履歴書見ただろ。横浜の『アイリス』って店にいた」

と答えた。無論、紫乃は戸塚が横浜のクラブで黒服をやっていたことは知っている。だが、長年の経験からくる勘で、戸塚がずっと水商売に浸《つ》かってきたのではないと感じていたのだ。

「その前よ」

「前も、似たような店だよ」

「でも、学校出てからずっと水商売じゃないでしょう？　わかるわよ、そうじゃないって」

戸塚の優しい顔に苦い笑みが浮かぶ。

「その前か……俺の前職かよ。そんなこと訊いてどうする」

戸塚の手が紫乃の形のよい乳房を掌《てのひら》で包むように置かれる。掌が乳首に触れ、紫乃は、ああっと呻いた。戸塚の指が触れると、そこはすべて性感帯に変わる。紫乃はさらに強く頰を戸塚の胸に寄せた。

紫乃は三十を二歳過ぎているが、まだ体に緩んだところはない。乳房は細い体の割に大きめだが、形がよい。鳩尾《みぞおち》から下腹部にかけて、縦に長い窪《くぼ》みが見える。だが、硬い筋肉を思わせるのではなく、しなやかで柔らかな生き物だとその体が告げている。紫乃は煙草を灰皿に捨て、息を整えて言った。

「そうだね、ごめん。話したくないんなら、いい」

だが、戸塚は笑って言った。

「いや、知りたいんなら教えてやるよ。ただ、聞いて笑うな」

「え？」

紫乃は戸塚を見上げた。

「笑うって……どういうこと？」

「ヤクザとは百八十度違う前職だからさ」

「正反対ってこと？　まさか、警察じゃないよね」

紫乃は訝《いぶか》しげな顔になった。

「まさか。俺はな、以前は教師だったんだ、高校のな」

紫乃も上半身を起こし、呆れた顔になった。それこそ、まさか、だ。

「高校の先生？」

「ああ、数学のな」

紫乃はええっ、と言い、笑い出した。

「高校の先生が、今は、ヤクザ……。出来過ぎよ、それ」

戸塚も苦笑して言った。

「だから言っただろうが、笑うなって」

「そんな立派な職業に就いていて、何で辞《や》めたのよ」

「辞めたくて辞めたわけじゃないぜ。馘《くび》になった」

「馘？」

「ああ、辞表書かされてな」

呆れた顔がまた真面目なものに変わって、紫乃が訊いた。

「何で辞表書くことになったの？」

「詳しく話さなけりゃいけねぇのか」

「別に、そんなことはないけど。話したくなかったら話さなくていい」

「素直だな、ママは」

と戸塚は笑った。

「馘になったのはな、また笑うなよ」

戸塚は続けた。

「どうしたのよ」

「女に手を出した」

「ええっ？　女の先生に？」

「女教師ならどうってことねぇが、教え子に手を出したのよ」

煙草を灰皿に捨て、紫乃は笑い出した。

「嘘」

「嘘じゃねぇ。仕方ねぇだろう、先生、先生って、まとわりつかれて、面倒臭《くせ》ぇから寝ちまった。可愛い子だったしな。それが親にばれて、馘」

「わかった、もういい」

紫乃は笑い過ぎて、涙を拭《ふ》きながら言った。

「それで、私にも手を出したのね……もともと女癖が悪いんだ」

「違うだろうが。コナかけたのは俺じゃあねぇ。ママが先だぜ」

「違うわよ」

「違やしねぇ。考えてみろ、いくら女癖が悪くても、こんなやばい女に手は出さねぇよ」

この言葉に、紫乃は市原を思い出したのか、笑いが消えた。

紫乃は源氏名で、本名は大谷昌美《おおたにまさみ》といい、新橋のクラブ『紫乃』のママである。店の資金はいま戸塚が所属している『市原組』の組長・市原義明から出ている。紫乃は市原の女だから、戸塚は組長の女と寝ていることになる。これが市原に知れたらただではすまない。下手をすれば命まで取られるかもしれない。もっとも、やばいのは戸塚だけでない。紫乃自身も危ない橋を渡っている。もし見つかれば、命までは取られないだろうが、今のように美しいまま歳を取ることはないだろう。二目と見られぬ姿くらいにはさせられる。

「それじゃあ何で……どうして私の誘惑に乗ったのよ」

「いい女だからさ」

「やばい女だとわかってて……塚ちゃん、あんた、市原が怖くないの？」

と紫乃は、市原の眉《まゆ》の薄い蜥蜴《とかげ》のような顔を思い出しながら訊いた。

「怖いな、ちったぁ」

と戸塚は大して怖そうでもない顔で応えた。

「ちょっとだけ？」

「いや、かなりかな」

「でも、私と寝たのね」

「気がつかねぇふりしてたら、二度とチャンスはねぇと思ったからな。そんなもんじゃねぇか、男と女ってさ。くっつく時はくっつくんだ。いくらやばくてもさ。別に後悔なんかしてねぇよ、だから安心しろ」

そう言って戸塚は短くなった煙草を紫乃に渡した。紫乃がその煙草を灰皿に捨て、

「市原のところになんか行かせるんじゃなかった……」

と呟くように言った。

店で働いていた戸塚に市原が目をつけた時、組に入るように勧めたのは、実は紫乃なのだ。

「今頃なんだよ」

戸塚は笑って紫乃を抱く手に力を込めた。

「いつまでも黒服やってたってしょうがねぇだろうが」

「ヤクザよりいいわよ」

「ヤクザだろうが、黒服だろうが、こうなったらやばいのはどっちも同じだぜ。まだ今のほうがいいさ。少なくとも、組長の動きがわかるしな」

「それもそうかも」

たしかに組にいて市原のガードをやっているのだから、市原の動向には詳しい。

「本当はさ、ママの居場所もわかればもっといいよな」

「私の居場所？」

「ああ。どこで何しているのか、いつも考えているからよ」

体を離し、あらためて戸塚の顔を見つめた。いつも私のことを考えている……嘘でも嬉

しい言葉だった。

「私も、塚ちゃんがどこで何しているか知りたいよ」

「本当か？」

「本当」

「ふうん」

と戸塚は可愛い顔で微笑んだ。


戸塚貴一《きいち》がヤクザの市原に目を掛けられるようになったのは、クラブ『紫乃』が関係していた。クラブ『紫乃』は市原の金で出来た店だから、守りは当然『市原組』がやっている。だが、普段『市原組』の組員がこの店に姿を見せることはない。顔を見せるのはよほどの時だけだ。開店してから二年、それまでに揉《も》め事があったのはたった一度だけ。酒癖の悪い客が黒服の手に負えないほど暴れた時だけだ。比較的、客の質はよく、企業のお偉方や芸能人が多い。場所は新橋だが、銀座《ぎんざ》寄りにあるせいか、銀座から流れて来る客がほとんどである。

その日も店には特別な客がいた。いわゆるロックの世界でカリスマと言われる有名な歌手・桑本恭介《くわもときようすけ》である。彼の付き人と一緒に、中堅広告代理店の重役が連れて来た客だった。店はすいていて、客は二組。そのうちの食品会社の一行が帰ると、新しい客が入れ替わるように入って来た。時刻は十時半。これも貿易会社の社長だという常連が連れて来た三人組だったが、紫乃はこの初顔の客を見た瞬間、トラブルを予想した。常連客は貿易会社の社長だとわかっていたが、あとの三人は初めての客で、紫乃は彼らが何となくカタギではないと思ったのだった。だが、幸いに他の客は桑本恭介たち三人だけで、筋者《すじもの》の匂《にお》いはしても売り上げが増えればいいかと、紫乃は思った。不景気でこのところ売り上げが落ち、ホステスを二人も馘にしたぐらいだった。

『紫乃』は高級なクラブだから、普段はカラオケなどはやらない。だが、夜の十一時を過ぎると、希望した客にはマイクを渡す。形だけ、十一時で看板ということになっているのだ。貿易会社の連れて来た客が二曲歌ったところで広告代理店の一行が腰を上げた。接待されていた桑本恭介がそろそろ、と言ったからだった。

その姿を見た初顔の客の一人が桑本恭介に声を掛けた。

「そちらさん、桑本恭介さんじゃないの?」

腰を浮かした桑本恭介は、一瞬嫌な顔をしたが、すぐ気を取り直したのか、大人しく、

「そうです」

と笑みを見せた。

「急いで逃げんでもいいだろう」

とマイクを握った男は桑本恭介に近付き、急に馴《な》れ馴れしくなって言った。

「ねえ、帰る前に、一曲歌ってってよ。頼むわ」

このやり取りで、紫乃は嫌な気がした。いかにも田舎ヤクザらしい口の利きようで、このますんなりいけばいいがと、不安になった。

接待役の代理店の重役が割って入り、

「勘弁してください、プライベートな時間なんで」

となだめるように男に言うと、一瞬にして場が険悪なものになった。

「なんだ、頭下げて頼んどるのに、えらいそっけない返事やないけ。歌うたいちゅうのんはそんなに偉いのかい」

「桑本さんは、ステージでしか歌わないんですよ。音響がちゃんとしてないと……すいません、勘弁してくださいよ」

代理店の重役が頭を下げた。

「ほう、この店のマイクは安物かい。どうりでわしの歌も酷《ひど》う聞こえたわ」

男が笑ってそう言った。険悪な空気が僅かに柔らかなものになったと感じた代理店の重役は、

「それじゃあ、これで」

と、ママに目配せして、桑本を押すようにして戸口に向かった。

座ったまま、黙ってやりとりを聞いていた初顔の連れが初めて声を掛けた。マイクを持

つ男より歳嵩《としかさ》で、体も大きな男だった。

「待ちなさいよ……」

大きな声ではなかったが、その男の声にはどこか凄みがあり、桑本たちは戸口で立ち止まった。

「大の男が頭下げて頼んでいるんだ、あんたも芸人だろうが。もう少し、何か言いようがあるんじゃねぇか？」

この男たちを連れて来た貿易会社の社長が何とかしてくれると、紫乃はそれを待っていたが、その社長は気まずい顔で沈黙を守っているだけだった。紫乃は見かねてマイクを持つ客をなだめにかかった。

「さあ、次の曲、歌って。私、お客さんの歌が聴きたいのよ」

マネージャーの窪田《くぼた》も紫乃と一緒に強面《こわもて》の客に言った。

「そうですよ、さあ、次、いきましょう」

桑本恭介たちが店を出ると、体の大きな男が素早く立ち上がり、

「おい、待たんかい！」

とドスの利いた声で怒鳴った。貿易会社社長の一行が全員で、逃げる桑本たちの跡を追って店から出た。

「窪ちゃん、様子を見てきて！」

紫乃はマネージャーに客の跡を追わせると、携帯で『市原組』を呼び出した。もし桑本恭介が因縁《いんねん》をつけられ乱暴でもされたら、という不安が強かったのだ。新聞ダネにでもなったら、商売に差し障《さわ》る。相手が酒乱の客くらいならマネージャーの窪田で何とかなるが、さっきのような筋者が相手では窪田では処理はできないだろうと思った。

携帯はすぐに繋《つな》がった。緊急時の連絡は『市原組』でも新谷《あらたに》という組の幹部に繋がるようになっている。新橋に何軒か面倒を引き受けている店があり、『紫乃』を含めてこの新谷が守りの担当なのだった。新谷は様子を見になるべく早く駆けつける、と伝えてきた。ただし、十五分くらいかかると言った。

息を切らせて戻って来た窪田が報告した。貿易会社の社長と関西弁の三人の男は、紫乃の予想通り、桑本たち三人を捕まえると強引に駅前の地下駐車場に連れ込んだと言う。窪田のすぐ後から桑本恭介を連れて来た代理店の重役が蒼《あお》い顔で駆け込んで来た。

「ママ、警察呼んでくれ！　俺の携帯、取られた！　奴ら、桑本恭介にとんでもないことしとるんだ！」

と裏返った声で叫んだ。

「警察は駄目。心配しないで、今、止めてくれる人、呼びましたから。あの人たち、駐車場にいるんですって？」

するとカウンターの奥から黒服の戸塚が出て来て言った。

「組の人、すぐ来てくれるんですか？」

戸塚は、マネージャーの窪田が知り合いだと言って十日ほど前に連れて来た男だった。せっかくだからバーテンとしての技術も覚えたいという本人の希望もあって、客の少ない日にはカウンターの中でバーテンの見習いをさせている。

「十五分ぐらいかかるって」

「駄目だな、それじゃあ」

と言うと、

「ぼくが止めに行ってもいいですかね？」

と訊いてきた。

紫乃は華奢《きゃしゃ》な体の戸塚を見て、

「そんなこと言っても、あの人たち、ただの酔っ払いと違うのよ」

そう言った。

「心配しなくてもいいですよ」

と言い、警察沙汰《ざた》にはしないようにと念を押し、

「もう一つ……あのお客さん、もう店に来てくれなくてもいいんでしょうね？」

と言った。紫乃はそれがどういう意味か、すぐにはわからなかった。

「いや、荒っぽいことになるかもしれないんで」

つまり、荒っぽいことになったら、二度とあのヤクザたちが店に来なくなると、それを

心配しているのだとわかった。

「そんなこと、構わないわよ。それより、あんた、大丈夫なの？」

戸塚はニッと笑い、

「たぶん」

と答えた。代理店の重役からだいたいの状況を聞くと、戸塚はその重役を連れ、現場に向かった。

「窪ちゃんはここにいて。新谷さんが来たら、場所を教えてあげて」

マネージャーの窪田に店を任せると、紫乃も慌てて二人の跡を追った。桑本に何かあれば、それは間違いなく新聞沙汰になる。そうなる前になんとか事を収めたい。肝心な時に『市原組』が役に立たないのではどうしようもない。紫乃は憤懣を胸に、路地を駅前に向かって走った。

桑本恭介たちが連れて行かれた駐車場は『紫乃』から歩いて二、三分のところにあった。

地下駐車場に入ると、男たちがいる場所はすぐわかった。駐車場の一番奥に男たちが固まっているのが見えた。状況を知って紫乃は唖然《あぜん》とした。

男が二人、コンクリートの床に倒れているのがまず目に入った。次に目にしたのは桑本恭介の異様な姿だった。桑本は駐車しているベンツのトランクに両手をつけ、下半身が丸出しだった。格好のよいジーパンが足首まで落ちている。体格のいい男がその尻を抱え込み、仰天した顔でそばに立つ戸塚を見つめている。その男も尻が丸出しだった。他の男たちも呆然《ぼうぜん》と戸塚を見ている。床に倒れているのは桑本の付き人の若者と、先刻までマイクを持っていた男だった。

「この野郎！」

　と三人組の残る一人が怒号とともに戸塚に飛び掛かって行くのが見えた。何がどうなったのか紫乃にはわからなかったが、その男の腕が戸塚に届いた瞬間、男の体は宙を舞った。コンクリートの床に落ちた男はそのまま動かない。戸塚が尻丸出しのヤクザ者に言うのが聞こえた。

「汚いケツをしまいなさいよ」

　言われたヤクザが慌ててズボンを上げる。向き直るヤクザの腹に戸塚の足が飛んだ。体格のいい男も呆気《あっけ》なく床に膝《ひざ》をつく。

　紫乃は啞然として戸塚を見ていた。戸塚は代理店重役と一緒に桑本恭介の腕を取り、初めて呆然と立ちすくむ紫乃に向き直ると、ニッと笑った。

　これが紫乃が、戸塚がどんな男かを知った瞬間だった。照れ臭そうに笑った戸塚の顔が今も忘れられない。

見かけと違って戸塚に格闘技の腕があることを知った新谷がこの出来事を上に報告すると、『市原組』組長の市原が戸塚に興味を持った。この時の三人組はすぐに四国から出て来た田舎ヤクザとわかり、市原はそのヤクザたちの組と話し合いをして賠償金を取ったらしい。桑本恭介はうちが面倒をみている歌手だと強引にいちゃもんをつけたのだ。けっきょく、『紫乃』の守りに付いていた新谷は役に立たず、黒服の戸塚がいて事が収まったのだから、市原が戸塚に執着するのは当然だった。

「お前の金だ、取っておけ」

と市原は珍しく五十万ばかりの金を戸塚に渡し、

「うちに入れ。悪いようにはせんぞ」

と市原は声を掛け、紫乃の勧めもあって組に入った戸塚を自分のガードに引き立てたのだった。

だが……と、紫乃は思う。戸塚をヤクザなんかにして本当によかったのだろうか。取り返しのつかないことをしてしまったと、紫乃は今初めて気がついた。戸塚の人生を、間接的にしろ、変えてしまったのは自分なのだ。

紫乃は戸塚にしがみつくように体を寄せ、言った。

「塚ちゃん……」

「なんだ？」

「あんた、あたしのこと、本当に好き？」

戸塚が半身を起こし、紫乃を見下ろして笑った。

「なんだよ、おかしなことを言うなぁ。今、話しただろうが、後悔はしてねぇって」

「死んでもいいの？」

「俺が、組長に殺されるってか？」

「ばれたら、そうなるわ」

「ばれやしねぇって」

「だって……」

「そうなったら、そうなった時のことだ。大丈夫だよ、あんたを辛《つら》い目に遭わしゃしねぇから心配するな。たとえ俺が殺られても、あんただけは護るさ」

と戸塚は言い、紫乃の髪を優しく撫《な》でた。

七

車から先に降りたガードが周囲を確かめ、クラウンの後部座席にいる市原義明に告げた。

「大丈夫です」

市原は頷くと、それでも周囲に視線を走らせながら車を降りた。運転手の他に、今日は護衛の組員を四人連れているが、それでも不安は消えない。昨夜は渋谷《しぶや》で、武田派の『形勝会』組員を襲った『玉城組』組員が、逆にやられているのだ。一人が腹を撃たれて重傷、もう一人も失明するほどの傷を負ったと聞いている。隙《すき》があればやられるのだ。そんな状況だから油断はできない。

しかもここは新宿の歌舞伎町《かぶきちょう》の近くで、通行人が多く、シキテンの有無を見分けるのは難しい。シキテンとはいわゆる見張りのことで、今は『形勝会』だけでなく、『新和平連合』系列の八割の組が『形勝会』側に加担しているから、どこの組に狙われているか、その予測もつかないのだ。

市原の前後左右に四名の組員が、緊張した目でガードに立つ。市原は掛けていたサングラスを外し、眼前のビルを見上げた。いわゆる雑居ビルで、一階から四階までいろんな飲食店が入っている。和食の店、中華料理店、ポルノのＤＶＤ店などだ。市原が目指すのはその四階にある『舟歌《ふなうた》』という店だった。

市原は二人のガードをビルの前に残し、のろいエレベーターで三階まで上がった。エレベーターをいったん手前の三階に止めたのは用心のためだ。エレベーターを飛び出した八《や》代《しろ》というガードが先に階段を駆け上がる。残っているのは戸塚というガード一人。四階に階段を上がった八代から横に立つ戸塚の携帯に連絡が入った。

「異常はないです」

携帯を受けた戸塚から異常のないことを告げられ、市原は再びエレベーターで四階に上がり、ほっとした思いでエレベーターを出た。

午後四時の『舟歌』はまだ開店前である。ガードの戸塚が先に立ち、「準備中」の看板が下がっている店のドアを開ける。奥のテーブルに座っていた男たちが立ち上がって市原を迎えた。最後に立ち上がった大きな男が、店主のナザルベク・アントーノフだった。

アントーノフとは初対面の市原である。人の好《よ》さそうな大男だが、情報屋の前身はロシアのスパイだと杉田から教えられている。品田と杉田がスカンジナビアに進出したのもこのアントーノフの手づるだし、こいつがロシアとの窓口かと、市原は戸塚と八代を戸口に立たせ、テーブルに向かった。他の二人と同じように、今日は戸塚と八代にもチャカを持たせている。テーブルに着くと、アントーノフの横に立つ二人の男を眺めた。どちらもアントーノフに負けぬ大きな男だが、アントーノフとは違い笑みは見せない。歳は二人とも四十過ぎか。服はきちんとしたスーツを着ているが、安物だと一目でわかる。二人とも目付きが悪い。

「どうもどうも市原さん。杉田さん、具合が悪いそうだが、大丈夫かね？」

アントーノフが市原に手を差し出して言った。

「ああ、また入院したが、念のためで、大したことはねぇよ、心配は要らない」

これは真実ではなかった。いったん強引に退院した杉田は、品田代行のもとを訪れた翌日に再び倒れ、再入院したのだ。市原がこうして『舟歌』に来たのは杉田に代わってのことである。

「こちらがヴァルーエフ、そしてオバーリン。ヴァルーエフは今日、モスクワから着いたばかりだ」

とアントーノフが二人のロシア人を市原に紹介した。日本語がわかるのはアントーノフだけらしい。市原はロシア語がまったくわからないから、今夜の交渉はすべてアントーノフの通訳に頼らなくてはならない。

「こいつら、向こうでどのくらいの奴らなんだ?」

と市原は腰を下ろすと、アントーノフが勧めるウオッカのグラスを手に取って尋ねた。

「ヴァルーエフは向こうではあんたと同じように幹部だよ。オバーリンは彼の護衛だ」

とアントーノフが苦笑いで答えた。

「その割にはしけた面《つら》をしているな」

「そうかね。だが、見かけに騙《だま》されてはいけない。このヴァルーエフがやれと言えば、百人の者が自分の命を捨てる。まあ、それくらいの男だと考えていい」

ヴァルーエフはそんな市原とアントーノフとのやりとりを無表情で眺めている。なるほど、面構えだけは大したものだ、と市原は思った。顔は無表情だが、目は違う。恐ろしく凶暴な色をしている。品田と杉田に付いて何度かロシアの連中に会ったことのある市原だが、これまでの市原はただの護衛役で、ロシアの連中と膝を突き合わせて話したことなどなかった。だが、今回は杉田の代行である。ロシア側に伝えてあるが、今日は条件を先方に呑ませなければならない。大まかな意思はすでにロシア側に伝えてある
「それでは訊くが、こいつは決定権を持たされているのか？」

決定権という意味がわからなかったのか、アントーノフが訊き返してきた。

「どういう意味かね？」

「言葉通りだ。こいつに、俺たちの条件を呑むとか、嫌だとか、決めるだけの力があるのかと訊いているんだ。俺の言うことをいちいちモスクワにお伺いを立てていたら、話が進まんだろうが」

　アントーノフが笑って答えた。

「そういうことなら大丈夫だ。ヴァルーエフは決定権を持っている。それから、ヴァルーエフの組織はモスクワではなくエカテリンブルクだよ。間違えないように」

市原にはロシアのマフィアについての知識がなかった。モスクワとエカテリンブルクがどのくらい離れた場所なのかも分からない市原である。

「ああ、わかった、わかった。面倒臭《くせ》ぇ名だから覚えられんわ。もう一つある」

「なんだね?」

「すべてを決める前に、武田を消さんとならんことは、わかっているんだろうな?」

「武田というのは、『形勝会』の新しいボスのことか?」

「ああ、そうだ」

アントーノフが早口でヴァルーエフに確認を取る。ヴァルーエフが苦笑で答える。

「人、一人消すのがどうして大変なんだ、と言っているがね」

アントーノフが市原に向き直り、笑いながら通訳した。市原は不満顔で言った。

「信用できんな。武田はそこらのチンピラとは違うぞ。どこに行くんでも、がっちりガードが付いているんだ。おまえらロシア人が簡単に近付けはせん。甘く考えていたら大間違いだ」

不機嫌な市原の声音に頷き、アントーノフがまたヴァルーエフにロシア語で説明をする。ヴァルーエフの返事を聞いたアントーノフが苦笑して市原に言った。

「殺すのに、わざわざ近付く必要はないそうだ。この件に関して、市原さん、そんなに心配する必要はない。ヴァルーエフに任せておけばいい。彼は、もともと殺しが本職なんだよ」

「ほう、ヒットマンなのか?」

ヒットマンという言葉もアントーノフは知らないらしく、また市原にその意味を訊き直した。

「殺し屋だ。そんな言葉も知らんのか」

苦い顔の市原に、真顔になったアントーノフが続けた。

「いや、そういう意味ではない。ヴァルーエフは昔、軍の特殊部隊の隊長だった。だから組織の中には彼の部下が何人もいる。そいつらは、みんな殺人のプロだ。こう言っては悪いが、そこらのギャングとは腕が違うんだよ」

「兵隊さんかい……なるほどな。だが、こいつらは日本人じゃねぇだろうが。韓国人や中国人なら東京の街を歩いていても外国から来ていることはわからんが、ロシア人は目に付く。でかいおかしな野郎が近付けば、それだけで皆用心するんだ」

「だから、今、言っただろう、殺すのに近付く必要はないんだよ。殺人にもいろんな手段があるからな。とにかく、そっちのことは心配要らない。約束すれば、必ずやる。それは私が保証する」

近付く必要がないということは、狙撃で殺るのか？　なるほど特殊部隊にいたのなら、狙撃の達者なのもいるのだろう。ヴァルーエフがアントーノフに何事かを告げる。尊大な口調だ。アントーノフが市原に言った。

「『形勝会』のボスの件は、もう手配済みだそうだ。ところで、ヴァルーエフがその前に福原港を見たいと言っているが」

市原は「いいだろう」と応えた。ロシア野郎たちは福原港を狙っている。これも先方が出してきた条件の内だ。ただし、福原港の全権を渡すという意味ではない。進出を許すという意味である。それは品田代行も了承している、と市原は告げ、

「ただし、何度も言うようだが、それは『形勝会』の武田を殺ってからだ」

と念を押した。

「ああ、それはこいつらもわかっているよ」

アントーノフが何か言うと、ヴァルーエフが笑って応えた。アントーノフが市原に説明する。

「そっちのほうは、武田の行動さえ摑んでくれれば、片付けると言っている」

「道具が要るだろう。俺のところで用意するのか？」

「道具は彼らが用意する。必要なものが出てきたら、その時は連絡する。それでは、オランダの市場について先に話しておこう。次に福原港の権利について決める。これでいいな？」

というアントーノフに、市原はそれでいい、と応えた。

戸塚はわずかに体の向きを変えた。『舟歌』の玄関口近くに立つガードの戸塚には、市原とロシア人との会話はよく聞こえなかった。だが、外で待機している青山のグループに

は、彼らの会話の内容は伝わっているはずだった。戸塚の左手に握られた携帯電話はただの携帯ではない。市原とロシア人たちの会談の模様は、携帯のカメラのレンズを通して『舟歌』からおよそ七〇メートルの場所に駐車している冷蔵車内のコンピュータに送信されている。送られているのは映像だけではない。ジャケットの右袖《そで》の袖口に取り付けられた超小型のガンマイクがロシア人たちの会話を拾い、映像と同じように青山のスタッフに送っているのだ。

戸塚は戸口から観葉植物の鉢の脇に体をずらせた。ロシア人の顔をしっかりレンズに捉《とら》えたい。左手の携帯の向きを少しだけ変える……。

戸塚は携帯電話を左手に持っているが、それを市原が怪しむことはない。なぜなら、ビルの外に立たせている見張りから、何かあればそれは戸塚の携帯に伝えられることになっているから、戸塚が携帯を握っているのは当然なのだ。ただ、通話は拾えていると確信していたが、映像を上手く捉えているか、戸塚にはその自信はなかった。レンズを男たちに向けているだけで、ロシア人たちの顔を正確に捉えているか確認できないからだ。

同時刻、そんな戸塚の心配をよそに、ロシア人たちの映像は、揺れる画面ではあったがしっかりと冷蔵車内のコンピュータに送られていた。

「……こいつらの履歴を照会してくれ」

青山はコンピュータ画面に映るロシア人の顔を見つめたまま、コンピュータを操作している伊丹《いたみ》に言った。伊丹八朗《はちろう》は警視庁公安部から引き抜いた技術要員である。その伊丹が警視庁の照会センターにヴァルーエフと呼ばれていた男の顔写真を送り、検索を開始した。

『舟歌』から七〇メートル離れた位置に駐車している冷蔵車に偽装したトラックの荷台には、八つのコンピュータが設置されている。データ処理に使用する以外のパソコンの画面には『舟歌』のビル前、『舟歌』の店内、そして戸塚が携帯から送る市原とロシア人たちの姿などが映っている。

伊丹が吐息をついて言った。

「駄目ですね、入管記録にヴァルーエフという男の名はありませんよ」

「もう一人のほうはどうだ?」

送られてきた通話ではオバーリンと呼ばれている男だ。

「こっちも同じです。どうやって入り込んだかわかりませんが、こいつも入管記録にはないですね」

「こいつらはエカテリンブルクから来たと言っていたな」

戸塚のガンマイクから送られたロシア人たちの会話からは、たしかエカテリンブルクという都市名が出ていた。

「ええ。奴ら、偽名ですかね？」

「どうかな。偽造パスポートで入国したかもしれない」

「空路でないとすれば……漁船かなんかで入って来たということもありますか」

「そうだな……一応、公安の資料にも当たってみてくれ」

「わかりました、やってみます」

　こいつらをしばらく視察下に置かねばならない、と青山はため息をついた。視察とは、監視を意味する公安用語だ。自分が所属する警視庁公安部を動員できるなら視察など容易《たやす》いものだが、捜査の経験のない者も混じる今の青山のスタッフではかなり厳しい。手持ちのスタッフはここにいる伊丹を含めて六名。その中でやりくりしなければならないのだ。

　あいつがいてくれたら……頭に浮かんだのは神木剛の顔だった。警視庁の公安にいた神木はロシアと北朝鮮が担当だった。そして神木は公安を抜けた今も、ロシアには特別のルートを持っている。あいつがいてくれたらどんなに役に立つか……。揺れるコンピュータの画面にはオバーリンという男に代わって『舟歌』のオーナーのアントーノフの顔が映っていた。

　この男の素性はわかっていた。アントーノフの『舟歌』は、すでに公安の視察下に入ってから長い。ロシア料理店の経営のかたわら、アントーノフはロシアに日本の情報を売ることを生業《なりわい》にしている。そして仲介もする。今回、『新和平連合』の品田派と正体不明のロシア人とを繋げたのもアントーノフなのだ。

『新和平連合』は欧米に強いというヤクザ集団としては珍しい暴力組織だが、しばらく前からスカンジナビアを舞台にロシアとの接触を始めている。これは「救済の会」の主宰者である有川涼子たちから得た情報だった。有川涼子は元検察庁の検事で、かつて「極道狩り」と呼ばれた非合法組織の中核として働いた過去を持つ女性で、現在は本郷で弁護士事務所を開設している。

公安を辞めた神木はその後この有川涼子と組み、『新和平連合』の内情を探り、銃撃戦を繰り広げるという事件を起こした過去がある。青山は新しく作った非合法の対ヤクザ組織撲滅のチームを率いてもらうために神木のスカウトに動いたが、これには失敗していた。

だが、ここでロシアのマフィアが出て来るとは……どうしても神木の力が必要だ、と青山はコンピュータの揺れる画面を見つめた。戸塚が少し移動したのか、以前とは違う角度に画面が変わった。画面には市原義明という『新和平連合』品田派二次団体『市原組』組長の後ろ姿と三人のロシア人が映っている。

「福原港というのは、T県の福原市の港のことですか?」

警視庁の資料を検索している伊丹が、ガンマイクで拾っている会話を聴きながら青山に尋ねた。

「ああ、その福原市の港のことだ。要するに、品田は福原港の利権をロシア側に渡すと言っているんだ、武田殺しと引き換えに」

最近チームに参加した伊丹は知らないが、『新和平連合』は近年この福原市に進出し、土地の暴力組織を壊滅させ、現在は品田派の『玉城組』が福原港を支配下に置いている。これまで『新和平連合』は、これという港を手にしていなかったのだ。

男たちが立ち上がった。戸塚がカメラとマイクのスイッチを切り、送信が切れる。別の画面には『舟歌』のビルの入り口がまだ映っている。

青山は携帯を手に取った。

「ロシア人のほうを追尾しろ。ヴァルーエフとオバーリンだ」

青山が乗る冷蔵車から二〇メートル離れた位置には金原秀人《かねはらひでと》がバイクで待機していた。金原は青山が選抜したスタッフの一人だが、残念なことに警察官ではなく、麻薬事犯だった男だ。だから公安のスタッフのような追尾のプロではない。その代わり、元レーサーだった男だからバイクを始め、乗り物なら何でもこなすプロだ。小型ながら航空機の免許も持っている。

「了解」

と金原の返事が返ってきた。

「無理に追うな。居場所さえわかればいい」

「大丈夫です、任せてください」

ビルの入り口を映す画面に市原たちが現れた。戸塚が市原の後ろにいる。青山はまた神木の顔を思い浮かべた。どうしてもあいつが要る……。神木がいてくれたらと、青山は吐息をついた。

八

「バーボンしかないが、飲みますか？」

神木はまだ鞄《かばん》を手にしたまま、呆れたように部屋の中を眺めている青山に訊いた。

「ああ、貰おう。それにしても、まったく何もないんだな」

と青山が苦笑して言った。部屋は綺麗だが、テレビ、冷蔵庫、電子レンジ、そして居間には卓袱台《ちゃぶだい》があるだけで、たしかに他に部屋を飾るものは何もない。

「いつ出るかわからん所に荷物増やしてもどうにもならんでしょう」

と神木は、キッチンの棚からグラスを取り出して答えた。

現在、公安の視察はないが、神木を追う者がいなくなったわけではない。神木のために痛い目に遭ったヤクザは日本国中どこにでもいるのだ。用心する相手が公安からヤクザに変わっただけで、居所を突き止められたら面倒なことになる。

「逃げる時はこのほうが都合がいいというわけか……なるほどな」

と神木の差し出すグラスを手に取った青山が、神木の胸中を読み取ったように笑った。

青山のグラスと自分のグラスに氷を入れ、バーボンをグラスに半分ほど注いで、卓袱台の前に腰を下ろした。

神木のアパートは京王《けいおう》線の調布駅から歩いて五、六分のところにある。十二世帯の二階建てで、そんなアパートの中では綺麗なほうだ。キッチンになっている四畳半と寝室にしている六畳間の二部屋で家賃は九万。逃走のことを考えて、部屋は一階の角部屋を選んである。

「ところで、例の件、もう一度考えてもらえないか？」

バーボンを一口飲み、青山が言った。神木も一口飲んだ。冷えたバーボンはワイルドターキーで、結構美味《うま》い。

「このあいだの話ですか？」

と神木は手のグラスから青山に視線を移した。

「ああ、そうだ。ここにきて、ロシアのマフィアが出てきた」

「ロシア・マフィア？」

「そうだ。君の意見が聞きたい。なんといっても君は専門家だ」

「そんなことを聞きにここまで来たんですか？　俺はロシア・マフィアの専門家ではな

い。元ロシア担当だっただけですよ」

「公安の頃はな。だが、君たちは『新和平連合』を追い込んできただろう。ロシア・マフィアの話が出てきたのは今度が最初ではないはずだ」

「『救済の会』のことを言っているんですか」

なるほど、たしかに青山の言う通りである。有川涼子が主宰する「救済の会」で活動した時に『新和平連合』がすでにロシア・マフィアと接触していることを神木たちは知った。暴力団でも、さすが国際派と言われる『新和平連合』だけのことはあると、その時には思ったものだ。アメリカのマフィアにも繋がりがある組織と聞いていたが、『新和平連合』はロシアとも接触していたのだ。もっとも、どの程度繋がっているのか、詳しくは知らない。

バーボンを喉に流し込み、神木が答えた。

「とぼけても無駄ということですか。ああ、知っていましたよ、詳しいことは知りませんが、『新和平連合』はロシアにも強い」

「『新和平連合』の中で、ロシアに強いのは品田派だ」

「詳しいですね。で、何が聞きたいんです？」

「どう対処したらいいか、君の意見が聞きたい」

「対処ですか……」

「『新和平連合』では、品田派の市原という男がすでに接触を始めているんだ」

「ほう。接触の相手もわかっていると？」

「ああ。接触した相手はヴァルーエフという男と、もう一人はオバーリン。仲介者は『舟歌』というロシア料理店を新宿でやっているアントーノフという男だ」

「なるほどな。そこで、アントーノフが出てくるのか」

「知っているのか？」

「アントーノフですか？　ああ、知っていますよ。昔、公安で視察下に置いていた男ですからね。だが、アントーノフはとうに引退しているはずだ。今はもう現役の情報要員ではないはずですよ」

「ああ、そいつはわかっている。今はただの情報屋だ。他の二人はどうだ？　ヴァルーエフとオバーリン」

「ヴァルーエフという男は知りませんね。もう一人も聞いたことはないな。そいつらがロシア・マフィアだというのは間違いないんですか？」

「ああ、間違いない。ただし、今回の接触の中身は、通常の取引とは違う。武田真の暗殺が目的だ」

「武田真？　そいつは、『形勝会』の武田のことですか？」

「武田のことも知ってるんだな？」

「ああ、知っていますよ。一度会いましたよ、有川さんの事務所でね」

「奴らは有川さんの事務所にも出入りしていたのか」

「スタッフの一人がヤクザに拘束され、その救出を新田会長に頼みましたからね」

「なるほど、そういうことか」

「勘ぐられると困るな、それ以上の付き合いはないですよ」

「そうだろうな、あの人がヤクザと組むとも思えん」

「それで、どうしたんです？」

「品田派はこのロシアの組織と何かやろうとしている。国内への進出を助けると約束して、そのバーターで武田の暗殺を彼らに依頼した」

「ほう、殺しを頼んだんですか」

「だから、こっちはすでに、ヴァルーエフとオバーリンを視察下に置いた。もう一つ、君に教えておきたいことがある。実はな、俺たちはすでに『新和平連合』の品田派に潜入員を二名送り込んでいるんだ」

「潜入員？」

「ああ。関口、もう一人は戸塚。どちらも警視庁の元警察官だ。この二人は、現在、品田派の『玉城組』と『市原組』に潜入している。こっちはプロだから問題ないが、さっき言ったアントーノフの店に来たロシア人二人の視察は担当が素人だから、完璧な監視とは言えない。なにしろ追尾や視察なんかやったこともないスタッフだからな。こいつを見てもらおう」

そう言って、青山は手にしてきた鞄からノートパソコンを取り出して卓袱台の上に置いた。

「うちの戸塚がアントーノフの店で盗撮したものだ。ここに二人のロシア人が出て来る。ヴァルーエフとオバーリンという男だ、顔をよく見てくれ」

青山がパソコンのスイッチを入れ、DVDをセットする。画面が立ち上がった。そこには四人の男たちが映っている。もっとも、超小型の盗撮用カメラで撮った映像は暗く、画像が粗《あら》い。それでも顔立ちはわかる。日本人は一人だけで、あとの三人はロシア人だ。一人の顔は知っていた。昔ロシア大使館にいたアントーノフだ。もっとも事前に聞かされていなければわからなかったかもしれない。映像は鮮明とはいえず、記憶にある顔よりもかなり老けている。ガンマイクで盗聴したのだろう、音声もしっかり録音されている。ただ、横顔のロシア人二人は記憶になかった。

「正面の男はたしかにアントーノフですね。だが、他の二人は見たことのない顔だ」

「こいつらがロシアから来たマフィアだ。エカテリンブルクから来たと言っているだろう。今は帝国ホテルに泊まっている」

青山が映像を巻き戻す。再び動画を再生する。

「ああ、そうです。エカテリンブルクのマフィアだと言っている。この後ろ姿の男が『新和平連合』品田派のヤクザですか？」

「ああ。『新和平連合』の二次団体『市原組』の組長で、市原義明。現在は品田派のナンバースリーだ。ちなみに、ここには居ないが、ナンバーツーは『玉城組』の新しい組長の杉田俊一という男だ。杉田の名を聞いたことがあるか？」

「杉田ですか……そいつはたしか『玉城組』の組長補佐だった男でしょう？　組の抗争で死んだんじゃないんですか？」

「元刑事だった『松井調査事務所』の松井という男に刺されて重傷を負ったが、生きているよ。今は出世して『玉城組』の組長になった。そもそもこの席にはその杉田が来るはずだった。市原はその杉田の代行らしい。こいつらとは初対面らしいからな」

なるほど盗聴された会話の内容は、『形勝会』の会長・武田真暗殺に関するものだ。画面の角度が変わり、市原というヤクザの横顔が映る。

「こいつは、あんたのスタッフが撮ったと言いましたね？」

「ああ、戸塚という潜入員が撮った」

「危ないことをする。こいつらは他の暴力団とは違うんだ。『新和平連合』では盗聴にも神経を尖らせているんだ。プロの技術者を雇って定期的に盗聴の検査をしていますよ。その潜入員に言ってください、用心しろと。ただのヤクザだと思っているとえらい目に遭う」

青山の表情が僅かに変わった。青山は『新和平連合』がそこまでやっているとは知らなかったようだった。

「わかった。気をつけよう」

と青山は渋い顔で応えた。

「で、俺のどんな意見を聞きたいんです？　武田が殺されたって、あんたたちにはどうということもないでしょう。ヤクザ同士で殺し合いをしてくれるんだ、手間が省けて都合がいいんじゃないですか。まあ、東京での抗争は、それは困ると都知事が言うんだろうが」

青山はパソコンからＤＶＤを取り出して言った。

「俺たちの今のターゲットは品田だ。武田はただの極道だが、品田は違うんでな」

「ロシアの連中に武田を殺られては困るというわけですか？」

「どちらかが残るなら、武田に残ってほしい。両方潰れてくれればそれに越したことはないがね」

「なるほど。武田殺しをロシアに頼んだとなると、武田に生き残る道はあまりなさそうだな……」

「そう簡単にはいかんだろう。今の武田のガードは堅い。東京駅の一件以来、がちがちの警護態勢だ。それに、うちのマル暴も張り付いているしな」

「甘いな。それはあんたたちが、ただのヤクザの抗争だと思っているからだ。ロシアの奴らはどんなことでもやる。奴らがやることは、ヒットマンを送り込んで、当たるかどうかわからん銃撃をするなんて生易《なまやさ》しいこととは違いますよ。狙撃、毒殺、それこそ時限爆弾なんか仕掛けられたらどうにもならんでしょう」

「爆弾だと？」

「そう。奴らならテロ並みのことをやる。そのくらいのことは考えておいたほうがいい」

「それが本当なら……たしかにわれわれの戦力では太刀《たち》打ちできん。君が助けてくれれば話は別だが」

青山はそう言って神木を見つめた。

「前に言ったでしょう、俺が加わったところでどうにもならんですね。今のヤクザは、昔とは違う。非合法だからといって、俺たちにできることはたかが知れているんだ」

「それでも助けてほしいんだ、君に」

「やめたほうがいいですね。ヤクザなんて奴らは、殺し合いをさせておけばいいんだ。ヤクザに、いいヤクザと悪いヤクザなんて区別はないんだから」

「手を貸してくれれば……それ相応のことをする」

苦笑して神木が尋ねた。

「それ相応ですか。報酬でも出すというんですか？」

「ああ、できるかぎりのことはする。前にも言ったが、予算はある」

「困ったことに、欲しいものなんかないな、今の俺には」

と神木は笑ってグラスを空けた。

「金にも女にも興味はないんだろうが……欲しいものはあるはずだ」

「何もない」

「いや、あるだろう」

「面白いことを言いますね。思いついたものがあるなら言ってみてくださいよ。そんなものが今の俺にあったら、こんな生き方も変わるかもしれん」

青山が、神木が見たことのない笑みを見せた。

「あるさ、情報だよ」

「情報？」

「ああ」

「何の情報です？」

「北朝鮮」

今度は神木が青山を見つめた。

「北朝鮮の情報を、この俺が欲しいと、そう思っているんですか？」

「ああ。それが君が何よりも欲しいものだろう。間違ってはいないはずだ」

思わぬ青山の条件に、神木は返す言葉を失った。北朝鮮の情報……。そんな情報が、今の俺に、何の役に立つのか？　あれは、もう終わったことだ……。

「現在、政権が変わって、北からの情報が以前よりも入るようになった、拉致被害者のな」

「どうして俺が北の情報を欲しがっていると思うんです？」

「具体的に言おうか？　君は、公安を辞めてすぐに北朝鮮に行ったな？」

神木は答えず、青山を見つめた。

「さらに翌年、中国にも行った……」

青山が続けた。

「こいつは中国から北朝鮮に入るためだろう。おそらく豆満江《とまんこう》を渡って北朝鮮に入ったんだ。そこで何があったかは知らん。だが、君は目的を果たせずに日本に戻った。拉致された女性を見つけることができなかった」

「なるほど、俺のことを調べたんですか」

青山は手帳を取り出し、ページをくった。

「ああ、悪いが、調べさせてもらったよ。君は公安を退職すると北朝鮮に拉致された女性を追った。拉致被害者の名前は酒井《さかい》治子《はるこ》。衆議院議員・武藤一郎《むとういちろう》の第三秘書、君の婚約者だった女性だ。彼女はオランダのハーグで行方不明になり、後に北に拉致されたと判明した。ただ、この酒井治子の名は、当初は被害者リストには載っていなかった」

「それがどうしたんです。そんなことはとうにわかっている」

「だが、今では酒井治子は被害者リストに載っている。それは知らんだろう？」

「拉致被害者に、新たに認定されたんですか？」

「ああ、認定された。ただし……」

「ただし？」

「認定はされたが、載っているのは死亡者リストにだ。酒井治子は事故死したことにされている」

「事故死？」

「ああ、交通事故でな。だが、知っての通り、この死亡者リストに信憑性《しんぴょうせい》はない」

「何が言いたいんです？」

「拉致の実行犯と思われる男は道野修造《みちのしゅうぞう》だったな。こいつは貿易業者だ。メインは中国だが、以前は北との貿易もやっていた。君はこの男を追って中国に渡った。そして、この道野もその後、行方不明。さて、ここからだ。君は向こうで何かを摑んだはずだ。たぶん、酒井治子の死亡を確認したんだろう。だから、諦《あきら》めて日本に戻った」

「確認は……していない。だが、生存の可能性は極めて低い」

「なるほど、確認はできなかったんだな。だから諦めて帰国した。そうでなければ、君のことだ、日本に戻って来るはずがないものな。だが、その調査が間違っていたとしたら、どうだ？」

「間違っていたとは、どういう意味です？」

「現在外務省では隠密裏《おんみつり》に、新たに拉致被害者の調査を始めている。その最新の情報を君に渡そうと言っているんだ。調査の対象には、酒井治子の名も入っている。調査は、君が知っていた当時よりも変わっているんだ。かなり突っ込んだところまでいけるようになっている」

神木はしばらく青山を見つめていた。その瞳は冷たく、鋭い。やっと神木が言った。

「それがバーターですか……」

「ああ。情報を渡すだけじゃない。君が捜索を続けるなら、できるかぎりの援助をする」

「援助は、要りません。情報をくれるだけでいい。それが確かなものなら」

「援助というのは、非合法の援助もできるということだ。君が必要なのは、おそらく合法の援助ではないだろう。できることは何でもしてやると言っているんだ。俺の力でできることなら何でもな。交換条件として、悪い話ではないだろう。その代わりに、俺たちの作戦に加わってもらいたい」

青山はそう言うと、神木の目を見たまま、ゆっくりとバーボンのグラスを空けた。

「その情報には、当然だが、死亡の確認が入っているんですね？」

「ああ。それは仕方がないだろう。それはどうにもならん。だが、君も知っている通り、北の死亡報告なんてものは、はなから信用できない」

バーボンを注ぎ足すと神木は言った。

「いいでしょう、あんたの要求を飲む。その代わり……」

「その代わり？」

「弔い合戦には力を貸してほしい。非合法の……。それでチャラだ」

と言って神木はグラスを空けた。

九

タクシーを降りた神木は、今日はさすがに公安の尾行がないかを確認した。大通りから一本奥に入った二車線の通りには、それらしい追尾の車は見えない……。ただ、違法駐車の車が二台駐車しているだけだ。バンとセダン。だが、どちらにも車内に人影は見えない。まあ、大人しく何もしなかったこの一年、この俺に、改めて視察要員を置くほど公安部も暇ではないのだろうと、神木は思った。

タバコを咥え、古ぼけたビルを見上げた。六本木の高層ビルが林立するエリアに、そのオフィスビルはあまりにみすぼらしく見えた。それでも地上七階くらいはあるか……。壁面はタイル張りだが、そのタイルは築年数を正直に見せて、薄汚れている。開発が続くこの都心で建て替えが行われなかったことが不思議だ。賃貸契約者が建て替えに応じなかったのかもしれない。いずれにせよ青山も、あると言っていた予算がないのか酷いビルを選んだものだと、神木はポケットから携帯灰皿を取り出した。

今日も神木は偽装している。白い髪、着ているスーツは草臥《くたび》れ、履《は》いている革靴も磨かれていない。手には小さな鞄。中小企業の年寄りが集金に廻《まわ》っているように見えなくもない。

視線を通りに戻した。一服する間も、神木の視線はビルの表示に向けられている。住所を確かめているように見えるが、見ているのは周囲の動きだ。視線を一点に留めたまま、視野の中に入ってくるおかしな動きを探る。見つめているものを見ない。これは基礎的な技術だ。公安の警察官なら、誰でもこのくらいの芸は持っている。現役の頃、神木は追尾が得意ではなかったが、それでも一度叩き込まれた技術はなくなりはしない。

神木はまだ長い煙草を携帯灰皿に入れ、ゆっくりビルに入った。

警視庁の青山は、すでに六本木から麻布《あざぶ》に抜ける通りの古いビルに部屋を用意していた。北朝鮮の拉致被害者に関する情報といざという時の援助という条件で、神木は青山のチームに入ることを約束したが、そのこと以外にも青山の申し出を断れない理由がなくはなかった。たしかに、義理はあるのだ。有川涼子が主宰する「救済の会」と共に働いていた時期に、神木たちはこの青山に助けられた。ヤクザ組織と戦う有川涼子を助け、八王子の山林で銃撃戦を繰り広げた神木である。青山が動いてくれなかったら、警視庁は神木たちの行動を、見て見ぬふりはしてくれなかっただろう。たしかに、青山の助けで、神木たちは訴追を免れてきたのだ。

「俺なりにできるところまではやった。スタッフの人選も、やれるところまではやってある。とにかくあんたの助けが要る。協力してくれ。これは俺の、警察官としての最後のご奉公だと思っているんだ、頼む」

と青山は言った。

それでも神木が当初、勧誘を断ったのは、青山の気持ちはわかっても、要求があまりに現実から遊離していたからだった。「極道狩り」チームとして、彼らが活躍した頃とは時代が違う。ヤクザ組織も生き残りを考え、当時とは違ったものになっている。一見合法という形を取った組織を作り、警察のマル暴などでは手がつけられないものに変貌《へんぼう》しているのだ。そんなヤクザ組織に、昔のような秘匿チームを作っても、やれることは限られている。なぜ、青山はそのことに気付かないのか。神木はむしろそっちのほうが不思議だった。

のろいエレベーターで七階まで上がった。エレベーター・ホールは昼でも暗い。通路の蛍光灯が一つ切れている。管理が杜撰《ずさん》なのだ。それでも空室はないようで、廊下の両側には、いつ潰れるかわからないような会社名の表示が並んでいる。

　中ほどまで進むと、鉄製のドアに『K・Sインターナショナル』の表示があった。この会社名では、業務内容はわからない。IT産業が栄え、最近は社名ではどんな商売なのかわからない企業が増えた。お陰でかえって偽装には役立つ。

　ドアホーンを押さずにそのままドアノブを廻してみた。鍵《かぎ》は掛かっていない。ドアはそのまま開いた。広い部屋に会議用のテーブルと椅子が置かれている。女が一人、会議用の大きなテーブルのそばに立っている。

「時間通りですね、でも……」

　と、女が言った。赤坂の鰻店で会った都知事の秘書だった女性である。下村光子と言ったか。赤坂では度の強い眼鏡を掛けた地味な女に見えたが、今日は違った。会社勤めらしい服装だが、眼鏡はなく、この前より化粧も濃い。驚いたことに、神木にはかなりの美形に見えた。だが、女の顔には驚きの色が浮かんでいる。

「凄いわ、神木さんだとは……ちょっと信じられないですね」

　偽装に驚いているのだ。

「監視がないか気を遣いましたよ」

　と神木は答えた。

　ビルが古ぼけていたのとは対照的に部屋は綺麗だった。隣室への扉が開けられている。

その部屋には何台ものノートパソコンやサーバーがずらりと並んでいた。青山は電話で言っていた通り、すでに相当の準備をしていたのだ。これだけの機器を揃えるには相当の金がかかる。やはり、たっぷり予算はあったのか……。

「鍵を掛けないのは無用心だな」

神木の呟きに、下村光子が笑って答えた。

「あそこの画面を見てください。神木さんがこのビルに入った時から映っているの。エレベーターの中までね」

並んだ四つのパソコンに、ビルの前、エレベーター・ホールなど、人の出入りを監視する画像が並んでいる。なるほど大した用心だ。これなら不意を衝《つ》かれることはないだろう。

「エレベーターの中までとは、大したものだな。会話も聞こえるんですか？」

「もちろん聞こえますよ。マイクもセットしてありますから」

普通、エレベーターというものを、人は自分たちだけの空間だと思っている。だから用心を忘れ、聞かれてはならない話を結構口にするものだ。盗聴の設置場所としては悪くない。

それにしても、俺はカメラに気付かなかった。誰がカメラと盗聴器を仕掛けたのか知らないが、いい腕と言わなくてはならないだろう。もっとも、盗撮のカメラも神木が公安にいた頃とは違い、気がつかぬほど小型化されているにちがいない。

「ここには、あなただけなんですか？」

「青山さんは、少し遅れるそうです。警察庁に廻ってからこちらに来るので。先に履歴書に目を通してください」

頷き、会議用テーブルに向かう神木に、下村光子が言った。

「何か飲み物は？　缶コーヒーとウーロン茶ならありますけど」

「いや、今は結構」

会議用のテーブルに下村光子と向かい合って座った神木は、テーブルの上に積まれてある履歴書の束に手を伸ばした。履歴書は五、六通ある。青山が今回のオペレーションのために選抜した者の履歴書である。

一番上の履歴書は関口康三郎《こうざぶろう》という男のものだった。読み始めた。半年前に警視庁警備部を退官。二十九歳。柔道、剣道、ともに四段。警備部はその名の通り、アメリカのシークレット・サービスと同じで、要人の警備などを任務とする。だから、警備部の奴らは皆体が大きい。この男もゴリラのような奴か。体重一〇五キロ、身長一八二センチ、やはりゴリラだ。

「……この関口の退官の理由を知っていますか？」

「傷害事件」

下村光子が答えた。履歴書には退官の日付は記載されているが、退官の理由は書かれていない。

「傷害か……」

「そういうことですね」

「それ以上詳しいことはわからないのかな？」

「わかっていますよ。酒の席で、上役の警備係長を殴ったそうです」

うんざりする理由だった。それにしても、殴られた上司は気の毒だ。相手がゴリラでは、相当のダメージだっただろう。

「酒癖が悪い？」

「さあ、どうなんでしょうね」

二枚目の履歴書を取り上げた。戸塚貴一、元警視庁刑事部強行犯係の刑事……。半年前に退官。二十八歳、身長一七六センチ、体重は七〇キロ。

「戸塚貴一の退官理由は？」

「女性関係」

「女に手が早いのか」

「逮捕者の妻と……関係」

この女の話し方には語尾がない。報告しているつもりでそうなのだろうか。

「よくありそうな話だ」

苦笑して言ったが、下村光子は何も言わない。

三番目は伊丹八朗、警視庁公安部。細面《ほそおもて》の顔は能吏《のうり》を思わせる。年齢は三十二歳。この男は現役。

「現役を引っ張ってくるのか……青山さんも危ないことをする」

「現在は特命休職扱いです」

次の男はかなりの年寄りだ。柴山律夫《しばやまりつお》、窃盗《せっとう》で六年の懲役。仮釈放になって二カ月。こいつは要するに泥棒だ。神木は書類から顔を上げた。

「何か？」

「あなたに訊きたいんだが……」

「何ですか？」

「……下村さん、あなた、青山さんが何をしようとしているのか、わかっていますか？」

「わかっているつもりですけど」

むっとした顔で応えた。

警察官は、そもそもリスクを背負った職業だが、青山が考えているオペレーションは、半端なものではない。スタッフは相当の危険に身をさらす。必ず殉職者が出ると考えておいていい。それほど危険なオペレーションを実行するスタッフが寄せ集めではどうにもならない。ため息が出た。

神木の表情を読んだのか、下村光子が言った。

「履歴書をちらと見ただけで、がっかりされたんですか？」

神木は苦笑して言った。

「三人目の伊丹八朗を除いて、どいつもただの落ちこぼれだな。後腐れがないから選んだとしか思えない。そもそも、信頼できんような人間と、あなただってチームは組みたくないでしょう。あなたは聞かされていないのかもしれないが、このオペレーションには生命の危険もあるんだ」

「青山さんが、後腐れがないからと、そんな理由で選抜されたと、神木さんは本気で思っていらっしゃるの？」

「気がつかない理由があるなら聞かせてほしいが」

「最初の関口康三郎……警視庁警備部所属ですから、まず暴力団員に顔を知られていません。この関口は最初から『玉城組』に対する潜入要員として選抜したんです。会えばわかりますが、見かけはまるで暴力団員そのもの。可愛がっていた妹がヤクザと関係したことで自殺。この事件からヤクザに対する特別の感情を持っている。酒の席で上司を殴打したのは事実ですが、席上、上司が妹の事件を口にしたことで口論になった。内容は詳しくわかりませんが、妹さんに関する事だったところに意味があるように思えます。退官後は母校の大学で柔道のコーチをしていたそうです。柔道はオリンピック候補にも名前が挙がったほどで、警視庁の中でもトップクラスだったようです。素手の格闘技では、これ以上の人を探すのは難しいそうです。俺はヤクザだ、と言ったら、疑る人はいないでしょうね。

二番目の、戸塚貴一……同じく警視庁の強行犯係出ですが、退官の理由は女性関係。逮捕者の妻を追い回したのは事実ですが、その妻は、かつて戸塚の恋人だったわけで、ただの逮捕者の妻だということとは少し違います。ところで、戸塚の写真を見て、何か感じませんか？」

神木はもう一度戸塚貴一の履歴書を取り上げ、顔写真を見つめた。強行犯の刑事とは思えない優男《やさおとこ》に見える。いや、優男と言うよりも、女にしたらいいような美青年だ。

「色男だな」

「そうですね、こんな人が刑事だなんて、誰も思わないでしょうね。職業を間違えたとしか思えない。それでも強行犯の刑事としてやってこられたんですから、相当に優秀だったんでしょう。青山さんは、そこを買ったのだと思いますよ。とても刑事とは思えない刑事。ご本人に一度会いましたが、本当に二枚目でしたね。巡査時代、婦警たちのアイドル的存在だったと聞きましたが、それも納得できます。選抜の理由はここらへんにありそうです。女なら、誰でも気になる存在……これも一つの得がたい武器でしょう。次は警視庁公安部の伊丹八朗……」

神木は苦笑いで伊丹の履歴書を取り上げた。

「公安部の技術官がどんな仕事をしているか、それは元警察官だったあなたのほうがよくご存じですよね。説明をしてもらっていないので、私にはよくわからないですけど、その知識がオペレーションに必要だと考えられたのではないですか。これは、直接青山さんにお尋ねになってください。

そして窃盗犯だった柴山律夫。これは考えるまでもないでしょう。窃盗の技術を買ったのです。具体的にどう使おうとされているのか知りませんが、この柴山の前職は金庫メーカーの技術者だったそうで、こと鍵に関して、開けられないものはないそうですから、ただの泥棒ではなくて、スペシャリストということになります。

今説明申し上げたように、彼らはただ後腐れがないからという理由で選ばれたのではありませんよ。そう考えられたのなら、それは神木さんの誤解ですね」

下村光子は神木の手元にある履歴書を覗きもせずに、順番通り各人の履歴を空で説明した。事前に詳しく履歴書を読んでいたにしても、大した記憶力だと、神木は素直に感心した。

「なるほど、青山さんなりに考えてはいるということか。悪かったですね、おかしな言い方をした」

神木は苦笑して詫びた。

「……しつこいようで悪いが、ついでにもう一つ訊きたい」

「なんでしょう？」

「各人の選抜理由はわかったが、見返りはなんです？　さっき言ったように、この仕事はただの職業ではない。生命懸けの仕事だ」

「わかりました。関口は経歴で説明しましたが、実妹のことでヤクザに特別な思いがあったのでしょう。皆さん報酬《ほうしゅう》は一般企業よりずっといいですけどね。二番目の戸塚。戸塚も関口と同じです。好きだった女性をヤクザ者に奪われたんです。警察官になった動機も、このヤクザに対する憎しみからだと思いますよ。鑑識出の伊丹は上司の命令と言うより青山さんへの私淑。四番目、柴山は前科の抹消。もう一人。元レーサーの金原。彼も同じですね。それと、さっき言いましたけど、他ではまず貰えない高額報酬。これでよろしいですか？」

　まことに簡潔、これ以上訊く気はない。

　下村光子が言った。

「失礼ですけど、神木さん、青山さんとはどんな関係だったのですか？　神木さんが元警察官だったことは存じ上げていますけど」

「どんな関係かと言えば、そうですね、お互いに名前と経歴を知っているぐらいですかね」

「一緒に働いたことはないのですね？」

「あなたも聞いていると思うが、現役時代の僕の所属は公安だった。警視庁の公安だが、公安部だけは警察庁直轄でね。そこの外事課にいた。青山氏も同じ警視庁公安だが、彼は総務課。だから当然ながら彼と一緒に仕事をしたことはない」

「もう一つあるんですけど……」

「何ですか？」

「神木さん、その履歴書には書かれてない各人の退職理由をお訊きになっていますけど、神木さんはどうして警視庁を辞められたんですか？」

苦笑して答えた。

「ノー・コメント」

「なるほど、わかりました、一緒に働く仲間にも話したくないのですね」

皮肉っぽい口調でそう言われた。

「聞いてもそれほど楽しい話ではありませんよ。ただ、断っておきますが、懲戒免職ではない」

今度は下村光子が苦笑いで言った。

「それは青山さんから聞いています」

「どうしても知りたいなら話しますが」

「今、あなたが言いましたよ、信頼できない者とチームは組めないって。これは、神木さんも例外ではないと思いますけど？」

「過去を知らないと、信頼できんというわけですか」

「当然でしょう。私たちは、嫌でもあなたの下で働くことになるんですよ。これもあなたがおっしゃったことですよ。命まで託すんですから、大変なことでしょう。自分の命を、どこの馬の骨かわからない人に預けられます？」

「もっともだな。反論する気はない」

と神木は苦笑して、煙草を取り出した。

「すみません、とりあえず室内は禁煙です。煙草はエレベーター・ホールまで行って吸ってください。灰皿もありますから」

「わかった。そうしましょう」

神木は大人しく煙草を懐中に戻した。

「さて、他にも質問があるのなら、どうぞ。答えられるものなら答えますが」

「やっぱり伺っておきたいですね、退官の理由。今、聞かせてもらえますか？」

「どうしても知りたいですか」

「ええ、聞かせてください」

神木は立ち上がり窓辺に進んだ。窓のすぐ前には隣のビルの壁面が見える。景色は最悪だが、代わりにこちらの様子をどこからも探られる危険性がない。案外いい場所なのかもしれないと思い直しながら、神木は話し始めた。

「非合法のことをしなければならないので辞職したんですよ」

「非合法の？」

「そう」

「それで……非合法のことをしたんですか？」

「そう、しました。ただし、国内ではない」

「じゃあ……」

「場所は北朝鮮」

「……！」

下村光子は絶句した。まったく予想していなかった返答だったのだろう。

「もっと聞きたいですか？」

神木は振り返り、言った。

「いいえ、もう結構です」

「そうだな、今はこれくらいでいいでしょう。いずれみんなわかりますよ。それより、あなたのほうはどうなんです？　ここで働くのは、都知事の命令ですか？」

素直な返事が返ってきた。

「ええ、そうです」

「ほう……それでは訊くが、都知事は今度のオペレーションがどれほど危険な仕事か解っているんですかね」

「わかっていると思いますけど」

「わかっていて……こう言っては悪いが、素人のあなたを危険な仕事に放り込む。後衛の仕事だから安全なんだと都知事は考えているのかもしれないが、この仕事に外勤が危険で内勤は安全だなんて区分けはない。アジトは常に急襲される危険性を抱えている。それでもあなたは都知事の命令に従うんですか？」

「私は了解しています。都知事とは、あの方が都知事になられてからの付き合いではありませんから。もっと古くからお付き合いをさせていただいています。ですから、この仕事が危険なものだということも理解していますし、都知事も同じです。とにかく現状を何とかしなければならない。警察ではできないことをする。危険があるのは当然だと思っていますけど」

「彼が、そうしろと言えばなんでもする、そういう関係ですか」

「それって、男女関係を指しているんですか？」

「いや、必ずしも男女のことではなく、それほどの信頼関係なのかと訊いているだけだが」

「最初にお断りしておきますけど、都知事と私との間に、男と女の関係はありません。ただ、お互いに信頼している、と理解してください」

「大したものだな、お互いに命を預けるほどの信頼関係ですか」

下村光子が苦笑して言った。

「皮肉ですか？　でも、命を預けるほどの信頼は、私のほうだけでしょうね。都知事は、たぶん、私なんかに命は預けないでしょう」

「正直な返答だな。それにしても、都知事はよいスタッフを持ったもんですね」

次のファイルを取り上げた。順番に追っていく。元レーサー、金原秀人、三十七歳、パイロット免許所持。

「ところで、この中に、あなたのファイルはないのですか？」

「ありません」

「あなたのことは、どうやって知ったらいいんです？」

「訊きたいことがあるのでしたら、訊いてください。私には、答えられないことはありませんから」

「それでは、遠慮なく訊かせてもらうが、前職はなんです、都知事の秘書になる前の？」

「旧厚生省の職員です」

「今の厚労省？」

「ええ、そう。麻取《まとり》にいたんですよ」

意外な答えに、神木はちょっと驚いた。麻取とは、厚労省の中にある麻薬取締部のことである。警察と同じように麻薬事犯に取り組み、逮捕権もある。

「麻薬取締官だったんですか？」

下村光子は笑って答えた。

「そうは見えませんか？　キャリアがキャリアですから、都知事がここのスタッフに推薦しても、そうおかしくはないでしょう？　結構危ない仕事もしてきましたからね。神木さんが心配されるような、足手まといにはなりませんから、ご心配なく」

と彼女は初めて笑みを見せた。

「麻取とは、驚いたな。正規の職員だったんですか？」

「ええ、そうですよ、現場のね。お見せするのは控えますが、銃創の傷痕もここにあります」

彼女は白い指先で、腹部を指して見せた。

「正直に言うが、ちょっと驚いたな。そんなキャリアのある人には見えない」

神木はそう正直に言った。

「褒《ほ》められているのか、その反対なのか……」

「いや、ただ驚いているだけだ。もう一人、あなたのような人を知っているんでね」

「もう一人？」

「そう。見かけは……とても優しく見える女性ですが、恐ろしく強い人だ。青山さんもよく知っている人です。いずれその人のことも話しますが、ちょっとあなたに似ている……」

「私に、ですか？」

「そう。かつて『極道狩り』チームを率いた義兄が、女房以外に、たった一人だけ惚《ほ》れた……有川涼子という人です」

と神木は言うと、再び腰を下ろし、

「これでスタッフのことは頭に入った。それでは現在『新和平連合』の品田派に潜入している二人の状況について教えてもらいますか。一人は関口康三郎、もう一人は戸塚貴一といいましたね」

と二人のファイルを手に取った。

十

午前一時。青山が神木のために六本木の『K・Sインターナショナル』に集めたスタッフは総勢六名だった。青山が言った。

「今から君たちのチーフになる神木さんだ」

「神木だ。よろしく」

と言い、神木はスタッフを順に見ていった。知っている顔は青山と下村光子だけである。あとはすべて履歴書の写真で見ただけだ。曰《いわ》く因縁がある人物ばかりだから、どいつも目付きは鋭い。託された仕事が仕事だから、穏やかな眼の奴がいるはずもない。

まず一番神木に近い席の戸塚貴一に目を留めた。女装ができるほどの美男の優男だが、これでも武道は柔道四段だという。着痩せするタイプなのか……。スーツの下にはおそらく強靱《きょうじん》な筋肉がついているのだろう。この戸塚が品田派の『市原組』への潜入員だという。一体どうやってヤクザ組織に入ったのか……。腕っ節でスカウトされることは、いくらなんでもこの見かけではなさそうだが。女絡みで取り入ったのかもしれない。なるほど、確かに女を落とすにはもってこいの色男だ。写真でもそれは際立っていたが、実物のほうがもっといい。

隣のごつい男に目を移した。こっちも元刑事の潜入員である。潜入先は、やはり品田派の二次団体『玉城組』。関口という男は見ただけで、その選抜に納得できる容姿をしている。元警察官というよりは生まれながらのヤクザといったほうが人は信用しそうだ。上司を殴って退官と、下村光子から解説を受けたが、こんな男に暴力をふるわれた男は気の毒だ。軽傷では済まなかっただろう。それほどの体格をしている。

その隣、しょぼくれた顔の中年男は柴山律夫。金庫メーカーに勤めていたという経歴の窃盗犯である。およそ鍵というものなら開けられないものはないというほどの腕前だと、下村から事前に説明を受けた。たしかにこんな男が一人いれば便利だろう。神木自身も開錠ならある程度はできるが、どんな鍵でも、というわけにはいかない。それでも、スタッフには簡単な鍵くらい開けられる程度の技術は身に付けてもらう必要があるだろう。緊急の場合、この技術の有無が生死を分ける。

ただ、取り柄がそれだけでは選抜の条件には足りない。何よりも必要なのは、信頼に足るかだ。いずれもが、いざという時にはチームに命を託さなければならない。はたしてこの柴山にそれほどの信頼が置けるか。表情は、そんな思いを拒否しているように見える。細い皺の多い顔は歳よりも老けて見える。金庫メーカーの技術屋が、一体どうして窃盗犯に身を落としたのか、それも気にかかる。

その隣、金原秀人。この男は元レーサー。麻薬事犯で逮捕歴がある。資格欄には小型機のパイロット免許も入っている。車輛《しゃりょう》要員として選抜したのだろうが、麻薬事犯という前科に不安が残る。麻薬というものは簡単にやめられるものではないからだ。やめているから選抜されたのだろうが、完全にやめられたのか……。やめられないから麻薬なのだ。薬物中毒は厄介なもので、麻薬は容易《たやす》く人間を変える。どこまで信頼が置けるか、それは未知数。それなのに、この男にロシアから来たマフィアの監視を任せているという。

次は警視庁の公安から引っ張った現役の技術官・伊丹八朗。このスタッフの中で神木がもっとも信頼できそうだと考えている男だが、だからといって何も問題がないわけではない。問題は、現役の人間だというところにある。青山は警視庁公安総務の課長だが、現役の人間を秘匿の作戦にどこまで使えるのか。特命休職中という扱いにしたと聞いたが、これは課長レベルでできることではないはずだ。どこまで上に話が通っているのか……これも気にかかる。

「報告の前に、神木さんについて質問があれば、今のうちにお願いします」

進行役の下村光子の言葉に一同の視線が神木に刺さった。どの顔にも親愛の色はない。緊張の中には、むしろ敵意さえ感じられる眼の色もある。

「何か質問があれば受け付けるが」

神木もそうそっけなく言った。このオペレーションを引き受けたからには、最初からスタッフを甘やかす気はなかった。命懸けのオペレーションに、部下をおだてて使う余裕などない。

だが、有川涼子の仕事を手伝った時の「救済の会」のチームは、涼子を中心に誰もが一丸となって働いていた。技術的に決して優れたチームではなかったが、誰でも仲間のために命を投げ出す覚悟が出来ていた。それほどの信頼が、各人の間に出来上がっていた。それは、リーダーであった有川涼子の指導力があってのことだろう。だが、このチームは違う。誰もが一匹狼で、そこに各人相互の信頼は見えない気がする。その信頼をこれから作り上げなくてはならない。

亡き義兄・岡崎竜一《りゅういち》ならば、どのようにチームを引っ張っていくだろうか？　決してスタッフを甘やかしはしなかっただろう。今の神木も、スタッフに甘い言葉などかける気は最初からなかった。ただ、残念ながら、俺は義兄とは違う、と神木は思った。義兄の岡崎という男には、生まれつきのカリスマ性があった。口数は少なかったが、岡崎の意思は何を語らなくともチームの全員に伝わったという。義兄はスタッフの絶対の信頼を得ていたのだ。

はたして俺に、そんなことができるか。神木は、自分にそんなカリスマ性があるとは思えなかった。それならば、どんな方法でチームを牽引《けんいん》していったらいいのか……。

「前回説明しておいた通り、今後はこの神木君の指揮下で動く。作戦を含めてこれからは、すべての指示は私からではなく、神木チーフからだ。それを忘れないように」

何やら不満顔のスタッフを眺め、不安を覚えたらしい青山が、念を押すようにそう続けた。

「質問をしていいですかね？」

と関口が手を挙げた。

「なんだ？」

「仮にですが、青山さんと神木さんから二通りの指令があったとします。その時はどっちを優先したらいいんですかね」

　と関口が皮肉っぽい笑みを見せて言った。青山が即答した。

「そういうことはないと思うが、指令系統の混乱があったときのために言っておく。あくまで神木チーフの指示を優先しろ。今後、君たちのボスは神木チーフで、私ではない。そのところを間違えるな」

　素直に、とは見えぬ顔で、

「わかりました」

　と関口が答えた。

「報告は今まで通り、下村さんでいいんですね？」

　と次に手を挙げた戸塚が言った。下村光子がそれに答える。

「今までと変わりません。報告はこれまで通りに私のところで集約します」

「どうだ、何かほかに問題はあるか？」

　青山が神木に訊いてきた。

「一つある」

　と神木は応えた。

「何だ？」

「ここにいるスタッフは、この仕事がどんなものか、わかっているんですかね？」

「どういう意味だ？」

「死ぬ覚悟が出来ているのか、という意味ですよ」

と神木は一同の顔を見て言った。関口が薄笑いを浮かべて答えた。

「最初から楽な仕事だと思ってはいませんよ」

「俺が訊きたいのは、そういうことじゃない。よほどの馬鹿でなければ、誰でも危険な任務だということぐらいわかっているだろう。俺が訊きたいのは、たとえば隣の戸塚くんだ、そいつが危ないという時に、君は自分の命を投げ出せるか？　誰だって自分の命は一番大事だ。そいつを仲間の為に捨てられるか、と訊いている」

真顔になって、関口が隣の戸塚を見る。戸塚がにやりと笑って、そんな関口を見つめた。

「ちょっと、きついですかね。確実に殺られるとわかっていたら、まあ、助けませんよ。自分が死んじまったらどうにもならない」

と関口が苦笑して答えた。

「正直だな。まあ、誰でもそんなもんだろう。それでいい。言葉だけの犠牲的精神は無用だ」

と神木は言った。

「質問」

戸塚が手を挙げた。

「何だ？」

「同じ質問をさせてもらいますよ。神木さんはどうなんです？　たとえば自分が危機に陥《おちい》った場合ですが、神木さんは自分を助けてくれますかね？」

「助けない」

と神木は躊躇《ちゅうちょ》なく答えた。

「なるほど、俺たちのために、命を懸けてはくれないということですか」

やっぱりな、という顔で戸塚が笑って頷く。

「そういうことだ。肝《きも》に銘じておいてもらおう。オペレーションのためならば命も懸ける。そうでなければ、オペレーション自体が成り立たないからな。俺たちが今やろうとしている仕事は、それほど危険だということだ。そいつをしっかり頭に入れておいてほしい。だが、危機に陥った君たちを、俺の命、いや、チームの犠牲を払って助けることはしない。だから、今、ここで言っておく。救助を期待するな。自分の命は自分で護れ。まず危機に陥らないように、ヘマをするな」

皮肉っぽい笑いを見せて、関口が頷いた。

「わかりましたよ、自分の命は自分で護ります」

「それでいい。ついでに、もう一つ言っておこう。自分の明らかな失策で仲間を危機にさらした場合の罪は問う。その懲罰は、俺の手で必ず実行する。サラリーマンのように、勤めを辞めれば、とはいかない。それで帳消しにはならんからな。そいつだけは今から覚悟しておいてくれ」

見かけと違う神木の言葉に、にやついていた男たちの表情が変わった。

「懲罰ってのは、たとえばどんなもんですか？」

とまた戸塚が訊いてきた。こんな時、義兄さんはどう答えたか。神木は岡崎の姿を思い浮かべ、言った。

「ヤクザがやることと同じようなものだと思えばいい。現在、戸塚くんと関口くんが体験しているように、ここにいる他のスタッフもヤクザと一緒だ。オペレーションそのものがヤクザになるという事なんだ。だから目的を達成するためにはどんなこともする。法の抵触も考慮しない」

「ヤクザと同じですか……」

関口が呆れたような顔になると、隣の戸塚が言った。

「たとえば、懲罰ですが、指を詰めるとかですか？」

神木は笑みを見せて答えた。

「ああ、それもあるかもしれないな。だが、そいつは懲罰の中で、一番楽な体罰だと思っておいてもらおうか」

「そいつを、神木さんがやるんですか」

「ああ、俺がやる」

「この関口に体罰を加えるのは、ちょっとした仕事ですがね」

と戸塚が笑って隣の関口の背中を叩いた。背中を叩かれた関口も苦笑した。金原が小さな笑い声を立てた。たしかにゴリラのような体軀《たいく》の関口を相手にするのは大変だろう。柔道ではオリンピック候補級だという。

だが、神木は逡巡《しゅんじゅん》を見せずに言った。

「君が心配しなくてもいい。どんなに馬鹿力があっても、人間の神経なんてものは皆同じだ。泣くときはどんな体の男でも泣き叫ぶ。試してみたいか？」

にやついていた戸塚と関口が顔を見合わせる。神木が黙っている柴山と伊丹に視線を向けた。

「そっちの二人、何か質問はないか？」

伊丹が答えた。

「私はありません」

「柴山さんは？　質問があったら今のうちにしておいて。今後、こうしてみんなで集まれることがあるかどうかわかりませんから」

と下村が尋ねる。

「ああ、そうだ、質問があるなら今のうちにしておいてくれ」

と青山も一同の顔を見た。手を挙げる者はいなかった。神木が言った。

「皆は、たぶん俺の前歴を青山さんから聞かされているだろう。それでも情報としては、充分ではないはずだ。これから俺が君たちの命を預かることになるわけだから、君たちは、自分が一体どんな奴に命を預けることになるのか、それを知っておきたいだろう。何か訊きたいことがあったら、ここで訊いてくれ。どんなことにも可能なかぎり答える」

戸塚が手を挙げた。

「なんだ？」

「神木さんは、公安出だそうですね？」

「ああ、そうだ」

「担当は？」

「対ロシア」

「もう一つ。何で公安を辞めたんですか？　公安なら出世コースでしょう。何か問題を起こしたんですかね？」

「在勤中に問題は起こしてはいない。辞めた理由は、他にやりたいことが出来たからだ」

「そいつが何か、伺ってもいいですか」

「ああ、かまわんよ。そいつは、警察官ではできないことをやりたかったからだ」

「具体的に伺えますか？」

と関口が絡むように尋ねる。

「警察官で刑法に触れる行為はまずいだろう。それが答えだ」

平然と答える神木に戸塚が絶句した。関口がまた手を挙げた。

「一つ質問」

「何だ？」

「刑法に触れるとは、暴力的な行動ですか」

「まあ、そうだ」

「たとえば、殺人とか？」

ふざけた口調で戸塚が口を挟んだ。

「まあな」

「で、そいつをやったんですか？」

と関口が続けた。

「人を殺したということか？」

「ええ、そうですが」

神木が笑って答えた。

「可能なかぎり答えると言ったが、そいつは可能な範囲には入らない。ここには現職の警察官がいるんだ。そんな連中を前に、嬉しそうに殺しをゲロする馬鹿もおらんだろう」

「なるほど。そいつは肯定ということですかね」

「さあな。一つだけ言っておこう。刑法に触れると言ったが、何にせよ、日本国内で刑法に引っ掛かるようなことはしていない。だから前科もない。ほかにまだ訊きたいことがあるか？」

一同は沈黙したままだった。神木が言った。

「俺から訊いておきたいことがもう一つあった」

「なんだ？」

と青山が訊く。

「この中で家族持ちは何人いる？」

金原と柴山、それに伊丹が手を挙げた。

「ご家族は、今の君たちの仕事を知っているか？」

金原が苦笑いで答えた。

「まさか。この仕事のことを知っている者はここにいるスタッフだけで、他には誰もいませんよ。最初に、青山さんから念を押されています」

「わたしも、誰にも話していません」と柴山。

「今から言っておくが、残念ながら、家族持ちだから安全な任務をというわけにはいかない。それを初めに言っておく。

たとえば、下村君と伊丹君は後方支援として常時この事務所に詰めることになっているが、誤解のないように言っておく。ここが安全だと思っていたら間違いだ。監視装置は万全らしいが、俺に言わせれば、ここに詰めている者は常に極めて危険な状況にある。この事務所にも欠陥があるからだ。もしここが発見され、襲撃された時、ここには退路がないということだ。脱出しようにもその術《すべ》がない。防備に神経は使っているが、それは敵が来たとわかるだけで、離脱の用意も反撃のための準備もない。だから、下村君も伊丹君も、他のスタッフと危険度はさほど変わらない。要するに、全員が常に命を懸けた状況の中で仕事をしている。そのことをまず頭に叩き込んでおいてくれ。一人の小さなミスが全員の命取りになるということをな。

そして関口君と戸塚君、現在君たちは一番危ない仕事をしている。だから、ここであらためて注意をしておく。青山さんから伝えられていると思うが、ヤクザを舐《な》めるな、ということだ。『新和平連合』はただの暴力団ではない。盗聴のチェックを定期的にやっているほどの組だ。たかがヤクザだと思っていたら、それは間違いだ。そしてこれは金原君の任務にも同じことが言える。現在君が視察中のロシア人は、ただのマフィアじゃない。ヴァルーエフとオバーリンは元軍人だ。それも特殊部隊出身だ。通信技術、爆破技術、あらゆる技術の習得者だということを忘れないでもらいたい。だから尾行も監視も簡単ではない。公安のベテランにとってさえ危険な任務に就いていることを常に忘れないでほしい」

「わかりました」

　金原がぞっとした顔で頷く。

「では次に、各人から状況報告をお願いします。まず戸塚さんから、現在の『市原組』の状況を報告してください」

　神木の視線を受けて下村が言った。戸塚が頷き、状況報告を始めた。報告の内容は神木が青山から事前に説明を受けたものとさして変わりはない。『新和平連合』内の抗争は、現在膠着《こうちゃく》状態。

　神木は目を閉じ、戸塚の報告を聞きながら、情報を把握した後、一体どんな攻撃が可能なのか、と思った。守るだけではいつか被害が出る……攻撃こそ最大の防御。では、どこをどんな方策で攻撃するか、神木は戸塚の報告を聞きながら、『新和平連合』の組織図を手に取った。

十一

「これが武田のヤサなのか……なんとも貧乏臭いところに住んでいるんだな」

車が停まると、助手席の神木は意外な思いで武田の住居だというマンションを眺めた。パトカーが一台、マンションの近くに停まっている。だが、警察官の姿はその車中にいる二人だけ。

武田が住んでいるというマンションは中目黒駅に近い住宅地にある。この界隈《かいわい》でもかなりの高級住宅エリアだ。四〇メートルほど離れた位置からだが、建物の様子はよくわかる。

意外なことに、その建物は小さい。七階建ての鉄筋だが、見るからに老朽化して、建てた頃は白かったはずの壁面は灰色に煤《すす》けている。豪邸が立ち並ぶこの地域ではひときわ貧相に見える。今をときめく『新和平連合』最強と言われる二次団体『形勝会』の会長が暮らす住居とはとても思えない。普通、マンションにある地下駐車場もなく、この時刻には主《あるじ》の武田がいないからか、パトカーの中の二人以外に警護の姿は見えない。

「武田には家族がないからな、質素でも構わんのじゃないか」

とハンドルを握る青山が苦笑交じりで応じた。

「ヤクザにしてはいい心がけだが……」

ヤクザが望むのはいい女、いい車、いい衣服、高級ブランドの時計など、羽振りのよさを誇示したがるのが普通だ。だが、武田は、住まいを含めてそんなことにはさほどの関心がないということか。武田に一度会ったことのある神木はそう思った。一口で武田という男の印象をいえば、昔風のヤクザだ。『新和平連合』系列だから着ている服は黒のスーツで、腕にしていた時計も大したものではなかったと記憶している。たいていのヤクザは金張り、ダイヤをあしらったロレックスや、ピアジェなどの馬鹿高い時計をこれ見よがしに身につける。

それにしても、無用心にすぎる。侵入する気なら、こんな警戒くらい潜《くぐ》り抜けるのは造《ぞう》作《さ》もない。これなら誰でも容易く彼の住まいに近付ける。

「それにしても、パトカーが一台か。何とも無用心だな。本庁のマル暴はやる気がないらしい」

この神木の言葉が聞こえたかのように、パトカーから一人、制服の警察官が降りて来た。青山の車を不審車だと思ったのだろう。警察官がやって来ると青山は窓を開け、

「本庁の青山だ」

と身分証を見せた。警察官が挙手の礼で言った。

「ご苦労様です！」

青山は警視庁公安の課長だから相手が緊張するのも無理はない。本庁の課長職はそれほど偉い。

「少し移動してくれますか、周囲の様子を見たい」

と神木は言った。

「わかった」

青山がゆっくりと車を出した。マンション前を通過する。やはり玄関口の警官のほかに警護の姿はない。管理人も常駐しているようには見えない。周囲は瀟洒《しょうしゃ》な家並みが続く。もっとも高級住宅地も時代の流れか、相続税に困った遺産相続者が広大な土地の一部を売るせいだろう、マンションはちらほらあるが、敷地が狭いから大型マンションはない。高度制限もあるらしく、どのマンションも七、八階建てだ。五〇メートルほど離れ、もう一度車を停めさせた。

「武田は毎日ここから五反田《ごたんだ》にある組事務所に通っているんですね？」

「組事務所だけじゃない。飯倉の『新和平連合』の本部事務所にも行くし、浦野孝一がいる六本木のマンションにも顔を出す。もっともそこは毎日じゃないがな」

「要するに毎日ここから出て行くということか……」

「ああ、そうだ。迎えの車が毎朝来ている。最近は組事務所には寄らないで、そのまま飯倉に向かうこともあるらしい。用心してルートは毎日変えているようだ」

飯倉の『新和平連合』の本部は、現在『形勝会』が押さえている。品田が銃撃され瀕死《ひんし》の状態の時に、『形勝会』が素早く本部を押さえたのだ。

「ここから本部と事務所に行くのにはどんなルートを通るんです？」

「待ってくれ、今、パソコンで呼び出す」

青山がノートパソコンを取り出し、武田のマンションから『形勝会』の事務所のある五反田までの道路地図を画面に呼び出すと、カーソルを移動させ、武田が通うルートを示した。

「これでわかるか？」

青山が差し出すパソコンを受け取り、神木はモニターに映る道路地図を見つめた。

「迎えの車には、前後に二台、護衛の車が付く。通常は朝の八時半過ぎにここを出て、五反田の組事務所には九時前に着く。午後二時過ぎに飯倉の本部事務所に向かい、夜は八時過ぎに帰宅。外食はあまりしないようだ。その代わり、近所の蕎麦《そば》屋なんかで店屋物を取ったりしている。このスケジュールは週日ほとんど変わりがない。日曜はここから出ることはないようだ」

「ここだけでも隙だらけだな。その気になったらどんなことでもできる」

神木はパソコンから顔を上げると、ため息交じりで呟いた。

「留守の間、ここには警護はないようだが、武田には常時二人のガードが付いている。送迎時には十名くらいになる」

「ガードとはいってもただのヤクザでしょう。警備部の警護とは違う。それに、わかっているでしょうが、攻める側と比べたら護る側が圧倒的に不利なんだ。このままだと、武田が生き残れるチャンスは一〇パーセントもない」

「いや、最大で一〇パーセントですかね。確率はもっと少ないかもしれない」

「一〇パーセントか……」

「どんな手でくると思う？　ロシア野郎たちのことだ」

青山の問いに神木は首を振った。

「わからんですね。この状況なら狙撃もできるし、爆発物を使う手もある。毒殺だって奴らはお手のものだ。まあ、例の盗聴で、早くやれと市原という男が言っていたから、毒薬なんて悠長な手は使わんでしょうが。まあ、手っ取り早いのは狙撃でしょう。盗聴の台詞で、ロシア野郎が近付く必要なんかないと言っていましたから。狙撃の可能性が一番高い」

マンションの周囲に視線を走らせ、青山が尋ねた。

「ここで狙撃ができるのか？」

「ああ、いくらでもできますね。車からでも狙えるし、たとえばあそこにあるマンションからでも左にあるマンションからでも、この玄関口は丸見えだ。狙撃の場所には事欠かない。武田が車に乗り込むところを狙えばいい」

と神木は周囲に建つマンションを指で示した。

「あそこからだと、かなり距離があるがな」

「言ったでしょう、奴らはただのヒットマンじゃない、特殊部隊の兵士です。それも狙撃では世界に名だたるロシアだ、狙撃のプロはいくらでもいるんだ。奴らにとっちゃあ三〇〇メートルや四〇〇メートルなんていうのは楽な距離でね。凄い射手になったら七〇〇、八〇〇の距離でも苦にしない」

「そんなもんか」

「ええ、そんなもんです」

ため息をついた青山は、思案顔で言った。

「何か手はないか。狙撃を防ぐ手だ」

「ないですね。いい射手なら七〇〇、八〇〇でもターゲットを倒せると言いましたが、俺の知識は古いかもしれない。今では二キロ離れたところからでもやれるらしい。そういう狙撃銃が出来ているそうです」

「二キロだと？　それだけ離れたら、人間なんて豆粒だろう」

「正確に言うと、二キロ半。これはアフガニスタンでの狙撃の記録ですよ。もっと凄い銃もあってね。擲弾銃《てきだんじゅう》らしいが、着弾までの距離や気圧が自動的に計算されて、ターゲットの頭上で炸裂《さくれつ》する。こうなると防ぎようがないでしょう」

「そんな物があるなんて、俺は知らなかったぞ」

「そりゃあ当然です。俺たちは軍人じゃない。まあ、日本じゃあ通常お眼にかかるもんじゃない」

「まいったな……。しかし、それでも、だ。何とかして防ぐ手はないのか？」

「狙撃を、ですか？」

「ああ」

「特殊な銃を考えなければ、ないことはない。狙撃には狙撃という手がある。ロシアでは昔それをやっていた」

「ロシアでか？」

「いや、当時はソ連か。あそこは狙撃の歴史が古いんですよ。昔、バイコフとかいう狙撃の名手がいて、第二次世界大戦の頃ですね。そいつがドイツのこれまた有名な狙撃手と一騎打ちになり、ドイツの狙撃手を狙撃して殺した。有名な話です」

「ほう、そいつも、知らなかったな。われわれもそれをやるか？」

「駄目ですね。狙撃を狙撃で防ぐのは、簡単なようだが、案外難しい。それに、こっちには、奴らに勝てる狙撃手がいないでしょう」

「本庁には優秀なスナイパーがごろごろいるぞ。スカウトすることは不可能じゃない」

「やめたほうがいいですね、格が違う。強行すればこっちが犠牲者を出すかもしれない。奴らのような狙撃手は、自分が狙撃されることを一番警戒するんだ。それに、奴らが狙撃を選ぶかどうかもわかりません。もっと確実な手を使うかもしれない」

「爆殺か？」

「どうかな。そいつがわかれば苦労はない」

「『新和平連合』はな、初代会長が爆殺されているんだ。またやられるかもしれんのか。だとしたら皮肉なことだが」

「一つ聞いておきたい……」

「なんだ？」

「武田が殺されたら、どうしてもまずいのか？　俺にはそこのところがよくわからない。武田が仮に殺られたら、それで『形勝会』と品田派の抗争はどうなるんです？」

「そうだな、『形勝会』にはナンバーツーに国原という奴がいる。武闘派で鳴らしているヤクザだ。こいつが跡目を継げば、抗争はそう簡単に終結しないだろう。それに、現在は休戦中だ。そんな事態になれば仲裁に立っている『大興会』が黙ってはいない。面子《メンツ》が潰れる」

「だったら放っておけばいい。武田が殺されたって構わんでしょう。もともとあんたたちは奴らを共倒れにさせることで『極道狩り』をやってきたんだ。現在の状況は俺たちにとっては最悪どころか最良でしょう」

「たしかにそうだが、今回は都知事の要請もある。東京での争乱を何とかすることが今の緊急課題だからな。今回の抗争では一般市民に死傷者が出ている。共倒れを喜んでいるわけにはいかん」

「おかしな理屈だな。それじゃあ東京でなく地方でやってくれるならいいってことですか？」

「そうじゃあない。あの人の発想はもっと凄い。超法規で、皆殺しにしてしまえって本当は言いたいんだろうよ。東京駅の一件で頭にきているからな」

「なるほど。そいつは過激だ」

と神木は苦笑した。

「まあ、その気持ちもわからなくはない。他国なら代紋つけただけで監獄にぶち込まれるのに、日本はどうだ、まるでブランドのように代紋を誇示している、そんな国があるか、というわけだな。まあ、たしかに、わたしはマフィアでございます、と看板上げているギャングはどこの国にもいないだろう。だから代紋見せびらかしているヤクザがいたら、みんなしょっぴけ、というわけだ」

「それならわかる。いいアイデアだ」

と神木は苦笑して頷いた。たしかに他国には、私はギャングです、と看板上げている無法者はいないだろう。まさに不思議な国・日本だ。

青山の携帯が鳴った。「はい」と携帯に出た青山はしばらく相手の話を聞いていたが、

「わかった、ちょっと待っててくれ」

と言うと、神木に向き直り、言った。

「新顔のロシア人が帝国ホテルに現れた」

帝国ホテルには、現在、元レーサーの金原秀人と鍵ならどんなものでも開錠できるという元窃盗犯の柴山律夫、この二名が監視として張り付いている。

「ヴァルーエフに接触したらしい」

「新顔登場か。そいつが暗殺要員か、あるいは道具を搬入したか……」と神木。

「どうする？　『会社』に戻って次の報告を待つか。金原がそいつの写真をネット経由で送ってくる」

「会社」とは公安の用語で、六本木の『K・Sインターナショナル』のことだ。青山はこの公安の用語を使えとスタッフに命じている。たしかに携帯の通話など、近くの者に聞かれた場合、「会社」という呼称なら疑念を抱かれる心配がない。

「そのほうがいいですかね」

「写真はうちですぐ解析させる」

うちとは警視庁の公安のことだ。データベースに載っている可能性は低いが、もし過去に入国していれば必ず公安の記録に残っている。もっとも道具を搬入したのなら、空路で入国した可能性はかぎりなく低い。おそらく漁船などを使った不法入国だろう。現にヴァルーエフもオバーリンも正規の入国記録はないのだ。

青山はもう一度携帯を取り直し、これからそちらに戻ると伝えた。

通話を切り、青山が、

「いよいよだな。武田が殺られることが確実なら、その後の展開を考えんとならん……戻るぞ」

と言い、アクセルを踏んだ。

神木はもう一度武田のマンションを振り返った。玄関を出て来た武田が頭蓋《ずがい》を撃ち抜かれて倒れる光景が浮かんだ。もし金原が盗撮映像を送ってきたら、ロシアから来たらしいという男の顔がわかる。暗殺者の顔がわかれば排除できるかもしれない。だが、危険を冒してまで、自分たちが武田を護る価値が本当にあるのか。神木は吐息をつき、青山が禁煙車だと念を押していたのを無視してジャケットから煙草を取り出した。

十二

「それじゃあ、ここで……」

と頭を下げる国原に、

「おう」

と応じて武田はエレベーターに乗り込んだ。会長補佐の国原は、ガードが二人もいるのだから心配するな、と言っても必ず毎晩こうして武田を自宅のマンションまで送って来る。だが、そんな護衛はもう必要がなくなった。しぶとい品田からやっと手打ちの日程の返答がきたという連絡が『大興会』から入ったのが今日の昼のことだった。ここで手を出せば、手打ちを了承しておきながらと、今度は『大興会』の大伴が品田制裁に乗り出すのは自明で、もう傲岸《ごうがん》な品田も勝手はできない。こんな手打ちに不満気な国原を説得するために、武田はニューヨークに向かう浦野孝一を成田で見送ると、久しぶりに国原と酒を飲んだのだった。

「手打ちになったからって、あの外道をそのままにはしませんよ。会がきちんとまとまったら、必ず落とし前はつけますから、会長もそいつを覚えておいてください」

と酒を飲んでも酔わぬ国原は、思い詰めた顔でそう釘《くぎ》を刺してきた。まあ、それも無理からぬことだ、と武田も思う。肝心の証人は死んだが、品田が新田会長殺しの首謀者でない可能性は万に一つ。いずれにせよこれまで通りに品田を『新和平連合』の中に置いてはおけない、と武田も思っている。だが、制裁は『新和平連合』が以前のように一枚岩にまとまってからのことだ。今の『新和平連合』はまるで卵の殻のようにひび割れやすい。組織に不安がなくなったら、国原に言われなくとも、武田はきちんと落とし前をつける気でいた。

エレベーターがゆっくり上昇を始める。武田の住むマンションは低層で七階までしかない。都心では情けないほど小さなマンションで、二十九世帯。武田の部屋は七階のペントハウスである。その七階には武田以外の居住者はいない。他の居住者がいないということで、古く汚いマンションだが、武田は満足している。四人も乗れば一杯になるエレベーターが一基しかないから、他の居住者と乗り合わせることも多い。だから子分の服装には特に気をつけ、なるべく普通の会社員に見える格好をするように命じている。

武田と部屋住みのガード二人が乗ると、エレベーターは情けないほど上昇の速度が遅くなった。武田の前に立つ石場《いしば》は貧乏揺すりを止めない。緊張すればするほどこいつの貧乏揺すりは酷くなる。武田はそんなごつい石場の背中を見て微笑んだ。だが、そんなこいつらガードの緊張の日々は間もなく終わる。やっと七階に着いた。上昇速度と同じように扉が開くのも嫌になるほど遅い。

扉が半分ほど開いたところで、前に立つ石場が、オオッというような叫び声を上げた。その声で、横に立つ勝本が咄嗟《とっさ》にエレベーターを降りようとする武田の前に立ち塞がる。石場が、

「誰だ、おまえは！」

と叫びエレベーターを飛び出した。武田を庇《かば》って前に立つ勝本の肩越しに、エレベーターの前に立つ長身の男の姿が見えた。ガードの二人が臨戦態勢になったのは無理もない。七階の居住者は武田しかいないのだ。武田に無関係の者がこの階にやって来ることはあり得ない。見知らぬ者はまず敵と考えなくてはならない。

「待て、待て、待てい!」

と言いながら、その男は腕を伸ばすごつい石場の突進を難なく捌《さば》き、あっという間に彼の腕を逆に極《き》めた。慌ててチャカを取り出す勝本に対して、石場の体を盾《たて》にして男が言った。

「待てと言ってるだろう、俺は鉄砲玉じゃない。こんなところで発砲騒ぎはやめておけ!」

勝本の手にあるチャカを見ても、男の声は落ち着いていた。何をどうされたのか、巨体の石場は武田の方を向き、奇妙な爪先立《つまさきだ》ちで苦悶《くもん》の表情を見せている。たしかにこの態勢では勝本も引鉄《ひきがね》は引けない。緊張の真っ只中で、苦い笑みさえ見せて男が続けた。

「武田さんよ、何とかしてくれ。神木だよ、まさか俺の顔を忘れたんじゃないだろうな」

武田はやっと男が誰だったかを思い出した。この男とはたしかに有川涼子の弁護士事務所で会っている。

「勝本、引け!」

と言って武田は前に出た。この男には世話になっている。というより恩人と言っていい。イタリアで品田に拉致されていた浦野孝一を助け出してくれたのはこの男なのだ。

「チャカをしまえ!」

と武田はもう一度勝本に言い、エレベーターを出た。だが、そこでまた武田は唖然とした。男の足元にもう一人、男が転がっている。よく見ると、それは留守居をさせている部屋住みの若中《わかなか》の北尾《きたお》だった。武田の視線を追って神木が言った。

「気を失っているだけだ、心配ない」

武田は視線を北尾から神木に戻した。

「神木さん。一体これはどういうことですか」

さすがにただ事ではないと、武田は訊いた。たしかに知った顔だが、北尾の姿を見れば、これが尋常な事態ではないことがわかる。一体、何があったのか……。

「あんたに話したいことがあってやって来た」

と相手は言った。やっとどんなことが起こったのかがわかった。七階のエレベーター・ホールは武田の専用のもので、このエレベーター・ホールには監視カメラが設置してあり、誰かがこの階に入れば、それは部屋のモニターに映し出される。今、床に転がっている北尾は、そのモニターにこの男の姿が映ったので部屋から出て来たのだろう。そこをこの神木という男にやられた……。

仲間の北尾がやられていることに気づいた勝本は、武田がやめろと言ってもまだ油断なくチャカを構えている。

「問答無用に向かって来たので大人しくしてもらった。理由は今話す。だからそちらさんのチャカ、引っ込めてくれませんかね」

石場は苦痛の呻きを漏らし、必死に腕を振り切ろうとしているが、その腕を振りほどくことができないでいる。

「勝本！　チャカをしまえ！」

勝本が武田の命令でしぶしぶチャカをベルトに戻すのを待って、神木がやっと石場を突き放した。

「いやぁ、危ない、危ない」

と言うと、神木が足元の北尾に視線を向けて続けた。

「この男には悪いことをしたが、武田さんを待っている所が他になかったんでね」

「どうしたんです、連絡を貰えば……」

「そいつは無理でしょう。あんたに直接会えればいいが、わたしは『新和平連合』にとっちゃあ問題の人物とされているんだ。あんたの組に連絡したって、すぐには会わしてもらえんでしょう。こっちは急いでいるんで、乱暴だがこうして会いに来た」

と神木は呼吸も乱さず、笑みを見せて言った。

石場と勝本が慌てて倒れている北尾を抱き起こす。神木が言った。

「大丈夫だ、ちょっと気を失っただけだ、すぐ元に戻る」

恐れる風もなく、神木は勝本に代わって北尾を背後から抱き、活を入れてみせた。北尾が呻いてもがく。

「もう心配ない」

そう言って立ち上がる神木に、武田が言った。

「こんな所じゃあまずい、中に入ってもらえますか」

「いや、長居するつもりはないんだ、ここでいい」

まだ苦痛の表情の石場と警戒を解かぬ勝本たちを眺め、

「そうは言っても、立ち話で済む話ではないんじゃないですかね？」

と武田は訊いた。

「いや、話は簡単。あなたにガードをもっと厳重にしろと言いに来ただけだ」

ヤクザを相手にしていても、この男はまったく動じることがない。

「ガードですか……たしかにこんなザマじゃあ、そう言われてもしょうがないですかね」

と武田はまだ起き上がれない北尾を見下ろして苦笑した。神木が言った。

「俺がここまでこうして上がって来られたということ自体、問題でしょう、違いますかね。もしこっちが重武装だったら、そんなチャカ一つじゃあどうにもならない。今頃、あんたは死んでいる」

「それはそうだが……」

たしかに、東京駅のときのようにサブマシンガンを撃ち込まれていたら、まず防戦はできなかっただろうと武田も思った。

武田はあらためて神木という男を注視した。この男のことはたしかに知っている。新田会長が信頼していた有川涼子の弁護士事務所にいた男で、詳しくは知らないが、元警察官だったらしい。この男はローマで品田の手から若を取り戻してきたのだ。考えてみれば、そいつは常人でできることではない。品田が雇っていた男たちは、ただのんびりと若を預かっていたわけではないからだ。『形勝会』が奪回に動くと、それなりの警戒態勢を敷いていたはずである。そんな状況の中から若を救い出すには、当然それなりの覚悟と能力があったのだろう。それも特別な能力だ。それはさっきの動きを見てもわかる。やられた石場も北尾も半端なガードではない。三人とも『形勝会』ではトップクラスの武闘派である。北尾はボクサー上がりだし、石場も空手か柔道かの黒帯なのだ。それが一瞬で身動きできなくなった。一体、この男はどういう男なのだ？　疑問を呑み込み、武田は子分たちに目をやった。三人とも憤怒《ふんぬ》の顔で男を睨んでいる。

「出歩く時の警護は凄いようだが、ここの警護はまったく無防備と言っていい。現に俺でもあんたの部屋の前まで簡単にやって来られた。こっちが重装備だったら何度も言うようだが、チャカ持ったガード二人ぐらいでは防戦できない」

「おっしゃる通りです」

武田は素直に頷いた。

「だが、用件はそれだけじゃない」

「他に何かあるんですか？」

「ロシア人があんたを狙っている」

「ロシア人？」

この男は何を言っているのだ？　咄嗟には意味がわからなかった。

「そう。市原という男が、あんたを消すためにロシア人のヒットマンを雇った。その殺し屋は、すでに日本に入国している。この情報は、たぶん、まだあんたのところに届いていないでしょう」

市原は品田の腹心である。その市原が、ヒットマンとしてロシア人を雇ったのか……。

たしかに男の言う通り、そんな情報は聞いていない。

「ほう、今度の相手はロシア人ですか」

武田はさして驚いた顔も見せずに応じた。

「驚かんようですね」

「いや、品田ならやりそうなことだと思っただけですよ」

と武田は答えた。ヒットマンに組員を使わないようにするのは当然だろう。昔と違って暴対法が整備され、下の者が仕出かした不始末でトップがパクられる時代である。ヒットマンが逮捕されれば芋づる式に上まで追及の手が伸びる。ましてや手打ちの日が正式に決まった直後である。系列の組員をヒットマンには使えない。ただ、ロシア人とは珍しい、と思うだけだ。

「私の話、信じてもらえますかね、武田さん。『大興会』を仲介にした手打ちが決まったからですか」

相手の目が鋭くなって、初めて武田はショックを受けた。手打ちは今日やっと決まったばかりだ。それなのに、この男は何もかも知っている。憶測にしても、油断がならない。

「親切な忠告だが、それこそ、どこでそんな話を聞いたんですかね」

と武田は訊いた。

「どこからも聞いちゃあいませんよ。単なる想像だ。言いたいことは、休戦中でも向こうは手を緩めないということですよ。このままでいけば、あんたは間違いなく殺られる」

「だが、神木さん、そこまでうちらの事情を知っているなら言うが、そうなれば、品田も生きてはおられんですよ」

と笑みを見せて武田は応じた。

「本当にそう思っているんですか？　そうなったら『大興会』が黙っていないとあんたは思っているわけですかね。もしそうなら、そいつはちょっとばかり人《よ》が好すぎる」

武田は返答に窮《きゅう》した。

「手打ちで決めた休戦の協定を、品田が一方的に破ると言うのですか？」

「その通り。このままでいったら、気の毒だが、あんたは間違いなく死ぬ。その後で、

『大興会』には、あなたに手を下したのはロシアのマフィアだと、品田は言うだろうな。たとえば、今回の抗争とは関係のない縄張り上のトラブルだとね。市原という男が、殺しの代償にどこだかの港の利権をロシア側に渡すと約束してまで進めていることは事実なんだから。さあ、これで、どうです？　要するにあんたは抗争で死んだのではなくて、ビジネス上の揉め事でロシアのマフィアに殺られたことになる。そうなれば『大興会』の制裁はない。だから手打ちも休戦も、危機回避にはならない」

なるほど、そんな展開もあり得る、と武田は考え直した。品田がロシア人を殺し屋として雇ったことも納得できる。これまで『新和平連合』で海外、特にヨーロッパでロシアの連中と交渉してきたのは品田派の『玉城組』なのだ。奴らならロシアのヒットマンを雇ってもおかしくはない……。

「もう一つ。襲撃は、チャカや日本刀で乗り込んで来るようなものじゃあない。一番気をつけなくてはならんのは狙撃ですよ……」

「ほう、狙撃ですか」

「そう。それもスナイパーは特別のプロだ。相当の距離からでも撃ってくる。それを防ぐ方策はないと思ったほうがいい、特に車の乗降時が危険性が高い」

「警護の方策がないんですか？」

「ああ、そうだ。まず狙撃を防ぐことはできない」

武田が笑みを見せて応じた。

「だったら、どう仕様もないでしょう」

「手はある」

「どういう手です？」

「部屋から一歩も出ないことだ。カーテンをしっかり閉めてね。そうすればある程度の安全は確保できる。それと、もう一つ言っておこう。奴らは爆発物を使う可能性も高い」

「爆弾ですか……」

「『新和平連合』の初代も爆殺されたと聞いたが、違いますかね」

この男の言うことは確かで、『新和平連合』の初代会長・浦野光弘は抗争の中で爆殺されている。相手が続けた。

「爆発物は車輛に取り付けられることが多い。だが、これも外出を控えることである程度は防げる。もっとも、閉じ籠もるだけでは一〇〇パーセント安全とは言えないが」

「そうすると、せっかく情報を頂いても、わたしが生き延びる策はないわけだ」

と武田は苦笑した。

「いや、一つだけ方策がある」

「そいつは、何です？」

「殺られる前に殺る。そうすれば防げる」

武田が笑って言った。

「そいつができんことは神木さんもわかっているでしょう。うちが先に手を出せば、仲介者が黙っていない」

「たしかに、それはそうだ。だが、殺られるよりはいい」

なるほどと納得できる話だが、大袈裟《おおげさ》な話だとも武田は思った。ロシアの殺し屋と言ってもたかがヒットマンだろうという思いが武田にはある。鉄砲玉を恐れて家に閉じ籠もるようなら、ヤクザは廃業したほうがいい。もともと命を懸けてなんぼのヤクザ稼業ではないか。

「せっかく頂いた忠告だが……」

と言う武田に、ニヤリと笑みを見せて相手が言った。

「見え張って強がって見せても仕様がないと俺なら思うが、あんたたちの業界では違うのかね。まあ、こっちが言いたいことはそれだけだ。とにかく忠告だけはした。ということで、そろそろ失礼しますか。幸運を祈りますよ」

エレベーターに乗り込む神木を追って武田は言った。

「お気遣い、感謝します。これは……有川先生の指示ですかね？」

神木が答えた。

「いや、違う。有川さんは、この一件には関係ない。それじゃあ。くれぐれも用心を怠《おこた》りなく」

神木を乗せたエレベーターの扉が閉まった。跡を追おうとする石場と北尾を止めて、武田が言った。

「追わんでいい。それより、今の話、聴いていたか？」

三人が頷く。

「国原を呼び戻せ」

勝本が携帯で国原を呼び出す。

「会長、出ました」

勝本から携帯を受け取り、

「国原か、悪いがすぐこっちに来てくれ、話したいことが出来た。事情は来てから話す」

と言って携帯を勝本に渡して言った。

「明日、業者を呼んで玄関ホールにも監視カメラを付けさせろ」

「わかりました！」

「それから……うちには短機関銃みたいな道具はあるのか？」

勝本が答えた。

「うちにはないですが、本部にはたぶんあるかと」

「それなら二、三丁用意しておけ」

と言い、武田は自室に向かった。

十三

けっきょく、武田は神木という男の忠告を守らなかった。襲撃を惧《おそ》れて自宅に亀のように縮こまる様は見苦しいと思った。それでは病院を要塞化して一歩も出ようとしない品田とまるで変わらないではないか。鉄砲玉が怖くてヤクザがつとまるか。

そんな思いの武田に血相を変えて翻意《ほんい》を迫ったのは腹心の国原だった。

「わしは神木って奴のことは知りませんが、そいつの言っていることは間違っちゃあいないと思いますよ。あの品田の外道なら何でもやるんだ。ロシア野郎を雇ったというのもたぶん本当でしょう。そいつは杉田あたりが考えた絵図だと思いますよ。ただの鉄砲玉ならどうということはないですが、ロシアの暗殺部隊となると、こっちは思案の外《ほか》だ。ガードを増やしたって安心はできないです」

と国原は言い、

「手を出せば大伴さんが黙っちゃあおらんでしょうが、それだって何だかんだと理由をつけると言う神木という奴の意見が当たってると、わしは思う。殺られちまったら、終わりだ。そいつが言うように、殺られる前にこっちが殺るってのが正解です。向こうがロシア野郎を雇ったんなら、こっちもそうすりゃあいい」

そんなことは大伴の手前、絶対にできない、と苦笑して言う武田に、

「だったらやっぱり外に出んことです。今、会長に何かあったらせっかく固まってきた結束が崩れます。『新和平連合』は一見まとまっているように見えても、まだ危ないんです。品田には『玉城組』の杉田が付いている。市原なんかはどうってことはないが、杉田を甘く見るとえらい目に遭いますよ。頼みます、ここはわしの言うことを、どうしても聞いてもらいます」

と国原は武田に、面子を捨てて自宅に籠もるようにと迫った。そんな国原に武田は言った。

「国原よ、おまえもヤクザだろうが。俺の身になって考えてみろ。撃たれるかもしれねぇって、隠れているような男の子分でいられるか？　俺だったら嫌だな、そんな親は持ちたくないぞ。意気がって言うわけじゃねぇが、亡くなった新田会長だってそんなことは絶対にしねぇだろう」

武田はそう言って国原の説得に苦笑で応えた。

「ですが、品田の野郎だって……」

「ああ、野郎はたしかに病院から一歩も出て来んがな。だからついていくところがねぇんだ。野郎のように死に体になるってのは、とどのつまり真っ当なヤクザか、そうじゃあね

ぇかってことだろう。仮に、新田会長殺しの首謀者が品田でなかったとしてもだ、俺が『新和平連合』を品田には任せられねぇって思うのは、野郎がそういう男だからよ。俺が撃たれたら『新和平連合』ががたがたになるっておまえは言うが、そうじゃあねぇ。俺が死んだらおまえがいる。おまえがいてくれりゃあ『形勝会』が潰れることはねえさ。その代わり、俺がびびって隠れたりしたら、それこそ『形勝会』は終わりだ。そして誰もついて来やしねぇ。そんなトップをいただく組はどのみち長くはもたねぇんだ。そして『形勝会』があるかぎり、『新和平連合』ががたがたになることはねぇ。だから、心配するな、国原」

と武田は国原の意見をどうしても聞かなかった。

頑として自説を曲げない武田に根負けした形で、国原は仕方なく自説を引っ込め、成り行きを見守った。用心した甲斐《かい》はあり、その間何事も起こらずに過ぎた。だが、どうしても武田が外に出なければならない日がやって来た。大伴の仲介で手打ち式が箱根《はこね》の『大雲荘《だいうんそう》』で行われることになったからである。この手打ちには当然、品田も出席するから、武田も出なければならない。まさか大伴が設定した手打ちの日に襲撃はないだろう、と言う武田に、まだ国原は不安を隠せず言った。

「いや、油断はならんです。とにかくガードをなるだけ厳重にせんとならんです」

そして、ガードに関して、国原は先を見越してそれなりの手を打っていた。『新和平連合』では車はクラウンと決まっていたが、まず武田の乗る車を替えた。クラウンからベンッに替え、そのベンツに特注の改造を施した。

窓のガラスを防弾ガラスに換え、ドアと床下には同じように防弾のための鉄板を貼《は》らせた。これで拳銃弾くらいなら貫通は防げる。ただし大口径の銃弾までは防げるかどうか、それはわからない。ただ、狙撃に使う銃の威力がどれほどのものか、国原には知識がなく、修理工場で用意してくれたもので我慢するしかなかった。

不安を取り除くために、国原はもう一つ防弾のための道具を用意していた。

「嫌でしょうが、会場に着くまではこいつを着てくださいよ」

と言って国原が持って来たものは、アメリカのＦＢＩなどが着用しているという防弾チョッキだった。拳銃の弾丸なら間違いなく防げるし、小銃の弾丸でも直撃でなければ貫通は絶対にしないという。

「馬鹿野郎、いい加減にしろ」

と武田は苦笑して首を振った。

「刺客が怖くておかしなものを着ていると言われるほうがよっぽど怖いわ。俺の身にもなってみろ、勘弁してくれ」

けっきょく、その防弾チョッキはガードの勝本に着せることになった。

手打ち式の当日、国原はどうしてもガードは自分がする、と言ってきかなかった。国原はガードというものをよく知っていた。ガードはただの警護ではないのだ。文字通り、飛んでくる弾丸を自分の体で食い止めるのがガードの役目だと思っていた。撃たれることを恐れず、己の体で弾丸を食い止める。国原はそれができると思っていた。武田のためならいつでも死ねる……。そう思える親を持てる幸せというものを、国原は知っていたのだった。

当日、国原は警護の車を二台から四台に増やした。前後の警護車を増やし、車の乗り降りの際、武田の周囲をガードで固める作戦である。前後左右をガードで囲んでしまえばいくら優秀な狙撃者でも手が出せまい、と国原は考えたのだった。だから勝本だけでなく、他のガードにもあるだけの防弾チョッキを着せた。そして武田のマンションの周囲も事前にチェックをさせた。車の乗降時が、狙撃では一番危険だと神木という男が言ったと聞いたからだ。

ただ、東京から箱根までは相当の距離がある。その間に襲われる危険は避けようがない。だから警護の車の数を増やした。できるだけ警護車を併走させて怪しい車を接近させずに目的地まで辿り着くのだ。さらに、警護の組員には警察の臨検覚悟で全員拳銃で武装させた。最悪の場合、銃器の所持が発見されれば、これは武田への訴追という危険はあったが、暗殺を予測させる現在の危機を乗り越えるにはそれしか方策がなかったのである。

「ここまですりゃあ、あとは爆弾でも落とされないかぎり、殺られることはねぇ」

と国原はガードの勝本にその朝語った。

だが、これほどの用心をしても、思いも寄らぬ方法で襲撃は起こったのだった。

十四

時刻は深夜の午前一時過ぎ。神木の要請で「会社」には、本庁にいる青山と、帝国ホテルに詰めてロシア人たちの監視をする柴山律夫を除くスタッフの全員が集まっていた。

「箱根だと？　どうしてそんな所でやるんだ、箱根でやる根拠は何だ？」

神木が怪訝な顔で言うと、

「会場が『大雲荘』になったのは、そこが『大興会』の持ち物だからですよ」

と手打ち式の情報を持って来た戸塚が答えた。

「その旅館の名前なら俺も知ってますよ。それにしても、驚いたな、そんな旅館をヤクザが経営しているんですか」

ロシア人の監視要員の一人、金原が呆れた顔で言った。彼が驚くのも無理はなかった。

『大雲荘』は箱根では老舗《しにせ》の旅館で、まず警察でも暴力団に詳しい課でなければ、この宿と暴力団の関係に気付く者はいないからだ。

「ヤクザが直接経営しているわけじゃない。資金が流れ込んでいるということだ。たぶん合法的にな。今ではあいつらの金は、あっと驚くようなところに入っている」

神木の説明に下村光子が補足した。

「品田が立て籠もっている『愛心病院』にも『新和平連合』の資金が入っていますよ。病院、レストラン・チェーン、学校、外からはわからない一般企業。半ば合法だから警察も手がつけられない。暴対法で暴力団の姿が変わったわけ」

神木に向き直り、下村光子は続けた。

「それと、会場が箱根になったのは、『大興会』はもともと静岡から神奈川西部が地元でしょう、地元でやればおかしな干渉が入らないと考えた結果だと思いますね。ここで何かが起こったら、仲介に立つ『大興会』としては立場がなくなるわけ。なるほどと思える場所なんじゃあないですか」

下村がそう言うと、

「それもあるかもしれないが……。だが、東京から離れれば、逆に襲うほうはチャンスが出来る。東京では動きにくくても、箱根までの間には襲撃が容易なポイントはいくらでもあるからな。金原、ロシア野郎のほうはどうなんだ？」

神木の問いかけに金原が答えた。

「今のところ、特に変わった動きはないです」

帝国ホテルには、この金原と柴山が監視要員として常駐している。さすがに部屋の前で監視はできないから、同じフロアーに部屋を取り、泊まり込みで監視を続けているのだ。

それでも、金原たちが泊まり込んだ部屋でロシア人たちの動きがわかる仕掛けにはなっている。

三人の部屋には隠しマイクが仕掛けられ、ドアにも細工が施されているのだ。ドアが開けられれば、すぐにそれは柴山たちの部屋のモニターが察知する。場所はホテルだから、まず盗聴機器の有無をここでは調べられることはない、という判断で神木が許可した行動だった。これらの盗聴機器を仕掛けたのは、むろん柴山である。柴山には開けられない鍵というものがほとんどないのだ。隠しカメラは照明器具に取り付け、盗聴機器はベッドサイドのラジオ機器の中に取り付けてある。この情報は監視部屋のパソコンを経由して、そのまま「会社」のコンピュータに送られてくる。

「オバーリンはいつものようにサウナから帰って、今は部屋に戻ったそうです。部屋にはいつもの女たちが来ていますがね」

と金原が笑った。帝国ホテルのロシア人たちは毎晩のように女たちを呼んでいる。その女たちの手配は市原がしていると、戸塚がすでに報告していた。オバーリンは毎晩のように新橋にあるサウナに通うが、他の二人がホテルから出ることはないらしい。金原や柴山はこの女たちとロシア人たちのお陰で、退屈することなく三人の部屋の動きを探っていられるのだ。

「他に接触している奴らはいないんだな、市原組以外には？」

神木の問いに金原が答えた。

「市原のところからは、ほぼ毎日誰かが来てますけどね。通訳をしている川島幸一《かわしまこういち》という外語大の学生を除いて、どいつもヤクザばっか。あいつら、ほとんどホテルから出ないですよ。飯食うのもホテルの中ばかしで」

「やって来たのは、こいつらだな……」

神木が手にした書類にはロシア人たちと接触した人物の盗撮写真が付けられている。接触者は市原を始めとする『市原組』の関係者、他に通訳という若い男とロシア人のための女が三人。この三人の女性は吉原《よしわら》のソープから『市原組』が連れて来た女であることを、神木たちはすでに摑んでいた。

金原が続けた。

「それと、俺、不思議なんですがね、ライフルなんて格好の物、持ち込んでいるようには思えないんですよ。あれって、長いもんでしょう? だからゴルフバッグみたいなもんに入れないとならないはずですけど、部屋に持ち込んだのはあまり大きくないスーツケースだけなんですよね」

「狙撃銃は分解できる。小さなスーツケースにも入るんだ」

と神木が答えた。

「へぇ、分解できるんですか」

「そんな銃もあるということだ。もう一度確認しておきたい。今でもオバーリンだけなのか、サウナに行くのは?」

「ええ、野郎だけです。あとの二人は、まったく外に出ませんよ。女抱くことしか考えていないんじゃないですかね」

「すると、問題はオバーリンの動きだな……」

神木のため息にはわけがある。オバーリンの靴底には、すでに柴山律夫の手で超小型の発信器が取り付けられている。部屋で他のロシア人の靴に手を掛けることは無理だが、サウナに行くオバーリンの靴に細工をするのは容易だったからだ。サウナに入る者は誰でも靴を脱ぎ、下駄箱に入れる。下駄箱には鍵があるが、そんな鍵など開錠するのに柴山なら一分もかからない。柴山はオバーリンを尾行し、新橋のサウナで見事その腕を発揮してオバーリンの靴底に発信器を取り付けた。靴を履き換えられないかぎり、約一月《ひとつき》は信号を発信し続ける。だから、尾行しなくても、オバーリンの動きだけは「会社」にいながらにして捕捉《ほそく》ができるのだ。

これは「会社」のスタッフ全員のベルトに付けられているものと同じものだ。まったく同じものが、市原の女・紫乃に戸塚が贈ったネックレスにも、超小型盗聴マイクとあわせて仕込まれている。市原の情報を拾うためだ。

問題は、襲撃にオバーリンが参加するか、それがわからないことだった。

「『玉城組』の動きはどうだ?」

　神木の問いに関口が答えた。

「組長の杉田は昨日病院を出ました。奴も品田に付いて、手打ち式に出るんだと思いますがね」

「おまえも護衛で行くのか?」

「まだ言われていませんが、たぶんそうなると思いますよ。俺はあそこじゃあガードですから」

　戸塚が『市原組』に潜入しているのと同じように、この関口も『玉城組』に潜り込んでいる。どちらも組長のボディー・ガードに選ばれているので、杉田と市原の動きは手に取るようにわかる。

「ところで、移動は車だな?」

「そうです」

「戸塚のほうは?」

「同じです。こっちも車での移動です。俺も市原について行きます」

　身の安全を考えたら、移動は車で間違いはないだろう、と神木は判断している。

「品田と一緒に行くのは、市原なんだな?」

「ええ、たぶん、そうです。杉田は動くのがやっとの状態ですから、品田の面倒みるのは今は市原ですよ」

「ロシア側と会っているのも市原だけなんだな？」

「そうです。盗聴はしていないので、電話で話しているかもしれませんが、杉田はずっと病院でしたから、ロシア側との接触はないはずです」

「よし、次。市原と杉田の関係は、どうだ？　うまくいってるのか？」

どちらも品田の側近だが、今では間違いなく『玉城組』の組長になった杉田のほうが格が上だ。品田派は知恵者の杉田が動かしていると言ってもいい。そんな状態を、品田の一の子分と自任している市原がどう感じているか……。

「見ているかぎりでは、問題はないようです。腹で何を考えているかはわかりませんが、少なくとも表面的にはうまくいっているように見えますがね。市原は杉田の指示をぺこぺこして聞いていますよ。今じゃあ完全に杉田が品田派のナンバーツーですから」

「おまえのところも、感じは同じか？」

関口が答えた。

「そうですね、戸塚と同じですよ。今のところはうまくいっているようです」

「当日のルートはもう決まっているのか？　箱根までのルートだ」

戸塚が答えた。

「まだわかりません。明日に、いや、もう今日か……たぶん、もうじきわかると思いますが」

「やっぱり東名《とうめい》から小田原厚木《おだわらあつぎ》道路ですかね」

と呟く関口に戸塚が言った。

「いや、場所が仙石原《せんごくはら》だからな、御殿場《ごてんば》まで東名で行くかもしれないな」

「次。伊丹、本庁の動き」

伊丹は警視庁の技官だ。盗聴や盗撮の機器は、すべてこの伊丹が本庁から運び込んだものだ。機器の調達だけでなく、この伊丹には青山と連携して警視庁からの情報を担当させている。

「マル暴が、当日の動きに合わせて『新和平連合』の警戒を強化しているくらいですか。手打ちの会場が箱根になったので、本庁はほっとしています。車の移動となると、本庁より、神奈川県警と静岡県警が大変だと思いますね。もっとも、武田への襲撃計画のことはまだどこも摑んでいないと思いますが」

警視庁や他の県警も神木たちと違い、『市原組』がロシア人たちと接触したことはまだ摑んでいないのだ。

「一つ訊いていいですかね」

と関口が手を挙げた。

「なんだ？」

「狙撃ですが、奴らの狙撃のポイントをもう把握しているんですか？」

「二、三カ所、それらしいポイントを想定してあるが、確証はないな」

「じゃあ、阻止は断念ですか」

「まあ、そうだ。会場が都内ならある程度のポイントは予測できるが、箱根となると予測するのは無理だ。東京から箱根まで、その気になれば狙撃に格好な場所はいくらでもある」

神木たちは、狙撃が実行されることを予測して、一応は狙撃を阻止する用意をしてきた。といってもそれが可能だったら、という程度のもので、何がなんでもというものではない。狙撃を狙撃で防ぐことにはしたが、そのための銃を用意しただけで、本庁から狙撃手を選抜したわけではなかったのだ。

敵の狙撃手に対する狙撃はこれまた危険で、ちょっとした油断が危険を招く。相手がロシアのスナイパーだとすれば、たぶんその腕は一級だろうから、逆にこちらがやられる危険性も考えておかなければならない。だから、敵に対応する狙撃は、狙撃にそれほど自信があるわけでもない神木自身が行うつもりでいた。

狙撃は通常、車に乗り込む時と目的地に到着して降りる時に行われることが多い。車の走行中に狙撃するのは極めて難しいからだ。だから神木が想定した狙撃ポイントは、武田のマンション周辺と仮定して、応射の場所を一応検討はしていた。

この対応に不満な青山は、当初、ヘリコプターを用意することも考えたが、神木は苦笑してこれをやめさせた経緯があった。

「無理ですね。いくらあんたでも本庁のヘリを飛ばすわけにはいかんでしょう。それにだ、あんたよりましだというだけで、俺は一級の射手じゃあないんだ。相手の近くに着弾させて相手を驚かせるくらいが関の山で、動くヘリから敵さんを撃てるほどの腕はない。第一、ヘリを飛ばしたら、武田や敵さんだけでなく、それこそ本庁の連中が大騒ぎになる。第三の敵がいる、とね。俺は今でも要注意の人物だということを忘れんでくださいよ」

と神木は青山の提案を蹴ったのだった。アメリカとは違い、日本では簡単にヘリを飛ばすわけにはいかない。民間からヘリを借り出せば目立つし、足跡を追及される。東京の空はのどかなところなのだ。

「じゃあ武田が殺られる可能性のほうが高いわけですか……」

と戸塚が呟くように言った。

「ロシアの連中の動きがわかれば阻止はできる。要は奴らを逃がさんことだ。逃げられたら、まず武田は殺られる。さて、それからだ。武田が殺られたら『新和平連合』はどうなる？　関口、そうなったら『玉城組』がどう動くか、おまえの意見を言ってみろ」

神木の問いに関口が思案顔で答えた。

わけですからね。奴が死んだら、まあパニックですよ。二番手に国原というのがいますが、たぶん国原では『新和平連合』の系列を束ねることはできないと思いますよ」

「戸塚もそう思うか？」

戸塚が頷く。

「やっぱり俺もそうだと思いますね。武田さえ落とせば品田は生き返ります。品田にはうちの市原だけじゃなくて、関口のところの杉田が付いていますから。武田が死ねば、この杉田が動くでしょう。品田憎しと言っても、武田がいるから系列も『形勝会』に付いているんで、武田がいなくなれば『形勝会』にそんな力はないですから。杉田は『新和平連合』の中でも結構顔が利くし、根回しが上手い男だそうです。『形勝会』が武田でもっているように、品田派は『玉城組』の杉田でもっているようです」

「もう一つ。今度は品田だ。品田が死んだら、『新和平連合』はどうなる？」

神木の問いに戸塚が答える。

「武田体制で万全でしょう」

「それじゃあ武田が死んで、品田も殺られたら、どうだ？」

関口が答えた。

「二人ともですか……そうだなぁ、そうなりゃあうちの杉田と戸塚のところの市原が、また抗争ですかね。『玉城組』と『市原組』との戦争だ」

戸塚が笑って言った。

「こちらとすりゃあ、そうなるのが一番ですよ。共倒れで詰めだ」

「いや、共倒れにはならない。杉田のほうが上だ。市原じゃあ系列はまとまらない」

と関口が言ったところで金原の携帯が鳴った。

「すいません、こんな時間に変だな……」

怪訝な顔で金原が携帯を手に立ち上がった。会議のテーブルから離れた金原の声が甲高《かんだか》いものに変わった。

「なんだって！　こんな時間に？　そんなことがあるのかよ！」

携帯を耳に当てたまま、金原が神木に困惑の視線を向け、叫んだ。

「チーフ、柴山からで、ロシア野郎が部屋を出たそうです！」

スタッフ全員が緊張の顔で金原を見つめる。

「部屋を出たのは誰だ？」

落ち着いた神木の問いに、金原の顔が悲痛に歪む。

「三人ともです」

夜中に三人が一斉に部屋を出た……？　金原が困惑するのも無理はなかった。真夜中に動くとは想定外だ。下村光子が素早く席を立ち、コンピュータ・ルームに走る。ここのコンピュータにもロシア人たちの動きが送信されている。

金原が再び携帯に応えた。

「わかった、ちょっと待ってろ、今、チーフに訊いてみる……尾行すると言っていますが、三人ばらばらなんだそうです！」

部屋を出た三人が散った……？

「三人が分かれたのか？」

「そうらしいです。どいつを尾行したらいいかって……」

帝国ホテルには出入りできる所が数ヵ所ある。もっとも、夜間にタクシーで移動するなら正面玄関か？　他の場所では車を拾うには時間がかかる。それとも車の迎えがあるのか？

「新しい男だ。そいつを尾行しろ」

という神木の携帯が鳴った。

「はい……なにっ？」

神木に掛かってきた携帯の相手は本庁に詰めている青山だった。

「金原、まだ切るな」

と言うと、再び青山の通話に戻り、

「今、柴山から携帯に掛かっているんです……わかった、柴山にはこっちで伝えましょう、通話中なんで……了解した」

通話を切った神木が金原に言った。

「追尾をやめさせろ、部屋に戻って寝ろと言え」

「尾行は、しないんですか？」

「ああ、やめるんだ。奴らには公安が付いている」

「わかりました」

と答えた金原が、柴山に神木の指示を伝えた。

「公安ですか……驚いたな」

と戸塚が呟くように言い、関口と顔を見合わす。神木が金原に命じた。

「もう一度、柴山に掛けろ。公安がロシア人たちの部屋を調べるかもしれない。監視機器のスイッチをすべて切れと言え。電波を辿られたらまずい」

金原が再び柴山を呼び出し、新たな神木の指示を伝える。パソコンの前に座った下村光子が近付く神木を見上げて言った。

「いつから公安が動いていたんですか？」

後ろに立った神木が答えた。

「わからんが……それほど前からじゃないはずだ。おそらく『市原組』の動きを追っていて気付いたんだろう」

「危険度は？　ロシア人たちの部屋から電波が飛んでいるのを気付かれた危険性があると思いますけど」

「たぶん大丈夫だ。まだ公安の連中は部屋に入っていない。ただ、柴山が追尾していたら、まずいことになったと思う。公安の追尾は素人の柴山にはわからないからな」

スタッフたちがコンピュータ・ルームに集まった。

「公安が動いたら、どういうことになるんです？」

と関口が神木に訊いた。

「さてな。あそこにいるロシア野郎がどの程度の訓練を受けているかだ。新顔の前歴は不明だが、おそらく奴らは元軍人繋がりで、情報部員ではないだろう。情報部員なら日本の公安の視察にも敏感だが、元軍人のマフィアなら公安の追尾は振り切れない」

「すると、どうなるんです？」

戸塚の問いに、神木が答えた。

「切れ掛かった武田の命の綱がなんとかもったということだろう。公安にべったり食いつかれたら、奴らは動けない。公安の視察下では狙撃ももちろんできない。おまえたちが嬉しがる共倒れも、これでご破算ということだな。俺たちが動かなくても、武田は公安が護ってくれるということだ」

と神木は答えた。

だが、事態は、この時神木が予想したような展開にはならなかった。

十五

帝国ホテルのロシア人たちが公安の視察下にあると知った神木たちは、それですべてを投げ出したわけではなかった。ただ、公安が動いたと知った時点で、ロシア人たちの監視から、ただちに柴山を離脱させた。監視や追尾で、素人に公安の相手はできないからで、柴山の行動を公安に察知されることのほうが遥《はる》かに危険だったからである。

『形勝会』と品田派の手打ち式の当日、神木のグループは、公安と警視庁のマル暴の目につかぬ範囲でそれなりの行動を取った。両派の動きを『市原組』に潜入させている戸塚と、同様に『玉城組』のガードになっている関口の二人から随時「会社」に報告させると同時に、神木と青山だけが狙撃犯を見つけるべく動いたのである。

理由は公安の追尾に漏れが出たからだった。公安はヴァルーエフとオバーリンを視察下に置くことには成功したが、アレクセイ・イワンコフという新顔の男の存在を掴んでいなかったのだ。神木たちも一度見失ったイワンコフの行方を掴めぬまま、この日を迎えたのだった。神木はここでおそらくイワンコフも軍の特殊部隊繋がりで、この男が武田暗殺に動くと判断した。

狙撃に適したポイントは武田のマンション近くに都合三ヵ所あり、それらのポイントを警戒するにはスタッフ全員を動員したいところだったが、金原や柴山を狙撃犯探索に動かすわけにはいかなかった。もし金原や柴山がロシア人の狙撃者と面と向かったら一体どういうことになるか。この二人では、特殊部隊出身のロシア人にとうてい立ち向かうことはできず、逆に足を引っ張られる事態になりかねない。

狙撃のプロに素人が立ち向かえば、まず一〇〇パーセント金原と柴山は排除される。排除とは、文字通り殺害されるという意味だ。ロシアのマフィアは日本のヤクザとは違い、殺人に躊躇はしない。神木にしてみれば、青山の思惑とは違い、武田の生命などさほどの価値はない。武田などより自分のスタッフの生命のほうが何倍も大事なものだった。

もっとも、ロシア人たちを視察下に置いた公安も多少の戸惑いがあったはずだった。二人のロシア人は帝国ホテルから出はしたが、逃亡の気配は見せず、今度は品川のホテルに滞在した。青山からの報告では、二人のロシア人はそのまま動きを見せないという。

今朝、まだ夜が明けぬうちに、神木は青山と共に狙撃ポイントと思われるマンションの屋上を中心に見て廻った。三ヵ所の屋上からは、どの位置からでも武田のマンションの玄関口を狙うことができる。だが、車から三十倍率の双眼鏡で見たかぎりでは、怪しい人影を見つけることはできなかった。

「入ってみるか？」

という運転席の青山の問いに、

「どのマンションも簡単に出入りはできない。無理に入るわけにもいかないだろう」

と神木は答えた。どのマンションも新しくはないが、高級住宅地に建つだけあって、どこもオートロックで簡単に建物の中には入れない構造になっている。当然、狙撃者も入るのが難しいのは同じだが、目的があればやるかもしれない。現に、神木もその気なら侵入できないことはないからだ。狙撃に狙撃で応えるには神木たちも狙撃者と同じように、彼らを狙うことができる位置を確保する必要がある。

神木はもう一度双眼鏡で三ヵ所のマンションの屋上を調べた。もっとも、優れた狙撃者なら簡単に発見されるような愚は冒さないだろう、と神木は思った。

「仕方がないな、様子を見よう」

青山は車を武田のマンションに向けた。マンションから二〇〇メートルほどの位置に近付くと、武田のマンションの近くに数台のパトカーが見えた。警視庁も今日の手打ち式の情報を摑んでいるのだろう。それなりの警戒をしていると思われた。

問題は、神木たちがどこの位置を確保できるか、だった。三ヵ所のマンションが見える場所、同時に武田のマンションが望める位置を何とか確保したい。だが、そんな好都合な場所はなかった。

神木たちはマンションの一つに向かった。そのマンションは三ヵ所のマンションのちょうど真ん中に位置する建物で、その屋上からなら左右のマンションの屋上が見える。ただし、武田のマンションに向いている窓やベランダは見えない。もし狙撃者が屋上からではなく、どこかの部屋を確保していたら、神木たちはそれを発見して排除することができない。それでも他に格好の位置が確保できない以上、その位置でも押さえておかなければならないと思われた。

青山はまず目的のマンションに向かった。中規模のマンションなので管理人がいるかどうかわからなかったが、幸い管理人はそのマンションに暮らしていた。青山は管理人を呼び出すと、身分を告げ、屋上の立ち入りの許可を取った。これが神木だけだったらたぶん不可能だっただろう。ここでも警視庁公安課長の肩書きが大きな効果を見せたのだ。オウムの事件以降、警察に対する市民の協力の姿勢は有難いものだった。

「何か、事件ですか？」

早朝に叩き起こされたにもかかわらず、年輩の管理人は興味津々の顔でそう青山に尋ねた。

「いや、事件というほどのものではないですが、過激派が動くという情報があり、一応ビルを調べているだけです。屋上をお借りして周囲のビルの様子を見たいだけです」

この返答に管理人は納得した顔で、神木たちを屋上まで案内してくれた。

「しばらくここにいさせてもらいます。帰るときに管理人室のほうに声を掛けますので」

青山がそう言うと、一緒にいたいらしい管理人はしぶしぶ部屋に戻って行った。神木は管理人が立ち去ると、青山の車から道具を屋上に運んだ。狙撃者を排除するための道具である。

「外れだな、人影なし」

と双眼鏡で二つのマンションの屋上を調べた青山が言った。

「どこかの部屋を確保されていたら、どのみち防ぎようがない」

と神木もスコープを覗き、左右のマンションの屋上を細かく調べた。狙撃者はのんびりと屋上を動き回りはしない。おそらく発見される危険を予測して偽装しているだろう。発見されにくい色の衣服を用意しているか、あるいはシートを被るか。ヘリが飛んでくるのが見えた。神木たちも同様の危険排除のため、用意してきた薄い黄土色の防水シートを被った。

「警視庁のヘリですか？」

シートの下で神木が訊くと、

「たぶん、そうだ。マル暴が要請したんだろう」

と青山が渋い声で答えた。

「ヘリで、武田の車を追うつもりか……」

「いや、そこまではせんだろう。武田が出て行くまでだな。東京のど真ん中で万一のことが起こったら困るんで、あとは神奈川県警にお任せすればいいんだ。さあて、そろそろ時間というわけだ」

神木は青山に倣《なら》って銃のスコープを武田のマンションに向けた。武田のマンション前のパトカーが増えている。都合、四台。車がやって来た。グレーのベンツ一台と四台の黒いクラウン。五台の車は武田の迎えのようだ。

神木はもう一度左右のマンションの屋上にスコープを向けた。上空を飛ぶヘリが気になる。だが、狙うならここからだ、と思ったマンションの屋上に動きはない。

「武田が出て来た……！」

青山が掠《かす》れた声で告げた。神木はスコープで狙ったマンションの屋上を探り続けた。動きは……まったくない……。

「乗り込む……」

と青山。だが、どこにも動きはない……。

「走り出した。前後が護衛車……動きはないか？」

「ない、ですね」

と神木が答えた。

「走り去った……」

青山が吐き出すように言った。神木はスコープを下ろし、空を見上げた。ヘリが武田の車を追うように遠ざかっていく。

「狙撃じゃあなかったようだな」

応えずに上空のヘリを見送った。

「爆発物でなければいいが……」

と神木が呟いた。

十六

アレクセイ・イワンコフは通訳の川島という若者と二人で、農道の入り口に停めた小型トラックのそばに立っていた。周囲は祖国に見られるような広大な農地ではなく、急な斜面を無理やり使った段々畑で、畑のすぐ下には東京から箱根に抜ける高速道路が走っている。

朝の空気が美味く、晴天の空から射してくる陽光は優しい。厳しい祖国の気候とは違い、ここはまさに幸せの国だな、とイワンコフは思った。ここの景色だけでそう思うのではなく、それは東京に滞在した数日間でもやはり同じように感じた。東京はまさに感嘆に値《あたい》する街だった。ちっぽけな島国がどうしてこれほどまでに裕福な近代都市を作れるのか……。

この素直な感嘆は、すぐさま生来の性格から憎悪に変わった。イワンコフは嫉妬《しっと》深く、その嫉妬はすぐさま憎しみに変わるのだ。この都市を原爆で破壊できたらどれほど楽しいことか……。

イワンコフは本名で呼ばれることがほとんどなく、特殊部隊時代の仲間内ではたいていの者からカラスと呼ばれた。イワンコフはヘリコプターの一級の操縦士で、地上のターゲットを急降下して銃撃し、殺傷する特殊な技術の持ち主であることからそんな綽名《あだな》が付いたのだった。もっとも、彼の肉体的な特徴もカラスに似ていないこともない。鼻が高く顎《あご》がない顔立ちは、たしかにカラスに似ていた。

彼は戦闘用ヘリの操縦士であったが、専門はそれだけではなく、もう一つ普通の人間が持たぬ特殊な技術も持っていた。特殊部隊のヘリの操縦士から尉官に昇進すると、イワンコフは国境保安部隊から中央に戻り、そこで特殊な技術を身に付けた。それは爆発物に関する知識で、ここで彼は、その後の彼の人生を決めることになる任務に従事した。それは常に公《おおやけ》にされることのない任務で、ロンドン、アムステルダム、ミラノなどで何人かの人物の爆殺に携《たずさ》わったのだった。爆殺のターゲットは敵対国の要人のこともあり、ロシアから亡命した政府の要人のこともあった。

これらの任務で功績を挙げたイワンコフは尉官では大尉まで昇進し、次は佐官というところで人生の悲哀を味わった。上司の失脚で、イワンコフもまた保安部を追われる身になったのである。イワンコフはこの自分ではどうしようもできない運命の力を呪《のろ》った。どれほど努力しても、運命という物は簡単に人生を変えてしまう。イワンコフは組織を憎み、国家を憎み、そして周囲のあらゆるものを憎悪したのだ。

保安部を追われたイワンコフは、一転して危機的な状況に身を置くことになった。暗殺部隊にいたということは公にされてはならぬことであり、単なる退職では終わらない。イワンコフはここで、今度は自分が組織から追われる身になったのだ。

いつ殺されるかわからない身になったイワンコフに救いの手を伸べたのは闇の社会だった。イワンコフほどの能力があれば、それなりの仕事があったのだ。爆発物に関する知識は貴重であり、暗殺のプロという、そんなイワンコフの能力を必要としたのはロシアのマフィア社会だった。

イワンコフは間を置かずして共産党から追われてマフィア組織を作った昔の仲間に拾われた。仕事は敵対するマフィア組織のドンの暗殺が主たるもので、彼はここで大いに名を挙げた。この仕事は危険極まりないものだったが、彼には楽しいものだった。彼の憎悪を解消するものは破壊だったからである。人知れず起爆装置のスイッチが押され、轟音《ごうおん》とともに爆弾が破裂する。ビルが破壊され、車が破壊され、そして人間が肉片となって四散する。そんな時、イワンコフは初めて憎悪を鎮めることができるのだ。

今回の仕事は昔の特殊部隊時代の仲間であるヴァルーエフからの依頼で、日本での仕事だった。日本に一度も来たことのないイワンコフは、最初はこの依頼を断った。日本まで出向くことが億劫《おっくう》だったし、ロンドンでの仕事で多額の金をすでに手にしていたからだ。

だが、最終的にイワンコフはこの仕事を引き受けた。それは間もなくヴァルーエフが日本で手にする利権への参加という好条件のためだった。このヴァルーエフが頭のマフィア組織で顧問格になれば、もう自ら危険な暗殺を仕事にする必要はないのだ。日本に暮らすことになれば、祖国から追われる危険度も低くなる。そして何より有難いのは、何不自由のない安楽な生活をすることができることだ。

しかも、この仕事はこれまでのものと比べれば、至極安全で容易なものと思われた。ロシアの敵対組織のトップの暗殺などと違い、今回のターゲットはたかが知れた日本のギャングだったからである。ロシアの凶悪なマフィアたちの抗争とは違い、日本のヤクザの抗争など、イワンコフから見れば子供の喧嘩に等しかった。簡単な仕事の対価は滅法美味《おい》しい条件。だからイワンコフは日本にやって来た。至極簡単な仕事を片付けるために……。

「遅いな……何時だ？」

イワンコフは腕の時計を見て、隣に立つ日本人の若者にロシア語で呟いた。若者が自分の腕時計を見て、

「十分過ぎてますね」

とロシア語で答えた。

この日本人の若者のロシア語は酷いもので、イワンコフはこの若者が嫌いだった。よほど気をつけなければ、言っている意味がわからない。発音はひどく、文法も滅茶苦茶なのだ。嫌いな理由はそれだけではない。酷い語学力で生意気に通訳になっていることだけでなく、日本人のくせにロシア人の自分より背が高いということだった。イワンコフが自覚する劣等感は背が小さいという一点で、だから女にもてなかったし、子供の頃から仲間から馬鹿にされてきたのだ。それなのに、この若者は自分よりかなり背が高い。それだけでイワンコフはこの若者を憎悪した。仕事が片付いたら、こいつも殺してやる……。

「煙草はあるか？」

そう尋ねると、若者は、「自分は煙草は吸わない」と答えた。ムカついたが、堪えてイワンコフは眼下の高速道路を見渡した。昼前でも高速道路にはかなりの車が走っている。ロシアでは見られない景色だ。

イワンコフはもう一度時計を見た。ターゲットはすでに厚木を過ぎ、眼下の高速道路に入っているはずだ。厚木から今イワンコフがいる地点まで、一二〇キロのスピードで走れば、ターゲットの車は第二の監視ポイントを通過していなければならない。厚木からここまで休憩するエリアはないのだ。だが、監視ポイントからの連絡がこない。予定より遅い。遅すぎる……。何か手違いが起こったのか？　イワンコフは不安になった。

不安を覚えるには無論、理由があった。それは自分たちが日本の公安警察に監視されていた、という事実だった。この事実に気付いたのはヴァルーエフではなく、今回の仕事で日本側とロシアグループとの仲介に立ったアントーノフという男だった。

二日前、いつものように部屋に日本の女を呼び、狂態を演じている時に、イワンコフは携帯電話に同じホテルにいるヴァルーエフから連絡を受けた。

「エレベーター・ホールまで出て来てくれ。まずいことになった」

部屋に女を残しエレベーター・ホールに行くと、そこにはヴァルーエフのボディー・ガードのオバーリンも来ていた。

「どうしたんだ？」

女と楽しんでいたのはヴァルーエフたちも同じだろうと、イワンコフは訝《いぶか》しげに尋ねた。

「俺たちは日本の公安警察に監視されているらしい」

とヴァルーエフが渋い顔で言った。

「なに？　公安警察だ？」

「日本の情報部だ」

そんな馬鹿な、と思った。俺たちは政治に関係した仕事をしているわけではない。たかが日本のギャングの抗争の手助けのはずだ。そんな仕事なのに、どうして情報部が出て来るのだ？

「アントーノフが知らせてきた。調べてみたわけじゃないが、盗聴されているかもしれんそうだ。だから部屋の電話は使えない」

それで部屋の電話を使わなかったのか……！

「で、どうするんだ？」

とイワンコフは訊いた。約束の仕事は二日後に迫っている。明日はターゲット爆殺のテストをすることになっているのだ。ここまできて、仕事を中止するのか、と訊くと、

「いや、仕事は続ける。だが、すぐにここから出なければならん。アントーノフがその手配をしているから、あんたもすぐ部屋から出る仕度をしてくれ。俺とオバーリンは一時間後にここから出る。女もすぐに帰せ」

「わかった」

元情報部員だったアントーノフは日本の公安警察の動向に詳しく、彼からの通報は間違いのないもののように思われた。そしてヴァルーエフは見た目よりもずっと用心深い男だった。ただのごつくて腕っぷしの強い男ではなく、マフィアになって抗争を生き抜いてきただけのことはあり、こんな事態にも備えていたのだ。

一時間後、イワンコフは部屋を出た。もっともイワンコフはすぐにホテルから離脱したわけではなかった。ヴァルーエフとオバーリンはわざと公安の張り込みの眼につく形でホテルを出たが、イワンコフはホテルからすぐには出ず、時間を稼いだ。『市原組』の市原

というボスの手配でヴァルーエフはこんな時のために使わない部屋をもう一つ用意してあり、イワンコフはいったん日本人名で押さえてあったその部屋に移動して時を稼いだのだった。ヴァルーエフたちが囮《おとり》になり、いるかもしれない監視の情報部員を引き付けた。実際に情報部の監視がいたのかどうかはわからなかったが、用心に越したことはなかった。

イワンコフは三時間後にホテルから無事に脱出した。

イワンコフは予定を変えることなく、市原という男が送って寄越した日本人通訳の車で第一の目的地に向かった。目的地は神奈川県の山間部にある山林の開発現場だった。現場は休みなのか、ブルドーザーなどの重機が並んでいたが、工事に携わる人の姿はなかった。イワンコフには暗殺の決行前にどうしてもやっておかなければならないことがあったのだ。

要求したものは約束通り用意されていた。ヤクザたちはイワンコフを駐車してある小型トラックのそばに連れて行き、それを見せた。

それは小型トラックの荷台にシートを被せられて置かれていた。胴体が長さ一メートル七〇センチ、高さは五〇センチ、重さ一〇キロ、長さ一メートル七〇センチの回転翼の付いた巨大なラジコン・ヘリがそれだった。仕様説明書を読まなくても、イワンコフにはその操縦法はわかっていた。ロシア製でなくとも操縦法は同じだ。ここに用意されているラジコン・ヘリはただの玩具《おもちゃ》ではない。工事現場にはなくてはならない道具で、通常測量や空撮などに使う優れ物だ。半径二五〇メートルを自在に飛行させることができるのだ。仕様書ではこの強力なガソリン・エンジンは九キロの重さの荷物さえ運ぶことができる代物で、ダイナマイトを装着して飛ぶことなどわけもないことだった。

ただ一つ問題があるとすれば、それは風で、強風の中で思うように飛ばすことはかなり難しい。それだけではない。ターゲットは静止しているものではなく、おそらく時速百二、三十キロのスピードで移動する車なのである。そのターゲットに限られた短い時間内に接触させなければならない。事前のテスト飛行がどうしても必要だったのだ。

その日、イワンコフは半日かけてテスト飛行を繰り返した。そのラジコン・ヘリの操縦は想像したよりもはるかに難しかった。強い風を受けた時が一番難しく、ホバリングでターゲットを待つのは無理かもしれないと思った。ただ、飛ばせる時間は考えていたよりも長いし、性能は素晴らしい。まるで本物のヘリだった。半日かけて何とかラジコン・ヘリの操縦の仕方を呑み込むと、イワンコフはそのヘリにダイナマイトと起爆装置を取り付けた。

御殿場のホテルに宿を取ったイワンコフは、そこで『市原組』のヤクザたちとさらに詳しい段取りを打ち合わせた。

ターゲットを襲撃するのに適した攻撃ポイントの他に、三カ所の監視ポイントが必要だった。一カ所は厚木、これは東名高速から小田原厚木道路にターゲットが入ったとまず第一次の報告を受けるポイント。第二のポイントは待ち伏せするイワンコフの地点から六キロ東京寄りの地点。この第二地点をターゲットが通過したという報告を受けてイワンコフはラジコン・ヘリのエンジンを掛けて発進し、ホバリングでターゲットの接近を待つ。監視ポイントには『市原組』のヤクザたちが立ち、ターゲットの進行の状況、車の色と形などをイワンコフに知らせる。そして最終の第三ポイントからの連絡で攻撃を開始する。

これが最終的に決められた攻撃の作戦だったが……。厚木を通過したという報告はあったものの、第二地点からの報告がないのだ。

「連絡してみろ、第二ポイントだ！」

と日本人の通訳に怒鳴った。通訳が携帯電話を手に取ると同時に連絡が入った。

「第二ポイントを今通過したそうです。ターゲットはグレーのベンツ、周囲を四台のクラウンが警護。警護の車は黒です！」

イワンコフは慌てて小型トラックに戻ると、すでに地面に降ろされているラジコン・ヘリのエンジンを掛けた。ヘリはイワンコフの手で軽快に空中に舞い上がった。幸い風は微風で、操縦にはそれほど神経を使わなくて済む状態だった。

眼下の高速道路は直線で緩い勾配《こうばい》。ラジコン・ヘリは一二〇キロくらいで走るであろうターゲットの車を高度の空中でホバリング状態で待ち、車が接近したらその車を追う形で攻撃を開始する。ヘリが車の上に接近したら起爆装置のスイッチを押せばいい。ヘリには必要以上のダイナマイトを取り付けてあるから、ターゲットの車だけでなく、周囲の車も同時に吹き飛ばすだろう。

見事に高速道路上空でラジコン・ヘリをホバリングさせたイワンコフは、ヘリの向きを車の進行方向に向けてターゲットがやって来るのを至福の気分で待った。


現在イワンコフが立っている地点を攻撃の場所と決めたのは昨日で、眼下の高速道路は直線が五〇〇メートル続いている。一キロほど東京寄りに第三の監視ポイントがもう一つ。そこには『市原組』の組員が詰めて、『形勝会』の車が通過するとすぐさまイワンコフに携帯電話で報告する手筈《てはず》を決めていた。

高速道路を走る車はどれもたいてい一二〇キロほどのスピードで通過する。当初、イワンコフは車の識別に問題があるのではないかと不安を覚えたが、これは『市原組』の市原から、

「その心配はいらねぇ。武田の車はグレーのベンツだ。その前後に黒のクラウンが二台ずつ付く。ひょっとすると同じ色のクラウンが併走する形でガードしているかもしれねぇが、それだけ固まって走るのは武田の車だけだ。だから、見間違うことはねぇ。黒のクラウンに囲まれたグレーのベンツ、そいつを狙えばいいってことだ」

と聞かされ、イワンコフは納得した。

十七

車は東名高速の厚木の料金所を抜け、小田原厚木道路に入っていた。

「気に入らんのか？」

武田は隣に座る国原に問い掛けた。東京を出てから国原は仏頂面で口を利《き》かない。武田は苦笑し、なだめるように続けた。

「仕方がないだろう、大伴さんも、こうするより他はないと思ったんだ。今になってゴネてもしょうがない」

「わしは、手打ち式がどうと言ってるわけじゃあないですよ」

と国原がやっと口を開いた。

「じゃあ、なんだ？」

「なにも、箱根じゃなくてもいいでしょう。こんなところまで来させて、何かあったら本当に大伴さんが責任取ってくれるんですかね」

国原が併走するクラウンに視線を向けて言った。武田の護衛の車は四台、今は二台が前後に付き、あとの二台が可能なかぎり併走している。警察の臨検があったらお手上げだが、それを覚悟で今日だけはガードの全員に武装させてもいる。

「心配性だな、今日ばかりは品田だってどうにもならんだろう。昨日は奴のほうもびびっていたはずだ」

と武田は言った。品田側は昨日東京を出て、湯河原に移動したと、武田のもとにすでに情報が入っている。湯河原には品田派の『橘組』の下部組織があり、そこの『飯塚《いいづか》一家』が品田のガードを引き受けていた。この移動に際しての品田側の責任者は『橘組』の佐伯光三郎らしい。現在、品田派にあって、この『橘組』の佐伯と『玉城組』の杉田が品田の命運を握っている、と武田は考えていた。

悔しいことに、今の武田にはこの二人のような切れ者はいない。もし、この二人のような男が武田のそばにいてくれたら、品田にこれまでのような勝手はさせなかった、と武田には歯軋《はぎし》りしたい思いがあった。

『新和平連合』の組織の大半が現在では武田に付いているが、実際には、今の武田にとって頼りになるのは、隣に座る国原しかいないのだ。国原は、武田のためならいつでも命を投げ出す力強い男だが、困ったことに血の気が多すぎる。『新和平連合』の組織内では一番の武闘派だが、国原に組織内をまとめていく力はない。組織はリーダーで決まる。武田一人で『新和平連合』の舵《かじ》を取るのは容易なことではないのだ。もし自分に何かあったらと考えると、武田にも不安があった。

「国原よ……」

「何です」

併走するガードの車を見ていた国原がやっと武田に向き直った。

「一度、杉田か佐伯に会え」

「杉田に、ですか？」

渋い顔の国原に、武田が続けた。

「今日の手打ち式はただの儀式だ。先を見ておけ。いずれやる総会を考えて、品田がただぼんやりしているわけじゃあねぇだろう。総会のことを考えて必ず何かやる。まあ、そうなると、動くとすれば杉田しかいない。杉田か、佐伯か、この二人だ。市原はつまらん男だからな。品田に目がないことはこの二人もわかっているだろう。『橘組』のおやじさんが品田に付いているのは、義理だからな。別に品田の器量を買ってのことじゃねえ。佐伯もそこのところはわかっていると俺は思う」

「関西に話つけに行ったのは佐伯の野郎ですよ」

国原が不満そうに言った。

「仕方がねぇから、そうしたんだろう。品田派の中で一番やきもきしているのは、たぶん、この佐伯だ。杉田が何を考えているのかは、俺にはわからんが、佐伯が考えていることはわかる。どんな形で事を収めるか、抗争が始まってから、あいつはずっとそればかり考えているはずだ」

まあ、そうなんだろう、と国原も思った。抗争が起こるまでの国原は、『橘組』の佐伯が嫌いではなかった。『玉城組』の杉田などはヤクザとも思っちゃあいなかったが、佐伯は立派なヤクザだと思っていた。杉田のように顎だけでのし上がった男とは違う。温厚な男だが、体を張らなければならない状況になれば、佐伯は一歩も退《ひ》かないヤクザだった。腑《ふ》抜《ぬ》けになった亀井のおやじを助けて、『橘組』の看板を背負ってきたのは間違いなく佐伯だったのだ。だから会えば、国原も素直に頭も下げたし、向こうも国原を弟分のように可愛がってくれた。

「佐伯なら会ってもいいですがね、杉田は駄目だ」

と独り言のように国原が呟く。

「おまえは、本当に杉田が嫌いなんだな」

と、また武田は苦笑した。

「あんな野郎がでかい顔をするようになって、『新和平連合』がおかしくなったんですよ。ありゃあ、そもそも金貸しでしょう」

国原が憤慨するのも無理はないと武田も思った。今は『玉城組』の組長になったというが、ちょっと前までは銀行員だったという異例の肩書きを持つ男なのだ。

「そう言っちまったら身も蓋《ふた》もないぞ」

と武田も笑った。たしかに杉田という男はヤクザには見えない男だ。それでも『玉城組』を背負って立ってきたのは事実で、『玉城組』を『新和平連合』の中で二、三番手の組に育て上げたのは死んだ先代の玉城誠也ではなく、杉田であったことは周知の事実だった。今日び、いくら威張ってみてもシノギができなければどんな組もやっていけない。さすが銀行員だっただけのことはあり、『玉城組』は杉田が切り盛りするようになってからぐんぐんと威勢をつけた。だが、体中の血がヤクザ一色の国原には、そんな杉田の存在そのものが気に食わないのだろう、と武田は苦笑するしかなかった。

「まあ、いい、とにかく佐伯と一度会え。手打ちの後なら会ってもどうということはないだろう」

と言って武田は目を閉じた。

目を閉じた武田を見て、国原は武田に気付かれぬように小さなため息をついた。武田が佐伯か杉田に会え、と言った意味がわからないわけではなかった。血の気の多い国原でも、抗争というものは、どこかで終結させなければならないものだということぐらい知っている。

実際、この『新和平連合』の分裂抗争で、関東だけでもヤクザの勢力地図がかすかではあるが変わり始めているのだ。現在ではマル暴だけでなく、警視庁が一丸となったように『新和平連合』に張り付き、どの系列も動きが取れなくなっている。『新和平連合』がこうして動けなくなれば、そこで新たに勢力を拡張しようという他の組織が出てくるのは当然で、関東だけでなく、他の地域でもすでにごたごたが起きていた。警察に張り付かれてしまったお陰でその対応ができないのだ。

だが、そんなことより、『関東八日会』が機能不全に陥ることのほうが怖いと、武田同様、国原も思っている。『関東八日会』は関東のヤクザの互助組織だが、この組織の存在は大きい。何とか関西の全面進出を抑えてこられたのは、この組織あってのことだ。そしてこの『関東八日会』の中心が『新和平連合』だったのだ。その『新和平連合』が分裂の危機にあるのだから、もう何が起こっても不思議ではない。

それもこれも、品田というつまらない外道が新田会長に手を出すというとんでもないことを仕出かしたからで、そんな馬鹿なことがなければ、『新和平連合』は盤石《ばんじゃく》の体制でいたはずなのだ。

（会うならば、やっぱり佐伯だろう。佐伯に会うか……）

国原はそう考えながら、運転をさせている若い衆の肩越しに前方に目をやった。幸いに東京からの道路は渋滞もなく、国原たちの車はおよそ一一〇キロほどの速度で走り続けてきた。護衛のクラウンが前後を護り、今は一台だが追い越し車線をこれも護衛のクラウンが併走している。それにしても、神木という男が知らせてきたというロシア人のヒットマンはどこにいるのか？　ロシア人と聞くだけでガセネタのような気がしたが……だが、気にはなる。

そこらの鉄砲玉くらいなら殺られはしないが、狙撃は正直、怖い。今、会長の武田に何かあったら形勢は簡単に逆転する。それは俺たちに武田に代わる器量の人物がいないからだ、と国原もまた不安を抱いていた。

「この調子だと、余裕を見て出発した分だけ、予定より早く着くな……」

と国原は小声で運転席の北尾に声を掛けた。北尾は武田会長の部屋住みのガードである。

「ちょっと早いかもしれないです」

北尾がルームミラーで国原に眼を向けて答えた。国原は携帯電話を手に取り、後続のガードを呼び出した。二車線道路なので後続のガード車は二台。

「勝本、異常はないか？」

後続の車に乗っている勝本が威勢のいい声で応えた。

「異常なしです！」

併走しているクラウンが退《さ》がって国原のベンツが追い越し車線に入り、前を行く軽自動車を追い抜く。再び走行車線に戻り、前一台、後ろ二台、そして併走の車が一台という態勢に戻った。

国原は座席に座り直して息をついた。このベンツには防弾ガラスを施し、車体には防弾用の鉄板を入れてある。業者は通常の小銃弾なら絶対に貫通はしないと保証している。だからまず走行中に狙撃されるおそれはない。心配なのは車から降りる時だろう。降車時は、だから防弾チョッキを着せた組員で武田会長を取り巻く態勢で移動する。国原はその態勢を頭に入れ、携帯電話を背広のポケットに戻した。

その時、助手席のガードが、

「何だ、あれ?」

と言った。国原は背を起こし、再び車の前方に眼をやった。前方には護衛の車以外は何も見えない。ガードの視線は上空を見ている。だが、後部座席の国原から前方上空は見えない。

「何だ?」

「ヘリが……停まっているんです、空に……」

国原は身を起こし、前の座席に乗り出す姿勢で上空を見た。だが……見えない。

「変だな、えらく小さい……」

とガードが怪訝な声でフロント・ガラスに乗り出して上空を見た。

「あっ、動いた! あれ、玩具だ……」

「玩具?」

と訊き直す国原にガードが答えた。

「ええ、ラジコン・ヘリですよ、あれ」

「ラジコン？」

ガードは、それが何を意味するのか知らなかった。だが、国原は違った。国原は記憶を懸命に探っていた。ラジコン……ラジコン……？

「動いた！」

ガードが国原を振り返る。国原は後部の窓を開けて上空を見た。ラジコン・ヘリらしい物体がベンツと同じくらいのスピードで上空を飛んでいた。そのラジコン・ヘリが向きを下方に変え、真《ま》っ直《す》ぐ国原の乗るベンツに迫って来るのが見えた。

記憶が何なのかに気付いた。その昔のことだった。関西で今の『新和平連合』のような抗争が起こった時、どこかの組がラジコン・ヘリを買った。何のために買ったか？　それはそのラジコン・ヘリに爆弾を取り付けて、敵対する組長宅に突っ込ませるためだった
……！

国原が叫んだ。

「そいつは品田のヘリだ！　北尾、蛇行しろ！　スピードを上げてジグザグに走れ！」

国原の絶叫にも似た怒声に、隣の武田が身を起こした。

「どうした！」

それには応えず、国原は取り出した携帯で、併走する車のガードに怒鳴っていた。

「退がれっ！　おまえの車が邪魔だ！　後ろに退がれっ！」

適切な指示だった。併走する車のために、ハンドルを握る北尾は蛇行して走ることができなかったのだ。ラジコン・ヘリは国原のベンツのすぐそばまで急降下で接近していた……。

この時、ラジコン・ヘリを操っていたイワンコフは、ちょっとしたパニックに襲われていた。完璧な操作でラジコン・ヘリをターゲットに接近させていたイワンコフは、足元の起爆装置のスイッチを足で踏む態勢にあった。だが、突然予期しなかったことが起こったのだった。

それはターゲットの動きだった。目標のベンツがラジコン・ヘリに気付いたのか、突然スピードを上げるとジグザグ運転を始めたのだ。急降下を開始していたラジコン・ヘリは目標物を失い、危うく道路に激突するところだった。

それでも激突寸前でイワンコフはラジコン・ヘリを急上昇させた。激突の危機を何とか回避すると、イワンコフはヘリを再び旋回させ、蛇行運転を繰り返すターゲットを追った。車が逃げる。ラジコン・ヘリが必死にジグザグ運転のベンツを追う。追える距離は短い。イワンコフはヘリから眼を離さず、もう一度起爆装置のスイッチに足を置いた。

国原ができることはたった一つしかなかった。それが防戦に有効かどうかを考えるゆとりなどなかった。国原は背広の懐《ふところ》からチャカを引き抜き、スライドを引いた。国原が手にした拳銃はバカでかいコルトの自動拳銃だった。国原は窓から半身を乗り出し、上空から接近して来るラジコン・ヘリを睨み付けた。周囲にラジコン・ヘリを操る者がいるはずだった。そいつを撃ち殺せば……だが、人影は見つけられない。

もう一度ヘリを見上げた。ラジコン・ヘリはすぐ目の前にあった。国原は振り落とされそうになる体を何とか左手で支え、急接近して来るラジコン・ヘリに向かってコルトの引鉄を引き続けた。


ラジコン・ヘリを百数十キロのスピードで蛇行して走るベンツの屋根に留まらせることはイワンコフでも無理だった。だが、一、二メートルのところまでは接近させたい。左手でコントローラーを抱え、イワンコフは懸命にヘリを操った。車から半身を乗り出し、接近するラジコン・ヘリを迎え撃つ人影が見えた。無駄な努力だ。逃げられはしない。三度目のトライでヘリが疾走するベンツに上手く接近した。銃弾が当たったのか、ラジコン・ヘリがコントロールを失った……！　馬鹿な！　ラジコン・ヘリがとんでもない方向に向かう。イワンコフは慌てて足元の起爆装置のスイッチを踏んだ。

起爆装置は破綻《はたん》なく作動した。次の瞬間、ラジコン・ヘリに搭載したダイナマイトが爆発した。先頭を走るターゲットのベンツと後続の二台の車が火達磨《ひだるま》となって宙高く舞い上がった。さらに後続の車が火達磨になった車に突っ込んでいく……。

啞然として立ちすくむ日本人通訳に、行くぞ、と声を掛け、イワンコフは起爆装置を取り上げ、トラックの助手席に向かった。

第三章　捨身《すてみ》

一

料金を払い、車を降りた紫乃は、そのタクシーを追うようにして停まった二台のクラウンを見て凍りついた。

目の前に停まった車は間違いなく市原の車だった。立ちすくんだまま、紫乃は眼前のアパートを見上げた。戸塚の部屋はこの二階にある。見慣れた窓辺には暖かい明かりが見える。あの人が待っているのだ。アパートの窓から目の前の車に視線を戻した。こんな時間に、なぜ市原がここに来るのだ？　私を追って来たのか？

今夜、市原は『愛心病院』に詰めているはずだった。二日前に『形勝会』の会長の車が走行中に爆発し、会長を始め何人かが死んでいる。敵対する組の親分が死んだことで、戦勝祝いと、『市原組』の幹部の何人かがさっきまで新橋の店で祝杯をあげていたのだ。もっとも、それですぐ抗争が終結するわけではないらしく、品田配下の組長たちは敵の報復を警戒して、今夜は品田代行が立て籠《こ》もっている『愛心病院』に詰めることになっていた。

ただ、市原のガードの戸塚は勤務交代で、今夜は『愛心病院』には行かなかった。それで紫乃は店を閉めると、一夜を戸塚と過ごすためにこのアパートにやって来たのだった。何事もなければ、至福の一夜を過ごし、朝食を支度して、自分のマンションに帰る。これが今の紫乃の幸せである。この逢瀬《おうせ》を続けるために、紫乃も戸塚もできるかぎりの用心をしてきた。それなのに、どうして……？

一瞬、このまま逃げてしまいたい衝動に駆られた。市原に捕まったらどんな運命が待っているか、容易に想像がつく。紫乃も戸塚も、ただでは済まない。制裁を受けることは当然だが、はたして生き延びられるか、それも怪しい。このまま逃げよう！　だが、紫乃が踵《きびす》を返す前に市原の車のドアが開き、顔なじみの二人の組員が降りて来た。

「どうしたの、こんな所に……何かあったの？」

ごつい二人の若い衆に、それでも紫乃はいつもの口調でそう尋ねた。倉本《くらもと》という若者と、もう一人は黒沢《くろさわ》だった。黒沢というひょろりとした組員が薄ら笑いで、顎《あご》をしゃくって言った。

「ママ、乗ってくださいよ」

と黒沢が後部座席のドアを開ける。もう逃げられなかった。

「あの人、今夜は病院じゃあなかったの？」

動揺をさとられないようにそう訊《き》いた。

「中にいますよ」

と薄ら笑いのまま黒沢が言った。もう一人の倉本が紫乃の後ろに回っている。まるで紫乃が逃げるのを待っているかのような格好だった。もう一台のクラウンから二人、若い衆が降りて来て、走るようにアパートに入って行く。部屋にいる戸塚は車が停まった音に気がつかないのか。気付いてほしい……。

「ふーん、そうなの。あたしも、戸塚に用があって来たの。彼、今夜は非番よね？」

とぼけた口調でそう言ってみた。今の戸塚は市原のガードだが、その前は紫乃の店の黒服だったのだ。なんとかその戸塚を訪ねた格好にしたい。いつかはこんなことがあるかと、一応はそんな時の用意はしてある。数学の教師だった戸塚に、経理の面倒を今でもみてもらっていることにしてあるのだ。だから、店の帳簿を今も持っている。苦しい言い訳だが、用があると言っても、それはあり得ないことではないのだ。

車を覗《のぞ》くと、煙草《たばこ》を咥《くわ》えた市原が座っていた。覚悟を決めて車に乗り込んだ。市原の隣に座り、訊いてみた。

「どうしたんです？　何かあったの？」

返事はない。市原は無言で前を見つめている。

「私、戸塚に帳簿を見てもらいに来たんだけど……」

こんな苦しい言い訳が通るはずもなかった。

「何とか言ってくださいな。何があったんです？」

「黙っていろ」

と市原が言った。

口調に怒気はない。それがむしろ不気味だった。それにしても、何かミスを犯したのだろうか？　紫乃に思い当たることはなかった。だが、これまで戸塚のアパートに市原が来たことはないはずだ。やっぱり、どこかでミスを犯したのか？

子分たちが戻って来た。

「部屋に電気が点《つ》いているんですが、出て来ません。いないようです」

とその一人が市原に告げる。市原が初めて紫乃に視線を向けた。

「鍵《かぎ》、出せ」

「えっ？」

「戸塚の部屋の鍵だ」

「鍵なんか……ありませんよ」

と紫乃は言い、市原の目を見た。色のない目がじっと見つめている。否定してももう無駄だと、その目の色でわかった。諦《あきら》めてハンドバッグから戸塚の部屋の鍵を取り出した。その鍵を受け取り、市原が若い衆に言った。

「中を調べろ」

若い衆たちが再びアパートに入って行く。市原が言った。

「いつからだ？」

紫乃は黙っていた。初めて戸塚に抱かれた時から、こうなることはわかっていた。今さら何を言ってもむなしい。これから何が起こるかはわかっていたのだ。

「窪田が忠犬だと思っとったか？」

窪田はクラブ『紫乃』のマネージャーである。まさか窪田が、と思ったが、信じた自分が甘かったと、紫乃は唇を噛《か》んだ。

「ごめんなさい……」

そう言うしかなかった。

「いい根性しとるな」

口調は穏《おだ》やかだが、それだけに凄《すご》みがあった。たしかに、市原の言う通りだ。自分でもいい根性だと思う。相手が普通の男なら、頬《ほお》を張られて、買ってもらったマンションから追い出されるくらいで終《しま》いだろう。だが、市原は違う。れっきとしたヤクザだ。子分に愛人を寝取られて、大人しくしているヤクザなんていない。それ相応の制裁が待っているはずだ。それを承知で戸塚に抱かれた。市原は執念深い男だ。その制裁は半端なものではないだろう。殺されるかもしれない……。覚悟は出来ていたはずだが、膝《ひざ》が震えた。

市原が運転席の黒沢に、車を出すように命じた。車が走り始めた。何か言うと思ったが、市原は何も言わない。戸塚はどこに行ったのか？　あの人は市原のガードたちが来ていることに気付くだろうか？　『市原組』の車が来ていることに気付いて逃げてくればいいが……。組の車が来ていても、私が捕まったことに気付かないかもしれない。組に何かが起こって、それでガードの自分を呼びに来たと思うかもしれない。何とかあの人だけでも逃げてほしい。

紫乃は市原の顔を見た。市原は煙草を咥えたまま、じっと前を見つめている。何も言わないことに、紫乃は一層の恐怖を覚えた。


戸塚は何が起こったかがわかっていた。紫乃が市原に捕まったことも気付いていた。紫乃から、これからそっちに向かうと電話を受けた戸塚は、なくなったビールを買うためにコンビニまで出掛け、かろうじて市原に出会う危機を逃れていたのだった。アパートに戻る手前で、紫乃のタクシーが停まるのも見ていた。市原がやって来たことに気付いた戸塚は、素早く物陰に隠れた。市原に紫乃が捕まれば、その後がどんな展開になるか、おおよその察しはつく。紫乃がどんな弁解をしても、おそらくそれは市原には通用しないだろう。まずいことになった……！

　戸塚は市原の情報を取るために紫乃に接近したが、今の戸塚にとって紫乃はただの釣り上げた魚ではなかった。戸塚は紫乃が好きだったたし、ただ利用して捨てられる女ではなくなっていた。紫乃と戸塚の関係を知れば、市原が紫乃にどんな制裁を加えるかわかっていたし、その時はどんなことをしてでも紫乃を救う気でいた。そんな紫乃が今、最悪の状態でいる。紫乃を救う決心は固かったが、現実に彼女をこの状態から救い出すことは容易ではない。深夜の闇《やみ》の中で、戸塚は二台の『市原組』の車を見つめながら、紫乃をどうやって救出するかを必死に考えていた。

　市原と紫乃を乗せた車が走り去り、もう一台が残った。残った車の二人がアパートに入っている。アパートに入った二人の組員が誰かはわかった。一人は道尾《みちお》、もう一人は遠藤《えんどう》……。どちらもガード仲間だ。だが、口を利《き》いたことがあるだけで、特別親しいわけではない。見逃せと頼んでも、情《なさけ》をかけてくれるはずもない。接近すれば彼らは容赦なく自分に襲いかかるだろう。潜入して市原のガードになった戸塚は、『市原組』から支給された拳銃を一丁持っている。その拳銃があれば、奴らを制圧することはさほど難しいことではないだろう。だが、その肝心《かんじん》の拳銃は部屋にあった。拳銃なしで制圧は無理だ。相手が素手ならば何とかなるだろうが、今夜の彼らはたぶん武装している。どうしたら紫乃を救い出せるか？

仮に紫乃を救い出したとしよう、その後、紫乃をどこに匿《かくま》ったらいいのか……。『市原組』を壊滅できればいいが、それができない状況で、どこに紫乃を逃がしたらいいのか、それも思いつかない。どこに逃がしても、全国組織の『新和平連合』なのだから、必ず奴らは行方を突き止めるだろう。そんな市原の追跡からどうやって紫乃を護《まも》るか。本来、最初からこのような状況に対する方策を考えておかなければならなかったのだ。

歯軋《はぎし》りする思いで、戸塚はクラウンから自分のアパートを見上げた。紫乃を乗せた市原のクラウンはどこに向かったか？　組事務所か？　たぶんそうだろう。紫乃の制裁を始めるとすれば、ほかに行く場所はない。悲鳴や絶叫が漏《も》れない所に行くはずだ。紫乃のマンションでは大きな物音を立てられない。

もっとも、市原がどこに紫乃を連れて行くか、そのことに不安はなかった。紫乃には特別なネックレスを持たせてある。そのネックレスは普通の装飾品とは違う。それは、ネックレスといっても長いプラチナの鎖に十字架を付けたもので、その十字架には仕掛けがあった。超小型マイクと発信器が仕込まれているのだ。発信される電波は戸塚の携帯にも入る。だから紫乃の行方は確認できるのだ。このことは紫乃自身も、また市原も気がついていないだろう。問題は紫乃の行方ではなく、救出の方法と救出後の保護だった。

携帯を取り出し、登録してある神木の携帯番号に掛けた。

「何だ？」

「戸塚です」

　時刻は夜中の一時前。チーフの神木は寝ていると思っていた。だが、すぐに携帯に出たチーフの声ははっきりしていて、寝ていた声には聞こえない。戸塚は簡単に事情を告げた。

「救援の手が欲しいんです」

「おまえは大丈夫なんだな?」

　とまずチーフが言った。

「俺は大丈夫です」

　チーフの返答は簡単だった。

「離脱しろ」と一言。

「そうはいきません!」

　戸塚は救出は自分がするが、その後の保護が必要なのだ、とさらに事情を説明した。

「無理だな」

　チーフの返答は無情だった。

「放っておけ」

　そう告げられ、通話を切られた。スタッフがミスを犯しても救援はしない、と神木に告げられていたことを思い出した。スタッフの危機を見殺しにすると宣告した神木が、紫乃のような立場の女の救出に手を貸してくれるはずがない。馬鹿な期待をしたと悔いた。こうなったら自分一人で紫乃を助け出さなくてはならない。

戸塚は自分の部屋を見上げた。奴らはどこにいるのか？　アパートの廊下か、それとも部屋に入ったか？

意を決して暗闇を出た。コンビニの袋を左手に、アパートに入った。玄関口を抜け、階段を二階に上がる。廊下にガードたちの姿は見えない。やはり部屋まで入ったのだ。部屋で俺が戻るのを待っているのだろう。コンビニの袋を右手に持ち替えた。袋には冷えた五〇〇ミリリットルのビール缶が二本入っている。かなり重い。今の戸塚の武器はこの二本のビール缶だけだ。これで戦えるか？

部屋の戸口の前に立つと、戸塚は大きく息をついた。さほどの不安はない。ガードたちはおそらくチャカを呑んでいるだろうが、ここはアパートだ。最初から発砲騒ぎを起こす気はないだろう。たった一人の戸塚に、最初から拳銃を向けてはこないにちがいない。道尾と遠藤、二人ともガードに抜擢《ばってき》されるだけあってごつい体格をしている喧嘩《けんか》自慢だ。最初から武器に頼ったりしないだろう、と戸塚は踏んだ。相手が拳銃を取り出す前に片付けてしまわなくてはならない。

左手で鍵を取り出した。なるほど、奴らもそれなりに考えている。部屋に戻る戸塚に疑念を起こさせないようにちゃんと鍵を掛けている。無用心に部屋に入ったところで、ゴッンと来るか……。

　左手で鍵を開けて部屋に入った。隠れているだろう、という予測は外れた。二人のガードは戸口のそばにいた。撃つ気はないのだろうが、案に相違して道尾の手にはチャカが握られている。後ろににやにやしながら遠藤が立っている。こいつはまだ素手だ。

「何だ、おまえら……！」

　と言う戸塚に、道尾が手のチャカを振って、

「下手踏んだな、戸塚。こっちに来い。余計なことはするな」

　と言った。大人しく相手の言うことを聞いている余裕はなかった。咄嗟《とっさ》に右手のビール缶の入ったビニール袋を顔面に叩《たた》きつけた。ずしりと重いビール缶の入った袋が道尾の顔面に入った。

　ここからの戸塚の動きは速かった。顔面を強打されてひるむ道尾の腕を素早く取った。相手の手を拳銃ごと抱えると、自らの体を相手に預ける形で手首を捻《ひね》る。顔面への強打に動きの止まった道尾は、手首を逆に極《き》められて床に捻り倒された。相手の拳銃を取り上げるのは簡単だった。

　そんな戸塚の動きを啞然《あぜん》として見ていた遠藤がやっと動いた。必死にベルトの後ろに差した拳銃を取り出そうと、背広の裾《すそ》を撥《は》ね上げるように手を後ろに回す。

　遠藤が拳銃を取り出すより、戸塚が銃口を突き付けるほうが一瞬速かった。

「撃たれたいか？」

戸塚が床に横たわった道尾の腹に膝を置いた形で言った。

「どうする？」

遠藤が唸《うな》った。

「野郎……！」

「俺は手負いの獣だ。てめぇら殺しても結果は変わらねぇ。さあ、チャカ捨てろ！　こっちは本気だ。撃つぞ」

相手が抵抗したら本当に撃つ気でいた。それが遠藤にも伝わったようで、遠藤は腰を落とすと床の上に拳銃を置いた。

「チャカをこっちに寄越せ！」

遠藤が拳銃を足で蹴《け》って寄越した。手にある道尾の拳銃も遠藤の拳銃も、戸塚に支給されたものと同じ、ベレッタだった。

「動くな」

拳銃を拾って立ち上がった。

「立て！」

と道尾に言い、拾った拳銃をベルトに差した。

「車のキーを出せ。それから財布と携帯……」

遠藤が最初に車のキーと持ち物を食卓テーブルの上に置く。続いて道尾も財布と携帯を出した。二人を拘束したいが手錠もロープもなかった。仕方がないので二人をトイレに押し込んだ。

「騒ぐなよ。騒いだらドア越しに撃ち殺す」

と言ってドアを閉めた。把手《とって》がレバータイプのドアなので、食卓にあった椅子《いす》を一つ運び、椅子の背もたれをドアレバーの下にはめ込んだ。玄関のたたきからスニーカーを持って来て、椅子の脚に履《は》かせた。そのままドアレバーの下に椅子で固定するよりも、このほうが効果的だ。スニーカーを椅子の脚に履かせるだけで、そう簡単にドアは開かなくなる。

テレビを点けて、隣室から苦情がこない程度にボリュームを上げた。これで道尾たちは、俺がまだ部屋にいると思うはずだ。多少でも時間稼ぎにはなると思った。

次にキャリーバッグを取り出し、必要と思われる物を詰め込んだ。チームから救援が得られないとなれば、長期戦を覚悟しなければならない。押し入れの天井から隠してあった自分の拳銃を取り出し、バッグに入れた。これでベレッタが三丁。取り上げた道尾と遠藤の財布を調べた。しけた男たちで、二人の財布に入っていた金は十万にもならなかった。

一丁だけベレッタをベルトの後ろに差し込むと、音を立てずに部屋を出た。道尾の車まで来た。車に乗り込み、携帯を取り出す。紫乃の居場所を確認した。また予測が違った。

市原は組事務所に向かってはいなかった。紫乃の居場所はなんと新橋の店だった。ここから車なら十分の距離だ。エンジンを掛け、戸塚はベルトの拳銃を引き抜き、スライドを引いて装弾を確認すると、大きく息をつき、アクセルを踏んだ。

走行中にバッグの中に放り込んだ携帯が二度鳴った。遠藤の携帯か、それとも道尾の携帯か、どちらの物かわからなかったが無視した。いずれにせよ市原からの連絡だろうと思った。続いて上着のポケットに入れた自分の携帯が鳴った。車を停めて携帯を取り出した。

「戸塚か?」

と相手が言った。

「黒沢だ。今、どこにいる?」

と訊いてきた。

「家に帰るところですよ」

「そのままこっちに来てくれ。親分が呼んでいる。事務所じゃなくて、『紫乃』だ。急いで来い」

と黒沢が言った。

「どうしたんです? 何かあったんですか?」

「シフトが代わるんだ。その打ち合わせだ」

「わかりました、そっちに向かいます」

通話を切った。乗り込むなら、組事務所よりも『紫乃』のほうがやりやすかった。『紫乃』の周囲はみな同じようなバーやクラブで、無人ではない。深夜営業の店もある。店に防音の設備はないから、絶叫がすれば騒ぎになる。発砲も同じ。つまり、紫乃が制裁を受けている可能性はそれだけ低くなる。ほっとした。どんなことをしてでも紫乃を救い出す。戸塚は再びアクセルを踏んだ。

二

深夜の一時を過ぎ、新橋駅の周辺でも人通りは随分《ずいぶん》少なくなっていた。駅に近いクラブ『紫乃』は雑居ビルの地下にある。深夜だから市原の車はビルの前にあるかと思っていたが、なじみのクラウンは見えなかった。つまらない違法駐車で警察とやりあうのは危険だと、ガードが律儀《りちぎ》に契約の駐車場に車を運んだのだろう。

周囲を一周し、どこにも『市原組』の車がないことを確認すると、戸塚も駐車場ビルに向かった。『紫乃』ではその駐車場に四台分のスペースを月極《つきぎ》めで借りている。

予想通り、いつものスペースに市原の車が見えた。予想に反したのは、停まっている車が二台だったことだ。一台は間違いなく市原のクラウン。そして、もう一台も同じ色のクラウン……つまりそれも『市原組』の車だということだ。市原が事務所から組員を集めた、ということだろう。車は無人ではないはずだが、どちらの車にも組員の乗っている気配がない。通常なら、市原から呼び出されるのを待つ組員が車に残っているはずなのだ。

戸塚はゆっくり車を空いているスペースに入れた。市原のクラウンから十台ほど離れた位置だ。車の音に、組の者が飛び出して来るかと思ったが、有難いことに誰も出て来ない。

戸塚はベルトのベレッタを引き抜き、覚悟を決めて市原の車に向かった。それが必要なら、発砲も辞さない覚悟だった。だが、運転席に人影はない。足音を立てずに進み、車の中の様子を窺《うかが》った。椅子を倒して寝ているのかと思ったが、車には誰もいない。

ポケットからナイフを取り出すと、戸塚はそのナイフで前輪のタイヤに少しずつ切り込みを入れた。破裂させて音を立ててはならない。慎重にタイヤにナイフをめり込ませた。タイヤから空気が漏れ始める。もう一台のタイヤにも同じように切り込みを入れ、音を立てないように空気を抜いた。これで逃げる時の追跡を防げるだろう。

ナイフをしまい、なぜ車に組員を残さなかったのか、と考えた。通常の市原はそんなことはしない。必ず誰かを車に置き、店を出る前に店の前まで車を迎えに来させる。『紫乃』から駐車場まで、三、四分だが、歩かなければならないからだ。だが、今夜に限って誰も残していない。それがどういう意味を持つのか、戸塚にはわからなかった。俺を警戒して、店に組員を集めたか？　たぶん、そうなんだろうと思った。

意を決して、出口に向かって歩き始めると、車が一台入って来る音が聞こえた。急いで駐車してある車の陰に身を潜《ひそ》めた。まるで戸塚の動きを見ていたように、入って来た車が戸塚のそばまで来て停まった。ドアが開き、誰かが近付いて来る……！

戸塚はベルトからベレッタを引き抜いた。弾丸はすでに薬室に送り込まれている。安全装置を外した。これで引鉄《ひきがね》を引けばすぐに弾丸が飛び出す。

「撃つなよ。こんなところで発砲すれば、管理人室まで聞こえる」

と近付いて来た男が言った。

「チーフ！」

車の陰から出ると、そこにはチーフの神木とスタッフの柴山が立っていた。

「そんなものはしまえ」

と戸塚の手のベレッタを見て神木が言った。

「警察に通報されたらどうする」

「どうして、ここが……」

そう言いかけて、ああ、そうか、と気が付いた。「会社」のスタッフのベルトには、全員が紫乃のネックレスに入っているものと同じ発信器を取り付けられているのだ。だから、「会社」のパソコンには常にスタッフ全員の居場所がわかるようになっている。つまり、この時間でもチーフは「会社」に詰めていたということだった。

「俺たちが一番怖いのは警察だということを忘れるな」

と、神木は言い、

「おまえの女は店だな」

と訊かれた。

「そうだと思います……」

「よし」

と頷くと、神木が柴山に言った。

「柴山、おまえは車を店の前まで回しておけ、いつでも離脱できるようにな」

「どうするんです？」と戸塚。

「どうするって、何とかするしかないだろう。馬鹿なスタッフを抱えると、余計な仕事が増える」

と神木はにべもない口調で言い、戸塚の手元を見た。

「早くチャカをしまえ。人に見られたらどうする！」

戸塚はベレッタを慌ててベルトに戻した。それにしても、どうやって紫乃を助けるというのか？

「どうする気だ？」

と神木には訊けず、戸塚は柴山に訊いた。柴山が肩に掛けたバッグを叩いてみせた。バッグはノートパソコン用のものだ。パソコンで何をしようというのか？　戸塚には見当もつかなかった。柴山はそのバッグを戸塚に渡すと急いで車に戻って行く。

「店はどっちだ？」

駐車場を出たところで神木が訊いてきた。

「こっちです」

『紫乃』までは早足で歩いて二分。一時を過ぎて、普段は人通りの多い周辺にも人影はまばらだ。

「ここです」

と『紫乃』の入っているビルの前で言った。ビルから二人の酔漢が出て来た。まだ開いている店があるのだ。こんな状況では市原たちもチャカは使えないだろうと思った。

「戸塚」

「何ですか？」

「もう一度言っておく。銃は使うな、いいな」

と神木が念を押すように言った。

「ですが……」

いざというときはどうするのか、と戸塚は不安になった。組事務所でなくても組員は相当いるはずだ。車が二台停まっていたのだから、多ければ市原のほかに六、七名はいる。そして、黒沢も倉本も、今夜は絶対に武装している。チーフはそれを知っているのだろうか。

「俺たちが怖いのは、ヤクザじゃない。本庁だ。それを忘れるな」

神木はそう言うと、地下にある『紫乃』に向かって階段を下り始めた。

制裁は絶叫を上げる類《たぐい》のものではなかった。だが、それは紛《まぎ》れもない制裁ではあった。

今、紫乃は三人目の男に犯されていた。知った顔の組員の一人が、紫乃の上で懸命に腰を使っている。肩から胸の半《なか》ばまで墨が入った体から汗が噴出している。両腕は頭の横で二人の組員が押さえている。抵抗は無駄だった。

首を捻って市原を見た。ソファーに座った市原は、携帯で誰かと笑いながら話している。その手前に、三脚に取り付けたビデオカメラを操作している男が見えた。最初に紫乃を犯した若者だった。

体の上の男が一声呻《うめ》くと、男根を抜き出し、腹の上に射精した。四人目の男が入れ替わる。

紫乃は眼を閉じ、歯を食いしばった。こんなことは大したことじゃあない。そんなことより、あの人が上手く逃げてくれさえすれば……そのことだけを考えた。

四人目の若者が激しく腰を使い始めた。苦しい……。紫乃の苦痛の表情に、若者は一層欲情をそそられたのか、猛《たけ》ったように腰を使った。

店に入るとすぐに市原から因果を含められた。体に傷はつけない、と市原は言った。おまえはドバイに売る商品だからな、と市原は無表情で続けたのだ。そして着物を剝《は》がれた。

「なんだ、こいつは？」

と紫乃の腹部に巻かれた鎖を見て市原は言った。

「いつからこんなもんしとる？」

市原はこの腹部に巻かれたアクセサリーを見たことがなかったのだ。紫乃は市原に抱かれる時だけはこのネックレスを外してバッグにしまっていたからだ。一瞬、誇らしい気持ちになった。わたしには、あんたと違う、愛している人がいるのだと思うと、屈辱の気持ちがわずかだが和《やわ》らいだ。

「よう似合っとる。そのままつけとけ」

と市原は笑って言った。

「これからおまえのビデオを撮る。ドバイに売る時のために使う。ばばぁなら臓器を売るところだが、おまえならまだ生身で売れる。臓器を抜かれんで済むんだから有難いと思え」

そして、組員の一人に紫乃を犯せと命じた。組事務所から呼びつけた若い衆が四人加わり、全裸にされた紫乃の腕を顔見知りの若い衆二人がソファーに押さえ付け、紫乃を組員たちが代わる代わる犯した。

犯される前に性器に何かを塗られた。組員が組事務所から持って来たビデオカメラが、そんな紫乃の姿を録画していた。市原はそんな紫乃を見向きもせずに、ウイスキーのグラス片手に、携帯で誰かと話し続けている。性器に塗られたものが何かわからなかったが、奇妙な疼《うず》きに、それが麻薬だと知った。抑え切れぬ快感が性器から湧《わ》き上がるように全身を痺《しび》れさす。

紫乃は歯を食いしばり、そんな薬の効果に抗《あらが》った。どんなことがあっても、声を上げたり、表情を変えたりはしない、と迸《ほとばし》りそうになる声を堪《こら》えた。懸命に歯を食いしばる紫乃の表情の変化を、ビデオカメラが刺さるように録画している。負けるものか、と紫乃は目を閉じた。

それでも耐えられずに初めて呻き声を漏らした時に、体の上の動きが止まった。誰かが店に入って来たことがわかった。紫乃は閉じていた目を開け、それが誰かを知った。戸口には眼を見開く戸塚と、もう一人、見知らぬ長身の男が立っていた。

「あんたが『市原組』の市原さんか」

と戸塚の横に立つ男が言った。白髪で長身痩軀《そうく》、知った顔ではなかった。

「戸塚！」

「てめぇ！」

怒号を上げて組員が戸塚に歩み寄る。

「やめろ！」

と市原はそんな組員たちを制し、

「ほう、助《すけ》っ人《と》を連れて来たか」

携帯をしまうと戸口の二人を見つめた。戸塚とその男に、倉本と黒沢が腕を伸ばす。長身の男が倉本に向かって提《さ》げていたバッグを放り、言った。

「パソコンだ。乱暴に扱うなよ」

投げられたパソコンを思わず抱きかかえた倉本に代わって、黒沢がその男の上着の襟《えり》を取った。何をどうされたか、その黒沢が爪先立《つまさきだ》ちになり、苦痛の呻き声を上げた。男はそんな黒沢を簡単に放り出す。

「市原さんよ、手を出す前に、そのパソコンでこいつを見てくれんかな。ＤＶＤだ」

と男は懐中から取り出したＤＶＤを黒沢に放り、

「こいつを開けば、あんたが見たい物が見られる。俺たちに手を出すか、やめるか、それから決めるんだな」

と抑揚のない声で言った。

「てめぇは誰だ？」

市原は黒沢から男に視線を移すと、そう訊いた。

「たぶん知っているだろう。俺は、『新和平連合』じゃぁ有名な神木だよ」

と男が笑みを見せて言った。無論、その名は知っていた。神木という男には『新和平連合』の本部に乗り込まれた苦い記憶があった。当時、本部に詰めていた組員が、この男のために酷《ひど》い目に遭《あ》っている。

「ほう……てめぇが神木か」

神木と名乗った男が言った。

「何度も言うのは疲れる。面倒だから見る前に説明してやろう。そこには、あんたがロシア野郎と話している映像が入っている。わかるか？　新宿のアントーノフの店で、あんたがロシアから来たヴァルーエフたちと会っている映像だ。武田殺しの交渉をな、ロシア野郎としている場面が映っているんだよ。

警察も喜ぶ映像だが、もっと喜ぶのは『大興会』かな。あんたらは、武田殺しはロシア側との取引のもつれだと釈明したらしいが、その映像を見られたらそんな言い訳は無効になる。おそらく『大興会』の大伴は黙っちゃあいない。仲介の面子《メンツ》が丸潰《まるつぶ》れだからな。せっかく仕切った手打ち式をあんたらのためにぶち壊されたんだよ。そりゃあ、頭にきてるぞ、『大興会』は。それともあんたら、『大興会』と一戦交えるつもりかい？　昔ならともかく、バラバラになっちまった今の『新和平連合』じゃあ戦争はできんだろう。まあ、やったところで、一週間ももたん。さて、どうするかね」

チャカを引き抜く組員たちを見て、男が続けた。

「ほう、撃つ気か……。あんたの組員はそこまで馬鹿か？　ここで発砲すれば、音が外に漏れる。まだ何軒か店は開いているぞ。発砲音を警察に通報されたら、どう弁解する？　それにだ、当然だが、DVDにはコピーがある。保険だよ。俺たちに何かあれば、コピーの映像は『大興会』にも渡るし、警視庁にも届く。脳みその足りないおまえらでも、そんなことをすりゃあどうなるか、見当はつくだろうが。さあ、腹立てる前に、パソコンを開いてみろ」

市原は組員の一人にパソコンを立ち上げさせた。男の指示に従って画面にアントーノフの『舟歌』の映像を開く。たしかに『舟歌』での密談の映像が映っていた。画像も鮮明で、音声もしっかり録音されていた。こいつら、一体どうやってこんなものを録画したのか？　市原は男を見上げた。

男が言った。

「どうだ？　納得したか」

「神木さんか……いい度胸だな。一体、どうやってこんなものを録画した？」

どんな方法で録画したのか？　見当がつかなかった。市原は戸塚を見上げた。こいつは、なんで神木と一緒にいるのか？　戸塚と神木は何で繫《つな》がっている？　ひょっとしたら、戸塚が……！

「あんたに褒《ほ》められても嬉しくはないな。さあ、どうする？　こいつをばらまかれたら、具合が悪いだろう」

と神木という男が前に出て、まだ下半身丸出しの組員に言った。

「みっともない尻を隠せ」

組員が慌ててズボンを上げるのを見て続けた。

「ビデオか、まるでチンピラのシノギみたいなことをするんだな。これじゃあ『新和平連合』の看板が泣く」

と男はビデオカメラから手際よくSDカードを抜き取った。

「こいつは貰《もら》っておく。戸塚、この人を連れて行け」

男の後ろにいた戸塚が急いで放心状態の紫乃に着物を着せる。

「さて、条件を言う」

「条件だと？」

戸塚に抱き起こされる紫乃を横目に、市原は憤怒《ふんぬ》を堪えて訊いた。

「条件は、戸塚とその女の解放。それだけだ、他に条件はない。こっちは代わりに、ロシア野郎たちとの映像は誰にも渡さない。これでいいだろう、破格の条件だと思うが」

男を見つめた。神木という男が続ける。

「念を押しておく。戸塚と女を自由にしてやれ。二度と追わないことが条件だ。そいつを約束してもらおう。こっちも、その代わり、この映像を封印することを約束する」

仕方がなかった。この映像を『大興会』に持ち込まれたら、どうにもならないことは市原にもわかった。ましてや警察に持ち込まれたら、逃げようがない。苦笑して言った。

「ここは、おまえを信用するしか、仕様がねぇってことか、え、神木さんよ」

「そういうことだな。あんたらが、どこと抗争しようと、こっちには興味はない」

「いいだろう、その条件を呑んでやる」

と市原は応えた。紫乃を抱えて戸塚が戸口に向かうのを見て、市原は尋ねた。

「神木さんよ」

「何だ？」

神木という男が緊張のそぶりも見せず、訊き返す。まったくいい度胸の男だと、市原は苦笑した。こんな男が子分にいたら、組は盤石《ばんじゃく》だろう。

「あんた、どこの組織だ？　警察じゃあねぇな……たしか、どっかの女とつるんで何かやっていたんだったな」

神木が応えた。

「どこともつるんじゃあいないがね。その日暮らしのプー太郎だよ」

「ヤクザがどんなもんか、あんた、知っているか？　わしらには、終わりってもんがねえんだ」

市原はそう言って、神木を見上げた。男が微笑で応えた。

「後ろを気をつけて歩けってか。月夜ばかりじゃあないとも言うか。まったく、つまらん脅しだ。どっちも負け犬が使う常套句《じょうとうく》だな。そいつはチンピラの台詞《せりふ》だろうが。少なくとも『新和平連合』の幹部の台詞じゃあないぞ。あんたももっとのし上がろうと思っているんなら、チンピラみたいなことは言わないことだ。襟のバッジが泣く」

若い衆たちを押しのけて神木が出て行く。組員たちが追おうとするのを市原は止めた。

「やめろ」

たしかにやられた、と思った。だが、これで終わっちゃあいない。五年、十年かかっても、必ず野郎の命は取ってやる。それがヤクザの掟《おきて》だ、と腹の中で呻いた。

「倉本」

倉本がまだチャカを手にしたまま市原の前に出た。市原は言った。

「奴の正体を洗え。どこで生まれて、何をしていたか、何から何まで洗え」

「わかりました！」

「家族もだ、奴の家族も調べろ。親も子供もだ」

礼は倍にして返す。氷が溶けたグラスのウイスキーを口に含み、腹の中でもう一度囁《ささや》いた。必ず奴の命、取ってやる。必ず……。

三

仮眠室で冷たい弁当を食い終えたところに携帯が鳴った。

「はい、関口」

「ちょっと来てくれ、おかしな野郎がいるんだ」

掛かってきた相手は同じガード番の和田《わだ》という男だった。今夜の品田の警護は『市原組』に替わった『玉城組』が担当で、和田と関口が五階の張り番である。四階と五階がこの病院の入院患者の病室だが、現在、五階には品田が立て籠もり、他の入院患者はいない。エレベーター・ホールに近いナース・ステーションには常時警護のヤクザたちが詰め、そこには監視用のモニターを設置してある。関口は腕の時計を見た。午前二時をいくらか過ぎている。

「すぐ行きます」

品田の病室の隣が警護の者の仮眠室で、夜食を食っていた関口は弁当箱を屑籠《くずかご》に放り込むと急いで病室を出た。深夜の廊下に人影はない。和田がいるナース・ステーションに入った。テーブルの上にモニターが四台並んでいる。和田が咥え煙草でその内の一台のモニターを覗いている。

「どうしました？」

「おかしな野郎が見えたんだ」

和田が覗いているモニターは地下の駐車場を映し出している。病院の玄関口、四階から五階に通じる階段、そして救急患者の搬入口、院長や医師たちのためにある地下の駐車場、この四カ所には監視用のカメラが設置されていて、警護の担当が二十四時間監視する。

もっともこの監視は完璧とは言えなかった。抗争も日にちが経《た》ち緊張が薄れ、監視の担当も疲労していて、常時モニターを見つめているわけではないのだ。だいいち、何事もない画面を何時間も眺めていられる者はいない。時々モニターを覗くだけで、たいていは煙草を吸いながら雑誌のヌード写真などを眺めている。現にモニターの載るテーブルの近くには、週刊誌や漫画雑誌が散らばっている。和田がおかしな人の動きを察知したのも偶然だろう、と山になっている灰皿を眺めて関口は思った。

「駐車場ですか」

「ああ、ここだ」

と和田はモニターを指差した。画面に映っているのは品田のベンツと『玉城組』の車が一台だけだ。当直以外の医師や日勤の看護師たちはすでに帰宅し、二十台ほどの駐車スペースがある駐車場はがらんとしている。

「他に異常はないんですか？」

「いや、男がいたのは駐車場だ。ここを通ったんだ、他の所にゃ誰もいねぇよ」

と和田が言った。

「岡田《おかだ》さんには連絡しましたか？」

岡田とは、やはり『玉城組』の若中《わかなか》で、彼は表の駐車場を警護している。

「ああ、した。携帯に出ねぇんだ、あの馬鹿」

玄関口にある駐車場にも監視の車を停めてある。時刻は午前二時過ぎ。車の中にいる岡田が眠り込んでいても不思議ではない。

「おまえ、見て来てくれるか」

「わかりました、見てみますわ」

地下の駐車場には『玉城組』も車を停めてある。一台は品田のベンツ、もう一台は和田の車だ。夜間、地下の駐車場には出入り口にシャッターがあり、オープナーがなければ表からはシャッターは開かない。もっとも病院の中に入れれば、階段を降りるかエレベーターで地下駐車場に入ることができる。救急患者の受け入れ口だから、本来夜間にも管理人がいなければならないが、品田が五階を占拠して以降、救急患者の受け入れをやめさせている。

「おい、チャカ持って行け」

と背を向ける関口に和田が言った。

「大丈夫です、持ってますよ」

と関口はベルトを叩いてみせた。ベルトの背には夕方配られた拳銃を差している。拳銃はベレッタ。ベレッタは、アメリカ軍が制式に採用しているオートマチックである。関口はこのタイプの拳銃をこれまで撃ったことがなかった。だが、それは別に問題ではない。撃ち方はわかっているし、警察官時代、射撃の成績はよかった。

関口は部屋を出るとエレベーター・ホールに立った。薄暗い廊下に異常はない。階段で四階に降りた。四階には一般の入院患者がいる。ナース・ステーションにいた当直の看護師が怯《おび》えたような顔で、突然階段を降りて来た関口を見つめた。手を挙げて微笑《ほほえ》んでみせた。看護師が引きつった笑みでそれに応えた。四階はこうして看護師が夜間でも詰めているから、侵入者がいれば看護師が気付くだろう。四階と五階は安全と考えていい。

階段を二階まで下りた。この階にはレントゲン室やらなにやら検査関連の部屋が並んでいる。明かりは非常灯だけで廊下は暗い。ここらに逃げ込まれたらことだな、と考えながら関口は踊り場で背中のチャカを引き抜き、スライドを引いた。弾倉の弾丸が薬室に送り込まれ、ガシャーンという金属音が静寂のホールにこだました。安全装置を解除して再びチャカをベルトに戻す。今度はいつでも引き抜けるように、背中ではなく腹の所に差した。

もっとも、よほどの緊急事態でなければチャカなど使う気はない。発砲騒ぎなど起こせば、大事《おおごと》になる。発砲音を当直の医師や看護師が聞けば、院長はともかく、医師や看護師たちはここが『新和平連合』の金で動く病院だと知らされてはいないから、下手をすれば警察に通報されかねない。これは品田にとって大きなダメージになる。

関口自身も警察と接触はなるべく避けたい。ヤクザに関口の顔を知る者はいないが、警視庁にはいくらもいるからだ。元本庁の刑事がヤクザになっていると知れれば騒ぎになるだろう。潜入員だと明かすことができない関口には、品田と同様、致命的なダメージだ。今の関口にとってなにより避けねばならないのは、自分を知る警察官との遭遇なのだ。

注意深く階段を降りる。一階を通過して地下に向かった。まず地下を調べ、それから各階を調べて回る。相手が素手ならばどうということはない。ドスを持つくらいでも、まあ、素手で捌《さば》ける。ただ、相手が銃を用意していることも、現在の状況なら大いにあり得る。その時は素手では無理だ。さて、どうするか……？

そんなことを考えながら階段を降りると、関口は駐車場へ通じる鉄扉《てっぴ》のノブに左手を掛けた。ゆっくり扉を開ける。物音はない。駐車場に入った。地下駐車場はかなり広い。約二十台ほどの車を駐車することができる。深夜だから車の数は少ない。品田のベンツと

『玉城組』の車が一台、あとは画面に映っていなかった場所に当直の医師の車と思われるのが二台。

『玉城組』が取り付けたカメラはたぶん一台だけで、そのカメラが映し出す映像は品田の車の周辺だけである。入り口ではなくカメラのレンズを品田のベンツに向けたのは、車に爆発物を仕掛けられたら、という用心のためだ。監視していた和田が男の姿を見たというのは、だから誰かが品田の車の近くにいたということである。

品田の車の位置は駐車場の一番奥だ。ベンツの隣に一世代古い和田のクラウンが停めてある。駐車場の出入り口にはシャッターが下りている。シャッターの横に管理人の部屋があるが、急患の受け入れを禁じてからここに管理人はいない。

ドアをゆっくり閉め、人の気配を探った。天井を這《は》う配管に固定された小型のカメラがあるのを確認。ゆっくりその二台の車に近付いた。異常はないようだった。

引き返そうと体の向きを変えようとした時に、何かの気配がした。向き直った瞬間、黒い影が突進して来た。突いて来る光る物を咄嗟に流した。バランスを崩した影が再び関口に向き直る。手にドスを握っている。二度、三度突いてくるのを今度は余裕を持って捌いた。一メートル半ほどの間を空けて睨《にら》み合った。この位置にカメラは向いていない。和田がいる部屋のモニターには関口も襲撃者も映ってはいないのだろうな、と思いながら関口は相手の動きを窺った。

驚いたことに、相手は小さな老人だった。両手でドスを腹の所で構え、関口を睨んだまま動かない。いや、動かないのではなく動けないのだ、と気がついた。老人はすでに息が上がり、肩を上下させて喘《あえ》いでいる。

「危ないな、おっさんよ。ドス、捨てな、あんたの腕じゃあ、俺を突けやせんよ」

と関口は笑みを見せて言った。相手は無言で喘いでいる。

「どこの組の者だ？　代行を殺ろうってか？　無理だな、おっさん。それに、俺は代行じゃあねぇよ」

余裕が出来た関口はそう言った。こんな年寄りなら、ドスを取り上げて押さえ込むのは簡単だった。老人が唸り声を上げ、全身で突っ込んで来た。軽くいなし、その腕を取り、逆に極めた。いくら頑張っても、関口がいったん逆に極めたらもうどんな相手でも動けない。このまま捻れば年寄りの関節は簡単に外れる。年寄りが呻いた。耳元でもう一度言ってやった。

「観念しろよ、あんたが俺を殺《や》るのは無理だ。とにかくドスを放しな」

苦痛に耐えかねた年寄りがやっとドスを落とした。ドスが落ち、コンクリートの床に当たってカランと乾いた音を立てた。

「さあ、どこの者か言え。言わねぇと腕が折れるぜ。さあ、言いな、年寄りを痛めつけたくねぇからよ」

年寄りはまだ歯を食いしばって苦痛を堪えていた。

「頼むぜ、おっさん。本当に腕が折れちまうぞ。どうせ体調べりゃあおっさんがどこの者かわかるんだ、無駄なことするなや、な、おっさんよ」

突然、年寄りの力が抜けた。腰を落とし、床の上に胡坐《あぐら》をかいて言った。

「ちきしょう、好きなようにしろ！」

ため息をつき、関口は床の上のドスを拾い上げ、年寄りを見下ろした。白髪頭の毛は薄い。歳は七十くらいに見える。

「品田代行を狙《ねら》ってたんか？」

相手は目を閉じたままだ。

「今、言っただろう、俺は代行じゃねぇんだ。幹部でもねぇんだよ。あんた、『形勝会』に関係があるんか？　鉄砲玉にしちゃあ、ちょっと草臥《くたび》れてるな……どこの組か知らんが、あんたを寄越すなんて、情けねぇ組だな」

これは素直な感想だった。年寄りでもカタギではないことは一目見ればわかるが、それにしてもこんな年寄りに刺されるヤクザもいなかろう。品田代行を狙って来たのだから、間違いなく鉄砲玉なのだろうが、人選があまりにも酷すぎる。

「さあ、言えよ。あんたを痛めつけたくはねぇんだ。頼むぜ」

関口は年寄りの前に腰を落として言った。

「なあ、俺を困らせるな。本当に手荒なことはしたくねぇんだよ」

「組の名前は言わんぞ。殺りたきゃあ、殺れ！」

「威勢がいいな」

苦笑して煙草を取り出した。年寄りに一本勧めた。年寄りが関口を睨んだまま煙草に手を出した。関口も一本咥え、年寄りの煙草に先にジッポーで火を点けてやった。大きく煙を吐き出し、携帯を取り出し、和田を呼び出した。

「関口です。駐車場には誰もいませんよ。ええ、そうです、異常なし」

通話を切る関口を驚いたように年寄りが見上げる。

「さあ、行けや。だが、そこは通るな、そっちはカメラがあるからよ、こっちから出て行くんだ。カメラに映っちまったらもう弁解できねぇからな。さあ、行っちまいな」

「あんた……名前を教えてくれ」

立ち上がった老人が関口を見上げ、呟《つぶや》く。

ドスを渡して関口が言った。

「俺は『玉城組』の関口だ。二度と来るなよ、今度来たら生きては帰れんからな。それから、おっさんとこの組長に言っておけ。年寄りを鉄砲玉なんかに使うなってな。殺りたけりゃあもっと若い者寄越せと言っておけ。わかったな？」

関口はそのまま年寄りに背を向け、階段への入り口に向かった。年寄りが関口の跡を追うようについて来た。振り返って言った。

「ついて来るな。玄関ホールにもカメラがあるんだよ。あんたはそのままここから出て行け。近くに行けば駐車場のゲートは自動で開く。さあ、行け」

「わしは……『武田組』の、山本ってもんだ」

「『武田組』？　知らんな」

と関口は立ち止まって小さな年寄りを振り返った。

「あんた『玉城組』の若中だろう、それで『武田組』を知らんのか」

年寄りが呆《あき》れたように言った。そう言われて、関口はぐっと詰まった。『玉城組』に潜入する前に『新和平連合』に関することはすべて頭に叩き込んだはずだが、系列の組をすべて覚えているわけではないのだ。品田を狙うということは、たぶん『形勝会』系列の組なのだろうが、『武田組』という組の記憶はない。どこを縄張《シマ》りにしている組なのか？

「あんた、関口さんと言ったな？」

「ああ、関口だ」

仕方なくもう一度名乗った。

「この恩は忘れねぇ」

「気にするな。行きな」

「あんたに連絡したい時はどうしたらいい？」

うんざりした。この年寄りは俺に電話でもしてくる気か？　冗談じゃない、そんなことをされて、この年寄りを逃がしてやったことがばれれば、この身が危なくなる。

「電話なんかしてくるな、今度は見逃してはやらんからな」

「わかってるがな。だが、恩を受けたまま忘れるわけにはいかん」

「いいから、いいから、早く行ってくれ。もたもたしてると仲間が様子を見に来るぞ」

「すまんな、恩に着る」

やっと年寄りが背を向けた。シャッターに向かって歩いていく後ろ姿を見送り、関口はほっと吐息をついた。それにしても『武田組』というのはどこを縄張りにしている組か？　急いでそれを調べてみようと、関口は階段への鉄扉を開けた。

四

午前一時。「会社」には神木、青山、下村光子、そして関口が集まっていた。

「……『武田組』組長は、現在、二代目の武田春子。一九五六年、宮城県生まれ。前科なし。組員総数は平成十七年の資料で二十四名。本部長・山本徳三、副本部長・瀬戸内彩子……」

青山のパスワードで警視庁の資料にアクセスした下村光子が、卓上のパソコンから顔を上げて言った。

「女の組長か……それにしても、小さな組だな……『新和平連合』にもそんな小さな組があったのか」

と青山が下村光子の肩越しにパソコン画面を覗いた。

「三次団体ですからね。でも創設は結構古いです。創設は一九七五年……」

会議用のテーブルに着いた関口が、向かいに座ってプリントアウトした資料を読む神木に言った。神木の手にある資料は『新和平連合』の組織図だった。間違いなく、そこには三次団体として『武田組』の名が載っている。

「使えますかね？」

神木が訊き返す。

「どうかな……品田はまだ『愛心病院』なんだな？」

「そうです」

「警備は変わっていないのか？」

「ええ、むしろ以前より厳重ですね」

「だろうな……」

『形勝会』の会長の武田が爆殺され、当然ながら緊張は以前より高まっていて不思議ではない。当然、『形勝会』側は報復を考えるはずだからだ。

ただ、この情勢には二つ問題がある。一つは報復には仲介に立った『大興会』の大伴の了承がいる。それは品田側の『玉城組』組長・杉田が大伴に、自分たちは今回の武田暗殺に関与してはいないと、そう申し立てているからだ。『形勝会』側は、武田会長を暗殺したのが品田だと証明してみせなければ報復ができない。強引に報復に出れば、今度は仲介の『大興会』をも敵に回さなければならないからだ。

第二に、会長の武田を失った『形勝会』には組織を引っ張っていく人間がいないという問題がある。武田の腹心だったナンバーツーの国原慎一も会長の武田の車に同乗していたために、命こそ取り留めたものの手足を失うという瀕死《ひんし》の状態で、報復を指揮できる人間がいないのだ。

そんな膠着《こうちゃく》した情勢の中に飛び込んできたのが、これまで耳にしたこともない『武田組』なのだった。

テーブルに戻った青山が関口に訊いた。

「ここに本部長とある山本徳三が、そのじいさんなんだな？」

「そうです。まあ、見た目は、本部長なんてもんじゃあないですがね。それこそ、よれよれの年寄りですよ。ただ、じいさんは本当にやる気ですね。俺たちが助けなくても、何かやる、こいつは間違いないです。武田を殺したのはあくまで品田だと、ロシアのマフィアとのいざこざが原因だなんて、じいさんはなから信じちゃあいませんから」

と関口は神木と青山の顔を交互に見て言った。

『愛心病院』に忍び込んだ『武田組』の山本と名乗る老人を助けた関口は、このことがきっかけになってその老人に付きまとわれ、警備の状況を、山本というその年寄りに、仕方なく少しずつ渡している。

神木が苦笑して言った。

「だいたい、『新和平連合』で、そんなことを信じている奴がいるのか?」

「信じてはいないが、品田がやったと立証もできないだろう。報復するには名分がいる」

と青山が言った。関口が続けた。

「ですが、俺が見るかぎり、勝ち目はないですね。まあ、じいさんが殺られても仕方がないですが、ただ、マイトなんか持ち込まれたら大変でしょう。『愛心病院』には、ヤクザが立て籠もっているなんてことは知らない一般の患者がいっぱいいるんです。そこにダイナマイト腹に巻いて殴り込みかけようっていうんですよ。黙って見ているわけにもいかんでしょう」

「で、おまえはどうしたらいいと思っているんだ?」

と青山が訊いた。

「できれば、無茶をするな、とやめさせたいですよ。だが、そいつが難しいんです。じいさんだけなら、俺が何とかすりゃあいいんでしょうが、その気になっているのはじいさんだけじゃないんです。『武田組』がその気になっているんですから、どうにもならない」

と関口はため息をついた。

「じいさんと女たちの組か……こんなちっぽけな組じゃあ、喧嘩にもならんだろうに」

と言う青山に、

「組長の武田春子は死んだ武田の義理の姉です」

と下村光子が念を押すように言った。関口が続けた。

「できれば報復はやめさせたいんですがね。それが無理なら、ダイナマイト腹に巻いて殴り込むなんてことはさせずに、もっと効果的な方法でやれと、そう言ってやりたいんですが……言うのは簡単ですが、俺には手に負えない。ただ、品田を潰すなら、この『武田組』を使う手はあるかと、そう思って……」

神木が訊いた。

「おまえが会ったのは、その山本というじいさんだけなんだな？」

「ええ、そうです。ですが、じいさんから、今日にも組長に会ってくれとせっつかれているんですよ。放っておくと、明日にも殴り込みをかけますよ。まったく勝ち目のない殴り込みですが」

青山が、神木の顔を窺いながら、関口に訊いた。

「品田はいつまで『愛心病院』に立て籠もる気なんだ？」

「当分出る気はないんじゃないですかね。体のほうはどうってことはないんです。もう健康体といってもいい」

「武田の葬儀にも、出る気はないのか？」

「どうですかね。たぶん、何か理由をつけて出ないと思いますよ。出たら殺られるって、相当用心していますから」

「『大興会』の大伴が出たら、品田が顔を出さんということはないだろう」

「明日のは密葬らしいですから、『大興会』は顔を出しません。本当の葬儀は事態が収まってからきちんとやるみたいです。そいつは『新和平連合』主催の葬儀になるはずです」

「それは、いつだ？」

「一ヵ月も経ってからじゃあないですかね。なにせナンバーツーの国原も今は重体の状態ですから、すぐにはできません。正確な日取りはわかりませんが、来月になってからでしょう。組の連中はそう言ってますよ」

「要するに、報復には『愛心病院』以外の場所は考えられんのだな」

と青山が念を押す。

「そうです」と関口。

神木が言った。

「その密葬だが、本当に身内だけでやるのか？」

「たぶんそうだと思います」

青山が続けた。

「そうだろうな。ただ、武田は『形勝会』の会長だ、密葬だけでは済ませられないだろうな」

神木が再び口を開く。

「現在の『愛心病院』の警護はどうなっている？　詳しく教えてくれ」

「病院は、まあ、個人の病院ですから規模は大したことはないですが、それでも大きいほうだといっていいでしょう。建物は六階建てのコンクリートの病院ですが、六階は院長の居住区域で、品田は五階の入院患者用の病室を全部占拠しているんです。四階は一般の患者の病室で……」

と関口は詳しく『愛心病院』の警備状況を説明し始めた。

「警護の組員は全部でだいたい十数人くらいですかね。夜間でも駐車場に警護の組員を最低二名は置くようになりましたし、それに本庁の覆面パトカーも常駐していますから、おかしな格好の者が現れたらすぐに捕まります。俺が山本というじいさんを見つけたのは地下の駐車場ですが、ここも今は簡単には入れません。じいさんが上手く忍び込めたのは、一般の外来患者に化けて昼間から病院に入り込んでいたからなんです。だが、またやろうと思っても、今は無理だな。昼間も夜間も、今は地下駐車場にも監視の組員を置いていますから。まあ、仮に上手く病院の中に紛れ込んでも、五階にはまず近付けません。四階は一般患者の病室で、二十四時間ナース・ステーションには病院のスタッフがいますし、五階にはそれこそ組員がどさっといるわけです。ここには組員以外近付けない。階段を上がったところでお終いです。

エレベーターが都合四基ありますが、五階から上に上がれるのは病院長の家に行く専用の小さなエレベーターと、職員とベッドがいっぺんに運べるでかいやつだけです。これは専用のキーが必要で、一般患者は使えないことになっています。あと二基は、今は四階まででしか上がらないようになっています。だから、一般の人はエレベーターで品田がいる五階には行けないわけです。それから、院長が使う個人用のエレベーターは院長室が一階にあるんで、こいつは一階から六階まで直通になっていて、他の階には停まらないようになっています。

もちろん、階段はありますから、階段を使えばどの階にも行けますが、階段を上がっても五階には監視の組員がいますから、そこから品田の部屋に行くのは無理です。それに、結構いろんな所に監視カメラを増設して、五階の監視室で組員三名が常時モニターを見ていますから、見たことのない奴がいたらすぐに警護の者に気付かれます。まさに、蟻《あり》が入り込む隙間《すきま》もないんですよ」

「そのお年寄りは、一度病院に入っているのよね？　だったら状況はわかっているんでしょう？　それでも、ダイナマイトを体に巻き付けて殴り込もうと言うの？」

　と下村光子が眉《まゆ》を寄せて訊いた。関口が苦笑いで答えた。

「あの時は、今に比べれば警備は手薄でしたし、土台、何をどうしたらこうなるって、考えられるような頭のじいさんじゃないんだ。品田憎しだけが頭にあって、死ぬ気なら何でもできると、そう思っているようなじいさんだからな」

「じいさんは、死ぬ気か……」と神木。

「そうですよ」

　青山が苦笑いで言った。

「まったく威勢のいいじいさんだな」

　下村光子が神木に訊いた。

「できると思いますか？」

「報復か？」

　神木が訊き直した。

「ええ」

「できんことはないだろう」

「一般の入院患者に被害者を出さずに、ですよ？」

「ああ」

「どうするんです？」

「爆発物を使わなければばいい」

「でも……接近は、関口さんの説明では不可能です」

「どこかに、穴はあるもんだ。守るより、攻めるほうが楽なんだ」

「医師や看護師は品田のところに通っているの？」

下村光子が関口に訊く。

「ああ、一応診察は今でもしている。だが、医師や看護師になりすますのは無理だな。警護はそいつを一番警戒してるんだ。医師や看護師とはもう皆顔見知りだし、見た顔の者じゃなければ品田の病室には近付けない」

「食事は？」

「食事？」

「ええ、食事よ。品田の食事はどうしているの？」

「ああ、それは……」

と関口が笑って答えた。

「警護の連中は弁当を買って来て食っているけど、品田は特別のものを取り寄せているんだ。たとえば鰻《うなぎ》とか。動けない当時は病院の給食だったが、今は豪華なものを食っている。ただし、運んで来る奴も、五階のエレベーター・ホールでストップ。出前の物はそこで組員が受け取るから、病室までは近付けない。しかも、当番の組員が、毒物を入れられたら大変だって、毒見もさせられている」

「下着の交換とか、そういうものはどうしているの？」

「そいつは知らないなぁ。見たことがない。たぶん、家族が届けているんじゃないかね」

「品田の家族はどうなっていた？」

神木が訊いた。下村光子がキーボードを叩き、データを開いた。

「妻に娘が二人……住居は渋谷ですね」

「ほかに品田の病室に出入りする人間はいないのか？　医師や看護師以外にだ」

考えていた関口がやっと思い出したというように言った。

「そうですね……そうだ、女がいますよ」

「どんな女だ？」

「マッサージの女と……」

関口が下村光子を見て、言いにくそうに言った。

「女ですよ、品田の相手をする」

「女がいるか……」

「どんな女性？」

と下村光子が訊く。

「うちの組じゃあなくて、市原が手配している女ですよ。たぶん市原が持っている店の女だと思いますがね」

『紫乃』のホステスか？」

青山が訊いた。

「そうかもしれないです。ロシア人相手の女は市原が持っているソープからの女だと思いますが、品田にそんな所の女を世話はせんでしょう。たぶん『紫乃』あたりのホステスかと思いますよ」

神木が戸塚と共に乗り込んだ新橋のクラブである。もっとも現在『紫乃』はママが不在だ。『紫乃』がまだ営業しているかどうかはわからない。

「それは、戸塚さんに訊けば、誰が派遣されているかわかりますね」

と下村光子が言った。『紫乃』のママの紫乃こと大谷昌美は、現在、神木の手配で、戸塚と一緒に身を潜めている。

「まあ、突くのはその辺か……」

青山がため息交じりに言った。

関口が首を振った。

「駄目ですよ。品田もそこらは一番警戒していますから。仮に品田がオーケーしても、市原が知らない女は近付けない」

「ストレートでは無理だろう。だが、手はあるかもしれない……『紫乃』が現在どうなっているか、そいつを調べておいたほうがいいな」

「何をするんですか？」

　と訊く下村光子に、

「身元がわからない女を近付けはしないだろうが、市原の店の女なら品田に近付けるかもしれないということだ。ただ、こいつは時間との勝負だがな」

　と青山は答えた。

「どういうことですか？」

「『紫乃』のホステスになればいい。ただ、こいつは結構難しいし、時間がかかるがな。上手くホステスに採用されても、品田の所に派遣されるには、いろんな条件があるだろうから」

　神木が言った。

「無理だな、そいつは。相手は品田だ。ロシア野郎ならともかく、どんな女でもいいというわけじゃあないだろう」

「たしかにな。こいつはちょっと辛《つら》いか……」

「それに、女ひとり品田のところに乗り込んでも、そう簡単に品田を殺すことはできんだろう。身の回りのチェックも厳しいはずだ」

関口が頷《うなず》いて言った。

「たしかに無理ですね。女でもボディー・チェックは厳しいですよ」

「やっぱり、こいつも無理か……」

ため息をつく青山に代わって神木が関口に言った。

「そのじいさんに、おまえはどこまで話したんだ?」

「武田を殺したのは噂通りロシア人だと思うけど、後ろにいるのは品田派だと話しましたよ。ところで、ロシアのグループは、今はどうなっているんです?」

と関口が訊いた。下村光子が答えた。

「ヴァルーエフとオバーリンは出国したわ。イワンコフはまだ国内」

「どうしてヴァルーエフとオバーリンだけ出国して、イワンコフだけ残っているんですかね?」

「それは公安がイワンコフの存在を知らないからだ。ヴァルーエフたちは公安に張り付かれたことで国外に逃げた。偽名のパスポートでな」

と青山が答えた。

「なるほど。で、イワンコフの行方はわかっているんですか?」

「ああ、わかっているわ。イワンコフは福原市」

と下村光子が言った。

「福原市ですか」

「ええ、そうよ」

「おかしな所にいるんだな」

「たぶん、褒賞。武田殺しの代償に何か利権を与えたのね」

「利権か……もう一つ、どうやってイワンコフの行方を摑《つか》んだんです？」

「イワンコフは日本語がまったくわからないの。だからいつも必ず通訳が付く。通訳なしではまったく動けない。通訳の日本人は川島幸一、二十三歳、外語大の学生。金原さんと柴山さんに出てもらって、この男を視察下に置いたの。だからこの川島の居場所がイワンコフの居場所というわけね」

下村光子の説明通り、神木たちはイワンコフの通訳をしている川島幸一を視察下に置いた。世田谷《せたがや》にある川島の住居を特定し、ここに盗聴器を仕掛け、同時に川島の靴二足に発信器を埋め込んだのだ。これで日本国中、川島の居場所は「会社」にいても常時判明する仕掛けが完成した。

「品田に報復するのは無理でも、このロシア人ならやれるかもしれないですね」

と呟く関口に青山が尋ねた。

「そのじいさんに、イワンコフの居場所を教えるつもりか？」

「ええ。そいつは武田殺しの直接の下手人でしょう」

神木が言った。

「イワンコフは、報復の対象にはならん」

「どうしてです？」

「そのじいさんが殺る前に、たぶんイワンコフは死んでいるからだ」

「イワンコフが死ぬ？」

そう問う関口に、神木が答えた。

「おまえのところで、誰か福原市に行った組員はいないのか？」

「そんな話は聞いてませんが……わからんですね、行っているかもしれません」

「だったら『市原組』かな。いずれにせよイワンコフは、『市原組』か『玉城組』に殺られる。まず生き延びるのは無理だ」

「どうして、そいつが生き延びられないんですか？」

「考えればわかるだろう。イワンコフの存在は、事が済んでしまえば品田にとって一番の厄ネタだからだ。イワンコフを使って武田を殺させたことが露見したら、品田の将来はないからな。『大興会』の大伴が黙っていないだろうし、『新和平連合』の会長の座という夢も消える。それに、名分が出来れば武田派が一斉に立ち上がる。品田派の『玉城組』か、あるいは『市原組』が真っ先にやらないとならないことは、厄介者のイワンコフを消すことだ。たぶん、今頃、イワンコフは死体になっているだろう」

と言うと、神木は手にある『新和平連合』の組織図に眼を落とした。関口がぞっとした眼で青山を見る。神木が続けた。

「すぐにでもそのじいさんたちに会え。さっき穴はあるもんだと言っただろう。死ぬ気なら品田は殺れる。その方法を今から教えてやる」

五

「どうした、井出、元気がないな」

と尋ねてくる杉田の顔は、これが抗争中のヤクザかと思うように穏やかだった。

「すんません、考え事をしてたんで」

と井出は笑ってみせてグラスを空けた。今でこそ杉田は『玉城組』の組長だが、しばらく前までは同じ『新和平連合』の二次団体の若頭として特別仲がよかった。市原とは違い、飛ぶ鳥落とす勢いの『玉城組』の組長になってもその態度は以前と変わらない。それなのに、俺は……。慚愧《ざんき》の念に堪えられず、杉田から目を逸《そ》らした。

市原に脅され、覚悟を決めた井出は、思い切って杉田の住まいがある四谷《よつや》のマンションで彼が帰宅するのを待った。子分は連れず、たった一人だった。事前の情報通り、杉田は三人のガードに護られて帰宅した。その場でチャカを乱射しようと心に決めていたのに、

井出はそれができなかった。三人のガードがいたせいもあったが、

「ああ、なんだ、あんたか」

と言う杉田の笑顔に、チャカを取り出す気勢を殺《そ》がれたのだった。杉田は以前と同じように、嬉しそうに井出の腕を取り、その場で、久しぶりだから酒でも飲もうと誘われた。連れて行かれた先は杉田の部屋ではなく、麹町《こうじまち》の高級クラブだった。今、杉田はウーロン茶を啜《すす》りながら、じっと井出を見つめている……。

「どうしたんだ、兄弟。俺のことなんか気にせんでいいよ。久しぶりに会ったんだ、もっとガンガンやってくれ。たまにはいいだろう、どうせもう客は来ないんだ」

ここは死んだ先代組長の玉城の女がやっているクラブだと井出は聞いていた。時刻はもう十一時を過ぎ、杉田は閉店だと言って、ママに扉の錠を下ろさせている。店内にいるのは杉田と井出のほかに杉田のガードが三人、全員が杉田の勘定で高い酒を飲んでいた。隣に座るママが杉田に言われて井出のグラスに新しい酒を満たす。

「いやぁ、すまねぇ。杉田さんにこうしてもらうと、昔のことを思い出すよ」

と井出は、まだ痛む手の包帯を見つめた。だいぶ経つが、落とした小指がまだ疼く。

「昔って、いつ頃のことさ?」

屈託のない顔で杉田が優しく訊いてきた。

「杉田さんが、『玉城組』に入った頃……」

と井出はまぶしげに杉田を見つめた。杉田は銀行員だった男で、死んだ玉城の弟分として『玉城組』に入った。駆け出しとは言ってもなにせ組長の親友だったという関係で、杉田は最初から幹部だった。銀行員だったから経理に詳しく、めちゃくちゃ頭が切れた。『玉城組』がその後隆盛を迎えたのはこの杉田の手腕によるものだということは、『新和平連合』の者なら誰でも知っている。

「そういやぁ、兄弟にはずいぶん世話になったな」

と杉田は笑った。世話をしたというのは大袈裟《おおげさ》だが、業界のことを知らない杉田の面倒を何かとみたのは本当で、別に盃《さかずき》を取り交《か》わしたわけではないが、ずっと兄弟分としてやってはきた。

だが、今や杉田は品田の腹心としてナンバーワンの存在である。あの市原ですら、この杉田の前に出れば卑屈に頭を下げる。要するに、今の杉田は品田の生死を握る存在といっていい。そんな杉田だから、落ちぶれた『才一会』の井出などが対等に口の利ける相手ではなかった。だが、杉田は少しも偉ぶったところを見せずに、こうして兄弟、兄弟と口を利いてくれる。土台、市原とは人間の器量が違うのだ。

「忙しいところをすんません、わしなんかと飲んでいる時間なんて、ないんじゃねぇんですか」

と井出は緊張を懸命に殺して、ブランデーを一口啜った。

「そんなことはないよ。ここまでくれば、なるようになるもんだから」

と杉田は白い歯を見せた。なるようになるとは、抗争の仲介に立った『大輿会』との話し合いが上手くいったということだろう、と井出は思った。今は品田に代わってすべてのことをこの杉田が切り回しているのだ。

「で、代行はいつあそこを出るんです？」

あそことは、品田が立て籠もっている『愛心病院』のことである。現在も『形勝会』の報復を考えて警戒はしているが、ほとんど勝負はついていた。武田が死んじまった『形勝会』などどうということはないのだ。

「明日にも出ると代行は言っているけどね、そうもいかないよ。まだ安全とは言えないからなぁ」

と杉田は言った。

「ところで、兄弟、あんた、なんか俺に用があるんじゃないのか？」

「うん、まあ……」

井出は返答に詰まった。訊かれたらこう答えようと、一応は口上の用意はしてある。借金に来たと言うつもりでいたのだ。だが、その返答が出て来ない。

「金かい？」

と言った杉田が笑って続けた。

「そうじゃあないよな……金じゃあない……」

えっ、と井出は驚いて顔を上げた。どうして、金じゃあないと言うのか？

「あんたが一人で来たのは、借金のためじゃあなくて、これだな？」

杉田の手を見て、井出はゾッとした。杉田の手がピストルの形をしていたからだった。

「市原に言われたのかい？　それとも代行か……いや、代行じゃあない。まあ、市原だろうな……」

と言って、杉田はウーロン茶を啜った。

「杉田さん……！」

杉田は、俺が何をしに来たか知っている……！　唖然とする井出を見つめて、杉田が言った。

「この時期、そんなことを考えるのは市原しかいないからな。見返りはなんだい？」

後ろでは三人のガードたちが井出の様子を窺っている。背中のベルトに差したチャカなんか、取り出す余裕はなかった。杉田の笑顔が消えた。

「兄弟、俺を殺しても、いいことなんかないぞ。どんな約束をしたか知らないが、市原はそれを守らんよ。こいつは賭《か》けてもいい。まあ、新生の『新和平連合』で幹部にしてやろう、みたいなことを言われたんだろうが、そう上手くはいかん。俺を殺せば、今度は杉田殺しで間違いなくあんたは追われるぞ。あいつが考えていることは見え見えでね。俺消して、代行を消す。残るのは自分一人と、まあ、そんな絵図なんだろうが、こいつは土台、無理な話だ。『新和平連合』が連合体だってことを忘れているよ。『大星会』、『橘組』、『別当会』、ずらっと並んだ系列の組織を、市原じゃあ束ねられんだろうが。それに、だいいち、若が市原を認めない」

若とは、初代『和平連合』会長の浦野光弘の遺児・浦野孝一のことだ。穏やかな口調で杉田は続けた。

「品田代行だって若から認めてもらわないと、『新和平連合』は継げないんだからな。俺が苦労するのは、『新和平連合』の枝をどうするかってことじゃあないんだ。二次団体、三次団体、直系なら束ねるのはやさしいかもしらんが、系列はそう簡単にはいかない。縁組した系列をまとめることが一番の苦労で、これから先、どうなるかわからんよ。俺でもやれるかどうかわからんのに、俺の命取《タマ》って、『新和平連合』のトップになんてのは、甘いな。代行だってできるかどうか……そいつができそうだったのは、死んだ武田くらいで、代行だって一人じゃあ無理だ。要するに、市原は時期を読み間違えているのよ。俺の命取るのは、一年か二年先じゃなくちゃいけないんだ。それなのに、あんたを寄越す。まったく、どうにもならん馬鹿だな、市原は」

どうする術《すべ》もなかった。井出は椅子から転げ落ちるようにカーペットに膝をついた。土下座する井出の動きに、三人のガードが一斉に飛び掛かる。

「殺してくれ！　すまねぇ！」

両腕を取られながら、井出は必死に頭を下げた。

「勘弁してくれ！　俺が悪かった！　追い詰められて、馬鹿なことを考えた！　すまねぇ……」

杉田がガードたちに、大丈夫だから腕を放してやれ、と命じた。ガードの一人が井出のベルトからチャカを取り上げる。

「……これで俺を撃つつもりだったのか……」

ガードから井出の拳銃を受け取り、その拳銃を眺めながら杉田が興味深い顔で言った。

「すまねぇ……馬鹿なことを考えた……殺してくれ……」

「殺して、どうするんだ？　あんた殺したって、少しもいいことはねぇぞ」

と杉田は変わらぬ口調で言い、

「だが、困ったな」

と顎《あご》を撫《な》でた。

「あんた、鉄砲玉引き受けて、殺れませんでしたじゃあ済まんだろうな」

杉田にそう言われ、井出は杉田を見上げた。井出も年季の入ったヤクザだった。家を出た時から覚悟は出来ている。

「杉田さんの言う通りだ。ここまできちまったら、じたばたしたって仕様がねぇと思ってる。命乞《いのちご》いはせん。いいようにしてください」

　下手を踏んじまったんだから、殺されても仕方がないのだ。

「知恵はないのかねぇ、いい知恵は」

　と呟いた杉田が、ガードに命じて井出をもとの椅子に座らせた。

「なあ、兄弟、あんた、ここで死んだ気になれよ」

　どういう意味かわからなかった。

「殺されても仕方がないと考えてるんだったら、プライドなんか捨てられるだろう」

　まだ言っていることが理解できない。

「井出さんよ、あんた、俺の子分になりなさいよ。そうすりゃあ、無駄に命捨てることはない」

　と杉田が笑みを見せて言った。怪訝《けげん》な井出に、杉田が続けた。

「『才一会』は俺が引き受ける、ってことでどうかね」

「どういうことです？」

「あんただけじゃあないんだ。『才一会』ごと、うちの『玉城組』で面倒をみる、ってことだ。まあ吸収合併だな」

『才一会』が近い将来『玉城組』に吸収されるだろうという話は、すでに市原から聞いていた。

「鈴木会長には悪いが引退してもらう。あんたの身柄は、今日から俺が預かる。暫《しばら》くはどこかに身を隠してもらわないとならないがね。俺が預かったとなったら、とりあえず市原は手が出せんだろう」

たしかに、今の杉田に市原は手が出せない。仮に『市原組』と『玉城組』とが抗争になっても、まず『市原組』では勝ち目はないのだ。それに、品田がどちらを取るかと言えば、間違いなく『玉城組』を選ぶ。『形勝会』が死に体になった今、『新和平連合』の中で『玉城組』に対抗できる組はない。

「どうだい、こうすりゃあ、あんた、死ぬことはない。ただしだ、そうなると、あんたにはやってもらわないとならないことがある。あんたは俺を殺しに来たんだ、市原に言われてな。それを忘れては困る。この落とし前はつけないとならないよ。これは、言ってみれば謀反《むほん》だからな。あんたには、その証人になってもらわないとならない。ちょっときつい役回りだがね、そいつは仕方がないぜ。その代わり、俺の側の証人になったんだから、俺があんたの身柄の保護をするのは当たり前だろう」

「証人ですか……」

「要するに、あんたがやらなきゃならんことは二つだ。俺の子分になることが一つ。もう一つは市原に言われて俺を殺そうとした証人になること、この二つ。荒っぽいことはしたくないが、俺も今じゃあ『玉城組』の組長だ。気の毒だが、市原にはそれ相応の制裁をする。俺ももう人の好《い》いおっさんではいられないんでね。アゴばかりのヤクザと言われて、『新和平連合』を束ねてはいけないから、けじめはつける。さあ、どうだ？」

　真っ当なヤクザだったら、ここで死ななきゃならないことはわかっていた。なぜなら、市原に命を預けると、すでに言った井出だった。二つ返事で「わかりました、命、預けます！」と言いたいところだが、ここで井出は逡巡《しゅんじゅん》した。

「兄弟。市原に、それほどの恩義があるのか？」

　と杉田が訊いてきた。

「いや、恩義なんてものはないです。だが……わしは市原に……」

「忠誠を誓ったんだな」

　杉田が笑って言った。

「あんたも、人が好いな。もう一度言うがね、あいつは、だからってあんたを助けやせんぜ。こう言っては悪いが、あんたは捨て駒だ。そうでなかったら、あんたを鉄砲玉としては使わんよ。そんな役目はそこらの若中でいいんだ。裏切るのが気になるんなら、あんただって、最初からこんな話は受けんだろうが。違うか？　俺たちは品田代行を一緒になって守ってきたんだからな。ここにはそもそもヤクザの義理も仁義もないだろうが」

　と杉田は笑った。たしかに理屈はそうだった。今更格好つけても仕方がないのかもしれないと、井出は思った。

「杉田さん……」

「何だ？」

「わしは市原に命預けた男だ。こんな俺を、杉田さんは信用できるんですか」

と井出は力ない声で訊いた。

「いや、できんな」

杉田はあっさりそう答えた。

「それじゃあ……」

「いや、あんただけ信用できんと言ってるわけじゃない。俺は、人間ってものを、最初からそう信用していないんだ。あんたも知っているだろう？　俺はカタギの頃、銀行に勤めていたんだ。そこでリストラされてな。だから、人間なんていい加減で、頼りにならんもんだってことを嫌というほど見せられた。昨日まで仲間だった奴が、簡単に手の平返す。リストラ要員にされたら、挨拶《あいさつ》もせんようになるのよ。だから、そいつを信じろ、ってのが土台無理な話でな。

兄弟、あんた、そんなこと気にせんでいい。その代わり、当たり前だが、裏切られたら恨みを倍にして返す。これは死んだ玉城から教えられたからな。軟《やわ》いヤクザでも、やる時はやる。だから、そいつだけ忘れんでくれ。俺を裏切ったら、兄弟でも殺す」

笑みを消した杉田の顔は、井出が初めて見るヤクザの顔だった。井出は、杉田が自分よりも何倍、いや何十倍もでかいヤクザになっているのを知った。

六

わかってはいても、いざ年寄りと女たちを目の前にした関口は不安になった。こんな連中があの品田に報復など本当にやれるのか……？

指定された中華料理店の個室には、じいさんが言った通り、三人の女たちが待っていた。和服の年輩の女が『武田組』の組長だと名乗ったが、まあ、これもじいさんと同じで、とても報復の先頭に立てるようには思えない。若いときはさぞ綺麗《きれい》な女だったのだろうとは思ったが、体の具合でも悪いのか、顔色が酷く悪く、女たちに支えられるようにしているのだ。あとの二人も、水商売と思えるどこにでもいるような女たちである。一人は副本部長と名乗った三十代、もう一人は茶髪の、ホステスのような娘だ。

それでも一応は説明をした。武田暗殺の実行犯はロシア人。絵図を描いたのはたぶん『玉城組』組長の杉田、実行犯のロシア人を助けたのは『市原組』組長・市原。武田暗殺は間違いなく品田の指示……。

納得したのかしないのか、暫く反応がなかった。武田春子と名乗った女の組長が、じっと関口の目を覗き込むようにして、やっと口を開いた。

「兄さん……」

「何です?」

「一つ訊いてもいいかしら」

「ああ、質問があったら言ってくれ。わかっていることは何でも教える」

女組長がおもむろに言った。

「あんた、何でわたしたちを助けようと、そう思ったのかね」

考えてみれば当然の質問だった。相手は、関口が『玉城組』の組員で、品田のガードをしている人間であることを知っている。そのガードが敵対する『形勝会』側の『武田組』を助けようというのだから、疑念を抱くのは当然である。関口は苦笑して応えた。

「こちらの本部長さんにしつこく付きまとわれたからってのがきっかけだが、それだけじゃあ納得しないいんだろうな」

「だって、兄さんは品田のガードでしょう。そのガードが、何で品田を裏切るんだい? これは、あんたも命懸けてるってことじゃないのかね」

「たしかに、そうだな。これがバレたら、こっちはただじゃあ済まない」

「命懸けるほどの理由でもあるのかね」

武田春子は煙草を取り出しながらそう続けた。隣に座る副本部長と名乗る瀬戸内彩子という女が急いで女組長の煙草に火を点ける。

「まあ、そういうことだと思ってほしいんだが」

「はっきりしたことは聞けないんだね？」

当然、こんな質問があるだろうと、返答は考えていた。関口がじいさんと女たちを見据《みす》えて言った。

「いや、隠すようなことでもない。知りたけりゃあ、教えてやるが……」

煙草の煙を横に吐き、女組長が変わらぬ表情で言った。

「裏切るぐらいだったら、なんで『玉城組』の盃を貰ったのさ？」

「俺が『玉城組』に入ったのは、それほど前のことじゃあないんだ。俺はな、実は他の組の盃を貰っている」

「どういうことだ……あんた、『玉城組』の組員じゃあねぇのか？」

とじいさんが驚いた顔になった。

「ああ、そうだ。組の名は言えねぇがな」

と関口も煙草を取り出した。武田春子は黙って関口を見つめている。煙草にゆっくり火を点けた。

「まあ、あとは想像してくれ。今は『玉城組』にいるが、俺の親分は別にいる」

間が空いた。

「『新和平連合』の系列の組じゃあないね？　もしそうなら、あんたの顔を知っているのがいるはずだ」

武田春子の言葉に、関口は頷いた。

「ああ、『新和平連合』の系列じゃあない」

「『大興会』かい？」

「組の名は言えねぇって、そう言ったたろう。ただ、一つだけ言っておくよ。俺の組は、どっちにも付いてねぇ。品田側でもなけりゃあ、『形勝会』側でもねぇ」

「それでも、『玉城組』に潜り込まなきゃあならないってことかい……」

「まあ、そういうことだ」

と関口は答えた。

「これが今時の極道がすることかい。ヤクザもスパイの真似をするなんて、極道も地に落ちたもんだね」

と苦笑いで武田春子が言った。

「ああ、そうさ。世の中、変わったんだよ。そいつについていけない組は潰れるんだ」

「それで、あんた、私たちを助けることには問題はないのかい？」

「ああ、問題はない。いいか、よく聞け。俺たちは、あんたたちが品田を殺ることについて、どうとも思っちゃあいねえ。相手が仮に『形勝会』のトップでも構やぁしねぇんだ。ついでに言っておけば、市原を殺っても構わねぇ」

「あんたのところの杉田ならどうなのさ」

「うちの組長か？　構わねぇよ、誰を殺っても。ただ、杉田を殺るのは、俺がガードをしている時は勘弁してもらいたいがな。俺はガードだ。俺が護っている時に手を出されるのは、気分が悪い。そうじゃあなければ、あんたらが誰を殺ろうと、こっちは構わねぇ」

女たちの表情が険しいものに変わった。関口が苦笑して続けた。

「ただ、間違わないでくれ。俺はヒットマンになって『玉城組』に潜り込んだわけじゃねぇ。あんたたちを助けはするが、杉田を殺ろうとして『玉城組』に入ったわけじゃねぇんだ」

「じゃあ、目的はなんだい？」

と武田春子が言った。

「そいつも聞きたいか？」

「言えないことかい？」

「そうよなぁ、言えないわけでもねぇがよ。まあ、情勢分析かな。あんたたちも解るだろう？　今の世の中はな、大事なのは情報だ。あんたたちが何をしようと、これから『新和平連合』は変わるぜ。それにな、いずれにしろ、この抗争には決着がつくんだ。『形勝会』が勝つか、品田が勝つかで、『新和平連合』の形が変わる。いいか、『新和平連合』はな、変わるんだよ、間違いなくな。『新和平連合』がどうなるかで、いろんな組織にいろんな影響を与えるんだ。縄張《シマ》りも変わるし、商売も変わる。

こいつは、俺たちの組だけじゃねぇ、日本中の組がよ、どういうことになるかって、はっきり言えば、戦々恐々としているんだ。だから、その対応を、どこも考えなくちゃぁならねぇ。それも、余所《よそ》より早くにな。だから、情勢は、なるべく早く知りたい。取れる縄張りは早く押さえたいしな。考えてみろよ、新田が死んじまった『新和平連合』に、もう昔のような力はねぇんだ。武田が生きていても、新田とは器量が違うからよ。もう『新和平連合』はナンバーツーではいられねぇ。

そしてだ、今度はあんたたちが品田を殺るという。結構な情勢だな、『新和平連合』以外の組にはよ。いつまでもドンパチやっててくれるほうがいいんだ。上手くいって品田がくたばりゃあ、これまた有難《ありがて》ぇことだろう、どこの組にもよ。こんなこたぁ、俺がごたごた説明することはねぇよな。あんたらもわかっていることだ。さあ、どうだ、これでいいか？　ほかにも訊きてぇことがあったら訊きな、答えてやるからよ」

武田春子が吐息をついて言った。

「『新和平連合』が変わるって、おまえさん、そう思っているんだね……」

「仕方ねぇだろう、トップが替われば、組織ってのはいやでも変わっちまうんだ。野球のチームだってそうだろうが。監督が替わると突然腑《ふ》抜けみたいに弱くなるし、その逆もあるんだ。『新和平連合』はな、新田雄輝でもっていたのよ。新田が死んじまったら、当たり前だがガタがくる。品田じゃあどこも付いていかねぇだろうし、もし武田が生きていても無理だって、どこの組も思っているのよ。今の『新和平連合』は、頭のねぇ恐竜だな。まあ、あんたらが何もしなくても、どのみち『新和平連合』はくたばるんだ。早いか遅いかの違いでな」

武田春子が短くなった煙草を灰皿で潰し、微笑んだ。

「なるほどね、あたしらが何をしようが、しまいが、同じかい……」

「ああ、たぶん同じだ」

「それじゃあ、あたしたちの落とし前なんて、くだらないって、あんた、そう考えてるのかい？」

「いや、そんなことはねぇよ。殺りたきゃあ殺りゃあいい。品田がふざけた野郎だってことはどこでもわかっていることだからな。ヤクザにも出来不出来があるとしたら、品田は下《げ》の下《げ》だと、うちの組でもそう思ってる。ただ、奴も馬鹿じゃあねぇ。あんたらには悪いが、そう簡単にはくたばらねぇ。力はあるからな。だから、殺るのも楽じゃねぇ。

覚悟しておいてもらいたいのは、あんたたちの命だ。あんたらが助けろって言うなら、これなら間違いなく品田は殺れるって方策を教えるが、こいつは成功しても、あんたたちが生還できるとは限らないってことよ。上手く逃げられればそれに越したことはねぇが、保証はできん。そしてだ、あんたたちが脱出に失敗しても、これまた俺は痛痒《つうよう》を感じない。上手くいけばよし、失敗しても、あんたたちが死んでも、どうってことはない。俺が教える方法も、それが信用できなかったらやめればいいしな。別にお願いして実行してもらわなくてもいい。ただ、あんたたちが、成功の可能性もないことをやるのが馬鹿馬鹿しいと思っただけよ。さあ、どうする？　やってみたけりゃあ教えるし、俺が信用できんと思うんなら、やめればいい。俺はどっちでも構わねぇんだからよ」

副本部長の瀬戸内彩子という女が言った。

「これが罠《わな》じゃあないって、保証はできるの？」

関口が笑みを見せて答えた。

「そんな保証はできんな。罠かもしれねぇぞ。あんたたちを罠に掛けて捕まえれば、暗殺部隊を捕まえたって、ちっとは俺も『玉城組』の中でいい顔ができるかもしれんからな。ただな、あんたらを罠に掛けたって、俺が得るものはせいぜいそんなもんだってことだ。だからって、幹部になれるわけでもないだろうしな。こんなじいさんや、あんたら女捕まえたって、思ったほどいい顔もできんかもしれないしよ。それに、どのみち俺はそんなに長いこと『玉城組』にはいねぇ。だから、言っただろう、好きにしろや。やりたきゃやればいいし、やばいと思うんならやめたらいい。俺はどっちでもいいんだ。ただ、これだけはやめろ。マイト腹に巻いて突入なんてことはやめるんだ。病院でそんなことすりゃあ、カタギの人たちが死ぬ。それにな、品田のところに辿《たど》り着く前に必ず殺られるぜ。俺がガードなんだから、それぐらいのことはいやでもわかる。これだけは間違いねぇからよ」

武田春子が苦い笑みを浮かべて言った。

「なるほどね、兄さんが言うことは真っ当だね。ただチャカ撃ちまくって行っても、品田の所までは行けないと、わたしも思う。最初は、病人か、看護師になれば、近付けると思ったんだがね」

「いやいや、そいつも駄目だ。立て籠もっている病院の五階には、医者も看護師も病人もいねぇんだ。五階は品田が全部占領しちまってるんだからよ。品田の所に来る医者と看護師の顔は誰もが知っているから、違う医者や看護師が近付くことはまず無理だ。違う顔だとわかればすぐその場で捕まる。チャカ持って殴り込もうと思っても、そこで撃ち合いになったら、可哀想だがあんたたちに勝ち目はないぞ。あっという間に制圧される。あそこじゃあ、ガードは全員チャカを持っているからな。そりゃあガードの何人かは殺せるだろうけどな、肝心の品田の命は取れんよ、絶対にな。俺の方法しか殺る方策はないんだ」

「その方策に、幾《いく》ら払えばいいんだい？」

「報酬か？　要《い》らねぇって言ったら、かえって信用しねぇか」

と関口は白い歯を見せた。

「そんなこともないけどね」

と武田春子も笑みを見せた。この笑いで緊張が解けたのか、瀬戸内彩子も笑顔で言った。

「礼はしますよ、情報に見合った礼は。ただし、お礼は貰える情報によるけど」

「商売人だな、副本部長は。まあ、聞いたら後で値切られんぜ。だから、今から言っておこうか。本当なら一千万と言いたいところだが、そうなるとまた信用されなくなりそうだからな。だから、一本……」

副本部長の女が訊いてきた。

「百万？」

「いや、そんなにくれなくてもいい。俺の一本は可愛《かわい》いもんだ。十万でいい」

「たった十万？」

と女が疑《うたぐ》り深そうに言った。

「やっぱり安すぎて信用されねぇか」

「いいわよ、わかったわ、十万。それなら今でも払える」

「それでいい。俺の話聞いて、価値がねぇって思ったらやめてもいいしな。それも自由だ。ただ、まともな頭があるんなら、十万じゃあ安いと思うはずだぜ」

と関口は背広の懐中から地図のような紙を取り出し、テーブルに広げた。

「それじゃあ、今から俺が考えたやり方を教える。いいか、まずこいつを見ろ。こいつは『愛心病院』の見取り図だ。平面図がこれ、立体図がこれだ。こいつが病院の周辺図、小さな赤のポイントが通常ガードがいる場所だ。ここが品田が立て籠もっている五階の病室。だが、あんたたちには、こいつは関係がない。つまり、あんたたちは病院には入らない」

「病院では殺らねぇのか?」

とじいさんが魂消《たまげ》た顔で訊き直した。

「ここを見るんだ。ここは、いいか、病院長の居住区域だ。知らねぇだろうが、ここの病院長は、病院の上に住んでるんだ。六階全部が病院長の家になっている。この居住区の出入りは一階北側にある個人用のエレベーターを使うんだ。このエレベーターは、当然だが誰もが使えるわけじゃない。鍵がなければ動かないようにしてある。そしてその鍵を持っているのは家族と使用人だけだ。

病院長の名前は神田弘樹《かんだひろき》。こいつの家族は、女房が神田郁子《いくこ》、こいつは後妻で、娘が二人。先妻にも娘がいるが、こいつは嫁いでいてもう家を出ている。上の娘は高校、下の娘は中学生だ。お手伝いが二人いて、こいつは林民子《はやしたみこ》って女と関珠子《せきたまこ》って女だ。民子ってほうは四十代、もう一人はまだ二十歳そこそこかな。それにもう一人、じじいのコックがいる。今流行《はやり》のプライベート・シェフだ。首相官邸でもなかろうに、こいつらは毎日食い物をシェフに作らせているというわけだ。まあ、とてつもなく贅沢《ぜいたく》な暮らしをしているってことだ。ところで、なんでこんな家族構成を教えるかと不思議なんだろう。今、その理由を説明してやる。いいか、よく聞け。あんたらは病院に侵入するんじゃあなくて、この病院長の居住区域に入る」

女たちが息を呑むように顔を見合わせた。

「院長夫人の神田郁子はほとんど毎日外出する。出掛ける先はいろいろだが、面白いことに、このかみさんには男がいる。週に一回、日曜日に、かみさんは男と寝ていやがるんだ。男と会うのは日曜の昼。場所は霞《かすみ》が関《せき》近くのOホテル。日曜には院長はゴルフに行く。名門・霞《かすみ》のメンバーでな、帰宅は夕方だから、安心して昼は男と寝ているわけ。ほかに月、水、金は手伝いの女を連れてデパートに行く。こいつは食品なんかを買いに行くんだ。デパートは三越《みつこし》。ここ以外のデパートで買い物をすることはない。ここからが、肝心なところだから、よく聞けよ。

あんたらは、この院長夫人をどこかで捕捉《ほそく》する。男と会った後がベストだと思うが、まあ、他の日でもいい。要はこのかみさんを捕まえる。これがこの作戦の鍵だ。この院長夫人の外出は車だ。車はベンツのSクラス550、色は白。車は自分で運転して出掛ける。あんたらは、このかみさんを使って病院長の居住区域に入る。エレベーターを使って侵入するにはエレベーターを動かす鍵が要るし、エレベーターに乗る姿は院長宅のモニターに映っているから、その対策が必要だからだ。

この院長の家のエレベーターは北の玄関口から乗るんだが、地下の駐車場から乗ることもできる。院長夫人が外出時に乗り降りするのはこの地下駐車場からだが、外から来る客や御用聞きは北にある玄関口からこのエレベーターに乗る。そんな客には居住区域にいる手伝いがエレベーターの鍵を解除して、初めてエレベーターが動く。つまり、エレベーターを動かすには、持っている鍵を使うか、居住区域にいる誰かにエレベーターを動かすようにロックを解除してもらわないとならないんだ。その代わり、鍵さえ持っていれば侵入は誰でもできる。

玄関口は上のモニターで誰が来たかわかる仕組みだが、地下の駐車場にカメラはない。ただし、じいさんも知っているように、地下の駐車場には何カ所かカメラが設置されていて、五階にいる品田のガードにモニターで監視されている。ただ有難いことに、院長の家族が使うエレベーターの周囲には監視カメラがないんだ。要するに、品田のガード網から、院長の家族だけが除外されているってこと。これが、俺が見つけた穴だ。完璧な警護態勢にもかかわらず、病院長の家に品田の監視はないということだな。

次は病院長だ。院長が病院一階にある院長室から自宅にエレベーターを使って帰宅するのが、普段通りなら午後の五時過ぎ、六時過ぎに夕食、ただし、日曜は霞でゴルフで、帰宅は夜の七時過ぎ……」

関口は病院長の居住区域にどうやって入るかの説明を続けた。

武田春子は不思議そうに向かいの関口を見つめた。関口の説明は的確で、説得力があった。品田にいかにして接近するか、それは春子が考えもしなかった手口だった。

「兄さん……」

と春子は言った。

「兄さん、あんた、ヤクザになる前、何をしていたんだね？」

春子の問いに、すぐに返答はなかった。

「マッポじゃあないよね」

巨漢が笑みを見せた。

「マッポってのは、警察官ということかい？」

「ええ、そう」

「面白いことを言うなぁ」

春子が巨漢を見つめた。

「見かけは生まれながらの極道だけど……あんた、ヤクザには見えないよ」

巨漢が声を上げて笑った。

「ヤクザに見えなきゃあ、何に見える？」

「わからないから訊いているのよ」

「極道に見えないってのは、褒め言葉か？」

「これ……あんたが一人で考えたのかね？」

と春子は訊いた。プロレスラーのような巨体だからといって頭が悪いということはないだろう。見かけと違う人間はいくらもいる。だが、こんな方策を誰もが考えつくはずもない気がした。それほどこの男から聞かされた作戦は非の打ち所がなかった。なるほど、鉄壁に思われた敵陣に、見事な穴が開いていた。

「なるほど、俺が考えたって、そうは思えないってことだな？」

と巨漢が苦笑した。

「はっきり言えばそうだね」

春子もそう言って微笑した。

「俺にも参謀がいると言ったら、それじゃあ納得するか？」

「そんな誰かがいるのかい？」

「いるかもしれないし、いないかもしれない……」

と巨漢は曖昧《あいまい》な笑みを見せた。

「やっぱりあんたには誰かがいるんだね。あんたの、組の者かい？」

相手は黙ったままだ。彩子が用意した現金を封筒に入れて男に渡した。

「悪いな。これでちょっとした贅沢ができる」

　巨漢がそう言って笑った。

「あんた……」

「何だ？」

　封筒を背広のポケットに押し込みながら、男が顔を上げる。

「品田が死んだら、あんた、『新和平連合』が潰れると、そう思っているらしいけど、そうはいかないよ」

「どうしてだ？　『形勝会』にはもう誰もいないぜ。国原は死に体だし、ほかにいねぇだろう」

「ああ、たしかに『新和平連合』に、『新和平連合』を引っ張れる人はいない……」

「じゃあ、うちか？」

　春子が頷く。

「市原と杉田が残っているよ」

　巨漢の手が止まった。

「俺が教えてやった方法なら、上手くいけば、どっちかは殺れるぜ」

「そうだよねぇ、どっちかは殺れるかもしれない。どっちを選ぶかで、殺る日が違う
……」

「ああ、そういうことだ。まあ、考えるんだな。どっちを道連れにするかで、『新和平連合』の運命も変わるんだ。市原の『新和平連合』になるか、それとも『玉城組』の杉田の『新和平連合』になるか……杉田を殺るのはちょっと無理か。杉田はあまり『愛心病院』には行かねぇからな」

戸口に向かう巨漢が立ち止まって言った。

「そうだ、一ついいことを教えるぜ」

「なんだい？」

「ロシア野郎のことだが、こいつは気にしなくていい」

「どういう意味さ？」

「武田会長殺しをやったのはイワンコフという男だけどな、こいつはもう死んでいるのよ」

「死んだって？」

巨漢が頷いた。

「市原が殺したか、それともうちの連中が殺ったか……イワンコフは福原市のホテルで死んだぜ。通訳の若いのとゲイだと思われるように細工されてな。だから、ロシア人の殺し屋のことはもう考えなくてもいい。もし、あんたらが上手くやったら、今度はうちの杉田組長を殺るにはどうしたらいいか、そいつを教えてやるからな。そのためにも、へまはするな。俺の言った通りにやるんだ。ミスを犯さんようにな。爆発物は絶対に駄目だぞ。そいつを忘れるな」

と巨漢は手を振って部屋から出て行った。

七

エレベーターを降り、地下二階の駐車場に出た神田郁子は、車に向かって歩きながら腕の時計を見た。午後三時半を少し過ぎている。普段なら慌てることはない時刻だが、今日は違った。夫の弘樹が風邪気味だと言って、ゴルフに行かずに家にいるのだ。まったく、思い通りにいかない日というものがあるものだ、と思った。

都合が悪くなったと電話したが池田《いけだ》明人《あきひと》は我儘《わがまま》を言って、どうしても来てくれと、これもまた郁子を苛立《いらだ》たせた。明人がどうしても会いたいのは郁子を抱くためではないこともわかっていた。またお金が欲しくなったのだ。この不景気で、店の売り上げが落ち、『セガール』の経営が危なくなってきている。

だが、明人のお金の無心にはそれほど腹は立たなかった。明人との関係は単純に肉体の欲望だけで、その関係には最初から精神的なものは何一つなかったからだ。お金を渡すことが嫌になったら、別れればいい。二時間ほど明人と過ごしたこのホテルの支払いも、もちろん郁子がしている。ホテルの支払いなど大した出費ではないが、それでも明人のためにこれまで持ち出した金額はとうに三百万を超えていた。二時間ほど前になんとか夫に隠れて作った五十万のお金を渡し、そろそろ別れどきかな、と思った。

大学時代の女友達の谷村由紀子《たにむらゆきこ》と会い、その時、由紀子と一緒にいたのが、スキー部で一緒だった文学部の同級生の池田明人だった。明人はサラリーマンになったと思っていたが、それは間違いで、彼は南青山《みなみあおやま》でカフェバーを経営していた。それがきっかけで、由紀子と何度か明人の『セガール』に行くようになって関係が出来た。これも明人に特別惹《ひ》かれたからではない。由紀子が明人に執心であることを知り、遊び半分で気を惹いてみた結果だった。由紀子がショックを受けるのが見たかったからだ。それに、お金さえ無心しなければ、明人は様子のよい男だったし、抱かれるのはそれなりに楽しかった。

だからといって惹かれるものは肉欲の処理だけで、別れられない相手ではなかった。せいぜいあと何回か会って、それでお終い。明人にも妻子があり、遊びだとわかっていたから、そこで揉《も》めたりするはずもなく、郁子は手を切ることには楽観していた。

郁子は車に向かって歩きながらハンドバッグからハンカチを出し、額《ひたい》に噴《ふ》き出る汗を拭《ふ》いた。シャワーを浴びたせいなのかとも思ったが、熱い湯を浴びたわけではない。四十代半ばになり、体が変わり始めている……。そんなこともまた苛立ちになった。

ハンカチをハンドバッグにしまいながら車のそばまで来て、郁子はおやっと思った。郁子の車の横に女が二人立っている。その後ろに車がもう一台、クラウンが停まっている。

近付くと女の一人が振り返り、

「あの……この車の持ち主の方ですか？」

と訊いてきた。

「ええ、そうですけど？」

二人の女は郁子のベンツの後ろに停まっている車の持ち主らしい。

「すみません。こすってしまって……」

とその女がすまなそうに言った。どうやら車をぶつけたらしいとわかった。

「ぶつけたんですか？」

「すみません、ちょっとだけこすったみたいで。ほんとうにすみません」

腹が立ったが、まあ、こうやって郁子を待っていたのだから相手がよかったか、と思い直した。この不景気な世の中だ、ぶつけてもそのまま逃げてしまう人のほうが多いだろう。顔を上げ、もう一度相手を確かめた。相手の車は真新しいクラウンだし、二十代と三十代に見える女たちの身なりはよい。裕福そうな相手でよかった……と思った途端、何かで腹部を押された。チクリと痛みが走り、驚いて相手を見ると、

「声を立てないで……」

と女が身を寄せて来て言った。腹部を見て、痛みの原因に気付いた。これまで見たこと

のない形をした刃物が腹部に押し付けられていた。

「何なの！」

と叫ぼうとする郁子に若いほうの女が言った。

「黙って！　大人しくしないと、殺すよ！」

啞然として、もう一度腹に突き付けられた刃物を見た。短刀……！

「ヒッ……」

思わず声が出た。

「大人しくして！　声を上げると本当に刺すよ！」

信じられなかった。相手は自分と同じような、着飾った女たちなのだ。そんな女が刃物を押し付けている！　非現実的な出来事に呆然《ぼうぜん》とした。シティー・ホテルの駐車場で強盗が登場するなど、郁子の常識では考えられないことだった。

「大人しくして、言うことを聞くの。言う通りにすれば何もしないから。出して、車の鍵」

慌てて頷き、ハンドバッグからベンツの鍵を取り出した。クラウンから乗っていた男女が降りて来た。女は着物を着た五十代、男は白髪の老人だ。この二人を見ても、とても車を奪おうとする強盗なんかには見えない。

「開けて」

呆然としながら、それでも言われた通り、車のドアを開けた。

「運転できるよね?」

「できます」

動転して、運転なんかできるかどうかわからなかったが、慌ててそう答えた。

「じゃあ乗って! 運転席!」

言われた通りに車に乗った。刃物を持った女が助手席に乗り、

「バッグをちょうだい」

と言った。大人しくルイ・ヴィトンのバッグを渡した。クラウンに乗っていた二人も加わり、クラウンから何かを持ち出して郁子のベンツに乗り込む。

「バックして」

言われた通り、駐車スペースから車を出した。若い女が空いたスペースにクラウンを入れる。若い女がクラウンから郁子のベンツに乗り込むと、助手席の女が言った。

「これから言うことを、よく聞いて。これからあんたの家に行く。いつも通りの道を、いつも通りに帰る。その前に後ろを見て!」

後ろの席の若い女が郁子の顔の前に何かを突き出す。それを見て、郁子はまた啞然となった。それも短刀と同じように、郁子が生まれてから一度も見たことのない物だった。それは拳銃だった。

「玩具《おもちゃ》じゃあないの。これは本物だからね」

と助手席の女が念を押すように言った。

「走る前に、話すことをよく聞いて。いいわね？　これからあんたの家に行く。大人しく言うことを聞いてくれれば、危害は加えない。あんたにも、あんたの家族にも。でも、もし騒いだり、言われたことをしなかったら、本当にあんたを殺す。だから、言う通りにして。わかった？」

がくがくと震えながら、何度も頷いた。

「さあ、シート・ベルトをして」

言われた通りにベルトをした。女が後ろの席から紙を受け取り、それを見ながら言った。

「いい、これから幾つか質問する。正直に答えて。もし嘘をついたりしたら、さっき言ったように、本当にあんたを殺す。これは脅しじゃあないのよ。本当にやる。じゃあ訊くわよ。あんたの旦那は何時に家に戻るの？　ゴルフに行っているのよね、日曜は？」

「ゴルフには行っていません……」

正直に答えた。嘘をついたら殺される……。

「本当？　嘘だったら、本当に刺すわよ」

と女がまた腹部に短刀を突き付けた。

「嘘じゃありません、今日は風邪だって、それで家にいるんです！」

女が後部シートの女たちと顔を見合わせた。

「嘘じゃないわね？」

と顔を覗くようにして短刀を、今度は頬に付けてきた。頬なんか斬《き》られたくない……仰《の》け反《ぞ》って叫んだ。

「やめて！　嘘なんかついていません！」

「じゃあ、娘さんは？」

この女は何でも知っている！　夫が日曜日にはゴルフに行くことも、娘がいることも！

ぞっとした。

「美樹《みき》は……お友達と軽井沢に行っています……美緒《みお》は……たぶん家だと……思います」

「お手伝いの女たちは？」

「家です」

「お手伝いさんは二人だよね？」

「ええ」

「シェフもいるのよね？」

仕方なく頷いた。

「います……」

「日曜日でも、いるの？」

「加藤《かとう》の休みは月曜ですから……」

「ああ、加藤って言うの。それじゃあ、最後の質問。あんたの病院、五階を誰かに貸しているでしょう？」

何でそんな質問をするのかと思った。一瞬、国税庁の役人かと思ったが、こんな女たちが役人のはずもなかった。刃物を突き付ける役人なんて、聞いたこともない。

「理事長のことですか？」

「理事長？」

「ええ、理事長に頼まれて、それで……」

「五階に立て籠もっているのは、あんたのところの理事長なの？」

「そうです……理事長さんに頼まれて、それで……」

「理事長の名前は？」

「品田さん……です……」

「あんた、その人がどんな人か知ってるわよね」

「いいえ、知りません」

「五階の病室を全部借り切るなんて、普通の人じゃあないでしょう？」

「病院のことは……知りません。本当です」

と郁子は答えた。実際に郁子は病院の事情には疎《うと》かった。それでも、どんな人たちがいるかは知っている。人相の悪い男たちが五階の病室をすべて占拠しているのは本当のことだった。ただごとではないと、郁子がそのことを夫に訊いたことがある。夫の弘樹は、

「理事長に頼まれたから仕方がない。それに、金はベッド数分だけちゃんと貰っているからな。だから、文句を言うこともないんだ。手間が要らずに金が入るんだから」

と、これ以上何も訊くな、という顔で答えた。それだけではない。夫が品田という理事長から多額の金を融資してもらったことも女は知っていた。その金で『愛心病院』の改築をしたのだ。それも一億や二億の金ではなかった。改築には十億以上の金がかかったはずだった。

「入院しているのがどんな人物か、あなた、知らないって言うの?」

首を振って否定した。

「知りません、病院のことは何も知らないんです、本当です!」

「そんなことはないでしょう?　五一三号室の患者は、あんたの家で何度か食事をしているじゃない」

と女が刃先で頬をピタピタと叩いた。堪《た》えられずにまたヒッという悲鳴を上げた。

「正直に言いなさいよ」

「でも……知らないんです……!」

これは嘘ではなかった。夕食の招待は何度かしたが、同席して食事をしたわけではなかった。夫の弘樹がその患者の相手をして、郁子と二人の娘は同席はしなかった。それも夫の指示だった。郁子はしどろもどろになりながら、懸命にその説明をした。

「旦那さんからその客について説明はなかったの？」

「ええ、何も聞いてないんです！」

「おかしいわね。顔も見たことがないの？」

「それは……」

返答に詰まった。食事を共にしなかったというのは本当だが、その患者が今ではどんな類の男かは知っていたし、顔もしっかり覚えている。そして、その男が暴力団関係者だということも知っていた。食事に来た二回ともボディー・ガードを連れていたし、男たちの顔を見れば、彼らが暴力団関係者だということは一目《ひとめ》でわかったからだ。

「顔は、知っています……でも、それだけで、他のことは何も知らないんです！　嘘じゃありません！」

刃物を下ろし、女がまた手の紙を見て言った。

「いいわ、じゃあ、これから私たちがすることを話すから、よく聞いて」

「はい」

「これから、私たちはあんたの家に行く」

「はい」

「あんたは、大人しく私たちをあんたの家に案内する。そこで騒いだり、おかしなことをしない。わかる？　何かしたら、あんたを刺し殺すし、家族もただじゃあ済まない。その代わり、大人しく私たちを家に案内したら、あんたにも、家族にも乱暴はしない。これは約束する。娘さんにも乱暴はしないし、何もしない。ただ、抵抗したり、誰かに知らせようとしたりしたら、皆殺しにする。これはただの脅しじゃあないの。私たちも命を懸けているの。そんなことはしたくなくても、しなくちゃならない。だから、協力して。そうすれば、あんたたちを傷つけたりは絶対にしないから」

がくがくと頷いた。

「他に何かありますか？」

と女が後部シートの年嵩《としかさ》の女に尋ねた。

「それでいいよ」

着物の女がそう応え、郁子に言った。

「すまないね、手荒な真似して悪いね。でも、今言ったことは本当だからね。騒いだら、悪いけど、それなりのことをする。だから、協力して。頼みます」

この女がリーダーなのか、掠《かす》れた声はそれなりに凄みがあった。助手席の女が向き直って言った。

「それでは行こうか。落ち着いて運転するのよ。おかしな運転をしたら、本当に殺すからね」

本当に運転ができるだろうか、と思った。

「落ち着いて。普通にしていたら、何もしないから」

車が一台通り過ぎた。何をされているか気がついてほしいと思ったが、ただ女たちが乗っていると思っただけだろう。

「さあ、行くのよ。運転に気をつけて」

「わかりました……」

女に急《せ》かされて、郁子はゆっくりアクセルを踏んだ。

四〇メートルほど離れた位置から、神木は神田郁子が『武田組』の四人組に拉致《らち》される様子を眺めていた。駐車場への車の出入りは意外なほど少なく、拉致は手際よく進んだように思えた。助手席の下村光子が言った。

「上手くいったようですね」

「そうだな」

「大丈夫でしょうか……?」

「侵入はできるだろうが……その先だな。上手く品田を食事に誘えればいいが、それができなかった時が怖い」

と神木は答えた。実際、神木は、向こう見ずに『武田組』の女たちと年寄りが、病院内で銃撃戦を繰り広げることに危惧《きぐ》を抱いていた。五階には一般の患者がいないのだと関口から聞いていたが、だからといって安心はできなかった。六階で起こった銃撃戦が、五階を越えて四階に飛び火する可能性もないとはいえないからである。

「行こうか、途中で何かあったらことだ……」

神木も神田郁子のベンツを尾行するために車を発進させた。

言われた通り、郁子は慣れた道順でベンツを走らせた。運転の間、隣の女が始終低い声で、

「落ち着くの。ゆっくり曲がって……」

とか、

「……信号はちゃんと停まって。そう、ゆっくり走るの……慌てないで……」

と指示を出し続けていた。ホテルの駐車場を出るまでは動転して思考力がまったくなくなっていた郁子だったが、病院に近付くにつれて、どうにか思考力が戻ってきた。一体、この人たちは何者なのだろうか……？　恐怖感が薄れると頭は疑問で一杯になった。

女たちの身なりは、それなりによい。それなりに、というのは、どことなく品がないこ

とに気付いたからだ。若い二人はパンタロンとジーパンを穿《は》いているが、どことなく派手なのだ。水商売の女性に見えなくもない。それより後部シートにいる残る二人のほうが得体が知れなかった。五十代と思われる顔色の悪い女は今時珍しい和服だ。それに隣に座る年寄りがわからない。きちんと背広を着ているが、潮に焼けたような顔は、漁師のようで、和服の女の連れ合いには見えない。そんな女たちが刃物や拳銃を持っている……。それにしても、私の家に来て、一体、何をするつもりなのだろうか？

車は『愛心病院』のすぐ近くまで来ていた。

「いつも地下の駐車場から出入りしているのよね？」

と助手席の女が訊いてきた。

「ええ、そうです」

「駐車場には見張りがいるでしょう？」

「ええ」

と正直に答えた。たしかにしばらく前から五階に陣取る理事長が、なぜかは知らないが車の出入りを見張らせている。見るからに暴力団員風の番人には、医師たちの間で不審の声があがっているようだと、お手伝いの民子に聞いていた。医師たちから、そんな声が出ても不思議ではない。医師や看護師、そして事務員も、誰もが人相の悪い男たちの出入りに、疑念を持っているのだ。それだけではない、入院している患者や外来患者も、そんな男たちに気がついている。このままでいったら、病院は困った噂が立つようになる。病院の経営には口を挟んだことのない郁子だったが、それでも不安は抱いていたのだ。そして、今、考えられないような事態に見舞われている。

病院の前まで来た。病院の表玄関口の駐車場にはいつも警察の覆面パトカーが停まっている。郁子はこのまま車をそのパトカーの前に停めてしまいたい衝動に駆られた。パトカーの前に停めれば、刃物を持った女も諦めて、何もしないのではないか？

だが、実際に、郁子はそんなことはしなかった。病院の裏手に車を廻《まわ》し、指示を守って地下駐車場に車を進めた。入り口で、いつも見る男が所在なげに煙草を吸いながら週刊誌を読んでいた。もしかしたら、車の女たちに気付いてくれるかもしれない！

「おかしな真似はしないのよ。もし何かやったら、ただじゃあおかないからね」

と助手席の女が言った。ルームミラーを見ると、後部シートの三人が体が見えないように伏せているのがわかった。男のそばを通り抜ける……。番人の男はパイプ椅子に座ったまま、郁子の車を知っていてか、チラと目を向けはしたが、不審を抱いた様子はなく、手にした週刊誌に眼を戻した。

それでよかったのかもしれないと、郁子は思った。ここで騒ぎになったら、本当に刺されるかもしれない。そう思っただけでまた汗が噴き出した。いつもの所に車を停めた。

「さあ、降りて」

助手席の女は短刀を置くと、後部シートの若い女から拳銃を受け取って言った。

「もう一度言うわよ。言われた通りにエレベーターを動かして。お客を連れて帰ったと思って、普段の通りにやって。おかしなことをしたら、本当に大変なことになるの。わかった?」

「わかりました……。でも、本当にお願いです……言う通りにしますから、娘には何も……」

後部シートの和服の女が応えた。

「あんた次第。あんたがしっかりしてくれたら、何も起こらない。だから、私たちを助けて。頼みます」

何も起こらない……そんなことがあるはずもないと思った。この女たちは拳銃や短刀を持っているではないか……!

「さあ、行くわよ」

助手席の女に急かされ、郁子は車を降りた。

八

「わかりました。今から向かいます」

と品田に応えて携帯を切った市原は、

「このまま病院へ行け」

と運転をする黒沢に命じ、もう一度携帯で『井出組』の井出を呼び出した。

「俺だ。中止だ。明日、事務所に来い」

相手が応えるのを待たずに携帯を切り、煙草を咥えた。隣の倉本がジッポーでその煙草に火を点ける。

「そのライター、何とかしろ！」

と市原は舌を打った。こいつはジッポーのライターが格好いいと思っているが、オイルライターのジッポーで火を点けると、煙草が不味《まず》くなるのを知らないのか、と腹が立った。煙草の味がオイル臭くなるのだ。不味い煙を吐き、それにしても……と市原は浮腫《むく》んだように顔色の悪い杉田の顔を思い浮かべた。

シノギが上手くて、今では『玉城組』の組長にまでのし上がった杉田だが……たしかに、ようやる、と思った。実際にその場にいたわけではないから、何をどう言ったのかはわからないが、あの『大興会』の大伴会長を前にして、武田殺しは品田派とは何の関係もないと切り抜けた才能は、たしかに賞賛に値《あたい》する。俺では、とうていあんな真似はできない、と市原は苦い笑みで思った。これで品田のおやじが窮地を脱したことは間違いがなかった。

次は『新和平連合』の建て直しだが、これも杉田の手腕にかかっている。おそらく杉田は相棒の佐伯を使って、系列の組織に、すでに手をつけているのだろう。『大星会』、『別当会』、そして何十とある系列の組織を説得するのは大事だが、杉田ならやってのけるかもしれない。『形勝会』の勢いは武田が死んだ今、もう以前とは違うからだ。ナンバーツーの国原はいまだに生死の境をさまよい、今の『形勝会』に反撃の力はない。

それにしても、杉田と佐伯のコンビはあまりに息が合っていると思った。このままでいけば、佐伯は杉田の力で死に体だった『橘組』を再起させるに違いない。この推測は、市原にとって楽しいものではなかった。品田をトップに戴《いただ》いた『新和平連合』は、結局は策士の杉田にいいようにされる……。すべての絵図を杉田が描き、そばには腹心の佐伯、そして俺はたぶん実戦部隊に廻される。要するに面倒な仕事だけをさせられる割に合わない役どころに落ち着く……。

鈍い憤懣《ふんまん》が市原の腹の中に湧き起こった。頼りは品田だが、頭に戴くこの男がどこまで俺のことを考えてくれるか、こいつは覚束《おぼつか》ない。悲しいことに、品田という男は、恩になった新田会長に刃《やいば》を向けたように、ヤクザとして最も大切な義理や人情という本分に忠実ではないのだ。杉田が自分のために必要だと思えば、これまで尽くしてきた俺のことなど平気で切り捨てるのではないか。そいつを防ぐ手立てをなんとしても実行しなければならない……。

車が『愛心病院』に着いた。裏手の入り口から地下駐車場に進む。地下駐車場の入り口で当番の『玉城組』組員が市原の車に気付き、慌ててパイプ椅子から立ち上がって頭を下げた。指定のスペースに車が停まった。隣には当番だった『玉城組』の車が停まっている。一昨日から当番は『玉城組』だが、組長の杉田は来ていない。杉田の代わりに品田の相手を務めていたのは『玉城組』ナンバーツーの山本か若頭の赤木《あかぎ》だろう。組長の杉田はまだ病状が悪いと、病院に詰めることを逃れている。これも、市原のささくれだった心を刺した。まるで俺を子分のように使いやがる……。

子分たちを引き連れ、エレベーターに乗り込み五階に向かった。五階のエレベーター・ホールには『玉城組』から当番を替わる『市原組』の組員がすでに集まっていた。入れ替わる『玉城組』の組員の前に、申し送りをしている赤木がいた。幹事長の山本は温厚な男だが、若頭の赤木は、いわば『玉城組』の実戦部隊長で、見るからに極道らしい顔つきをしている。その赤木に頭を下げられて、市原は頷き返し、俺の組にこんな男がいたら、と思った。悔しいことに『市原組』にこんな男はいない。連れて歩いているガードの倉本も黒沢も、跡を継がせられる器量とも思えない。

だから、これが勝負というところで、仕方なく『井出組』の井出を使うことになるのだ。場合によっては、いっそのこと井出を『市原組』の幹部にしてしまうか、と考えたこともある市原だったが、井出に命じたことを考えたら、そうもいくまい、と思った。井出に命じた仕事は半端なものではないからだ。上手く事が運んでも、井出は無事ではいられない。報復は免れても、おそらく別荘行きだろう。可哀想だが、どっちに転んでも井出には将来がないのだ。

市原はナース・ステーションを横目にそのまま品田の病室に向かった。病室の品田は散髪の最中だった。週に一度、品田は病室に理容師を呼び、こうして髪を刈らせている。

「おう、来たか……」

と言う品田に頭を下げて訊いた。

「何か……ありましたか？」

「今夜、空けろ」

「それは、いいですが……？」

「神田から呼ばれているんだ。お前も来い」

神田とはこの『愛心病院』の院長である。

「晩飯ですか？」

「ああ。来週にはここを出るからな。それもあって呼んだんだろう」

と品田は言った。なるほど、と思った。来週この病院を出る、ということは、杉田がそうしてもいいと言ったからだろう。つまりは系列の組と話をつけた、ということだ。だが、『形勝会』は納得したのか？　武田が死に、ナンバーツーの国原が病院で寝たきりの状態では、あっちもどうにもならんということかもしれない。

「本部に戻るってことですね？」

「ああ」

「『形勝会』のほうは……？」

「そっちは『大興会』の大伴に任せてある。今、何かやりゃあ、やられるのは『形勝会』だろうがよ」

たしかに、そうだ。会長になったばかりの武田を殺られ、腸《はらわた》が煮えくり返っていても、どうにもできないのが今の『形勝会』だ。我慢できずに動けば『大興会』が制裁に出る。頭を失った『形勝会』に『大興会』相手の喧嘩はできない。

「……で、飯は何時からです？」

と訊いてみた。病院長との夕食など、有難くもなく、できれば早く済ませたい。

「六時半に来いとよ」

と手鏡で整髪の具合を見ながら品田が言った。品田が機嫌がいいのは病院長の女房に気があるからだろう、と思った。女と見れば手を出したがる品田は、病院長の女房を見て、

「神田にはもったいない女だな」

と言ったことがあるのだ。

「わかりました。向こうにいます」

と言い、市原は品田の病室を出た。腕の時計を見た。時刻は六時をいくらか過ぎている。二十分ほど待たなければならない。舌を打ちたい気分を呑み込み、エレベーター・ホールに向かった。

五階の配置はすでに『玉城組』から『市原組』の組員に替わっている。ナース・ステーションを覗いてみた。五階のナース・ステーションにはパソコンのモニターが並び、看護師の代わりに組員が詰めて、病院内の監視をしているのだ。金をふんだんに掛けて設置した監視カメラによる病院内の映像が、ここに送られてくる。組員が二人、市原の姿を見て立ち上がった。

「変わりはねぇか？」

「異常なしです！」

それまで見ていたエロ雑誌を背中に隠した組員が慌てて叫ぶように応えた。うんざりして言った。

「しっかりモニターを見てろ」

「了解です」

俺の組にはこんなクズしかいねぇのか、と舌を打ってホールにいるガードの倉本と黒沢を呼んだ。

「病院長のところで飯だとよ」

と言い、控えの病室に向かった。ついて来た倉本がうんざりしたような顔で応えた。

「わかりましたが、二人で行くんですか？」

うんざりするのも無理はない、と思った。品田と自分は飯にありつけるが、こいつらに飯は出ない。腹をすかせて二時間ばかりたちんぼだ。

「おまえだけ来い」

と倉本に言った。場所は病院長の家で、実際のところ、そんな所にガードなんか必要がなかった。品田の見栄でガードを連れて行くだけのことである。嬉しそうな顔の黒沢を見て苦笑し、病室の一つに入った。あと十五分ほど時間を潰さなければならない。

空いているベッドに横になり、また杉田の顔を思い出した。奴は今どこにいるのか……。それが気になった。また佐伯とつるんで何か企《たくら》んでいるのか。奴には佐伯という相談相手がいるが、俺には策を共に語る相手がいない。強《し》いて言えば井出だが、こいつは使い捨ての駒で、相談相手にはならない。要するに運命は井出にかかっているのか、と考えながら市原は煙草を取り出した。

久しぶりでさっぱりした気分だった。散髪を済ませたからではない。身を護るにはここしかないと自分で選んだ場所だったが、銃創が癒《い》えてからの病院生活は、品田にも堪《こた》えた。マッサージを呼ぶかテレビを観ることぐらいしか時間の潰しようがなかったからだ。

週に一度は女も呼んだが、さすがに歳で、女を抱いても若い頃のように楽しくもなかった。だが、杉田から、

「『形勝会』はもう動きません。大伴会長にもきっちり頼みましたし、あとの話は大方つきましたから、もう本部に出られても大丈夫かと思います」

という報告を受け、週明けには自宅に帰ることが決まると、それだけで鬱々《うつうつ》とした気分が晴れた。杉田と違って俺のほうは体の調子もいい。傷もほぼ完治して、体力も元に戻っている。これからやらなければならないのは系列の組織に予定の通りに会長就任を納得させることだが、これも杉田と佐伯が根回しをしているから、さほど難しくはないだろうと品田は考えていた。

理容師の女に代金と一万円のチップをはずみ、品田はツイードの背広を羽織って部屋を出た。戸口に控える『市原組』の組員の倉本に、

「市原はどこだ?」

と訊くと、

「向こうで待ってます」

と倉本が答えた。倉本が携帯で市原を呼び出すのを横目に歩き出した。病院長の家は六階で、そこに行くには二通りの行き方があった。一階か地下の駐車場までエレベーターで降り、そこから病院長の家族だけが使うエレベーターで六階まで上がる方法と、五階の廊

下をまっすぐ進み、階段を使って六階に上がり、そこの非常口から病院長宅に入る方法である。この階段からの出入り口は非常用で、普段は錠が下ろされているのだが、品田が訪れる時だけは開錠されている。

今日のように気分がよければ、一階くらい階段を上っても辛くはないと、品田はゆっくり廊下を進んだ。エレベーター・ホールには警戒の任務につく『市原組』の組員が二人いて、品田に気付き慌てて頭を下げた。エレベーター・ホールのすぐ横にあるナース・ステーションでも、二人の組員がパソコン画面を覗いている。品田はそのまま廊下を進んだ。控えの病室から出て来た市原が品田を待っていた。

「エレベーターじゃないんですか？」

と市原が訊いてきた。

「ああ、階段で行こう」

「わかりました」

と答えた市原が言った。

「今日は、こいつだけ連れて行きます」

いつもは倉本ともう一人がガードに付いて来るので、市原がわざわざそう断ったのだとわかった。

「ああ、それでいい」

と答えた。状況もここまでくれば、市原だけいればいい、こんなガードももう必要がないと品田は思った。先に立つ市原の後ろから階段をゆっくり上がった。以前はこんな階段でも上るのは結構苦しかったが、今は息切れもせず、手すりに手を掛ける必要もなかった。

非常口の鉄扉を開いていた。狭い廊下を進むと玄関ホールに出る。ホールにエプロン姿の女が二人、笑顔で品田を迎えた。どっちの女も初めて見る顔だった。二人ともきつい顔立ちだが、なかなかの美形で、以前見た手伝いの女とは雲泥の差があった。品田はそれだけで気分がよくなった。

「こちらへ、どうぞ」

とやや年増《としま》の女が笑顔で言った。品田は、

「うん」

と頷き、この女にも小遣いをはずんでやろう、とダイニング・ルームに向かって歩き出した……。

泣きじゃくる娘の美緒に、

「静かに！　泣かないの！」

と言い、郁子は扉に耳を押し付け、廊下の様子を窺った。今、郁子は娘の美緒とお手伝いの民子に珠子、そしてシェフの加藤の四人とともに浴室に閉じ込められていた。家に残されたのは夫だけ。ここに閉じ込められてからすでに一時間ほど経っていた。

「音を立てたりしないこと。隣のトイレは使ってもいいけど、水は流さないように。出て来たら怪我するよ、わかった？」

と郁子は短刀を持った女に念を押された。言われなくともここから出る気はなかった。家に入ってよくわかったが、侵入した四人組はぞっとする凶器を持っていた。短刀と拳銃だけでなく、なんと和服の女は白鞘《しらさや》の長い日本刀まで持ち込んで来たのだ。

家に居た夫の弘樹は侵入して来た四人の男女に対して何もできなかった。これは無理もないことで、抜身《ぬきみ》の日本刀など、たぶん、夫は実際に見たこともなかったのだろう。抜身を目の前に突き付けられただけで、夫は物も言えない状態になった。シェフの加藤もそれは同じで、何一つ抵抗できないまま、家は四人組に占拠されてしまったのだった。夫を残して郁子たちは携帯を取り上げられて浴室に監禁され、為《な》す術《すべ》もなく時が過ぎるのを待っている。

それにしても、四人組は一体ここで何をしようとしているのか？　強盗なんかではないことは車の中で質問された時からわかっていた。夫に何か恨みでもあるのかとも考えた。金銭に貪欲《どんよく》な夫だから人に恨みを買っている可能性もないではない。医療過誤ということもある。過去に二件ほど、医療ミスの問題もあったのだ。だが、今は、それも違う気がしていた。郁子たちはこの浴室に閉じ込められたが、夫は違う。そして四人組は夫に暴行は加えていない。

扉に耳を押し付けた郁子に初めて人声が聞こえた。それも複数。四人組が誰かを呼び寄せたのか？　仲間か……それとも……？　郁子は音を立てないようにと四人に告げて廊下の様子を窺った。

市原はダイニングの入り口まで来たところで、後ろから来る倉本の、うっ、という声に振り返った。倉本に抱き付くようにしている男の姿に、市原は唖然とした。倉本が必死にその男を引き離そうとしている……！

やっと何が起こったのかに気付いた。倉本はその男に腹をドスで刺されているのだ。倉本は男を振り払えずに、押し込まれる形で廊下の壁に激突した。倉本の腹にドスを突き立てている男は小さな老人だった。男は無言で体を丸めるようにして何度も倉本の腹をえぐった。腹を何度も刺された倉本は、持っているチャカを手にする余裕もなかった。

慌てて自分のチャカを引き抜こうと懐中に手を入れた市原は、品田の横に立っていた女に拳銃を向けられた。

「動かないで！　撃つよ！」

新しい手伝いだと思ったエプロン姿の女が、両手でチャカを握っていた。二人の女のうちの若いほうの女も同じように、品田にチャカを向けている。その顔は真っ青で、眼が吊《つ》り上がっている。こいつはすぐ引鉄を引く……！

「きさま！」

と言ったが、これでは動けなかった。自分はともかく、品田が撃たれる……！　力尽きたのか、廊下の壁からずり落ちる形で倉本が腰を落とした。血に染まったドスを手に、男が市原に向き直った。こいつの顔も尋常ではなかった。眼を剝《む》き、歯を剝き出した顔はまさに人間のものではなかった……。

「待て！　撃つな！」

と叫んで、それで飛んでくる弾丸を防ぐかのように、市原は両手を前に出して後退《あとじさ》った。

何が起こったか、最後に気付いたのが品田だった。初めて見る女の案内に鷹揚《おうよう》に頷いてダイニングに入った品田は、テーブルに蒼白《そうはく》な顔で座っている病院長の神田と隣に立つ和服の女を見た。神田の表情が尋常でないと不思議に思い、隣に立つ女を見て、その女が院長夫人ではないことを知って疑念を覚えたその時、何かが壁にぶち当たる音を聞いた。思わず振り返るのと同時に、後ろにいた市原が、

「きさま！」

と叫んだ。隣の案内に立っていた女が、自分にチャカを向けているのにも気付いた。こいつら、ヒットマンか……！　立ちすくむ品田に和服の女が前に出て言った。

「あんたが品田か。あんた、新田会長と武田会長を殺ったね。落とし前をつけさせてもらうよ！」

女に向き直った品田は、また、あっとなった。女が日本刀を突き出している。白い刃《やいば》が胸元に迫ってきた……！　何だ、この女は！　どこかで見たことのある女だと気付いたが、今はそれどころではなかった。

後ろに退がり、市原に叫んだ。

「市原！」

なんとガードの市原も若い女に拳銃を突き付けられていた。

「『武田組』の武田春子だ、死ね！」

話し合いも何もなかった。他の連中とは違って和服の女は興奮の色も見せず、日本刀で真《ま》っ直《す》ぐ品田の腹を突いてきた。日本刀の鋭い刃先がずぶずぶと柔らかな腹に食い込んでいくのを、品田はただ唖然と見下ろしていた。激痛がその後からやって来た。

女は刃先を引くと、今度はその日本刀を振りかぶって叫んだ。

「外道《げどう》、くらえっ！」

真っ向から斬られた。頭から顔面を割られた。女はさらに斬り付けてきた。今度は左の肩から腹まで斬り下げられた。血飛沫《ちしぶき》が上がった。

それでも品田はまだ生きていた。本能的に向き直って、一歩でも女から離れようと後ろの市原にしがみ付く……。

その背に再び白刃が走った。


品田にしがみ付かれる格好になった市原は、品田を抱き留めた。断ち割られた品田の顔が目の前にある。恐怖に、その半ば屍体《したい》となった品田の体を女たちに投げ付け、そのまま入って来た廊下に走った。

品田の盾《たて》になるという意識はもうなかった。投げ付けた品田がすでに死んでいることはわかっていた。斬られる恐怖だけが市原を動かしていた。撃たれる恐怖よりも斬られることのほうがよほど恐ろしかった。発砲音がすると同時に弾丸が頭の横をかすっていくのがわかった。二発、三発と発砲音が後ろで聞こえた。だが、不思議と弾丸は当たらない……。

走り続け、五階への階段に通じる鉄扉を開けた。発砲音と共に飛んできた弾丸が開けた鉄扉に当たり跳弾になる。だが、不思議と市原はまだ無傷だった。踊り場に転がり出た。発砲音を聞きながら、必死で鉄扉を閉めた。何発かの弾丸が鉄扉に当たるキーン、キーンという金属音が聞こえた。

腰を落とし、背で鉄扉を押さえながら、懸命に懐中のチャカを引き抜いた。震える手でスライドを引き、弾倉から実包を薬室に送り込む……。階段をガードの組員たちが走って来るのが見えた。

「親分！」

組員たちの手にあるチャカを見て、市原にやっと思考力が戻った。

「中だ、代行が殺られた！」

転がりながら鉄扉を離れた。市原に代わって組員が一人、鉄扉を開けて中に飛び込んで行く……。そいつが黒沢だと気付いた。

「よせ！」

と言う前に発砲音がして、黒沢が後退る形で踊り場に戻って来て倒れた。

「ドア、閉めろ！」

市原はもう一人の組員に叫び、やっと手にした拳銃を手に階段を走り下りた。二人の組員が廊下を走って来る。鉄扉で飛んでくる銃弾を避けている組員が応援を呼んだのだ。

「親分！」

と駆け寄る若い衆に市原は言った。

「出口だ、院長の家の玄関口と駐車場を固めろ！　一人も逃がすな！」

「わかりました！」

と二人の組員が来た廊下を走り去るのを見送り、市原は膝の力が抜け、再び廊下に腰を落とした。

「チャカ、寄越しな……」

と顔面を品田の血飛沫で染めた春子が彩子に言った。彩子から拳銃を受け取り、血糊《ちのり》の付いた日本刀を投げ出して拳銃に残る弾丸を調べた。残っているのは三発か四発。なるべく発砲はしないようにと決めていたから、予備の弾丸はない。それにしても、市原に逃げられたことが悔しい。鉄扉が楯になるとは思ってもいなかった。

「さあ、おまえたちは早く逃げるの！　本部長も連れて行くんだ！　急がないと出口で殺られるよ！」

呆然と立つ山本徳三を見て春子が言う。春子の指示に、彩子が首を振り、

「どうしてです、一緒に行かなきゃ駄目です！」

と叫ぶ。我に返った山本徳三も叫ぶ。

「親分、わし、残ります！」

「駄目だよ、まだ市原が残っているんだ。なんとしても市原を殺るよ。あんたは理子《りこ》と徳さん連れて早く逃げるの！」

「だったら、わたしも残ります！」

と応え、彩子は床に転がる日本刀を手に取った。

「言うことをきくの！　あんたたちはまだ杉田を殺らなきゃならないんだ、ここでパクられたら終わりだよ！」

彩子が理子に言った。

「理子、あんた、徳さんと逃げな。ここは私が護る」

理子が拳銃を手に二度頷く。

「わかった。これ、使って！」

と理子が拳銃を彩子に差し出した。

「馬鹿、出口にも『市原組』の奴らがいたらどうするの！　チャカは持って行くの！」

「もう一つあるから」

と理子が笑顔でジーパンのベルトに差した拳銃を叩いてみせた。なにがなんでも彩子についていく、と言い張ってついて来た理子だ。こんな修羅場なのに落ち着いている。

「あいつから取り上げたやつ」

と理子が床に横たわる男を見て言った。徳三がドスで殺した品田のガードから取り上げた拳銃だと気付いた。

「親分、これがあればまだやれます！」

と言って彩子は春子に笑顔で言った。春子が今度は首を振った。

「あんたも行くんだよ！　言っただろう、杉田と市原がまだ残っているの！　二人とも殺らなきゃあならないの。杉田は彩子に任せる、だからおまえも行きな！」

「一人じゃあ無理です、杉田は徳さんと理子たちに任せます！　さあ、あんたたち早く行って！」

と叫ぶと彩子は拳銃のスライドを引き、鉄扉に向かった。

エレベーター・ホールでは、二人の組員が市原を護っていた。残っている組員はそばにいる二人の組員だけだ。あとの二人は地下駐車場と神田邸の玄関口に走らせたが、これはまずかった、と市原は唇を嚙《か》んだ。なぜなら、品田代行を殺した女たちが、それで諦めずに病院内まで市原を追って来たからだった。予想しなかったしつこい追撃に、市原はあらためて恐怖すると同時に呆れた。女のくせに、反撃を恐れる風もなく、組員たちの発砲にも拘《かか》わらずエレベーター・ホールに肉薄して来るのだ。病室伝いに迫って来る女たちをどうやって防ぐか……。

「二人を呼べ！　こっちが危ないと言え！」

市原は携帯で、地下駐車場と玄関口に走らせた二人の組員を呼び戻すように命じた。

壁から頭を出した若い衆の一人が、発砲音と同時に、すとんと腰を落として市原の目の前に転がって倒れた。頭を撃たれたのだとわかった。市原を護るガードはついに一人しかいなくなった。もしかしたら、こいつも殺られるかもしれない。壁に張り付き、拳銃を握った手だけを突き出して発砲する若い衆を見て、市原は唇を噛んだ。

度重なる発砲音で下の階の看護師や患者たちが大騒ぎになっていることは容易に想像ができた。おそらく病院のスタッフは警察にこの銃撃戦を通報しているだろう。じきに警察がやって来る……この予測も市原を動転させた。女たちを防いでも、ここで警察にパクられたら終いだ。どうしたらいいか？

「こいつも使え！　いいか、なんとしてでもこいつで食い止めろ！　絶対にこれ以上近付けるな！」

と市原は、まだ一発も発砲していない自分の拳銃を組員に渡した。

「ですが、親分もチャカがないと……」

不安げな顔の組員を残し、市原はエレベーターに走った。逃げる時にチャカを持っていたら逮捕は免れない。

背後で銃声が何発か起こり、跳弾が何かにぶつかって上げる金属音が聞こえた。階下からざわめきが聞こえる。患者たちが発砲音に避難を始めているのだろうと思った。

昇降ボタンを叩き、二基あるエレベーターは五階と一階に停まったまま動かないとわかると、階段に走った。予想通り、階段は看護師たちに誘導される入院患者たちで溢《あふ》れていた。

市原はそんな患者たちを突き飛ばしながら階段を駆け下りた。二階まで来たところで、患者を掻《か》き分けながら上がって来る組員にぶつかった。

「五階に行け！」

と叫び、そのまま一階に下りた。一階にも患者たちと当直の医師と看護師がいた。患者を運ぶストレッチャーを蹴り飛ばし、なんとか玄関口に出た。

三台のパトカーが玄関に凄いスピードで乗りつけるのが見えた。ここで走るわけにはいかなかった。走れば目立つ。走りたいのを堪え、市原は患者に混じって、パトカーから降りて病院に入って行く何人かの警察官を横目に急がずに歩いた。

道路まで出て、やっと一息ついた。震える手でポケットから煙草を取り出して咥え、出て来た病院の建物を見上げた。

ヤクザになってから、何度か喧嘩はあったが、こんな修羅場を潜《くぐ》り抜けた体験はなかった。銃撃戦などという体験もなかった。品田が日本刀で斬られた光景を思い出した。顔面が裂けた顔も見た。品田を抱き留め、そして投げ出した感触がまだ腕に残っている。

玄関口から必死で逃げ出して来た二人の患者がぞっとした顔で市原を見た。品田の血が着いているのかと思ったが、そうではなかった。二人の視線を追って、市原は自分のズボンに視線を落とした。知らぬ間に失禁したのか、前が濡れていた。

春子は床に倒れた男を至近距離から撃った。男の体がびくんと跳ねた。もう一度引鉄を引いたが、何も起こらない。弾丸を撃ち尽くしたことを知った。

振り返ると、彩子が腹を押さえて蹲《うずくま》っているのに気付いた。

「彩子……!」

顔を上げた彩子がにっと笑った。腹を押さえた手の指の間から鮮血が溢れていた。

「彩子!」

駆け寄って抱き起こした。

「撃たれたのかい……!」

「平気ですよ……こんなの……」

と彩子が呟くように言った。綺麗な唇の端から血が滴《したた》って胸に落ちる。弾倉が空《から》になった拳銃を捨てて、彩子の手から拳銃を取り上げて握った。

「弾切れです……」

と彩子が悲しそうに言った。

発砲音と同時に右半身が痺れた。撃たれた! 体が前に倒れた。激痛はなかった。だが、動けない……。

階段に眼を向けた。拳銃と男の顔が見えた。彩子が、ううーっと叫び、倒れた春子に覆《おお》い被《かぶ》さるように体を預けて来た。自分の体で弾丸を防ぐ気だとわかった。だが、不思議と発砲はない。怒号が聞こえる。

「銃を捨てなさい！」

と誰かが叫んでいた。激痛が初めて襲ってきた。動く左の腕で彩子を抱いた。彩子の息遣いが耳のそばで聞こえる。

「親分……」

と彩子が言った。

「なんだい」

訊き返す春子に彩子が言った。

「ヤクザになって……よかった……」

そんな馬鹿な話があるもんか、と思った。ヤクザなんかになって嬉しいはずがない。どこにも行き場がない奴がヤクザになるんだ。ヤサグレて不良少女になった娘だとはいえ、他人様《ひとさま》の子を預かって、挙句《あげく》にこんな修羅場に引き込んで……。涙が溢れた。覆い被さる彩子の体が急に重くなった。

「彩子！　彩子！」

返事はなかった。

また大きな声が聞こえた。

「銃を捨てなさい！」

なんだい、あれはマッポの声じゃないか、と春子は薄れる意識の中で思った。

春子は残る力を振り絞って彩子から取り上げたチャカの銃身を口に咥え、引鉄を引いた。カチンという撃鉄の落ちる音がしただけで、弾丸は発射されなかった。

九

組事務所の前で乗り込もうとした時に携帯が鳴った。運転席の矢野《やの》に、そのまま待て、と仕草で告げ、携帯に出た。相手は井出だった。

「どこに隠れていやがった！」

と市原は怒りを隠さず言った。来いと命じた時には姿を見せず、こっちが会いたくもない時に電話を寄越す。この野郎とは土台波長が合わねぇ、とむかっ腹が立った。

「なにっ！」

だが、次の台詞で、市原の声は一オクターブも上がった。

「そいつは……嘘じゃあねぇんだな？」

井出が低い声で、嘘じゃあないです、と応えた。

「よし。で、今、どこだ！」

「麴町です」

「追われているのか?」

と訊いてみた。

「いや……今は、大丈夫です」

井出の声は意外にも落ち着いていた。

「一人か?」

「今は」

「わかった……」

と応えてから、

「よし、すぐこっちに来い」

と命じた。

「事務所ですか?」

「いや……事務所はまずい。そうだな、『紫乃』に来い。今すぐだ」

「わかりました」

「尾行されんように気をつけろ、いいな?」

「大丈夫です」

携帯を切り、もう一度車に乗り込んだ。運転手代わりの矢野に、

「『紫乃』に行け。新橋の『紫乃』だ」

と命じた。矢野は死んだ黒沢の代わりにガードに引き立てた若中《わかなか》だが、黒沢のように機転が利かない。黒沢なら『紫乃』の一言で何もかもわかったが、矢野には新橋の『紫乃』と言ってやらなければ駄目なのだ。

「浜野《はまの》、おまえはここで降りろ。今日はもう上がれ」

もう一人のガードの浜野に、車を降りるように命じた。『紫乃』で落ち合う井出を、こいつらに会わせないほうがいいと、これは咄嗟の判断だった。

車が新橋に向かって走り出した。煙草を咥え、火を点けてくれる浜野がいないので自分のライターで火を点けた。ジッポーで火を点けてくれていたガードの倉本を思い出した。揮発油のライターはやめろと何度言ってもライターを取り替えない馬鹿な野郎だった。だが、そんな倉本も俺の目の前で死んだ。情けないことに、爺《じじ》いのヤクザに殺されて……と、柄にもなく憐憫《れんびん》を覚えた。だが、そんな感傷は一時《いっとき》のことで、すぐ市原の顔に笑みが浮かんだ。堪えられない笑みだった。

ただ、その笑みはすぐ消えた。これからどう動くか、そいつを考えると、浮かれてはいられないと思った。俺には、悔しいことに杉田ほどの人脈も信用もない。がたがたになった『形勝会』くらいは抑える自信があるが、問題は系列の組織とどう話をつけていくかだった。それがこれからの大仕事なのだ。『大星会』と『別当会』は何とかできそうな気もしたが、杉田と仲のよかった佐伯のいる『橘組』を納得させるのはかなり難しい。とはいえ、杉田が消えた今の『新和平連合』には、もうこれという人物がいない。これは厳然とした事実だ。上手く動きさえすれば会長の座に座るのは、不可能ではないだろう。

そんな情勢の中での最大の不安はこれまで抗争の仲介に立ってきた『大興会』だと市原は思った。下手をすると『新和平連合』はこの『大興会』に呑まれる……。そんな惧《おそ》れもないことはない。ここでもたもたしていたら、必ず『大興会』の大伴が出てくる。時間をかけていたら危ない……。明日にも何とか系列の組織と話をつけなければ、と市原の表情は険しいものに変わった。


時刻は十二時を過ぎた。土曜の夜のためか、閉まっている店が多く、階段の電気が消えている。井出はゆっくりその薄暗い雑居ビルの階段を下りた。下りた所が『紫乃』だ。井出は『紫乃』の扉を見つめた。『紫乃』に何人のガードがいるのか……最低、二人はいるだろうと思った。ベルトに差してきたチャカを引き抜いた。チャカはレンコン、S＆W《スミス・アンド・ウエッソン》の六連発のスナブノーズ。リボルバーを選んだのは、排莢不良《ジャム》を恐れてのことだった。肝心《かんじん》のところで実包が引っ掛かったらチャンスがなくなる。

後ろ手にチャカを握り、小指のない左手でドアを開けた。市原がカウンターの中にいるのが見えた。意外にも市原は一人だ。薄暗い店内に目を走らせたが、いるはずのガードの姿は見えない。

市原は一人でボトルからグラスに酒を注いでいるところだった。

「おう、来たか……」

と市原は笑い、井出のためかカウンターの下からグラスをもう一つ取り出した。ここで撃とうと思ったが、カウンターが邪魔だった。市原がグラスをカウンターに置き、

「殺ったのは、杉田一人か？」

と訊いてきた。

「そうです」

と応えた。

「奴のガードはどうした？　一人でいたのか？」

「ええ」

ぶっきらぼうな井出の受け答えに、市原は初めて疑念を抱いたようだった。市原が井出を見つめた。カウンターに近付いて言った。

「奴の家で殺ったんですよ」

市原の顔が笑顔になった。

「ようやったな、おまえにしたら上出来だ。まあ、飲め」

と酒の入ったグラスをカウンターの上で滑らせて寄越し、市原は自分のグラスを手にボックス席に向かった。その背にチャカを突き付け、引鉄を絞った。三発撃った。至近距離

からだから、外れるはずもなかった。三発の弾丸が市原の背中に吸い込まれる。だが、市原はそれでも倒れず、ゆっくり井出に振り向いた。

「貴様……！」

啞然とした顔で市原が言った。

「食らえ！」

井出はその胸にまた三度引鉄を引いた。はだけた背広の胸に赤い穴が三つあく。また引鉄を引いた。だが、六発撃ち尽くし、弾倉は空だった。オートマチックと違い、手にあるリボルバーの弾丸は六発しかないのだ。それに気付かず、井出は引鉄を引き続けた。カチン、カチン……。

やっと弾丸を撃ち尽くしたことに気付き、倒れた市原を見下ろした。この糞野郎、人をさんざんコケにしやがって……。動かない市原の腹を蹴り上げた。ざまぁ見やがれ、地獄に行け！

人の気配に井出は戸口を見た。若い男が戸口に目を見開いて立っていた。見たことのない若い衆だった。やっぱり市原にはガードがいたのだ、と気付いた。手洗いにでも行っていたのか！　慌ててチャカをガードに向けた。若い衆の顔が恐怖に歪《ゆが》む。だが、若い衆はそのまま背を向けると、井出が引鉄を引く前にドアを開け、そのまま飛び出して行った。

チャカのハンマーが落ち、カチンという音がした。井出はそこでチャカにもう弾丸がなかったことを思い出した。市原のガードは弾丸のないチャカを向けられて逃げ出したのだ。井出はブースに腰を落とし、笑い出した。

十

踏み込んで突いて来る相手の右腕に交差するように腕を肩に乗せ、神木が前に出るとそのまま相手は宙を舞った。相手が後頭部を床に打ち付けないように投げて、そのまま膝を使って押さえ込む。これで神木の相手はもう身動きができない。

青山は、こんな神木の神技に近い動きを眺め、なるほど古武道も大したものだな、と思った。調布のこの道場は柔道の道場だが、道場主に頼まれて、神木はここで週に何日か、古武道を教えている。もちろん青山は神木がどれほど格闘術に優れているかを知っていた。元公安のスペシャリストだった神木は、公安の訓練所があった中野《なかの》では武道は必修だったはずだし、これまでの彼の履歴は実生活でも修羅場の連続だった。彼が生死の境を彷徨《さまよ》う体験をしてきたことも知っている。だが、道場で、黒帯の屈強な若者たちを、まるで人形を操《あやつ》るように相手をする神木の姿は人間とは思えないと、青山はあらためて感嘆した。

「ちょっと待っててください、シャワーだけ浴びてきます」

特別稽古《げいこ》を終えた神木はそう青山に言い、奥に消えた。十分ほど、青山は黒帯たちの稽古を眺めて時間を過ごした。

古武道など実戦には大して役に立たないと漠然と考えていた青山には、目から鱗《うろこ》の思いがした。考えてみれば、男たちが戦場の中に生きていた時代に生まれた武術なのだから、実戦に役立たないはずもない。

もっとも、神木がいない稽古は気が抜けたようで、まるで緊張感が違った。稽古を続けているのは皆柔道では二段以上の黒帯のはずだが、神木とはどこか違うのだ。それは神木が現実に生死を賭けた実生活を今も続けているからなのかもしれないと、青山は思った。それに、神木は人を殺している……。この違いなのかとも思った。

「いやぁ、待たせましたね」

十分ほど待つと、さっぱりした顔の神木が戻って来て言った。

「駅前の居酒屋でいいですか。俺の部屋でもいいが、食う物が何もないんですよ」

「君の部屋のほうがいい。食うものは買って行けばいいだろう」

と青山はそう答えた。二人は駅前のスーパーで食材と酒を買った。青山が支払いをしようとすると、それを神木は笑って断った。

「俺の所で飲むんだ、俺が払います。あんたが高給を取っているのは知っていますがね」

青山は、神木が食うや食わずの生活をしていることを知っていた。道場で古武道を教えたくらいで大した金は稼げるはずもない。妻子もなく、狭いアパートでの一人暮らしは見るに見かねる。「会社」で報酬を、と言う青山の言葉に、神木は、

「いずれ助けてもらわなければならない時が来るでしょう。その時のために、預かっておいてくださいよ」

と言って、神木は申し出た報酬をまだ受け取っていない。

「今日は日本酒にしましょう、寒いですからね」

そう言う神木に、逆らわずに支払いを任せた。

青山の車で神木のアパートに向かった。

「威勢のいい女たちは、どうなりました?」

助手席の神木が、食材のついでに買った週刊誌のグラビアを見ながら言った。今週は、どの週刊誌も『愛心病院』で起こったヤクザの銃撃戦を報じている。

「『武田組』のか?」

「ええ」

「一人は死んだよ。主犯の武田春子はまだ生きているがな」

とハンドルを握る青山が答えた。

「もっとも癌《ガン》らしいから、どのみち長くはもたんだろう」

「そっちはどうなると考えているんです? 『新和平連合』のことですが」

「本庁でか?」

「ええ」

「『玉城組』の杉田が会長になったお陰で『大興会』の吸収からは逃れたようだが……これが俺たちにとってよかったのかどうか、こいつは正直わからん。杉田はやり手だ、下手をすると品田がトップになったよりずっとマフィア化が進む」

「死んでくれるなら杉田のほうがよかったということですか」

「そういう見方もできるがね。少なくともうちのマル暴はそう考えているようだ」

と青山は答えた。

杉田は離れ業をやってのけていた。系列の組織と話をつけると、『新和平連合』の団結を説いて回り、それだけでなく、なんと敵対していた『形勝会』と『玉城組』とを合併してしまったのだ。品田のナンバースリーだった『市原組』の市原義明は何者かに殺害され、杉田の手のヒットマンの仕業だと囁かれたが、下手人はまだ不明。それにしても元銀行員だった男が日本で一、二の巨大暴力組織のドンに納まると、一体誰が予測できたか……。

「都知事はどう言ってるんです?」

神木の問い掛けに、青山が苦笑して答えた。

「相変わらずだ。金は出すから皆しょっぴけと煩《うるさ》いよ。だが、都知事ももう任期明けだ。

出馬して再選されたら、もっと煩くなるだろうがな。そうだ、その都知事がな、一度おまえに会わせろと、これも煩く言ってきている」

今度は神木が苦笑した。

「金は出すが、口は出さない、そいつを守ってくれるなら会ってもいいですが、そういう男とは思えんな」

「つまりは、嫌だ、ということだな」

神木の携帯が鳴った。携帯に出た神木が、

「どこでだ……！」

と相手に訊き返す。

「奴のヤサでか？　麴町？　麴町のどこだ？　クラブか……クラブの中でやられたのか……わかった、今からそっちに行く」

携帯を切った神木が青山を見て言った。

「下村のところに関口から連絡が入った。杉田が撃たれたらしい」

「杉田が？」

「ええ。麴町のクラブで撃たれたそうです」

「やったのは誰だ？」

「まだわからんようです。『武田組』だと関口は言っていますが」

『愛心病院』を襲った『武田組』の組員は武田春子のほかに三人だ。武田春子は逮捕されたが瀕死の状態で入院。もう一人の瀬戸内彩子は病院内の銃撃戦で死亡。だが、『愛心病院』から逃げた組員がもう二人いて、この二人は今もまだ逃走中だったはずだ。逃げたこの二人がやったのか？

「このまま『会社』に行きましょう」

神木の言葉に、青山が頷いて言った。

「そう簡単に収まらんということか」

ハンドルを切って転回する青山に、神木が笑みを見せた。

「それが俺たちの狙いでしょう。事が収まってしまったら、俺たちの出番がなくなる。俺たちができることは、せいぜい抗争を煽《あお》ることだけなんだ」

「たしかに……そうだ」

と応えて、青山は大きくアクセルを踏んだ。

エピローグ

西日が眩《まぶ》しい。この真っ赤な陽光もあと三十分もすれば紺碧《こんぺき》の海の彼方《かなた》に沈む……。

桂木は釣竿《つりざお》を右手に、肩からクーラーを提《さ》げ、海岸沿いの道を港の市場に向かって歩いていた。新品のクーラーはかなり大きいがそれほど重くはない。悔しいことに釣れるはずだった魚が入っていないからだ。先月までは面白いように釣れた鯵《あじ》や鯖《さば》まで、まったく掛からないのだからどうしようもない。

もっとも、坊主の釣りもそれはそれなりに楽しかった。気持ちのよい空気を吸い、テョンがこしらえてくれた弁当を海風と一緒に食えば、こよなく幸せな時が穏《おだ》やかに過ぎていく。

しめ鯖でもこしらえて一杯やろうか、と思って家を出たが、坊主なのではどうしようもないと、今、桂木は港の脇にある鮮魚市場に向かっていた。そこで新鮮なヒラメか何かを買って刺身にしよう。鍋になる魚も買うか……。テョンと息子のシンニョム、それにばあさんと四人で食卓を囲むのだ。

桂木は歩きながら時計を見た。もうじき六時だ。テヨンも勤務が終わり、もう家に帰っているだろう。俺がいるのだからもう働く必要はないのだ、といくら言っても彼女は言うことをきかない。元気なのだから働かなくてどうする、と働き者のテヨンは言う。桂木がこの済州島に来るちょっと前まで、テヨン一家は港の近くで食堂をやっていたが、ばあさんが倒れてから店を畳《たた》み、テヨンは今はホテルで働いている。

それにしても、と桂木は初めてこの済州島に来た時のことを思い出す。のんびりした孤島だと思っていた桂木は、自分のイメージがこんなにも違っていたのかと魂消《たまげ》た。済州島はちっぽけな田舎の島ではなかった。豪華ホテルが並ぶ、驚くほどの一大リゾート地なのだった。

テヨンはそんなホテルの一つで働いている。といっても、仕事は部屋の掃除をするメイドで、給料は時間給。だが、

「もう少しすると、正社員になれるかもしれない。そうすれば、フロントなんかで働かせてもらえるかもしれないよ」

とテヨンは嬉しそうに言った。フロントで働くには英語も話せなくては駄目だろうと、桂木はそんなテヨンのために最新の英会話の教材を買ってやった。抱きついて喜ぶテヨンが可愛《かわい》かった。

桂木はこのパク・テヨンとソウルで出会った。その時の彼女はクラブのホステスだっ

た。ソウルに行くたびにクラブに通い親しくなったが、ある時から彼女の姿が消えた。なじみのホステスの一人に訊《き》くと、テヨンが体を壊して郷里の済州島に帰ったと教えてくれた。

「あの娘は可哀想《かわいそう》でね、障害のある子供がいるの」

と言い、聞きたくないことを桂木の耳に囁《ささや》いた。金に困り、ホステスだけではやっていけないと、テヨンが体を売っていたのだと聞かされた。その話は真実で、テヨンはホステスを辞《や》め、もっと金になるコール・ガールに身を落としていたのだった。

機密を中国に流したという嫌疑は晴れたが、けっきょく、桂木は海上自衛隊を辞めた。最後にソウルに行った時に桂木は知り合いのホステスに頼み、どうしても会いたいからとテヨンを済州島からソウルに呼び出した。そしてなけなしの退職金を彼女に渡した。

大金を渡され、

「どうしてこんなことをするの？」

と訊くテヨンに、桂木は言った。

「おまえが好きだからだ。子供を医者にみせろ。金はいくらあっても邪魔にはならんからな」

済州島に帰ったテヨンは、それから毎月、ひらがなの手紙を桂木に寄越した。済州島で元気で働いているから、いつか来てほしい。手紙にはいつもそう書かれていたのだった。

もっとも桂木がそんな手紙を信じたわけではない。水商売の女だから、気立てがよさそうだからと言って、そんな甘い言葉を信じる歳でもなかった。

駄目でもともと、それでも桂木はやばい仕事で手にした金を得て済州島に向かった。テョンに男がいるかもしれなかったし、聞かされていた生活がまったくの嘘だったという可能性もあった。だが、済州島で暮らすテョンの生活は手紙に書かれていた通りで、嘘ではなかった。障害児を抱えていたことも真実で、テョンはその子供と年老いた祖母と三人で真面目《まじめ》に暮らしていたのだった。

市場でヒラメを買い、野菜を買うと、桂木の両手は買い物袋で塞《ふさ》がった。クーラーを肩から提げているので歩きにくい。まずいことに雨が降り始めた。駐車場の車までだ、と桂木は足を速めた。

駐車場に入る所で車のそばに男が二人立っているのに気付いた。二人はサングラスを掛けていた。雨の中でサングラスなんかしなくてもよかろうに、と一瞬思ったが、さっきまでは西日がきつかったのだからおかしくはないか、と思い直した。

車から一〇メートルまで来た所で桂木はもう一度その二人の男を見た。何となく嫌な感じがした。観光客に見えなくもなかったが、スーツ姿がおかしい。それに、二人は傘も差さず、雨の中に立っている……。

桂木は両手の袋を投げ出し、クーラーを肩から外すと踵《きびす》を返し、走った。二人の男が桂木に気付き、追って来た。疑念は確信に変わった。ヒットマンだ！　市場に逃げ、そのまま全速力で走った。二人が何者かは容易に想像がついた。『新和平連合』が送り込んだヒットマンに間違いない、と思った。金を持ち逃げされたと、井出が送って寄越したヒットマンだ。

普段は人の多い市場に、今日はそれほどの人はいなかった。人混みに紛《まぎ》れ込むこともできない。それでも距離はかなり開いていた。一軒の店に飛び込み、驚く店員を横目に、裏手に抜けた。商店街の裏は空き地で、商店の駐車場が連なっている。桂木はしばらくその駐車場を海に向かって走り、資材置き場に身を隠して様子を窺《うかが》った。追っ手の姿は見えない。上手くまいたか？

荒い息を整え、携帯を取り出した。すぐにテョンが出た。

「どうした？　遅いね」

家にもう帰っていたのか……。

「魚、釣れたか？」

とテョンが片言の日本語で言った。桂木のために覚えた日本語はまだアクセントがおかしい。

「いや、坊主だ」

と答えて、こんな日本語は難しくてわからないのだろうな、と思った。

「いいか、よく聞いてくれ。もし、俺が帰らなかったら、俺の鞄《かばん》に入っている鍵《かぎ》を出して……」

桂木はその鍵が空港のロッカーの鍵だと教えた。

「誰にもわからないようにロッカーにある鞄をどこかに隠すんだ。入っている金は自由に使え。誰かに俺のことを訊かれたら、俺のことは、ただの民宿の客だと言え」

意味がわからなかったのかもしれない。詳しく説明している余裕はなかった。

「あんた……どこか、行くのか？」

とテヨンが言った。もう涙声になっていた。

「どこにも行かんさ、もし、帰れなかったら、そうしろと言っているだけだよ」

「本当に帰って来るか？」

「ああ、何とかして帰る」

そう答えて携帯を切った。殺されてたまるか、何としてでも逃げてやる。

資材置き場を出ると、商店の裏手伝いに埠頭《ふとう》に向かった。だが、途中で足を止めた。そのまま進めば逃げ場がなくなる。仕方なく再び市場に戻った。有難いことに二人の男の姿は見えなかった。買い物客の中にあの男たちがいないか、用心しながら市場を抜けた。車の所に戻りたかったが、さすがに駐車場に戻る勇気はない。駐車場とは反対の道を徒歩でテヨンの家に向かった。家までは速足でも二十分はかかる。

躊躇《ちゅうちょ》する間はなかった。何とか家に戻り、荷物をまとめて逃走する。テヨンたちとはソウルかどこかで落ち合うのだ。空港は張られているだろうから、逃げるのは船だ。船をチャーターして逃げる。空港のロッカーの金はあとでテヨンに持ち出させればいい。どこか田舎で、また四人で暮らすのだ。

海沿いの道をあと数分という所まで来たところで、桂木は立ち止まった。遥《はる》か彼方から小雨の中を来る車が見えた。広い道路に身を隠す場所はなかった。車が近付く……。黒っぽいセダン……。脇へ避ける桂木の前で車が停まった。

あの二人の男が降りて来た。近付いて来た男の一人から、

「桂木か？」

と日本語で訊かれた。

「ああ、そうだ」

仕方なく応えた。絶望が桂木を襲った。もう逃げようがなかった。

「ユガームイジマン、サラジョ・ケッソ……」

男の一人が言った。追っ手が韓国人だと知った。やっぱり横井が言った通りだと思った。『新和平連合』は韓国の組織にも繋《つな》がりがあるのだ。

突き出された物が何かはわかった。銃身の先端に馬鹿長い消音器が付いていた。音もなく、激痛が何度かやってきた。男たちが車に乗り込み、雨の中を去っていく。

濡れたアスファルトに崩れ落ちた。かすむ目に黒い車が走り去るのがぼんやり見える。腹と胸に小さい穴が幾《いく》つか開いただけなのに、太い丸太をぶち込まれたような痛みだった。立ち上がろうとしたが、駄目だった。

体をくの字に折ったまま、ポケットから携帯を取り出そうと頑張った。もう一度、あいつの声を聞きたい……テヨンの声を、どうしても聞きたい……。

なんとか携帯を取り出した。通話ボタンを押そう……。鮮血で濡れた指から携帯が滑ってアスファルトの上に落ちる……。転がった携帯に腕を伸ばした。届かない……。

皆で温かい鍋を食おう、皆で……。パンディッシ……必ず……。桂木は肺から込み上げて来る血にむせながら、少しずつ雨に濡れる携帯に腕を伸ばした。

この作品『闇の警視　乱射』は平成二十三年三月、小社から四六判で刊行されたものです。なお、この作品はフィクションであり、登場する人物および団体はすべて実在するものといっさい関係ありません。

闇の警視　乱射

一〇〇字書評

切り取り線

購買動機（新聞、雑誌名を記入するか、あるいは○をつけてください）

□（　　　　　　　　　　　　）の広告を見て
□（　　　　　　　　　　　　）の書評を見て
□ 知人のすすめで　□ タイトルに惹かれて
□ カバーが良かったから　□ 内容が面白そうだから
□ 好きな作家だから　□ 好きな分野の本だから

・最近、最も感銘を受けた作品名をお書き下さい

・あなたのお好きな作家名をお書き下さい

・その他、ご要望がありましたらお書き下さい

住所	〒				
氏名		職業		年齢	
Eメール	※携帯には配信できません		新刊情報等のメール配信を 希望する・しない		

この本の感想を、編集部までお寄せいただけたらありがたく存じます。今後の企画の参考にさせていただきます。Eメールでも結構です。

いただいた「一〇〇字書評」は、新聞・雑誌等に紹介させていただくことがあります。その場合はお礼として特製図書カードを差し上げます。

前ページの原稿用紙に書評をお書きの上、切り取り、左記までお送り下さい。宛先の住所は不要です。

なお、ご記入いただいたお名前、ご住所等は、書評紹介の事前了解、謝礼のお届けのためだけに利用し、そのほかの目的のために利用することはありません。

〒一〇一‐八七〇一
祥伝社文庫編集長　坂口芳和
電話　〇三（三二六五）二〇八〇

祥伝社ホームページの「ブックレビュー」からも、書き込めます。
http://www.shodensha.co.jp/bookreview/

祥伝社文庫

闇《やみ》の警視《けいし》 乱射《らんしゃ》

平成25年3月20日 初版第1刷発行

著 者 阿木慎太郎《あぎしんたろう》
発行者 竹内和芳
発行所 祥伝社《しょうでんしゃ》
東京都千代田区神田神保町3-3
〒101-8701
電話 03（3265）2081（販売部）
電話 03（3265）2080（編集部）
電話 03（3265）3622（業務部）
http://www.shodensha.co.jp/
印刷所 堀内印刷
製本所 ナショナル製本
カバーフォーマットデザイン 芥 陽子

Printed in Japan ©2013, Shintaro Agi ISBN978-4-396-33823-7 C0193